藍小說 ⑨②⑥

村上春樹作品集

遠方的鼓聲

村上春樹著　賴明珠譯

CONTENTS

目錄

CONTENTS

目錄

希臘

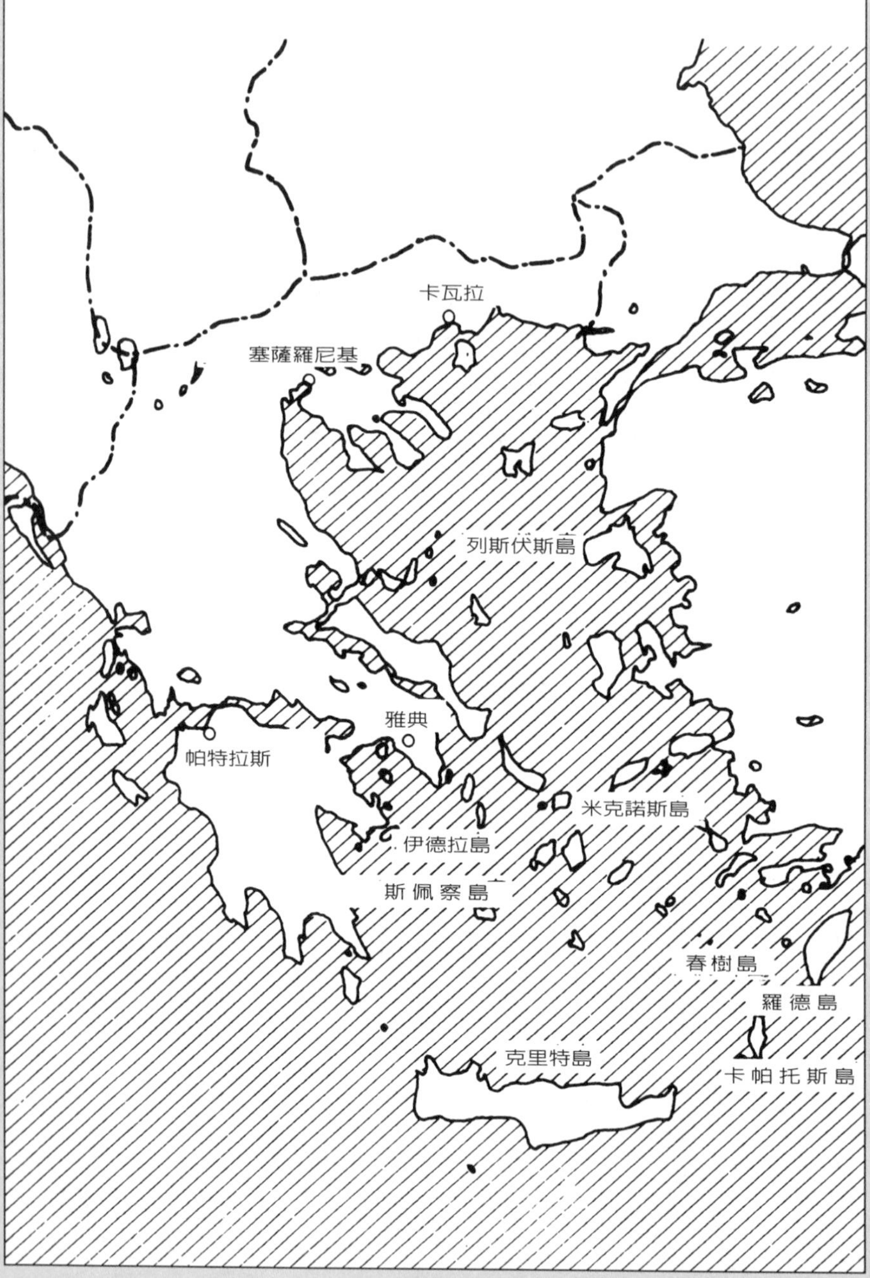
卡瓦拉
塞薩羅尼基
列斯伏斯島
雅典
帕特拉斯
米克諾斯島
伊德拉島
斯佩察島
春樹島
羅德島
克里特島
卡帕托斯島

義大利

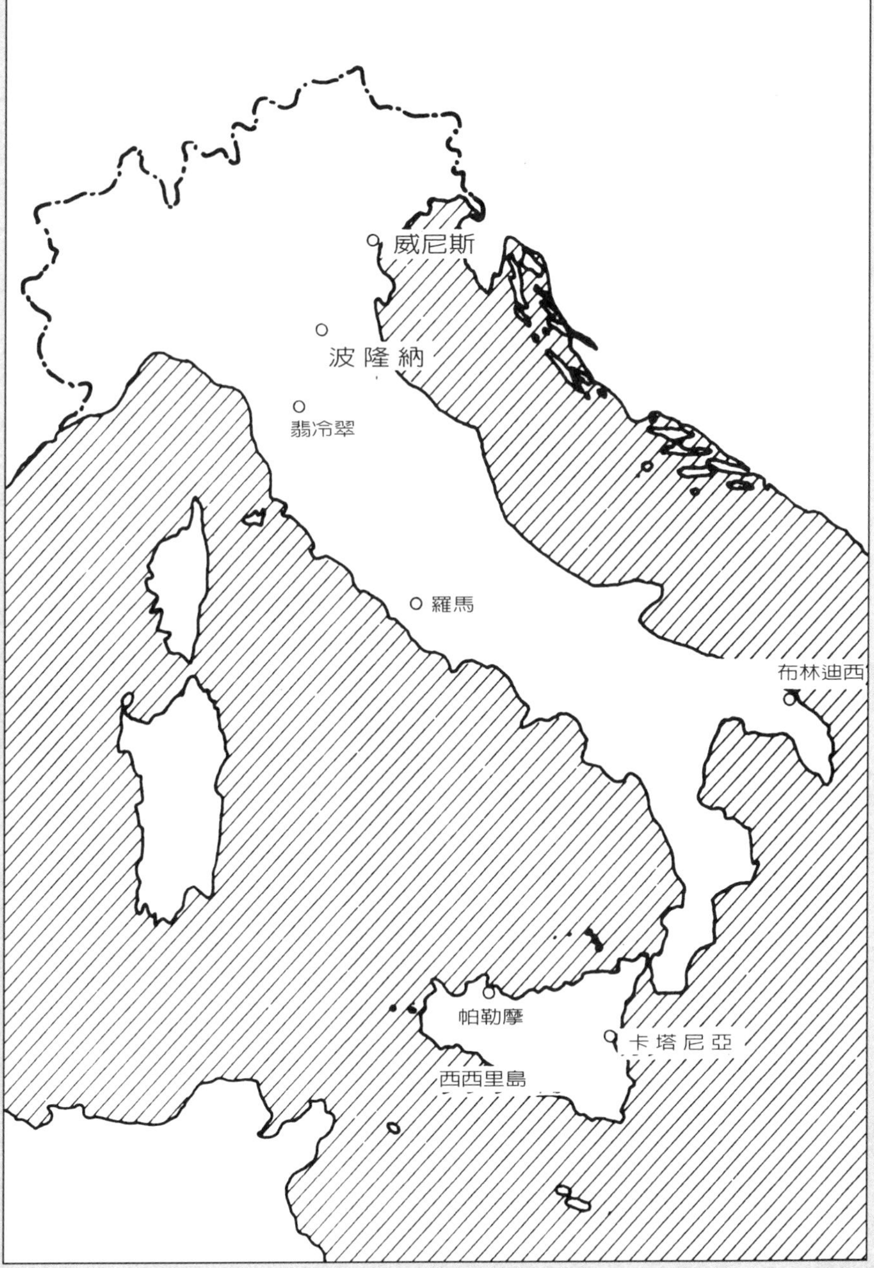
威尼斯
波隆納
翡冷翠
羅馬
布林迪西
帕勒摩
卡塔尼亞
西西里島

遠方的鼓聲

遠方的大鼓聲
邀我作漫長的旅行
我穿上陳舊的外套
將一切拋在腦後

（土耳其古老歌謠）

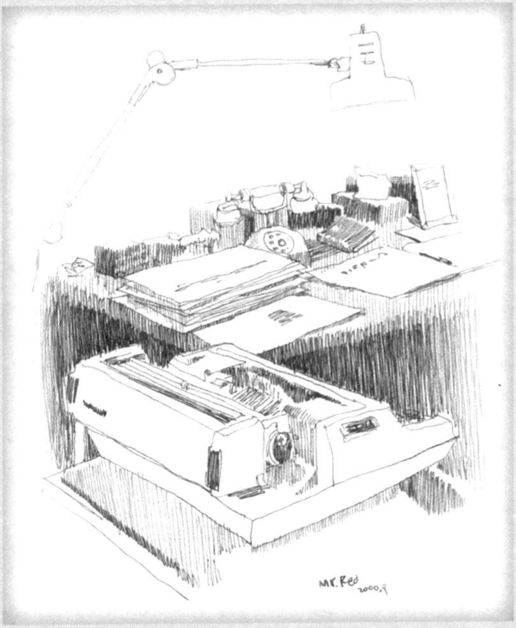

遠方的鼓聲

——前言

遠方的鼓聲——前言

在那三年之間，我離開日本在海外生活。

話雖這麼說，不過並不是三年之間完全沒有回日本。也因爲工作上的需要，我回了幾次國。把在國外寫下來的一些稿子交給出版社出書，我校對印刷樣稿，和編輯詳細交換意見。把幾本書的出版計畫，一起整理起來。所以一年至少必須回日本一次。以期間來說，大約兩個月。不過除此之外，我幾乎大多的時間都住在歐洲。而且在那期間，不用說，我老了三歲。具體說來，是從三十七歲變成四十歲。

說到四十歲，對我們的人生來說應該是一個具有重要意義的關卡，我從以前(不過也是過了三十之後)就一直這樣想。並不是有什麼實際根據才這樣想；或對迎接四十，具體上是怎麼回事，事先已有預測。不過我想，四十歲是一個很大的轉捩點。那時我將選擇一些什麼，並捨棄一些什麼。而且，在完成那精神上的轉換之後，不管喜不喜歡，都已經不能再回頭了。不能說我試試看，要是不喜歡就再回到從前的狀態。那是只能向前走的齒輪。我隱約有這種感覺。

我想像所謂精神上的轉換，或許就是這麼回事吧。由於越過四十這個分水嶺，也就是年齡長了一個階段，過去做不到的事或許會做得到。大概會變成做得到。那倒也很棒。當然。不過同時我也這樣想。

以那新的獲得物交換之下，過去覺得相對比較容易做到的事或許會變成做不到了。

那是類似一種預感。不過自從三十幾歲過了大半之後，那預感逐漸在我體內膨脹起來。所以在那之前——在我體內進行精神上的轉換之前——我想做一點什麼扎實的工作留下來。也許往後我就不會寫這種小說(也許寫不出來)，我想趁早把這東西寫下來。我並不太害怕年紀增加。年紀增加並不是我的責任。任何人年紀都會增加。那是沒辦法的。我害怕的是，在某一個時期應該完成的某種事情在沒完成之下時間就過去了。這就不是沒辦法的事了。

這也是我想離開日本一段長時間的原因之一。我覺得在日本的話，說不定我會在忙於應付日常雜事中，拖拖拉拉沒什麼作爲地一年過一年。而且我覺得在那之間將會失去什麼。老實說，我眞希望自己手中能夠擁有活生生的、確實有感覺的活時間，我覺得那在日本好像無法實現。

*

當然，不管在什麼地方，人都會一年年增長歲數。不管在日本、在歐洲，在哪裡都一樣。年齡增長就是這麼回事。而且相反來說，正因爲能夠在忙於日常雜事中年齡一年年增加，人們才總算還能維持精神正常。我現在——已經四十歲的現在——還這樣想。不過那時候，想法不同。

現在像這樣回到日本來，坐在書桌前回想那三年之間的事時，心情非常不可思議。回過頭來看時，其中有很奇怪的失落感。有質感的空白。某種漂浮感。某種流動感。那三年的記憶。彷彿被沖到一個由浮力和重力所製造出來的狹小夾縫裡徘徊著似的。那歲月在某種意義上是喪失了。不過在某種意義上，卻還緊緊抓著我身心深處的現實。我身體的某個地方還清清楚楚繼續感覺得到那記憶的抓緊(grip)。記憶的長手，從非現實的某個黑暗深處伸出來，正捉緊現實中的我。我想對誰傳達那質感的意思。卻沒有與那相當的語言。就像某種情緒一樣，或許只能以比喻式的總體來顯示。

即將四十歲了。那是驅使我出去做漫長旅行的理由之一。但不只這一個。想離開日本，還有幾個其他理由。其中有幾個正面的理由，有幾個負面的理由。有幾個很實際的理由，有幾個隱喻性的理由。不過現在已經不想提了。因爲到現在，那些眞的都已經無所謂了。對我來說無所謂，我想對讀者來說應該也無所謂了。就算有什麼現實上的理由驅使我去旅行，那漫長旅行已經把讓那發生的原始理由不知道沖到哪裡去了。以結果來說。

對，有一天，我突然很想去作個漫長的旅行。

把這當成去旅行的理由，我覺得似乎滿理想的。既簡單，又有說服力。而且沒有把凡事都一般化。有一天早晨醒來，側耳傾聽時，忽然覺得好像聽見遠方的大鼓聲。從很遙遠的地方，從很遙遠的時間，傳來那大鼓的聲音。非常微弱。而且在聽著那聲音之間，我開始想無論如何都要去作一次長長的旅行。

這不就行了嗎？聽見遠方的鼓聲。現在想起來，我覺得那彷彿是驅使我去旅行的唯一眞正的理由。

*

在那三年之間，我寫了兩本長篇小說。一本是《挪威的森林》，另一本是《舞・舞・舞》。然後也完成《電視人》的短篇集。另外還翻譯了幾本書。不過這兩本長篇小說，對我來說是三年海外生活中最重要的工作。在小說後記中也寫過，《挪威的森林》是在希臘開始寫，然後轉到西西里，後來在羅馬完成的。《舞・舞・舞》則大半在羅馬寫，最後在倫敦完成。

我向來在寫長篇小說時，會把其他工作全部拋開，徹底集中精神在那一件事上，工作速度算是相當快的。而在歐洲時因爲一切都能不被任何人打攪，所以能以比平常更快的速度寫好。在這本書中也提到，眞的是名副其實從早到晚一頭栽進去猛寫小說。除了小說之外幾乎什麼都沒想。覺得簡直就像把書桌擺在深井底下寫小說似的。

所以這兩本小說——我是指對我來說——宿命性地滲進異國的影子。在那些異國城鄉中我們(我和內人)非常孤獨。我們幾乎沒有稱得上朋友的人，而我們所能說的語言很遺憾又相當不足。

再加上，我們所處的立場，在各種意義上都非常尷尬。我們並不是去到那裡看完該看的東西，就那樣通過走掉的觀光旅客。可是，也不是要留在那裡落地生根想永遠定居的恆久生活者。而且我們並不屬於任何公司或團體。能夠依賴的，除了少數例外狀況之外，沒有任何一切。如果要勉強說的話，我們只能算是常駐型旅行者。雖然紮營主要據點的地址暫且設在羅馬，但如果喜歡上什麼地方，就會在那裡租一間附有廚房的公寓，生活上幾個月。而想到什麼地方去時，就又移動到另一個地方去——那就是我們的生活。

在那樣孤立的異國生活中(雖然說起來，那畢竟是我們自己要的)，我只是單純地繼續默默寫著小說。

如果在日本，或許會稍微多花一些時間，不過我還是會寫出類似的兩本小說。對我來說《挪威的森林》和《舞・舞・舞》終究是該寫而寫的小說。但如果在日本寫，我想這兩本小說或許就會和現在所有的樣子具有相當不同的色彩了。說得極端一點，我可能就不會這麼垂直地深入「進去」。不管是好是壞。

我這樣想，某種讀者或許會從生理上不喜歡這種進入方式。不過畢竟，我想當時我是想進入那樣的世界的。被包圍在異質文化中，處於孤立的生活中，自己腳下能挖多深就想盡量往下挖看看(或能進去多深就想盡量進去多深)。我心中確實有這種渴望。

《挪威的森林》上了暢銷榜首後，很多人問我同樣的問題。「你認爲這本書爲什麼會這麼暢銷？」這種事我當然不會知道。那是別人該想的事。我的工作只有一個，把小說寫出來。我連爲什麼自己會寫出那樣的小說，都不太清楚。總之那時候，只能寫出那個。不管是好是壞，以我來說只能以那種寫法去寫。關於那本小說，只有一件事我可以很清楚地說，其中宿命性地滲進了類似異國影子似的東西，只有這點而已。

＊

在不寫小說的時候(在日本時也一樣)，我主要在做翻譯。而且和那同時並進地，將各種旅行素描，以一定的速度一點一點地繼續寫下。收在這裡的文章就是屬於這種。我隨著當時的心情，採取各種不同的寫法。幾乎都是爲了個人的樂趣而寫的，有些是停也停不住的獨白。有些是以練習文章爲目的所寫的。有幾篇片段也曾刊登在雜誌上。但基本上，這些文章是以寄給親密朋友的書信般的心情寫的。所以並沒有一貫的整體性觀點或主題。只是在每天的生活中，發生了這些事情，到過這樣的地方，遇到這種人，這樣隨心所欲地寫。以我常駐生活者的眼光。

如果是二十年前的話還好，在這一年有幾百萬日本人出國的時代，我想就不必再去寫什麼歐洲紀行了。所以這裡幾乎沒有什麼啓蒙性的要素，也沒有有益的比較文化論之類的東西。我開始寫速寫的原始目的，一則是爲了想將身在異國不知不覺間好像快逐漸鬆散掉的自我意識，以一定的文章式水平留下，以免過於散失。把自己眼睛所見，依照自己眼睛所見的樣子寫下——這是基本態度。把自己所感覺到的，依照自己眞正感覺到的樣子寫下。排除輕易的感動，或流於一般論。盡可能簡單而眞實地寫。在不停轉換的形形色色情景中，盡可能讓自己能繼續相對化。這，不用說，是相當難做到的事情。有時順利，有時不順利。不過最重要的是，把寫文章這作業當成自己存在的水準器來使用。並繼續使用。

剛開始我像寫日記一般，計畫不管發生什麼事都要維持一定的步調，每星期繼續寫一篇像這樣的素描，但就像大部分的計畫一樣，事情並不能如預先想的那麼順利。因爲我在寫長篇小說的期間，沒有閒情寫小說以外的文章。因此很遺憾，往往產生好幾個月的完全空白。具體說就是，關於我在那裡寫小說的米克諾斯和西西里，可以說完全什麼也沒寫到。因爲只記了簡單的日記。雖然事後可以回頭追憶補寫，但嚴格說來並不眞的是當時的記述，而且量也很少。在這層意義上來說，我想這本書大概很難稱爲旅遊記吧。

收錄在這本書的文章，原則上只是素描的累積。或許那一篇篇的片段並沒有什麼了不起的意義。不過，我希望讀者能了解，對我來說在那繼續本身的過程中，就算這些文章是斷斷續續的，但在繼續寫的這個行爲本身中，就有意義了。透過這些日本語的文章爲仲介，在歐洲流離的我，和在日本不流離的我，心還能相通。

就這樣，我是一個爲了繼續支持自己而繼續寫文章的常駐旅行者。

羅　馬

羅馬

羅馬是這次長期旅行的入口，同時也是滯留海外期間我主要的住所。經過種種思考之後會選擇羅馬作爲我們駐紮的主營地，有幾個原因。首先是氣候穩定。好不容易想到南歐悠哉地住一陣子，可不想過嚴寒的冬天。以這一點來說羅馬首先就是個理想地方。

選擇羅馬的另一個理由是，有一個很早以前認識的老朋友住在那裡。雖然我在任何地方都能夠很厚臉皮地住下去，不過要生活這麼久的話，至少還是需要有一個能夠依靠的人。

因此羅馬就成爲我們的根據地。雖然過去我從來沒有到過羅馬，不過我們想羅馬應該不是那麼糟糕的地方。從電影上看來不也是個相當漂亮的城市嗎？然而關於這點後來很多事卻讓我們很後悔。

我們懷著搬家般的心情，離開了日本。因爲要幾年長期不在日本，所以過去住的房子也租給了朋友。我們把國外生活所必需的東西毫不保留地全塞進皮箱。不過這是一件相當辛苦的作業。因爲要在南歐住上幾年，生活上到底什麼東西需要多少，一般人並不那麼容易搞清楚。當你覺得有必要時，會開始覺得好像一切都有必要，當你覺得沒必要時，又會覺得好像一切都沒必要了。

我把手頭上的工作一一解決，設法把連載中的專欄讓我停掉。爲一家雜誌——因爲他們要我無論如何必須這樣做——把六個月份的隨筆稿一次寫完交出去。見過該見的人，打過該打的招呼。找到不在時可以把雜事處理掉的人。該做的事多得堆積如山，怎麼拚命做還是繼續不斷有新的工作湧出來。最後甚至搞不清楚自己到底是在往前進還是向後退了。皮箱裡到底放進了什麼，到底帶了幾個皮箱，都不記得了。

就這樣，當我們第一次抵達羅馬的達文西機場時，已經筋疲力盡得什麼都不想了。累得連話都說不出來。覺得身體的每個縫隙，好像都塞滿了牙醫塡充用的水泥似的。腳非常僵硬，頭腦可以說完完全全不能轉動。我已經分不清到哪裡是肉體的疲勞，到哪裡是時差的迷糊，到哪裡是精神的耗損。好像把好幾種調味料一股腦撒在廚房地上一樣，全混雜在一起，發出無可救藥的疲憊惡臭。那就是我們旅行的出發點。疲憊、迷失、消耗。

我一共在這裡停留了十天。在這裡總算重新調整好姿勢，然後才前往雅典。

*

在那次停留羅馬的期間所寫的文章，現在試著回頭讀起來，可以清清楚楚瞭解當時自己是多麼的疲勞。這壯大的疲勞，從我的日記看來大約持續有兩星期。然後突然消失。砰地一聲。

焦焦蜂和卡羅蜂　1986年10月4日

這是我以盡可能正確描述這個時期的疲憊為主題所寫的文章。和旅行沒有直接關係。因此對別人的疲憊毫無興趣的人，可以跳過不讀。

*

兩隻蜜蜂還在我腦子裡嗡嗡地繞著飛。我躺在飯店床上，一面眺望著已經看膩的聖彼得教堂的屋頂——從窗裡可以清楚眺望聖彼得教堂幾乎是這家飯店唯一自豪之處——我想既然落到這地步，就來爲這兩隻蜜蜂取個名字吧。但怎麼都想不出不錯的名字。我躺在床上，從剛才開始已經持續想了那名字十五分鐘之久，但完全不順利。腦中浮不出一個名字來。這也都要怪蜜蜂。因爲兩隻蜜蜂不休息地在我腦子裡嗡嗡嗡繞著不停地飛。就像青蜂俠的主題曲一樣。由於那焦躁的聲音，使我沒辦法正常思考事情。

算了，管他的。蜜蜂的名字就叫做「焦焦」和「卡羅」吧，我這樣下定決心。焦焦蜂和卡羅蜂。沒什麼含意。不過至少可以感覺到那名字裡好像有義大利的香味似的。

我喝乾玻璃杯中的紅葡萄酒，再倒第四杯。香味濃郁的托斯卡納葡萄酒。雖然是從飯店附近酒舖買來不太貴的葡萄酒，但還不錯。標籤上畫有鳥的畫。沒看過的鳥。很像日本的雉，但顏色華麗得多。我手上握著那減少了一半左右的葡萄酒瓶。沒有任何用意和目的地，一直望著酒瓶的形狀和標籤上的圖畫。我用手握著瓶口，讓瓶底搭在小腹上，並不特別帶有什麼感情地一直注視著。感到非常疲倦的時候，我常會那樣一直盯著什麼看。什麼都行，總之會一直盯著在那裡的東西看。

我現在一直在盯著葡萄酒瓶。看了相當長的時間。仍然沒有得到任何結論。

感情？嗯，感情倒有一點。

我覺得自己好像年紀非常大了。覺得一切好像都非常緩慢、遙遠似的。而焦焦和卡羅依然還在我腦子裡繞著飛。嗡嗡嗡嗡地。我的疲憊正是牠們的營養。

嗡嗡嗡嗡

*

焦焦和卡羅在東京螫刺我的腦漿，使之軟呼呼遲鈍鈍地腫脹起來（當然當時牠們還沒有名字，也還沒有分裂成兩隻）。而且牠們在那軟呼呼的東西周圍一直不停地繞著飛。我非常疲倦。決定離開日本。我們（指我和內人，正如前面說過的那樣）整理行李，把兩隻貓託給朋友，房子租給別人，搭上前往羅馬的飛機。雖然沒有要住哪裡、要做什麼的具體計畫，不過總會有辦法吧。不管怎麼樣，至少總比在東京繼續聽那蜜蜂的嗡嗡聲要好。

不過到了羅馬，蜜蜂還在我腦子裡，不但如此，還分裂成焦焦和卡羅，比以前發出更干擾耳朵的聲音繞著飛。而且那聲音不知不覺已和羅馬的聲音化爲一體。使羅馬之所以成爲羅馬的那種聲音。那種令人厭煩、不講理、該得到報應的都市噪音！要命，我內在的疲憊，便朝一個都市外在的特質完成如此壯大的轉換。

如果你手頭有世界地圖，請翻開歐洲那頁找出羅馬市。那也就是我的疲憊。是焦焦蜂，是卡羅蜂，是沒有什麼特別的紅葡萄酒瓶，是像洋蔥形聖彼得教堂的圓屋頂。焦焦和卡羅一發出低低的振翅聲時，簡直就像印地安人的蜂起和羅馬都市的噪音相呼應一樣。

因爲這種種，使我覺得好像一下子老了許多。昨天是內人的生日。我們在她的生日離開了日本。由於時差的關係，她擁有一個非常長的生日。非常非常長的第三十八次的生日。我第一次遇見她，是我們兩人都還是十八歲的時候。十八歲那時候，一喝酒一定會變得醉醺醺的。從此過了二十年。

然而我感覺好像老了並不是爲了這二十年歲月的關係。而是因爲焦焦蜂和卡羅蜂的關係。

眞傷腦筋，我的思路從剛才開始還一直在原地團團打轉。就像我以前擁有的Beach Boys的單曲唱片"Good Vibration"一樣，到了正中央一帶總是不能往前進，不得不用手指把唱針往內側撥一點。輕輕一撥。

（輕輕地）

我爲什麼在寫這樣的文章呢？爲了什麼目的，爲了誰？在這個世界上難道眞會有那麼一小撮對我的疲憊感興趣的讀者嗎？如果有的話，那到底又是什麼類型的人呢？

當然這種事我不會知道。每次想到讀者我的頭腦就會混亂起來。我雖然見過幾十個、幾百個讀過（或主張讀過）我小說的人，然而所謂讀者到底是什麼樣的人，我終究只有更搞不清楚而已。我完全不知道他們之中是否有幾個人對我的疲憊感興趣的。

算了，沒關係，我爲我自己寫這篇文章。從一開始就是這樣打算的。只是想寫一點什麼而已。只是單純坐在桌前，想用筆寫一點什麼而已。只想試著對各種語言、各種表現、各種比喻做個檢證而已。至於寫什麼並不是什麼太大的問題，至少對現在而言。不是什麼太大的問題，至少對現在而言——

（輕輕地）

我喝一口葡萄酒。窗外傳來孩子們的聲音。飯店對面是幼稚園。修女讓孩子們在小庭園裡遊戲。我又喝了一口葡萄酒。好像被一層霧靄籠罩著似的不可思議地朦朧的羅馬天空。我感覺好睏。想就這樣沉沉入睡。卻睡不著。蜜蜂嗡嗡嗡地吵著，唱針也偶爾不得不往前撥一下。唱針也偶爾——

（輕輕地）

蜜蜂焦焦和蜜蜂卡羅，你們到底打算在我腦子裡繞著飛到什麼時候？老是纏著我也沒什麼好處吧？我不久就會重新振作起來，到時候你們可就沒地方待了。

算了，你們要繞著飛就痛快地繞著飛吧。嗡嗡嗡嗡嗡嗡嗡嗡嗡。

不過就算這樣，這房間的品味也未免太差了。

蜜蜂飛著　1986年10月6日　星期日・下午・快晴

很抱歉，這又是一篇處理疲憊文章的繼續。蜜蜂的二人組。焦焦和卡羅繼續出場。而且他們原來是怎麼產生的，被拿來和星期天下午的波給塞（Borghese，或譯波各賽）公園的描寫重疊敘述。另外還有關於作者本身的些微考察。

*

焦焦和卡羅還在我腦子裡繞著飛。不過我已經決定盡量不去想牠們了。努力去想別的事情吧。盡量。畢竟今天是星期天，美麗的星期天。

我在波給塞公園的草地上坐下來做著日光浴。喝著從攤子買來的橘子汁，一個人恍惚地望著天空，望著周圍那些人的各種姿態。已經十月了，還熱得簡直像夏天再倒回來一次似的。人們戴著太陽眼鏡，擦著臉上的汗，吃著冰淇淋。有坐在長椅上相依相偎的情侶。有脫掉襯衫上身赤裸，仰天躺著享受日光浴的青年。也有把狗項鍊放開，自己則在樹蔭下獨自一個人安靜休息的老人。兩個修女坐在噴水池前，談了很久。到底在談什麼呢？穿著像戰鬥服似的不知道是警察或憲兵制服，把襯衫袖子捲起來，肩上掛著看來實在不配場合的自動來福槍，從我旁邊走過。好像會被十九世紀印象派畫家選爲題材般和平、親密而無邪的星期天光景。

一個年齡大約十四、五歲的美少女，戴著紅色騎馬帽，牽著馬往馬場方向走去。她的腳步不管怎樣總叫我想起時間這東西的存在。世上偶爾就有走路姿勢像這樣的人。他們就像時間本身般走著。現在時刻是十一點．三十五分．四十秒．嗶．現在時刻是十一點．三十五分．五十秒——他們以這種走法走著。下顎緊縮，背脊挺直，集中精神在走著。但絕不拘謹，她非常舒服地，就像時間本身般滑順地，經過公園裡的道路往馬場走去。

廣場上有一群人正打算把大型熱氣球往上升起，但不知道爲什麼並不順利。三個左右的人劈哩啪啦忙著跑來跑去調節著機械，其他的人則有點無聊的樣子。雖然熱氣球是第一次這麼近距離看，但並不特別吸引人。至少在還留在地上時看起來，是相當無聊的東西。雖然在很多人的拚命努力之下，氣球依然脹不太起來。就像正睏的時候被人勉強叫醒穿上衣服的中年胖女人般，皺巴巴，不樂意的彆扭樣，偶爾不耐煩而邋遢地扭一扭身子。

一隻大狗從那旁邊走過。狗忽然停下來望著氣球。這是什麼？狗一副興趣濃厚的樣子望了氣球一會兒，但誰也沒告訴牠什麼，也看不出有何進展，於是就那樣走開了。

離我所坐的地方稍有一段距離，一對年輕情侶緊緊擁抱著正在接吻。非常長，非常認眞的吻。有意無意地看著這樣的接吻，不知不覺之間開始感覺好像我自己在接吻似的。長得令人開始擔心會不會窒息的長吻。以各種角度，各種激情，各種姿勢，他們繼續接吻。就像剪接手法俐落的學術性紀錄影片一樣，他們以沒有多餘的動作，一面改變著姿勢一面熱情地展開各種接吻的變化姿勢。他們幸福嗎？我忽然想到。如果幸福的話，需要向人要求那麼多親吻的幸福，到底具有什麼樣的形式和特質呢？

*

最大的問題是我太累了。眞不知道爲什麼會搞成這麼累？但總之我很累。至少，累得沒辦法寫小說。那是我最大的問題。

我想在四十歲以前寫兩本小說。不，與其說想，不如說有必要寫。這是很清楚的。但我卻無法著手。寫什麼好呢？該怎麼寫好呢？這也大致知道。但卻寫不出來，很不幸。甚至覺得這樣下去也許永遠也寫不出來了。而且腦子裡蜜蜂嗡嗡嗡地繞著飛。非常吵，吵得我沒辦法思考事情。

在我腦子裡，電話鈴聲還響著。那也是蜜蜂所發出的聲音之一。是電話。電話在響著。鈴——鈴——鈴——鈴——鈴——鈴——。他們向我要求很多東西。要我出來幫電腦或什麼作廣告。要我到某個女子大學去演講。要我幫雜誌的彩色頁做我自己的拿手好菜。要我跟某某人對談。要我去談有關性別歧視、環境污染、已死的音樂家、迷你裙的復活、或戒菸方法的意見。要我去當某種競賽的評審員，要我在下個月二十日前以三十頁稿紙寫一篇「都會小說」（但所謂「都會小說」到底是什麼？）。

我並不是在生氣。當然沒有生什麼氣。因爲這些是已經被決定的事項。我只是單純地被包含在那裡頭而已。並不能怪誰不好，也不是誰的錯。這個我知道。在某種意義上，我也是造成這種狀況的人之一。雖然是在相當迂迴的意義上繞路跋涉的，但我還是確實參與其中。所以我實在沒什麼權利對這種事生氣。我想，或許沒有。打電話給我的，也是我自己。在某種意義上。

是這種雙重性令我焦躁。而且讓我感到無力。

無力感——很可能是從那裡湧出疲憊的。在那裡出口就是入口，入口就是出口。誰也無法從那裡面出去。那裡被冰冷的淡淡黑暗所包圍。以夜晚來說太亮，以白晝來說太暗。當被那奇怪的淡淡黑暗所包圍時，我便失去了正常的方向和時間。我變得搞不清楚，到底什麼是正確的，什麼是錯誤的。

而且電話鈴依然響個不停。鈴—鈴—鈴—鈴—鈴—。終於有一隻蜜蜂飛進我的頭腦裡來。蜜蜂再怎麼說總是最喜歡疲憊的氣味，一瞬間便嗅出那方位來。嗯嗯，這裡好像有美味的疲勞腦漿噢。於是便用針一刺，讓那軟呼呼遲鈍鈍的東西肥肥地腫脹起來。

因此我才離開日本的（我不得不離開，我重新這樣確定），但在這羅馬我那疲憊卻依然持續。伴隨著八小時的時差越過北極圈依然繼續著。而且蜜蜂分裂成兩隻，變成焦焦和卡羅。疲憊像脂汗般黏黏地浮在皮膚上。去到哪裡都一樣，他們這樣對我說。不管去到多遠的地方還是一樣啊。嗡嗡嗡嗡嗡。不管你去到哪裡，我們都會緊緊跟著你喲，所以結果你已經什麼都不行了。你會在什麼也做不成之下就到了四十歲。就這樣老下去。誰都不喜歡你。往後還會更糟。噢，不，不對，我說。我今後會好好寫小說。消失的是你們。而且就算是這樣，焦焦和卡羅說，我們總有一天會再回來，回到你這裡來。因爲這是我們的任務。慢慢來，來日方長。誰都不喜歡你。大家都會恨你的。寫小說也沒什麼用的。嗡嗡嗡嗡

嗡嗡嗡嗡。

嗡嗡嗡嗡嗡嗡嗡嗡。

*

羅馬。

承受著夏天般鮮亮日照的午後羅馬。我全身攤平躺在草地上，一面閒閒地眺望著馬啦人啦雲的緩慢移動，一面忽然想到如果兩千年後現在的羅馬像龐貝古城般完全原樣變成古蹟留下來的話應該很棒吧。說什麼：各位那是Trussardi的遺跡，這邊是Valentino的遺跡，那邊展示櫃裡的是American Express 的金卡。

女孩子還牽著馬繼續走。她看起來好像就要那樣融進時光的雲霧裡去了似的。兩個穿著和剛才不同制服的警察一面吃著冰淇淋，一面走過來，走過馬路。他們對熱氣球沒什麼興趣。噴水池的水噴得好高，最頂端形成珠串般的漂亮水花，閃著耀眼的光輝。

熱氣球還沒升上去。三個工作人員依然忙碌地跑來跑去，調調什麼螺絲，檢查一下儀器。不過看樣子，實在一點也感覺不到那會浮起來。雖然這是個氣球升空飛翔再適當不過的天氣。

下午一點四十五分。離天黑時間還綽綽有餘。

雅典

雅典

到雅典來，這是第三次或第四次了。

雅典是人口三百萬的希臘第一大都會（其實這是希臘人口的將近三分之一），不過若光以觀光客經常活動的區域來說，並不是多大的城市。大多的歷史遺跡都在步行可以到達的距離內，說得保守一些只要有三天，想看的目標大概都可以看完。這都市在古老衛城周圍，像鐵屑附著於磁石般附著著近郊的住宅區，就那麼無定見地往外逐漸飽和發展成都市，因此觀光客有興趣的地方顯然集中於市中心部分。所以即使到郊外住宅區去看也沒用（假定你是到東京的外國觀光客的話，難道會特地到雲雀之丘或多摩Plaza或西國分寺去觀光嗎？），一般人大概都會去登阿克波里斯，在布拉卡喝雷濟那（譯註：retsina，希臘產松香白葡萄酒），吃慕沙卡（譯註：moussaka，烤茄子、馬鈴薯、絞肉的代表性希臘菜），在街上走走，逛逛土產店，在憲法廣場喝喝茶，從利卡貝特斯山丘（Likavitos）眺望雅典夜景，然後還有時間和興趣的人可以到國立考古博物館參觀，這樣就沒了。

換句話說，如果已經是第三次來的話，已經沒東西可看，沒地方可去了。

我住在雅典的Grande Bretagne Hotel，在這裡跟名叫瓦倫提娜的女子見面。她要爲我們介紹住的房子。

瓦倫堤娜

瓦倫堤娜爲我介紹了一個島上的出租房子。

「不是很大，不過那眞是beauuuuutiful的房子。」她好像極其感動似的，一面用手啪啪地拍著我的膝蓋一面說。她坐在我旁邊。我們倆並排坐在Grande Bretagne Hotel門廳的沙發上。這談話是用英語進行的，而她一說到什麼感動的地方，或要強調什麼時，就有個毛病會把語言正中央的母音拉得老uuuuuuuuu長（老長）。這毛病在不知不覺之間也轉移到我這邊來了。好像是有點傳染性的毛病。

我們在談著之間，一副神情尊大的飯店服務生走過來問「要不要喝點什麼？」暗示要我們點東西。瓦倫堤娜當場回答「No!」這種時候她母音的發音卻非常簡潔而斬釘截鐵。

「還有啊，那房子附近還有一個beauuuuutiful的沙灘。對了，你們有帶游泳衣吧？」

「嗯，那當然……」

「你，絕eeeeeeeee對（絕對）會中意的。」

瓦倫堤娜的年齡從外表看不太出來。不過據說有個二十歲的兒子，那麼自然也有相當年齡了。以希臘中年女性來說倒是少見的瘦，而且正如大多瘦瘦的中年女人一樣，非eeeeeeeeee常的精力充沛。服裝和化妝，彷彿也吸收了那充沛的精力似的，算是相當華麗。

我跟她是第一次見面。

「多米特利說，你是日本非常有名的作家，是眞的嗎？」瓦倫堤娜問我。簡單的招呼，一應的寒暄過後，她就略帶懷疑單刀直入地問。多米特利是告訴我她名字的住東京的希臘人。看來多米特利向她傳達的訊息中似乎含有某些誤解或情緒上的混亂，她大概把我料想成是谷崎或三島之類半古典文豪的樣子。就在這情況下，我穿著和平常一樣褪了色的Polo襯衫髒兮兮的牛仔褲慢吞吞地出現，因此她大概也有點洩氣吧。關於這點，我——雖然不能怪我——眞的覺得很抱歉。

有時候我會想，我好像稍微缺乏一點身爲一個作家（或藝術家）應有的光環似的。我在日本的時候，也常被誤認爲麵包店的送貨員，或超級市場的店員。買東西時，常有陌生人問我「喂，辣椒在哪裡？」（而且，我還確實告訴他）。不過那好像不能只說因爲服裝的關係。我偶爾好好穿著深色西裝打著領帶，站在飯店門廳，也會有不認識的歐吉桑問我「喂，鶴廳在哪裡？」所以我實在不能責怪瓦倫堤娜。所謂光環這東西——雖然我不太知道那在現實上到底有什麼用處——有的地方就是有，沒有的地方就是完全沒有。就像所謂溫泉和油田一樣。

「嗯，是的。我是作家。」我好像在辯解似的說，「雖然有名沒名我不太清楚，不過，總之是作家。不管怎麼說，多米特利大概把我說得有點誇張了，我雖然確實是在寫文章，不過並不是什麼大作家。」

「噢。」她一面再一次看我的模樣一面說，「不過，是專業作家吧？full time全職的？」

「嗯，是啊。full time 全職的作家。應該算是。」我回答。應該算是。

「爲了寫東西，所以到希臘來。」我說。

「老實說，我也在寫詩噢。」瓦倫堤娜說。

「是嗎？這我倒不知道。因爲多米特利沒告訴我。」

「你，寫詩嗎？」

「沒寫過，很遺憾。」

噢，她點點頭。「希臘是寫詩很盛行的國家。詩甚至比小說盛行噢。這已經是歷史性的事了——嘿，您知道希臘還得過兩次諾貝爾文學獎嗎？」

「不，我不知道。」我很惶恐地說。

瓦倫堤娜又朝我瞟來一眼「你眞的是作家嗎？」的視線。不過，這種事我眞的不知道。因爲我連日本有幾個作家得諾貝爾獎都不清楚。

「不過寫詩的問題是，光靠那個實在吃不飽噢。詩人並不能算是一種職業。」瓦倫堤娜說。「所以我另外還有別的工作——嘿，多米特利怎麼跟你說到我的？」

「不，很遺憾我跟多米特利錯過了，沒見到面。上個月他回希臘時我在東京，這個月我來到希臘他卻回東京去了，就這樣我們一直錯過沒見到面。所以沒機會好好跟他說話。他只告訴我，總之到雅典後打電話給妳，只要打電話妳就知道了。其他細節都沒說。」

「啊，原來是這樣。呵呵。原來如此。不過總之很高興能跟你見面。Well, I'm Haaaaaapy to meeeeeeet you.」

於是她又啪啪地拍我的膝蓋。

她好像我認識的人，我腦子裡忽然一閃。而且不是像某一個人，而是像複數的人。雖然我沒辦法說得清楚，不過好像把特定的人在特定的場所，所採取的某些特定的行動，三種、四種組合起來整合成一種，然後逐漸從各個角度顯示出來似的，那種感覺。是一種很有眞實感，而且好像很奇怪從遠遠的地方看著似的，那種像法。不過那像法感覺並不壞。跟她談著話時，我甚至還有某種懷念的親切感。原來如此，這麼看來，這個世界其實還眞小嘛。我這樣想。

「多米特利是我前夫的弟弟。」她說。「我離婚以後一直還一個人，所以還是同姓。多米特利的事情，我從他小時候就非eeeeee常清楚。噢對了，關於房子的事。你在找房子對嗎？」

談話終於進入本題。對，我們正在找可以在希臘住的房子。

我提出我所要找房子的大概條件。

（1）兩間臥室

（2）附廚房和浴室

（3）附傢俱

（4）安靜——因爲要工作

大體上是這樣。

「這個嘛……」瓦倫堤娜略微沉思了一下。把原子筆在手上團團轉著。「又安靜，又有兩個房間……嗯，對了，斯佩察島（Spetses I.）怎麼樣？要是斯佩察的話倒有一棟我認識的人的夏屋。你知道斯佩察嗎？」

斯佩察我倒知道。雖然沒有實際去過，就在伊德拉島（Idra 或Hydra 或Idhra I.）（譯註：希臘歷史悠久，地名中英文皆有多種譯法）附近。我去過幾次伊德拉。大小適中，從比里斯港（Pireas）搭船也方便。而且不像伊德拉那樣每隔一小時就有渡輪忙碌地來回，應該也沒被觀光客寵壞得那麼嚴重。住在雅典的希臘人在這裡擁有夏天的別墅，在夏天週末來玩一下的那種島。氣氛應該還不錯。

「那是怎麼樣的房子？」我問。

「我也曾經在那裡被招待住過幾次。雖然不太大，不過真的是beauuuuuutiful 的房子噢。」瓦倫堤娜就是在那時候說的。「而且附近還有beauuuuuuuuuutiful 的……等等。」

瓦倫堤娜從口袋裡抽出便條紙來，用原子筆畫地圖。首先畫出整個希臘全土地圖。這也是個總之形狀很奇怪的地圖。在我以往的人生過程中有過幾次請女性為我畫地圖的機會，但很遺憾沒遇到過一位能畫出正確地圖的女性。而這位瓦倫堤娜，也是一位到處向世人散布不正確地圖的族類之一。不只這樣，對我而言還是不得不說她是其中症狀最嚴重的。

根據她的地圖，希臘本土（也就是從馬其頓到司尼恩〔Sounio〕岬為止的部分）像細長的乳房，或將烤過的年糕抓起來一把拉成兩半似的圓錐形。伯羅奔尼撒半島（Peloponisos）則像扭到那左側的手套般被殘酷地遺棄在一旁。而隔開兩者的科林斯運河，寬度則有英法間的多佛海峽那麼寬（實際只有一百公尺或兩百公尺而已）。這就是瓦倫堤娜眼裡所看到的希臘。

「這是希臘。」說著瓦倫堤娜把那該受到報應的地圖向過來給我看。「你看得懂嗎？」

「看得懂。」我沒辦法只好同意。因爲事到如今再爭辯也沒用。

「那麼，你看，這是斯佩察噢。」她說，她在海上畫了一個小圓圈。並在下一頁畫出島的地圖。島——根據她的地圖——像洋菇縱切成兩半的樣子。像這樣。

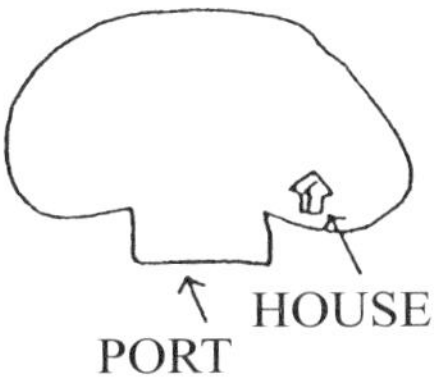

但後日我買了地圖一看，實際上島是這樣的形狀。

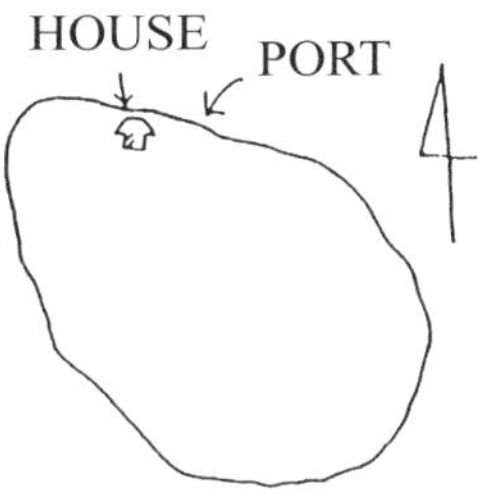

您看過後一定會知道，不但這島的形狀完全不同，就是港的位置南北也完全相反。爲什麼會出現這樣大的差距呢？——據我的想法——也就是她把島民生活中，港的重要性，和地勢上的重要性重疊，因此港的規模便相對地逐漸變大。而傷腦筋的是，完全認不清上下左右、和東南西北這絕對的位置關係。也就是說對她來說，或對多數女性來說，地理上的全體像這東西，並沒有太大的重要性。她們最尊重的，是眼睛看得見的，彩色的細部，那細部的印象越強烈，那地勢上的重要性也呈正比例逐漸膨脹起來。不過那時候，我並沒有那麼深入思考。總之只覺得奇怪「形狀好不可思議的島啊」而已。

她畫完地圖，並在上面畫龍點睛地畫入房子的位置。臉上露出一副很滿足的表情點點頭。並喊著「我最喜iiiiii歡（最喜歡）這個島」，在那地圖上啾地把嘴唇壓上去親一下。然後把那張紙交給我。地圖上便清楚地留下她深色的口紅印子。

像這樣。

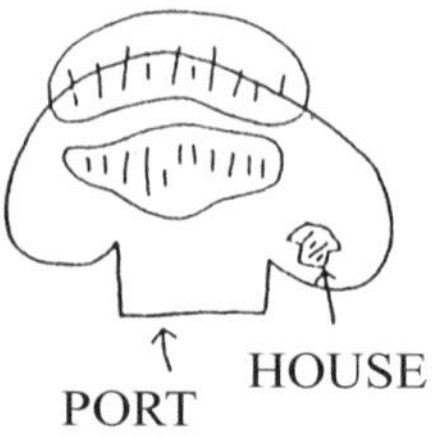

就這樣因爲偏見和不理解而變了形的島，便被口紅壯麗地封印了。

對那熱情的親吻，會被期待有什麼樣的反應，我當時完全不知道（現在雖然也還不知道），不過總之我說一聲「謝謝」便接受了那地圖，瞄了一眼然後折成兩折收進口袋裡。然後決定不再想地圖的事了。

她為我說明到了港口之後的事。

「從港口到那房子走路也只要十五分鐘左右。」瓦倫堤娜說。「因為是風景美麗的海邊道路，所以我想走起來也很舒服，如果行李多的話，還是搭計程車比較好。不過島上只有一部計程車，所以如果找不到車的話，可以坐馬車去。或租水上遊艇也可以。」

「好像滿優閒的地方嘛。」我說。

「噢oooooooooo，那眞是悠閒的地方啊。」瓦倫堤娜強調。「因為幾乎沒什麼車子在跑啊，對您的工作不是最適當不過了嗎！」

我被瓦倫堤娜幾乎沒什麼車子在跑的話所吸引。嗯，這正是理想的希臘生活，我想。美麗的海灘，沒有車子的海島，安靜的日子。（不過日後實際到了島上一看，我卻為那吵雜聲而煩惱。確實沒有汽車在跑。但摩托車卻多得不得了，而且大多像是沒裝滅音器的流氓摩托車。那些車子從早到晚噗噗噗噗噗噗噗噗，發出好像小孩子用棍棒到處拚命敲打鐵皮屋頂般的巨大吵雜聲在島上到處跑。這老實說，在某種意義上，比站在三軒茶屋（譯註：東京都內站名，東急新玉川線和世田谷線電車及首都高速公路的交會點，從江戶時代自古就有三間茶店在此岔路口，現在則大樓林立，是既摩登又古老而頗受年輕人喜愛的地方）的交叉點上神經更受刺激。正因周圍很安靜，那噪音反而顯得非eeeeeeeeee常刺耳。不過當時當然不知道這些事情。噢，沒有汽車，那太好了。只想到這個而已。誰會想得到有摩托車呢！）

接下來，瓦倫堤娜在下一張紙上為我畫出房子周圍的略圖。

「超級市場、郵局、ＯＴＥ（電信局）之類的，生活必須的東西只要到港口去全都齊全，餐廳更多，生活沒有任何不方便，不過如果你要說走十五分鐘太麻煩的話，房子附近也有各種商店。這裡有小超級市場（阿那吉羅絲開的）、這裡有賣魚的小餐館（帕特拉里斯開的）、這裡有咖啡店（潘德雷斯開的）。雖然沒有魚店，不過咖啡店有很多漁夫聚集，可以直接跟他們交涉在那裡買新鮮的魚喲。」

「好像很不錯的地方嘛。」我說。確實好像不錯。

「好了好了，這就是最主要的房子。」她圖解這棟房子。「是這種感覺兩間相連的房子。隔壁住的是屋主塔吉斯先生的內弟叫做哈里斯先生。哈里斯先生在雅典有房子，不過他到這島上的ＯＴＥ單身赴任，週末才回雅典。他會說英語，所以有什麼事的時候也很方便吧。」

「是啊。」我同意。

而最後她為我畫了這房子的隔間，不過跟熟知這房子的外觀跟附近的地理比起來，她對房子內部結構的知識卻不知道為什麼似乎很模糊，不可靠。地圖也一時失去了力道，沒有告訴我太多訊息。花壇的花比門還要大（就像前面說過的那樣，把自己喜歡的東西畫得比實際上大是這種人的特徵），因此很容易推測出房間和房間的大小比例一定不正確。為什麼她對房子周圍的情形這麼清楚，對房子內部卻又如此不清楚呢，原因我不太知道。不過這不是我該干涉的問題。對我來說只要是很好的地方很好的房子，能以適當價錢租給我就行了。

簡單整理她的說明，大致是這樣的。一樓有客廳、廚房、浴室和一間很小的兒童房。二樓部分挑空，一半是臥室。還有一個小庭園。

有幾個問題。首先第一點，沒有我要工作的獨立房間（兒童房塞滿了不需要的傢俱）。第二，沒有浴缸（因為是夏屋，所以沒有那種東西呀，她說）。第三，沒有電話（只要到OTE去就行了，瓦倫堤娜這樣主張）。第四，相對之下租金卻絕不算便宜（他們要求八萬德拉克馬希臘幣。八萬德拉克馬，在希臘是相當可觀的錢）。

不過在和瓦倫堤娜談著島上的事時，我心裡逐漸想去那裡住了。而且現在再去找別的房子也有點嫌麻煩。在希臘找房子相當辛苦。暫且住在這裡看看吧，事情就這麼決定了。何況好像是安靜得幾乎沒有車子在跑的島。

我對瓦倫堤娜說決定要這房子。並開一張支票預付一個月的房租。事情就這麼談定。很簡單。不過這樣總算決定了我們在希臘暫時定居的住宅。

分手前，瓦倫堤娜帶我到附近的書店去，幫我選了幾本英譯的希臘現代作家的書（因為都不怎麼有趣，因此很抱歉我讀到一半就沒往下讀了）。在書店前，她向一個賣炒栗子的阿伯買了一袋炒栗子。一到十月，雅典街頭便充滿了賣炒栗子阿伯的攤子。街上到處充滿了炒栗子香噴噴的氣味。她也許跟那個阿伯認識，不知道談些什麼。她笑了，阿伯也笑了。

「我等一下要用這個，幫我兒子做午餐呢。」瓦倫堤娜跟我說。

用炒栗子到底能做出什麼樣的午餐，我非常感興趣，但遺憾她好像很趕時間，我沒能問她。午餐時間已經逼近。看來讓兒子餓肚子，對她來說似乎是比什麼都難過的事。於是我們就在那裡分手。

「希望你住得非eeeeeeeeee常快樂。」瓦倫堤娜說。「因爲眞的是beauuuuutiful的地方。」

「非常謝謝妳。」我向她道謝。

於是瓦倫堤娜像原色花蝴蝶般搖晃著色彩艷麗的裙襬，消失到雅典的人潮中去了。從此以後我跟瓦倫堤娜通過一次電話。但再也沒見過面。

斯佩察島

抵達斯佩察島

以快來說的話，從比里斯港到斯佩察搭水上翼船是最迅速的。比搭普通渡輪可以減少大約一半時間到達目的地。因此確實可以節省時間，但船票費用也相對比較高，是普通渡輪的兩倍。而最主要的是缺乏情調。聲音非常吵，也無法走出甲板做日光浴。而且樣子很難看。就像在老電影《海底兩萬里》中出現的鸚鵡螺號（Nautilus）般舊時代的前衛模樣，就像個性扭曲的水生動物把腳猛然伸出外面在海上急速奔跑的光景，有某種可怕的地方。至少毫無旅行情調可言。

當這令人不耐煩的水中翼船終於到達斯佩察島的港口時，碼頭周圍的牆壁卻被密密麻麻的白色垂簾布條所遮蔽。住宅的陽台，飯店的窗戶，餐廳的入口也掛滿這種布條。並掛著一排排小三角旗。隨著船逐漸靠近岸邊，可以看出垂幕上寫著ΠΑΣΟΚ或ΝΔ之類的希臘文字（譯註：相當於英文PASOK及ND）。猛一看，好像是豎立旗幟熱熱鬧鬧的鄉村秋季節慶般的風情。但我們絲毫搞不清楚那是什麼意思。過去我到過很多希臘的城鄉，卻從來沒有看過這樣的光景。

「嘿，那到底寫什麼？」內人問我。

「是什麼呢——嗯，帕所克，尼・得爾塔，餃阿・旗尼喜……後面好像是人名吧。」

「是做什麼宣傳嗎？」

「不，我想不是。再怎麼說也不會宣傳到這個地步。」

兩個人試著想了各種可能，但都沒找到適當的說明。最後在可能是某種地方性節慶的地方打住。不過不管怎麼說總算到達斯佩察島了。往後至少要在這裡安定下來生活一個月。

島的第一印象還不錯。入海口深處有一個小巧的港口，在那後面則又有一個小巧的村子。村子後面有小丘，有山。山上看得見白色教堂。以希臘的島來說很稀奇，山上覆蓋著松樹、絲杉、橄欖等，各種色調的綠。海染成深藍色，雲總是那麼白，天空是晴朗的蔚藍，而且寬闊。天上一隻海鷗，像很滿足地享受飛翔這行爲似的，緩慢而有格調地橫切而過。水中翼船的引擎停止後，只傳來船頭破水前進所發出的「沙阿」……………的聲音。依瓦倫提娜式的說法，眞是「beeeeeeeeautiful」的景色。

在斯佩察島有相當多人下船。可以零星看見幾個背著大背包的外國觀光客身影，但因爲觀光季節已經幾乎接近尾聲了，所以人數並不多。乘客大半是希臘人。而且這些希臘人可以大致分爲兩類。(1)從某個地方來的希臘人，和(2)從某個地方回來的希臘人。

屬於(1)的這些人大多穿著良好，成對或一家大小。可能是爲了到夏屋度週末而來的。這些人手上大概都拿著某種書。坐在我前面座位的太太帶著調教良好的小型犬，讀著譯成希臘語的亞瑟・黑利著作《Hotel》。隔壁座穿著迷你裙的俏麗女孩一面喝著熱牛奶（船上的服務生爲乘客送飲料），一面讀著希臘版《ELLE》之類的流行雜誌。這些人周圍，散發著都會上層中產階級特有的沉穩氛圍。帶著打算住幾夜所需的簡單旅行袋、戴太陽眼鏡、金手鐲、Benetton 毛衣和SONY 隨身聽。

和他們比起來，屬於(2)的那些人感覺全都非常簡單而且很健康。有像「希臘左巴」般的中年人，有血色很好的中年女人，他們抱著沉甸甸的、可能是從比里斯或雅典買來的貨，踢哩踏啦地走下碼頭而去。他們是名副其實的庶民。我把他們稱爲「左巴系的希臘人」。

然後也看得見穿著黑色寬鬆僧衣（稱爲拉索）留著長鬚、一副表情嚴謹的僧侶。這位僧侶也同樣的，不知道買了什麼來的，雙手都提著紙箱。看來非常沉重的紙箱。四十歲左右的中年女人在下船的出口，一把抱緊前來迎接的小男孩（大概是她兒子）親吻起來。因而使得後面的乘客無法下船。果然引來船上的乘務員大聲喊叫「太太，擋住路了，請讓開噢！」一個左巴系中年人從船上朝著碼頭上的別個左巴系中年人以令人吃驚的大聲吼著。「喂，柯斯塔，你好啊！」

也有攬客的人。看來實在不太像攬客的，有點知識分子風味的攬客的。感覺就像身材修長的伍迪・艾倫般的中年男人，穿著Lacoste的Polo運動襯衫，帶著雅痞風黑框眼鏡。不過襯衫、眼鏡和本人都有點疲倦。他一一抓住旅客和像外國人的人，用英語或德語問：「您今天晚上住的地方定了沒有？」港口廣場上總共排著六輛馬車（正如瓦倫堤娜所說的確實有馬車），車夫向人們招呼著：「Hello, Yes, Please」。廣場周圍排列著整排咖啡店，人們喝著啤酒，一面翻閱報紙，一面眺望從船上下來的客人。

還有狗，椅子腳下，兩隻茶色的狗躺在地上動也不動一下。完全看不出是活的還是死的。這不是只有在斯佩察島這樣，而是在全希臘日常都可以看見的現象。我叫這作「死狗現象」，總之希臘的狗在夏日午後，全都像這樣累趴趴像石頭般睡死了。眞的名副其實，動也不動一下。連呼吸都沒有（看起來是這樣）。連希臘人要分辨這種「躺著的狗」的死活，都好像極爲困難的樣子，我看過好幾次有幾個希臘人在狗的四周圍成一圈，皺著眉頭在認眞討論狗是活的還是死的。我想只要用棒子或什麼戳一下應該就會立刻知道的，但不知道是因爲覺得吵醒狗太可憐，還是怕被咬到，所以沒有人這樣做。大家只是一直盯著瞧，互相猜著，這是活的，不，是死的。狗固然很閒，人也很閒。

攬客的Lacoste男（也許是某一家民宿的老闆）走到我面前來，問道：「您今天晚上住的地方決定了沒有？」

「決定了。」我說。

「是哪一家飯店呢？」他問。

「不是飯店，」我說：「我要住庫努皮紮的達姆狄羅普洛斯的房子。」

「庫努皮紮的達姆狄羅普洛斯的房子啊。」他說著歪歪頭。「你知道那房子在哪裡嗎？」

「不知道。」（瓦倫堤娜沒有告訴我這房子的住址。因爲這個島沒有所謂住址這東西。她說：「去了就知道」。）

「那我幫你問看看那地方吧。」Lacoste男說。相當熱心的人。

「喂、喂，亞尼！你知道庫努皮紮的達姆狄羅普洛斯的房子在哪裡嗎？」

被叫作亞尼，戴著獵人帽的左巴走過來（希臘男人的名字大約有一半叫作柯斯塔或亞尼或伊歐爾哥斯其中之一）。而且他也歪著頭。「庫努皮紮的達姆狄羅普洛斯的房子啊，我也不知道。」他很抱歉似的說。

於是旁邊一個很有精神的中年女人探頭過來聽我們談話。「什麼？哪裡的房子？你說庫努皮紮的達姆狄羅普洛斯的房子嗎？」不過她也不知道那房子。於是旁邊別的左巴便……就這樣談話的圈子逐漸膨脹下去。於是大家就「說是庫努皮紮的達姆狄羅普洛斯的房子在哪？」「沒聽過啊！」「會不會是那棟呢？」「問那傢伙應該知道吧。」之類七嘴八舌地講起來。爲了這麼點事情大家就這麼興奮起來。我確實感覺已經來到一個不知道該說是優閒，或空閒的地方來了。

然而儘管引起這麼一陣大騷動，結果還是不知道庫努皮紮的達姆狄羅普洛斯的房子在什麼地方。Lacoste男對我說：「雖然不知道庫努皮紮的達姆狄羅普洛斯的房子在哪裡，不過總之先到庫努皮紮去問看看好了。我想到了那裡總有人知道的。」

好的，我說。我本來就這麼打算的嘛。

他建議我搭馬車去。並爲我找了一輛馬車來。眞是個熱心的人。「不可以付超過兩百德拉克馬噢。那是馬車規定的費用。」他告訴我。我道過謝上了馬車。

但到了庫努皮紮時，我卻被敲四百德拉克馬。車夫說因爲行李非常重所以希望能多付特別的費用。本來也可以依照Lacoste男說的，回他一句少開玩笑便小氣地賴掉的，不過確實行李也很重，馬爬坡時也呵呵地喘著粗氣（雖然也許是演技也不一定），而且車夫也幫忙找到了房子，因此算了，我便付了四百德拉克馬給他。因爲再怎麼說差別也不過才兩百日圓而已。

我們剛抵達港口時所看到的一大片垂掛的布條，用意是在那天傍晚才弄清楚。那天是星期天，沒有任何食品商店開門，我們就到港口附近的塔維爾那（譯註：taverna）去，翻開菜單，選了當天特別的魚餐和魯豆子，辣味的白葡萄酒。

「抱歉，今天不能供應葡萄酒。」女主人非常過意不去似地說。

我聽了內心一驚。頓時啞然，說不出話來。沒有葡萄酒嗎？希臘的塔維爾那居然沒有葡萄酒？這簡直就像走進日本壽司店，聽到「對不起，今天醬油用完了。」一樣怪。

「沒有葡萄酒？」我以乾乾的聲音反問。

「今天是那個啊。」她說著用手指一指布條。「所以不能供應。」

話雖這麼說，我還是完全搞不清楚。到底那個是指什麼？

「妳說的那個是什麼？」我問。

「今天是全國統一地方選舉的投票日啊。所以規定全國的商店都不准賣酒精類的東西。葡萄酒、啤酒、威士忌、白蘭地、ouzo（譯註：希臘烈白酒，無色透明，加水稀釋立即變乳白色），全都不行。法律上這樣規定的。」

原來如此，那些布條全都是選舉用的。這麼說來報紙上確實刊登過即將選舉的消息。可是爲什麼有選舉就不能飲酒呢？我試著問她這一點。

「你知道，希臘人對選舉非eeeee常容易興奮哪。大家都很激動，這時候一喝酒恐怕會鬧出殺人事件。所以酒精類就被禁止。一滴都不准賣。」

店裡生意清閒也有關係，她很誠懇地詳細說明給我聽。

「可是，」我說。「我們是外國人，跟選舉沒關係呀。我們喝葡萄酒，警察應該不會囉嗦吧。」

「話是沒錯。」她說：「老遠來到希臘，卻不能喝葡萄酒也眞可憐啊。ＯＫ，我打電話給島上的警察問看看。請等一下。」

不過結果我們那天還是沒喝到葡萄酒。警察答覆說不管是外國人也好外星人也好，今天都一律不准供應酒。任何國家都一樣，警察都是一板一眼墨守成規的。沒有葡萄酒的晚餐是多麼的沒味道，不來希臘還不知道。

這就是我們到達斯佩察島第一天所發生的事。沒有葡萄酒的晚餐。那麼往後不知道還會怎麼樣呢。

淡季的海島

我們到這島上來是在十月中旬的週末。換句話說是觀光季節的最後一個週末。這前後大約算是「到這時候爲止總算可以勉強下海游泳」的最後限度。我看到有人下海游泳，實際上這週也是最後了。

緊鄰港口附近有一個不太大的海灘，到那裡一看大約三十個左右的觀光客穿著游泳衣正躺在沙灘上，幾個活潑有勁的小孩泡在水裡，游游泳或玩玩遊戲。陽光雖然很暖和，但風卻冷颼颼的，不太會有興致下到海裡去。大家都只在沙灘上躺著安靜做日光浴而已。男人穿著緊繃繃的小海水短褲，女人有百分之七十露出胸部，打算在冬天來臨前盡量多吸收一點陽光。而且全都一本正經的臉色。做日光浴不妨稍微輕鬆一點嘛，但這些人（我推測大概多半是從北歐特地來到希臘尋找陽光的）對太陽卻相當認眞。簡直像太陽能的電動刮鬍刀全都集合起來一面充電一面兼做信仰告白集會似的氣氛。

旁邊有本地左巴系希臘人三三五五地走過。因爲前往市區的路就在沙灘旁邊。他們通過時順便就往乳頭正朝初秋艷陽凸出的女性身影，老實不客氣地盯著瞧。

有趣的是，關於女人在沙灘把游泳衣的上衣脫掉，不知道該說是——搭啦、或啪啦、或噗嚕地露出乳房，我對這行爲到現在還找不到一個恰當的表現形容法，觀光客之間並不會互相盯著觀看，也不會偷偷地斜眼瞄一下，這樣做是非常不禮貌的，觀光客之間已經有了這樣的安穩共識。不用說照相是禁止的。所以就算旁邊的女人大大方方露出乳房，男人臉上也就裝作一副完全沒注意到的表情。我個人把這稱爲「愛琴海的法則」。這是怎麼回事呢，也就是說，來到愛琴海了所以，(A)女人想：「既然來到愛琴海了，這種事情是理所當然的啊」，於是很自然地就把乳房露出來，(B)男人方面也想：「既然是愛琴海，這種事也是理所當然的吧」，於是故意假裝成沒看見的樣子。當然偶爾用眼角快速掃瞄一下是有的。不過即使那種時候，也飄散出這已經看慣了不稀奇的精神上的充裕。這是基本法則。充裕是最重要的。此外以實際問題來說，在希臘住久了之後，乳房眞的是看慣了，看慣了之後，那其實一點也沒什麼。雖然不是我自豪。

不只是女人，如果到島上更深處不太有人的海灘去的話，也經常可以看到把游泳褲脫掉，赤裸裸地露出下半身在做日光浴的男人。也有全裸的女人。這我也做過一次，感覺相當舒服。雖然世上有「陰部」的說法，只要露出在陽光下，就不再是「陰部」了吧，只不過是身體的一部分而已嘛，確實深深感覺頗能認同的。

姑且不提這個，根據「愛琴海法則」，希臘各島的海灘上露胸的女人滿地都是。而男人們就在她們周圍若無其事地看著書。不過當然這種法則或不成文規定，左巴系希臘人是完全不知道的。並不是他們刻意向觀光客勸誘「希臘是個好地方噢，在海灘露出乳房也沒關係喲」。他們的太太女兒日常也沒有露出乳房生活著——相反的，希臘鄉下人信仰虔誠，這方面非常保守。倒是美國人和北歐人大量湧進來，換句話說連招呼也不打一下便自做主張地脫掉衣服把乳房暴露在衆目睽睽之下。什麼「愛琴海法則」，左巴們才不管這些呢。既然要露乳房是妳的自由，那麼要看乳房也是我的自由囉。

就因爲這樣左巴們趁著路過之便，也就樂得大飽眼福，盯著露出的乳房一一看了個夠。話雖這麼說，不過我想在這些視線裡似乎不太含有性的色彩。倒不如說我可以感覺到那只是純粹出於好奇心（雖然或許稱不上科學上的好奇心）。不過我並沒有特別打算爲左巴們辯護，只是眼看著滿地躺著整個露出的乳房，要快速通過對他們的好奇心來說未免吸引力太強了。就像我們走在路上看見一堆人圍著時，也會伸出頭去探看一下，原理上是類似的。所以當女孩子們感覺到自己乳房上忽然有不客氣的視線而抬頭一看，發現對方是左巴時，也只能「要命又是左巴啊，眞沒辦法」而放棄不去理會了。

不過我目擊這種地中海制度式光景也只不過是一瞬間的事，那個週末（對於觀光旺季的最後裝飾是個相當理想的地中海型好天氣）結束了，十月也進入後半之後，海灘的人影驟然減少，從船上下來的觀光客蹤影也變稀疏了。塔維爾那的餐桌開始變空。就這樣，島上眞正突然進入淡季。換句話說，就在大家都回去的時候，我們正好反其道而行來到這裡。眞是自找麻煩。

*

於是，島上的淡季從附近海灘整排的露天塔維爾那的關閉開始。就像山國之春從遙遠的雪崩聲音開始一樣，島上的秋天，從露天餐廳的椅子劈哩啪啦收起來的聲音開始。先從距離市街較遠的海灘開始關閉，就像一九四五年的柏林包圍戰一樣，前線逐漸向中心縮小靠近。然後某一天，一切都結束了。只剩下諸如「尼可斯塔維爾那」啦、「海豚塔維爾那」之類的餐館招牌，窗子上釘上木板的小屋，和草蓆搭的遮陽屋頂。而落魄的狗——說起來全希臘哪個島上有不落魄的狗呢？——還死纏著夏天的記憶，在現在已經不見蹤影的想像上的桌子周圍徘徊不去，伸出鼻頭空虛地一味探尋著食物所遺留下來的香味。心想丟過來肥肉或魚頭的那些親切大方的觀光客都到哪裡去了呢？全都度完假期回家去了，我這樣告訴那些狗。現在大家都一大早起床去上班或上學了噢。不過當然狗是不懂這些的。不可能懂。狗能夠模糊理解到的，頂多只有美好季節似乎已經結束了而已。

就這樣，隨著野外塔維爾那關店之後，夏天之間往島上各個海灘運送觀光客的老爺巴士（島上只有一輛），也停止運行了。多半時候有十輛在營業的馬車，到了十月底也減少到只剩兩輛。巴士在秋冬期間留在島上也沒有用，於是用渡輪運回本土去。淡季期間在本土活躍地擔任輸送上下班人潮的通勤巴士，到了春天來臨時才又回到島上來。我親眼看著這輛巴士被載上渡輪往本土運走，還眞是有點感傷的光景。

至於馬車，我到村子外散步時，有時在農家的前庭裡看過。好像就是那匹拉過車的馬被繫在附近的樹幹上，以柔和的眼神優閒地吃著乾草。唉，這下子可以休息好一陣子了似的模樣。車夫——向我敲了四百德拉克馬的男人可能也一樣——回復本行去做農夫，正在山上的田園裡種著橄欖或蕃茄或茄子吧。

其次，看來想必是做外國觀光客生意的頗時髦的商店（當然是指比較上時髦一點的意思），慢慢觀察周圍整個環境的樣子才開始關店。酒吧啦、稍微特別一點的餐廳、速食店、迪斯可舞廳（好像會飄起約翰屈伏塔的靈魂的那種），就那樣一間間地消失了。

到了這種時候，周圍便開始散發出「好了結束了結束了，接下來可要好好休息」的氣氛。因爲在旺季之間既沒有週末也沒有歇斯達（午睡）時間，只有工作、工作而已。並沒有任何留戀。他們在夏天盡量工作，冬天盡量遊玩。飯店也一樣關門。有一段時間將近十家在營業的飯店群，也像退潮般接二連三一家家陸續關起來，到了進入十一月之後只留下一間小的，而且那也是沒辦法只好將就開著的模樣。

從海上吹來的濕濕北風搖動著電線，把不詳的烏雲吹向遙遠的克里特島的方向去。我打心底湧起陰暗的懷疑念頭也就是在這時候。我是不是在做一件完全不對勁的事呢？我是不是應該到一個完全不一樣的地方去比較好呢？

不過，面臨這樣嚴重的狀況是在進入十一月之後的事，十月的後半還有一些生活上的餘裕。應該說是旺季時活潑氣息的殘餘或餘韻吧，我們還能享受到這種氛圍。商店和餐廳在需要之下還開著，無風的暖和日子也可以在沙灘享受曬太陽的樂趣。已經幾乎沒什麼觀光客了，相當優閒。如果有人想到希臘島上住一個月看看的話，我建議不妨從九月中住到十月中這一個月。在這之前就像原宿的竹下通一樣熱鬧，在那之後從觀光觀點來看，來希臘的意義已經接近零。冬天還特地跑到這種地方來的，不是相當好事的，就是爲了淡季便宜特別來的（便宜確實是便宜）小說家之類的。

＊

希臘的很多島上都擁有像《青樓怨婦》（BELLE DE JOUR）裡的凱薩琳丹妮芙般判然兩種臉孔。一種是從復活節到十月中旬旺季時的臉，朝著外國觀光客的外向臉，另一種則是剩下的期間，也就是淡季只有自己人時的眞面目。這兩種臉可以說是兩極端的強烈不同。因爲差異實在太大了，所以我想如果只看到其中一種臉的人也許不可能想像另一種臉。

首先是氣候不同。我從約翰．包曼所寫的《愛琴海的諸島》導遊書，引用一段有關氣候的記述如下。

「下面這點我想向讀者強調。⑴愛琴海的島不是熱帶的島，⑵往往會刮強風，這兩點。因爲一年之中有六個月到八個月是美好氣候的連續，所以很多人容易誤會，以爲這裡是像常夏樂園般的地方。但我希望您好好看附表（*全年氣溫表）。雖然不同的島稍有差別，但只有這點可以很明白地說。從十月到四月的愛琴海是不能游泳的，十一月到三月通常沒有人會想到島上去度假。」

這是簡潔而有要領的記述，關於島的氣候除此之外沒有必要再附加什麼了。不過看來似乎很執拗，實際上在淡季沒有來過希臘的人，我想大概無法理解淡季的悲哀冷清吧。知道和理解是兩回事。

我原來也知道秋冬的希臘海島不是常夏型氣候。平均溫度也確實調查過。當然也準備了毛衣和大衣。也有相當的心理準備。然而在秋天的沙灘吹到第一次北風時，而且在十月二十五日顫抖著身體第一次往暖爐裡丟薪柴時，我還是不得不這樣想：「喂，這到底是怎麼回事？這裡不是希臘嗎？」

我以前來希臘都是在夏天。而只在夏天來過希臘的人，是無法想像冬天的。當那想都沒想過的落差實際臨到眼前時，我們會切身感覺到那冷比實際上更強烈。眼前所及的一切讓我們心情一下子冷卻。眼睛所及的一切動搖我們的存在。沙灘堆積的風帆用板子令人聯想起巨大的海蜇骨頭。沒有人跡的山丘上寫著「藍莓丘騎馬俱樂部」的大看板被風吹得卡嗟卡嗟響。現在已經沒有用處的巴士招呼站標誌就像戰敗的士兵倒在地上般倒在路邊。巧克力包裝紙發出乾乾的沙沙聲被風吹著跑。

人口也陡然減少。本來當地人口大約三千人左右，夏天別墅族和觀光客大量湧進來，人口膨脹到大約兩倍。而觀光旺季結束後，海島又在轉瞬間恢復優閒安靜。即使散步時，也可以看見很多房子不見人影。海灘附近甚至出現鬼城。

我早晨大多沿著海岸線慢跑，一旦跑出村外（一會兒就出去了），接下來就看不見人影了。跑了再跑，還是松林和美得不禁令人倒吸一口氣的海灘——話雖這麼說只要每天看著，不久也就不再一一倒吸一口氣了——延續不斷而已。有時會在松林裡遇見獵人。雖說是獵人但並不是專業的獵人，只不過是附近的中年人背著手槍來打獵而已。旁邊跟著一隻耳朵下垂的狗。這種人一看見我首先就會張大嘴巴（爲什麼一個東方人在這種季節一大早就在山裡跑步呢？）然後回過神來，活力充沛地大聲招呼「咖哩．沒啦！（早安）」。能夠這麼活力充沛地打招呼的國民，我想找遍世界都不太多見。打招呼最有精神的要數希臘人了。

除了獵人之外，我也零零星星看過用電鋸正在鋸斷松樹的人。這也不是專業樵夫。只是普通村民爲了儲備過冬的壁爐薪柴而來的。我想這在法律上大概是禁止的。因爲如果大家都可以隨便上山砍樹帶回家的話，山上一定立刻就變禿了。不過總之大家都在這麼做。開著小卡車裝著電鋸來到山上，鋸了木材帶回家去。到處可以聽到嘰eeeeeeeeeeeeee的電鋸獨特的呻吟聲在迴響著。對，冬天已經逼近眼前了。

跑一會兒之後，眼底就可以看見一個小村落。介於綠色松林和藍色大海之間，幾戶小巧的白牆房子肩並肩似地排列著。有白色沙灘、停靠船隻的簡單碼頭，有塔維爾那，前方也看得見一所圓屋頂的教堂。非常美的景色。但那卻是一個被遺棄的村落。房子是度假的夏屋，塔維爾那是爲了來海灘游泳的觀光客用的。但這一切都隨著旺季的過去而關閉了。夏日之屋的窗上罩著堅固的鐵窗，塔維爾那甚至招牌也沒了。也許經營者爲了怕被偷走而把招牌帶回家裡去。門邊一張脫了腳的椅子被丟在那裡。是一張被漆成愛琴海藍色的木頭椅子。好些地方油漆都剝落了。只有這被遺棄的椅子，還微微散發著夏天的記憶。

像這種夏天用的小聚落（resort colony）在村子四周簡直像小衛星般點點存在，但一到秋天卻一個也不剩地變成鬼城。這麼一來島上的人口都集中到村子裡來。島的另一側有個漁夫住的小村，山上住著幾個牧羊人，但人數非常少。從村子往外走，不管任何方向只要走十五分鐘，民房就突然不見了。於是進入松林或荒地。長滿了有刺矮灌木的岩石地上放牧著羊群。令人擔心在這樣不毛的荒地上有什麼東西好吃的。雖然如此羊群還是一面發出叮叮噹噹的鐵鈴聲，一面尋找著泛白的茶色淒慘植物，從一處岩場勤快地移動到另一處岩場。羊群中有一隻長著氣派羊角的黑面雄羊，以威嚇的眼神環顧四周。牠統帥著羊群，保護著牠們。當我從路上經過走近時，牠便猛然抬起頭來，搖晃羊角兩三次，準備向我衝來。好像在說如果你再靠近過來的話我可不饒你的樣子。雌羊也停止吃草，繞到雄羊後面去躲起來。

有好些地方可以看到半倒的貧困小屋。也許是牧羊人的小屋吧，裡面完全看不到一點生活氣息之類的。再往前走一點在岩場的頂點還有一所教堂。一所小小的教堂。只有都市公車般大小而已。我覺得很奇怪到底有誰會特地跑到這荒涼透了的山頂教會來呢。

越過這座山再往前進則有一所大修道院。修道院四周圍著高高的白牆。登上被整排杉樹夾著的長長坡道後，來到一扇畫有美麗馬賽克畫的大門，大大的黑色的門。門關閉著。馬賽克畫的是幾個聖人的姿勢，風格是拜占庭式的。門周圍盛開著顏色鮮豔的九重葛，聽不到任何聲息。我試著在那扇黑色木門上叩叩叩地敲看看。沒有任何反應。但當我放棄了正要離開時，臉被披肩遮住的修女出來了。以悄悄的聲音向我說什麼，然後手在臉前面輕輕搖一搖。然後臉上稍微閃過像從葉縫間露出的陽光般和平的微笑，便又把門關上。大概是說不許參觀吧。

沒辦法，我只好在門邊的石頭上坐下來，閉上眼睛試著側耳傾聽。在靜悄悄的寂靜之中，依然可以聽得見少許世界的聲音。微小聲音的累積。首先是剛才那些羊群頭上繫著的鐵鈴。然後還有牛的鳴叫聲——這可能是修道院裡飼養的。也聽得見遠方傳來摩托車的喇叭聲。某個地方教會正在敲響鐘聲。東方教會常常會在非常奇怪的時刻以非常奇怪的響法敲響鐘聲。狗不知道在對什麼吠著。有人射擊獵槍。一點半的渡輪響起了進港的汽笛聲。於是我再度感覺到自己正置身異國的事實。發現自己正被異質的人們不同的營生所包圍。當我造訪外國時，常常藉著聲音最能尖銳地認識到那裡的異國性。我覺得其中似乎有視覺、味覺、嗅覺和皮膚感覺之類的其他感覺所無法探索到的某種東西。我會找個地方坐下來讓我的身體鎮靜下來，讓周圍的聲音被吸進我的耳朵裡。於是他們的——或我自己的——異國性便會像柔軟的泡沫般輕輕地飄浮上來。

從山丘上俯瞰時，透過尖尖的絲杉之間可以看見渡輪的模樣。異常鮮豔的秋光使家家戶戶的屋頂瓦片閃著光輝。已經關門不營業的波西多尼亞飯店高聳的圓屋頂上，可以看見兩隻雪白的海鷗正朝向同一個方向停著。這是個非常安穩的午後。很稀奇地也沒有風。

村子裡的人們正在繼續準備過冬。不過我不知道該做什麼才好（以一個外國人來說）。回程的路上，很想走進一家咖啡館去喝啤酒，但結果到處都沒開門。

舊港

我醒來時，窗外很難得地晴空萬里。可以看見夜裡下過的雨在鄰家的屋頂上閃閃發著光。天空簡直像夏天再度回來了似的，白雲清晰地飄浮著，庭園裡的紫陽花上蜜蜂慵懶地發出聲音飛著。圍牆對面傳來附近婦人們正在交換著早晨的招呼聲。某個地方的雞在啼，某個地方的狗在吠。很舒服的早晨。好幾天沒看見這麼溫暖的太陽了。而且今天又是星期六。

其實雖說是星期六、星期日，跟我們也幾乎沒關係。在日本時本來也不太有關係的，來到希臘的島上後更變得極端沒關係了。不管星期二是星期三也好，星期四是星期一也好，都沒關係。如果說週末跟我們有什麼關係的話，頂多只有週末銀行休息，所以旅行支票不能換現金而已。

在這時候，卻有什麼猛踢了一下我的注意力之牆。是什麼呢？

旅行支票？

「糟了，」我跟內人說，「今天是星期六。也就是說到星期一爲止不能換錢。」

我們把排在庭園桌上的早餐盤子收拾好，數一數皮夾裡的東西。我有的錢是一千五百德拉克馬，她則有二千五百德拉克馬，我們把身邊衣服口袋全翻過來找，把零錢湊一湊，總共也不過相當於日幣四千圓左右而已。如果把美金、德國馬克、義大利里拉全都湊起來金額還不算少，但島上的商店卻不會收這些，而信用卡在這裡只不過是一張塑膠片而已。不得不以手頭僅有的錢想辦法勉強度過星期六和星期日兩天了。

不過這倒也還不至於到悲劇狀況的地步。因爲只要有三千德拉克馬，就可以足足買得起兩天份的食品、兩瓶葡萄酒和半打啤酒，還有零錢可找。試想一想，我們過去曾經度過幾次更糟糕的狀況。我年輕時候也曾經幾乎一文不名地旅行過。跟那比起來這就不算一回事了。

可是內人並不這麼想。

「問題不在這裡。」她一本正經地說。她當問題的是，對了，原則。

「我知道。」我說。

「你又知道什麼了？」她說。

「妳當問題的不就是原則嗎？也就是——」

「我當問題的是，」她好像要制止我的先發制人似的說，「就是你那不小心的地方。星期五就要預先換好錢才行，這不是原則嗎？這種事情你一下子就忘了。爲什麼你不能像一般大人一樣，好好處理這種事情呢？」

對這個我刻意什麼也不說。我實在不認爲一般大人全都會好好注意著過日子的，而且我想沒留意到週末到來的一半責任（或百分之三十，或退一百步百分之二十）也應該在她。不過這種事情說起來話會變得很長，因此我默不出聲。我從結婚生活所學到的人生祕密就是這樣。如果你還不知道的話，請好好記住。女人並不是因為有想生氣的事而生氣，而是想生氣而生氣。而且在她想生氣時如果不讓她好好生氣的話，往後會變得更糟糕。

在我們的結婚生活中——我想在任何人的結婚生活中也或多或少一樣吧——口角的典型大多總是一樣。就算以不同的形式開始，但結尾的方式總是一樣。在這層意義上夫妻口角或許可以說很像系列電影。例如跟史塔龍的《洛基》一樣。設定不同、故事不同、場地和對象不同、戰鬥動機和戰術都不同。但最後一幕總是一樣。而且背後總是響起同樣的音樂。

我們口角的類型大多如下。

(A)我在日常生活上大體是個邋遢隨便的人。因而有什麼不方便時我也想「總會有辦法吧」。如果不行時，我也會想成那也沒辦法啊。

(B)內人在日常生活上比較神經質，有點亂了步調，她就會很在意。她會想到往後又往後的事。對各種可能性如果不預先準備，她就會很難過。

(C)因爲A和B之間的差別太大了，中間往往會產生類似精神上的無人地帶。

這個星期六早晨，我們繞著換錢所發生的口角（正確說應該還不算口角）從頭到尾就是沿襲這個類型繼續進行的。是明顯的人生觀、世界觀的不同。其中存在著就算有幾千輛挖土機都塡不滿的宿命性鴻溝。在我身後有扮演希臘悲劇的合唱團，唱著「人生總是這樣的，沒辦法啊」，在妻身後的合唱團則唱著「不，向宿命挑戰才是人的本性」。而每次都一樣，我這邊的合唱團比她那邊的聲音小了幾分，熱情也不夠。

*

不過在吃中飯時內人的心情已經好轉。天氣好的日子，她的不高興也不可能持續太久。我們中午吃了澆蕃茄醬的義大利麵，和花椰菜沙拉，出門散步到舊港去。從我們家走到舊港要三十分鐘左右，對於晴朗下午的散步來說，正好是適當的距離。我們穿過村子，越過一座小丘，眼前展開遼闊寧靜的入海口。好像被時光之流所遺忘而迷迷糊糊沉睡著似的入海口。這就是斯佩察島的舊港。正如名字一樣，過去這裡是島的中心，舊港曾經盛極一時，但進入汽船時代後因爲水深和大小都不夠，因此地位才讓給新港，現在則以遊艇停泊碼頭保持著微細的命脈。

舊港是個相當美麗的地方。我們喜歡散步到這裡來。在沒什麼人的安靜入海口停泊著大約五、六十艘大大小小的遊艇，帆柱一面發出卡噠卡噠乾乾的聲音，一面像籤條般不規則地搖晃著。曬得黝黑的船員，把從附近商店買來的食品袋裝上船。黑貓在岸邊的陽光下縮成一團沉沉睡著。遊艇船尾飄揚著顯示各種國籍的旗幟。當然不用說，藍底白十字的希臘旗是最多的。其次也可以看到義大利的國旗。還有英國、德國、瑞士的。

沿著港口彎曲的路上有整排餐館和咖啡館。都是感覺很好的店，但遺憾的是全都關門不營業了。因爲是以駕遊艇來的觀光客爲主顧的店，因此夏天一結束就緊緊地關起來。遠遠的海岬尖端看得見一座雪白的燈塔。燈塔正下方一艘好像觸礁而廢棄的貨船正以不安定的模樣飄浮著。好像混合了大量大膽的綠色所形成的鮮明藍色水面，映著深藍色的貨船船體，和白色的雲。沒有人影。在遊艇補給完食品揚起船帆開出港口之後，週遭已經沒有任何人了。

走到更遠的前方時，看得見燈塔所在的海岬基部有幾家造船廠。雖說是造船廠但規模並不很大。只不過兩、三個工匠在咚咚地用手敲打著製造木船而已。大多是當地的漁夫稍微出海撒網用的小船，其中也有足足超過十公尺的大型船，有像屋形船般附有屋頂可乘坐二十人的觀光用似的船。

看著他們造船的手法相當有趣。仔細看時，不管造小船或造大船手法完全一樣。簡單說就像在折紙鶴一樣。不管折的是大鶴或小鶴，折的手法都一樣。最初先把可以說是船的背骨的底部用柱子堅固地做起來，然後一一裝上肋骨，並從裡外兩側裝上木板以固定肋骨。然後在周圍裝上粗壯的邊緣。原理非常單純，雖單純卻具有說服力。看著會覺得原來如此。有道理，心想這就是船本來應有的樣子。建造中的船都漆成獨特的橘紅色，船頭立著十字架。只有背骨和肋骨模樣被放在台子上的船，不可思議地給人一種安穩的印象。

我們好不容易找到一家正在營業的咖啡館，坐在外面的椅子上，點了生啤酒和冰淇淋。然後一面曬著太陽，望著天上流動的雲，一面逗弄路上經過的狗。在希臘生活一陣子之後，我們已經練會不覺得無聊地長時間恍惚地盯著某個東西看的能力。因爲除此之外就沒有別的事可做了。

「這一帶好多造船廠啊。」我太太一面吃著冰淇淋一面說。

「因爲這島上產木材，所以從以前造船業就很盛。十七、八世紀託造船業的福這個島就成爲希臘有數的富裕島。」我說明。當然這是從旅遊指南書上現學現賣的。我到任何地方都會熱心地去讀旅遊指南。「當時這舊港周圍整排都是大造船廠，大量製造大型船隻。」

「你說大，他們到底製造了多大的船呢？」

「畢竟組成商船隊在美國和希臘之間來回航行，所以應該相當大吧。這個島上住了幾個商船隊的主人，他們互相比賽財富和繁榮。以現在來說就好比歐那西斯或尼歐爾科斯之類的。當時這個島是交易的中繼點，位置上非常重要，又是個良港，感覺好像所向無敵的樣子。當時所謂比里斯港還只不過是海邊的一個貧寒小村而已。」

燈塔上可以看見一片形狀如海豚般的雲飄過。貨船在那裡一直蹲著不動，看來彷彿正要把全世界的時間和聲音都吸進去似的。

「那麼爲什麼又變成如此落魄了呢？」

「這就說來話長了。」我雖然聲明在先，不過這當然不成問題。這裡有的是多得要腐爛的時間。「換句話說這島上的商船隊並不單純只是商船隊。至於爲什麼？因爲當時地中海海盜猖獗，經常有戰爭，往往妨礙船的自由航行。例如拿破崙時代英國實施海上封鎖。因此爲了對抗這個，商船隊就在船上裝備武器以求自衛。換句話說就像私人擁有的海軍一樣。而當時這個斯佩察島的商船隊以強悍作風衝破封鎖的勇猛馳名遠近。在一八二一年希臘對奧斯曼土耳其帝國爆發獨立戰爭時，這個艦隊對土耳其的海上之戰發揮了非常大的作用。就在那邊的海面——」我指著燈塔所在的海岬凸出尖端，「土耳其艦隊和島上的艦隊作了一場大決戰。伯羅奔尼撒半島開始戰亂，那普良（Nafplion）的土耳其軍守備隊被希臘軍包圍起來，土耳其軍正打算去救援。但從科林斯（Korinthos 或 Corinth）走陸路往那普良的軍隊卻在亞各斯（Argos）被擋住去路。」

「你說亞各斯，就是我們以前去過的那個髒髒暗暗的地方啊。」

「總之在那一帶土耳其軍打敗了，無法再往前進。那麼接下來只有靠海路了。於是土耳其人以八十艘戰鬥艦組成的大艦隊朝亞各斯灣進發。島上的艦隊在這裡等著阻止他們。於是一八二二年九月的早晨，雙方艦隊正面遭遇。正好就在那邊的海岬上。」

這時我又點了續杯啤酒，等啤酒來之前，再看了一會兒觸礁的貨船。

「結果哪一邊打勝？」

「其實幾乎沒有怎麼戰鬥。」我喝了一口新的啤酒然後回答。「土耳其艦隊在那個轉彎角出現時，熱血奔騰的本島艦隊一擁而上猛烈攻擊，土耳其人則倉皇逃走。只有一艘土耳其戰艦沉沒。本來希臘軍的司令官想將土耳其軍全部誘入港內再一舉殲滅的，但留在家鄉島上的家人已被殘殺的船員卻等不及就攻上去。因爲土耳其軍爲了威嚇敵人，而把途中經過的近鄰島上的女孩全殺光。」

「可是土耳其軍爲什麼不戰而逃呢？他們不是很大的艦隊嗎？」

「以數目來說是大。」我說。「不過土耳其這個國家大體上是以陸軍爲主，本來就不擅長海戰。比較之下，希臘人則非常善於海戰。而且這個島上的水手當時是以勇猛果敢聞名的。例如當時有一種叫作『燒打船』戰法。這是一種利用靈活轉彎的快速小船裝滿火藥，把船開到敵艦旁邊緊緊貼著固定，然後點火，船員再跳進海裡逃走。小船和敵艦一起大爆炸。這就是本島海軍的十八號戰術。斯佩察的水手經常做這種無比危險的事。土耳其人也非常清楚有這麼一招，因此一看到他們就怕得逃走了。總之這斯佩察海上的勝利振奮了全希臘人的勇氣，不久希臘獨立戰爭便打勝了。到這前後爲止，可以說是這個島的全盛時期。」

「那麼再回到最初的問題。」我太太說。「爲什麼會變得這麼沒落呢？」

「這個島急速沒落的原因之一，就是像現在說到的那樣，島上的人民太熱中投入獨立戰爭了。他們把過去所累積的資本和財富幾乎全部注入戰爭，再也無法從那損傷中重新站起來。」

「嘿，這未免太過分了吧？這不就沒有所謂正義也沒有一切了嗎？」

「這就是世間。」我說。「這就是歷史。」

「眞不得了。」她憤慨地說。像《小公主》之類的是她最喜歡的故事。

「不過原因不只這樣而已。」我說。「第二個原因是，後來汽船時代來臨，這個島的特產木造船隻於是喪失了存在價値。島上的造船廠和商船隊也因此逐漸落伍了。第三，汽船比木船所能持續航行的距離長多了，因此交易路線也隨著改變。作爲島的中繼點的價値也就喪失了。於是繁榮便轉移到比里斯港或色羅斯島（Siros）去了。」

十月最後一個星期六下午，在舊港沒有客人的咖啡館，一面喝著啤酒一面側耳傾聽著卡噠卡噠響的帆柱搖擺聲時，我實在難以想像過去這裡曾經是希臘商船隊的大本營，而且就在那燈塔前方奧斯曼土耳其的大艦隊曾經出現過。我相信躺在咖啡館角落椅子上一面睏倦地揮趕蒼蠅一面讀著半開版報紙的服務生也一定難以想像。

鐵達尼電影院的深夜

從舊港回到村子裡，經過蔬菜店和超級市場，買了今天和明天兩天份的食品。好了，這下子可以回家了，就在這時候我太太的眼光卻停在鐵達尼電影院的海報上，「嘿，在演李小龍的電影呢。」高興得音調都提高了。她是李小龍的忠實影迷。

「喂，怎麼又是李小龍？」我說。喂，怎麼又是李小龍。

「有什麼不好，偶爾嘛。其他也沒什麼特別的事可做，去看電影吧。」

被她這麼一說確實也是這樣。沒什麼特別的事可做。而且李小龍的電影就算看不懂情節也沒什麼大礙。

我們回家做了晚餐，決定去看六點半開演的那場。

*

街上有兩家電影院，一家到了秋天就關門閉館，一家是全年營業。閉館的電影院名叫瑪麗娜電影院

（Cine Marina），開著的那家叫做鐵達尼電影院（Cine Titania）。兩家都在鬧市外圍，兩家都不太像電影院。如果要問那麼到底像什麼？我也很傷腦筋。說得明白一點，因爲什麼都不像。如果勉強要說的話，就像在任何商店街裡都一定會有一家「搞不清楚在賣什麼的店」那種氛圍。要說是電影院嘛，門口未免太狹小，門扉感覺也像一般普通雜貨店一樣的門扉。看來像電影院的地方，只有入口旁貼著單薄的電影海報而已。海報有兩張，一張掛著「ΣΗΜΕΡΑ（今日）」，一張掛著「ΑΥΡΙΟ（明日）」的牌子。這邊的是今天上映的片子，那邊是明天上映的片子。話雖這麼說，但正如希臘大多的ΑΥΡΙΟ都一樣不太可信。有時去到一看，還在上映和昨天一樣的嘛。有時則上映和預告完全不同的片子。所以我想這種預告，最好把它當作是「某種籠統的假設」來想還比較聰明。不過不管怎麼說，眞是設想不週到的門口設計。

像這種愛理不理的樣子，跟日本地方小城電影院的樣子趣旨又稍有不同。日本的電影院，不管多小、多破、多髒、小便味道多臭的地方，畢竟還是會有這裡是電影院的模樣。建築物的感覺也會和周圍的一般建築物有點不同，就算程度有別，總會散發著所謂節慶般的熱鬧氣氛。然而這島上的電影院卻完全沒有這種設計。貼兩張海報，一邊今天上映，一邊明天上映，這樣就完了。大概是想反正是個小島的小街，沒必要一一掛出這裡是電影院的招牌吧。

「Marina 電影院」那邊因爲已經閉館了，所以入口還依舊貼著最後一天上映的戲碼。最後一天的戲碼是克林伊斯威特主演的通心粉西部片（譯註：macaroni western，即義大利製西部片）。我想不起日語片名翻譯是什麼，（就像《荒野大鏢客》《續・荒野大鏢客》《新・荒野大鏢客》之類的片名。誰能區別呢？）。旁邊貼著一張這樣的紙「感謝您的惠顧，本館依照歷年慣例，修業至春天爲止。祝您冬季愉快，等等」。克林伊斯威特依舊緊咬著一根雪茄，眉間皺起酷酷的皺紋，肩上披著毛毯，槍口對著虛無的天空。而可憐的他，居然必須依舊貼著今日上映的牌子在這裡度過一個寒冬。這種已經演完的電影海報我覺得撕掉也罷，不過卻像要證明這裡有電影院存在似的依然留在那裡。

「鐵達尼電影院」則是開著的，因爲每天更換上映影片，因此海報也天天換。前面也說過，雖然同一部片子連上兩天的情況也有，但原則上是每天更換。上映時間從傍晚六點或六點半開始，一部片一個晚上放映三次，這是標準。門票費用依上映時間而稍有差別。例如九十分鐘的片子門票是一百五十德拉克馬，一百二十分鐘的影片門票則是一百八十德拉克馬。要說合理我想確實也合理。換算成日圓大約在一百五十圓到二百圓之間。眞便宜。

*

一打開電影院門，裡面有一間大約四疊半榻榻米大的空間。不太有什麼氣氛的大廳。如果要正確說的話，與其說是大廳，不如說是玄關比較接近。這玄關的右手邊有個模樣像服務台似的售票處。一位穿著黑寡婦喪服的阿婆坐在那裡。她的身影令我聯想只預知不幸的看手相算命者。下顎緊緊縮起一副十分頑固執迷的老婦人。後面有個像裝飲料賣的冰箱，旁邊堆積著幾個可口可樂的箱子。地上是粗粗的水泥地，天花板的日光燈發出吱……叭吱，吱……叭吱的不祥聲音。牆上貼滿了好多褪了色的電影海報。全都是我所不知道的三流電影。

「愛可痛・愛克沙科西斯。」黑衣阿婆向我們宣告。

「一百六十（愛可痛・愛克沙科西斯）德拉克馬是嗎？」我確認。

「內（對）！」阿婆說。感覺簡直像一直積在喉嚨深處的水分完全失去之後勉強用舌頭把空氣拉出來似的「內！」。

我從口袋拿出兩人份的入場劵三百二十德拉克馬，忽然擔心起來，試著確認「今天晚上演李小龍的片子對嗎？」

「歐伊（不是）！」阿婆猛烈地否認。並以命令實施五年計畫的史達林般的模樣伸手指著空中。

「今晚演那個！」

什麼什麼，我一瞧她手指著的入口海報時，上頭確實印著《李小龍傳奇》的影片名字。有李小龍的照片在上面。

「可是，伯母，那不就是李小龍嗎？」

「歐伊！那不是李小龍啦！」

簡直像沒有出口的將棋千日手（譯註：反覆走同樣棋步而不分勝負的棋名）般沒完沒了時，裡面的門忽然打開，走出一個禿頭阿伯來，向我們做手勢，用英語說「OK, It's all right, Blues Lee, tonight」。我搞不清狀況，回頭看後面我太太。她的表情似乎在說「我也不清楚，不過沒關係吧」我也想算了，便付給服務台的阿婆三百二十德拉克馬。只有阿婆還頑固執迷滿臉「歐伊！」的不服表情。眞是莫名其妙的電影院。即使一隻穿著禮服的兔子一面看著懷錶一面從旁邊走過，我想我也不會太驚訝。

「你們是從哪裡來的？」It's all right 阿伯問。

「伊碼是得・阿波・天・日本尼呀（我們是從日本來的）」我照著白水社・《現代希臘語速成》・荒木英世著第二十二頁上的用例回答。

於是阿伯面無表情地列舉「橫濱、室蘭、仙台、神戶」，並以「下一句呢？」的樣子盯著我的臉看。

「哈哈哈，你知道好多啊。」之類的，我總算回答他。一般來說希臘人對日本所知道的幾乎都是港口名或公司名而已。所以如果要接阿伯台詞的下一句的話，應該就變成「SONY、CASIO、YAMAHA、SEIKO、DATSUN」了。

「噢，你會說希臘話啊？」

「嗯，一點點。」

「Bravo, Bravo（很棒，很棒。）」說著阿伯又消失到後面的門裡去了。要命，眞要命。

*

售票處旁有一個門。裡面好像就是電影院的樣子。我心想頂多不過像藤澤的美幸座一般的小電影院吧，沒想到打開門一看，意外又意外，眞是太寬大了。一望無際是一排排的椅子，天花板高聳，通路也寬闊。沿著牆邊則有整排側柱形成迴廊一般。就算不能稱爲美麗、豪華、或感覺很好、或有氣氛，但總之大是夠大的了。雖然沒有好好數過，不知道正確數目多少，不過椅子我想大約總有六百張左右。以島上人口才三千比起來，我相信您一定知道這可是個破格的大數目。雖然也許我們沒有抱怨的理由，不過從門口和門廳之小對照裡面的無限寬闊，也未免太不成比例了。我覺得好像上當了。

「你看上面。天花板是打開的噢。」我太太說。

我抬頭一看，確實電影院天花板大約有四分之一，像敞篷車的天窗般洞然張開，從那裡毫無疑問可以看到獵戶座星星。

「下雨的話那會關閉吧？」

「大概會吧。要是一直開著椅子不會淋濕嗎？」（事實上第二次去時天花板就關閉了）。

「要怎麼關呢？」

「不知道要怎麼關噢？」

我們這樣談著之間客人稀稀疏疏地進來了。由於是功夫片，時間又還早，客人大多是小孩。從小學三年級到六年級，教養非常差的小孩總共二十五人左右，在最前面的座位聚在一起像厄瓜多爾高原的蜘蛛猴群般哇啦哇啦亂吵。總之吵得實在沒辦法。有的在學功夫模樣互相拳打腳踢。有的在椅子上蹦蹦跳。有的在咻咻地吹口哨。有的罵「你娘凸肚臍、你娘凸肚臍」之類惡行惡狀重複二十次左右。簡直像地獄修羅場般。我想應該把這些小鬼一個個吊在倉庫橫樑上讓他們不吃不喝餓個兩天才好。

繼續了一會兒之後，剛才說「室蘭・仙台」的阿伯總算忍無可忍了似地出場來大罵「喂，你們再這樣吵下去的話，我就抓起你們的耳朵，丟出門外去噢。知道嗎?笨蛋！」並砰砰地拍打兩三個人的頭。

阿伯走後小孩子暫時安靜了一下。但過一會兒又完全忘了（這方面也跟猴子一樣），又開始哄哄地鬧起來。有「開演哪，快點開演哪！」尖聲怪叫的，或比剛才更大聲地嗶嗶地吹口哨的（別看是小孩子，肺活量卻非常大），有圍著小小孩踢、把人家弄哭的傢伙，有把脫落的椅子舉起來拿去場外亂鬥的傢伙，鬧得簡直無法無天。如果讓布留格（譯註：Pieter Brueghel，一五二八—六九，法國法蘭德爾派畫家，喜歡畫鄉間宗教傳說和農民生活。）看見這種光景的話，也許當場就可以畫出偉大的作品來。

不久「室蘭・仙台」又出現了，用雙手猛然揪住吹口哨的、和踢小孩的小鬼脖子，不問青紅皂白拎起來便往後面帶走。活該！我想。總之這才——殺雞儆猴之下——這些猴子才總算變乖了。眞要命。

結果在開演前入場的客人大約總共有四十人左右。不知道爲什麼小孩都擠在前排，而大人觀眾則都集中在後排。只有我和我太太孤伶伶地坐在中間一帶。感覺有點奇怪。簡直像夢中的光景一般。「總之是非常奇怪的夢。我跟我太太在一個寬大的電影院裡，前面座位全是小孩，後面座位全是大人。而天花板是洞開的，還看得見星星。」

因爲電影院實在很大，雖然進去少許客人，但空蕩蕩的樣子則幾乎沒有改變。那空蕩蕩的感覺，令人想到日本學校經常有的體育館兼禮堂。前方有一座寬大的舞台（這裡可能也兼作地方上多功能的大廳吧），上面掛著銀幕，前面只孤伶伶放著一個舊時代的中型擴音機而已。而那旁邊還裝飾著徒然憑添窮酸相的人造花。眞是有點傷腦筋的電影院。好像國中保健課的時間經常聚集一年級女學生在禮堂舉辦「生理衛生」附帶放映幻燈片講解的課，即將在這電影院裡開始的氣氛。這方面實在有點可怕。

終於到了六點半燈光熄滅，不是《生理衛生》（當然），而是《李小龍傳奇》開演了。但這又很過分，因爲居然沒有李小龍出現。只是一個很像李小龍的奇怪演員出來，演李小龍的生平而已，說得明白一點，眞是一點辦法都沒有的電影。不過既然來了還是決定看完再說。

途中一隻貓從銀幕前慢慢走過。一隻巨大的黑貓。就像在暗示李小龍會早死般，慢慢從右邊往左邊橫越過舞台。而就在那二十秒之後，又以同樣的步調由左往右橫越而過。

「這到底在搞什麼？」我啞然地說。

「是貓啊。」我太太說。

「可是，爲什麼貓會跑進電影院裡來呢？」

可是貓跑進電影院來在銀幕前走來走去，在這島上似乎並不稀奇，誰也沒有大驚小怪。連專門會吵鬧的小孩子們都不吵不鬧。或許非要像馬或驢那麼大才會驚動他們吧。

不過電影開演之後孩子都集中注意力在銀幕上，倒變得非常安靜，可是就在同時，換成後面的大人卻開始吵鬧起來。中途進來的客人發現裡面有熟人便「嗨，喲」地互相招呼，而這又不停地繼續下去。我眞佩服他們在這麼暗的地方還眞能認出對方的臉，不過希臘人好像視力特別好的樣子（確實除了老人之外希臘極少有人戴眼鏡），立刻就互相「嗨，喲」地招呼起來。

「喲，這不是科斯達嗎？」

「唉呀呀，這不是伊亞尼斯嗎？到這邊來吧。坐下，坐下。你還好嗎？怎麼樣？」

「很好，很好。你呢？」

「唉，我倒還好，可是孩子的娘啊……」

「嫂子身體不好嗎？」

「不是啦，孩子的娘的娘啊，就是住在科林斯的，那個守寡的娘身體不好啊，從前天開始住院了呢。」

「這可不妙啊。所以嫂子就到克林斯去了嗎？」

像這一類的話（內容是我擅自想像的）就在後面連續不斷地進行下去。而且還相當大聲。我本來很想轉向後面大聲吼道「不要吵，要說話到外面去說！」不過這是人家的國家，而且不知道是幸運或不幸，電影也很無聊，因此我決定忍耐。可是別的客人好像對這個完全都不介意的樣子，全都默默看著電影。並沒有人特別抱怨。我想大概是功夫電影所以才這樣，可是後來去看Robert Enrico（好懷念）的《For Those I Loved》這部電影時（我覺得是一部相當嚴謹的好電影），氣氛也大致相同，所以我想這大概單純只是地方風情。如果在四季電影院這樣的話一定會被修理得很慘。

其次希臘的電影一定會在放映中影片突然啪地斷掉一兩次。然後場內會亮起來十分鐘左右。第一捲影片放完，正在設定第二捲（或第二捲放完，正在設定第三捲）。這不只是希臘這樣，義大利也一樣。本來想成是休息也就算了，不過以休息來說結束方式未免太唐突，簡直太殺風景了。我想只要買兩部放映機就可以解決的，但這裡的人好像並不覺得不方便的樣子。大家在那時間都去上上廁所，或吃吃巧克力，或一面回味前半場的情節，一面高高興興地等著下半場。科斯達和伊亞尼斯還在談著科林斯的寡母。貓在通道一隅認眞地舔著睪丸。孩子們以椅背當對象「嘿——嘿——」地努力練習著功夫。有人又在用大音量吹著口哨。「室蘭．仙台」立刻跑向前來。鐵達尼電影院之夜便如此這般狂野地持續到深夜。

荷蘭人的來信・島上的貓

我到斯佩察島上來時，掃地的婦人在房子裡等我們，把房子鑰匙交給我們。瓦倫堤娜這樣爲我們安排好。瓦倫堤娜說這位婦人會幫我們把房子打掃乾淨，爲我們詳細說明這裡生活的一些詳細情形。這雖然非常值得感謝，傷腦筋的是這婦人連一句英語都不會講。雖然她兒子就在旁邊，但這孩子還是小學生，所以也幾乎不會講。沒辦法我只好用希臘單字跟她講，而我的語文能力事實上要問像「這熱水壺按過按鈕後要等多久水才會開？」或「炸完東西之後，油要丟在哪裡才好？」之類詳細問題是不可能的。比手畫腳能解決的就以比手畫腳解決，剩下來的只好放棄看著辦了。

「總會有辦法吧。」我說。

「可是，你不是一直在學希臘語嗎？到底學到什麼了？」我太太驚訝地說。我想到希臘來住，還每星期一次到明治學院大學的希臘語講座學了一年。

「可是，像熱水器、砧板、漂白劑之類的特殊單字，教科書上不可能有吧。妳對學習語言的實用性要求過高了。」

「你卻要求太低了。學法語的時候還不是一樣。學到會讀《異鄉人》卻居然不會問路。」

「沒辦法啊。我個性本來就是這樣。不擅長說話嘛。妳如果不滿意的話就別依賴別人，自己去學好了。」

我們這樣鬥著嘴時，那位婦人和她的兒子一副「他們不知道在講什麼」的樣子，笑瞇瞇地看著我們。

「那就算了，你只要問她怎麼丟垃圾就好了。星期幾把垃圾丟哪裡。這是非常重要的事。」我太太說。

我指著垃圾桶，「星期幾．可以．把這個．拿出去？」婦人一笑。話說通了。

「星期一．三．五早上。也就是說，前一天晚上拿出去就好了。」

「我明白了。」

「Bravo．Bravo（很棒．很棒）。」

「拿到．哪裡去．才好？」

「請跟我來。」

她帶我到垃圾丟棄場去。垃圾丟棄場在離家約三十公尺的地方，那裡排著兩個高約一百二十公分的茶色塑膠製垃圾箱。垃圾箱上用德文大大地寫著「垃圾箱」。爲什麼希臘的垃圾箱上會用德文寫著垃圾箱呢，因爲這垃圾箱是德國製的。區區垃圾箱不會在自己國家製造嗎？我想這也不是結構多麼複雜的東西，不過總之是德國製的。

「這裡面，一丟，就行了。明白嗎？」婦人說。

「明白了。」

「Bravo．Bravo。」

＊

就這樣，我們——話雖這麼說，實質上卻是我一個人在做——剛開始還依照婦人說的一直在星期天．星期二．星期四晚上把垃圾拿出去，後來才知道原來這島上的垃圾收集系統簡直超出想像之外的神祕。總之確實有人來收，拿出去的垃圾在神不知鬼不覺之間確實消失無蹤了，但卻完全不知道是什麼時候，誰，怎麼回收的。我從來沒看過一次垃圾車，或收垃圾的人。在這小小的，幾乎沒有一部車子存在的小島小村子裡生活了一個月。這還是謎之一。

另一個謎是回收日。什麼時候回收的並不清楚。星期一清早拿出去的垃圾星期三中午不見了。那麼是不是經常都在星期三早晨來回收呢？不見得。下次星期二晚上拿出去的垃圾，星期四早晨還留著。有時候是早上不見的，有時候是下午不見的，眞搞不清楚。

我也想過那麼就配合鄰居拿出去的時間拿出去吧（我在神奈川縣住家附近對丟垃圾規定非常嚴格，因此養成對丟垃圾非常注意的習慣），但這也搞不清楚。有一天看到人家早晨八點咚地丟出去，另外一天又看見下午四點咚地丟出去。其中或許有某種非常複雜的規則也不一定，但至少我是無法瞭解的。我倒覺得，從週邊種種情況看來，人們好像都在高興丟的時候隨便丟，回收的人也在高興收的時候隨時收，這樣想還比較適當的樣子。

因此我最後也放棄了。決定改成在高興丟的時候盡量丟。這是我「左巴化」的第一步。

不過你也許會這樣想。這樣的話市容豈不被破壞，而且又臭，貓狗還會咬破垃圾袋把內容亂翻，讓蚊蠅滋生，不是辦法吧。對，其實就是這樣。兩個德國製垃圾箱放不下的垃圾袋（很少放得下的）就隨地亂丟，貓狗把裡面的東西翻亂散落一地，蒼蠅嗡嗡地亂飛，臭得要命。眞是沒辦法。那麼多觀光客來的國家，應該多注意衛生才是啊，我想。

爲垃圾吃驚的好像不只我一個而已，《The Athenian》（雅典人）英文月刊上的專欄就刊出這樣一封信。體裁是採取一封荷蘭人給希臘觀光局的感謝信，不過這大概是開玩笑的吧。如果是開玩笑的話，眞是開得很高明，因此引用如下。

*

這是最近才從希臘度完兩星期休假的荷蘭垃圾回收者的來信。

「首先我要聲明，小生所工作的荷蘭是一個非常小的國家。在小生的國度裡一切都整頓得小巧而整潔。因爲不這樣的話就會帶來毀滅性的狀況。有關垃圾回收的規則也極嚴格，因此作爲一個垃圾回收者從業二十五年之間，小生一直嚴格遵守這規律盡忠職守到現在。那是小生被賦予的責任與任務。因此緣故，當造訪美麗的貴國寶地，目擊廚餘胡亂散落的光景時，小生的驚愕和歡喜還請推察。無論路旁、峽谷、海濱、抑或露天淋雨的垃圾丟棄場中，廚芥散亂，內容外溢，任其暴露於貴國強烈的日照中，偶爾此情景中更畫龍點睛地加上招惹來的烏鴉或海鷗群。對於向來都被可處理密閉式垃圾箱、或密封式垃圾袋的設備包圍之下生活至今的小生而言，呆坐在那裡眺望數小時廢棄物——這正是小生四分之一世紀以來的生活糧食——的堂堂散亂模樣，誠然是令人怦然心跳的體驗。我第一次目擊如此美麗而充滿光榮凌亂法的垃圾。承蒙惠賜如此美妙經驗，小生著實感激不盡。」

*

對於這樣的渾沌獻上感謝之念的，豈只荷蘭來的垃圾回收者而已。對，這塵芥的渾沌正是這島上大部分的貓貴重的營養補給來源，也是維繫生命的最後城池。如果希臘的垃圾回收者能將正確的丟垃圾時間告知希臘主婦的話，我推測島上貓的數目可能轉眼就會銳減三分之一。不過這種狀況不可能出現，因此希臘就充滿了貓。不管你走過任何巷弄，走在任何道路上，抬頭望任何階梯，走進任何塔維爾那，轉過任何轉角，你的眼睛都不可能沒看見貓的影子。明白說，簡直到處都是貓。以前學校考試曾經考過「請注視這張畫二十秒。好，把畫遮起來。請問畫中有幾隻貓？」跟那個完全一樣。在各種地方，以各種模樣，有各種貓。

希臘島上貓多有幾個原因。首先第一，就像我前面寫的那樣，垃圾散落在戶外；第二，除了嚴冬之外，氣候還不算太冷。第三，人們一年裡有一半時間在戶外吃東西，可以得到不少多餘的食物，大致有這三點。對貓來說嘛，可以說是比較容易生活的土地特質。

但這也只限於氣候比較好的時候，秋天一到觀光客銳減，塔維爾那也關閉之後，那些貓能夠得到的食物也相對減少。爲了生存，那些貓開始嚴厲的鬥爭。例如我們所住的房子是三毛貓（譯註：黑、白、土黃三種毛色的貓）一家的領域，我看到牠們時，也會把吃剩的東西一點一點地餵給牠們，但隨著秋意漸濃之後，貓的家族數目卻逐漸減少。媽媽三毛貓．爸爸茶色虎紋貓．兒子小白貓．兒子小黑白貓，原來是一家四口的，後來呢，先是不太靈巧的大食漢爸爸好像被三毛貓說「你出去，自己一個人想辦法過吧，我帶著孩子已經夠辛苦了」砰一聲被趕出門外，於是離開原來的領域。然後大約過了兩星期，連續下了幾天雨，我們正覺得天氣變得冷多了時，小白貓也失蹤了，被處分掉——就是被「咻」地丟掉了。在這個季節的這個島上，母貓頂多只能勉強養一隻小貓。因此會選擇最強壯最有可能出息的來養，其他的就丟掉。人類在旺季結束後可以把店關起來，到別的地方去打工。或者幸運的話，夏天賺夠了，冬天可以悠哉地休息。但貓可不行。牠們只能拚命互相搶奪分食那已經變小的餅而已。

雖然只是說原則上，不過希臘人對貓是相當寬容的，有時也很親切。我家前面有一小塊空地，成爲附近貓聚集的場所，經常有人把剩飯放在這裡，貓就聚集過來很珍惜地默默吃著。附近的鄰居都特地把剩飯拿到這裡來，放在報紙上。有魚有肉有煮的東西還有莫名其妙的東西，簡直像歲末社會救濟大鍋飯一樣地搬過來。這剛開始，在我眼裡看來是相當奇怪的光景。因爲在日本不可能有這種事。如果這樣做的話，就會被人在背後指指點點「那邊的太太在餵流浪貓，給大家添麻煩。就是因爲這樣所以附近的流浪貓才會越來越多。」這樣被抱怨就糟了。相反的自己家養的貓則寶貝兮兮的。但希臘人卻不是這樣。

希臘人除了特殊的貓之外，不太把貓當寵物來疼愛。我覺得他們只把貓當作存在那裡，活在那裡的東西來看待。就像小鳥、花、草、蜜蜂一樣，貓也是形成「世界」的一種生物。我感覺他們的「世界」是這樣相當從容大度地成立的，希臘鄉下貓很多的眞正原因，我想可能是從他們的這種世界觀而來的吧。

＊

不過，說到希臘島上的貓，也不能一概而論，由於島的不同，住在上面貓的島民性（用語上請容許我這樣使用）也稍有差異。例如米克諾斯島（Mikonos I.）、帕羅斯島（Paros I.）和羅德島（Rodos I.）就各有不同。要我具體詳加說明什麼地方不同也很傷腦筋，不過還是覺得「有那麼一點」不同。眼神不同，毛相不同，生活方式不同，對人的接觸方式不同，態度也不同。就像人多少有一點島民性一樣，貓也各自有不同的島民性。而且——這純粹是我個人的意見——人的島民性和貓的島民性有一部分是互相重疊的。至少擁有部分共通點。

例如在我所住的斯佩察島附近，有一個叫做伊德拉的島。伊德拉是一日遊渡輪每天造訪幾趟、把觀光客大批大批放下的超熱門度假島。這島上貓也很多。但把伊德拉的貓和我們斯佩察島的貓比起來，兩者性格和生活方式簡直有天壤之別。

首先，這只要一眼就可以看得出，伊德拉的貓很漂亮。毛相也好，幾乎看不見受傷的貓。很愛跟人親近，不怕生，不過並不會厚臉皮。我們在港邊的塔維爾那吃東西時，桌邊圍了五、六隻，但只是

「嗯，如果方便的話，等一下請給我一點好嗎？只要一點點就好了」似的氣氛一直安靜地等著而已。你叫牠的話，就立起尾巴走過來，摸牠的話就喵喵地叫。感覺相當好。這可能是因爲觀光客多的關係吧，我推測貓爲了討好觀光客而完成了一些進化。

可是斯佩察島的貓，不管你怎麼叫牠就是不會走過來，你想摸牠時立刻就逃走。有些還會生氣抓你。與其說疑心很重，不如說完全不習慣跟人之間的這類溝通。何況這裡的貓，很難找到沒有受傷的，眞是全都傷痕累累。而且幾乎十之八九鼻子上都負傷。似乎這個島上的貓打架時，一定先用爪子對準對方的鼻樑。因此每隻貓的鼻子都像用木炭塗塗抹抹過似的一片漆黑。實在慘不忍睹。連向來喜歡貓的我也沒辦法了。因爲到處都是像大宮傳助（好古老啊）般臉色的貓滿地躺著。

我以前到過希臘很多島、城市、鄉村，但從來沒見過每一隻貓的鼻頭全不例外都被抓傷的地方。爲什麼只有這個島的貓如此固執地非要採取攻鼻戰術不可呢，我也不明白原因何在。這樣下去彼此只有漸漸落得更淒慘，變成「大宮傳助」（譯註：日本早期喜劇演員）化是顯而易見的。就像人類禁止使用生物兵器或有毒瓦斯一樣，貓訂立攻鼻法禁止協定的時期恐怕已經來臨了。但因爲貓沒有這樣的共識，因此攻鼻法大概還會無限期繼續下去，而由於達爾文所謂一定方向進化之類的，往後搞不好還會更變本加厲也不一定。於是一萬七千年後斯佩察島的貓或許全都變成擁有鋼鐵般堅硬的鼻子也不一定。

當然傷口並不只限於鼻子。有些是眼睛被弄到，有些是耳朵被修理。也有全身都被整慘的。有一天傍晚我在海邊看見一隻兩個耳朵幾乎都被咬掉不見了的巨大黑貓。老實說這已經不像貓了，看起來好像從海裡爬上來住在泥土裡正出來尋找腐肉的不祥有足魚似的。這雖然是個極端的例子，不過斯佩察島的貓，說起來大體都處於這樣的狀況。貓的心情當然沒有人知道，但總之這實在不是個容易生活的地方。

如果來世會變成貓的話，我要選擇生爲伊德拉的貓。

斯佩察島上小說家的一天

淡季在希臘島上的小說家生活是什麼樣子呢？我想把一天大概寫出來看看。

清晨七點左右起床。這個時分週遭都亮起來了，所以自然就會醒來。這時就算睡過了頭，一到七點半時，附近教堂的鐘就會像生悶氣似的噹噹地敲響起來，不願意也得醒來。我太太比較起不來，所以早餐總是由我做。

早餐桌上太太大多談到她所作的夢。某某人出現做了這個，做了那個之類的。有時我也會出現。做了什麼糗事，或從大樓屋頂掉下來。不過這都只是別人的夢，跟我無關。「哦……噢……眞的？」這樣漫應著之間已經吃完了。吃過飯我就去跑步。短則四十分鐘，長則一百分鐘左右。回來之後沖個淋浴，開始工作。這次旅行中預定完成的有兩本翻譯、一些旅行速寫（像現在所寫的這樣的文章），還有新的長篇小說。因此並不空閒。自己的稿子寫一陣子膩了之後就轉到翻譯。翻譯作業膩了之後，又回頭來寫自己的稿子。就像雨天泡露天溫泉一樣。熱了就從池裡出來，冷了又回池裡泡。這樣繼續不斷地寫下去。

工作到十一點左右，兩個人就一面散步一面到街上去買東西。沿著海岸邊慢慢走到市中心大約十五分鐘左右。道路左邊是海，右邊是一整排十九世紀建的古老房子。只要風不強，走起來倒是滿舒服的一段路。海鷗在空中優雅地飛翔。微小的波浪緩緩搖動著浮在港口的船隻。貓坐在堤防上曬太陽。據書上記載古時候沿著海邊並沒有路，排列在右邊的那些房子就像威尼斯一樣直接面臨海而建，家家戶戶好像都擁有自己停泊船隻的專用碼頭。據說這條道路是進入二十世紀之後才建的。沿著道路陸續開起了酒吧、串燒店、土產品店、咖啡店，連成一排，但到了這個季節，大家都關起店來。從格子窗往土產品店陰暗的店裡窺視一下，可以看見混雜在娃娃、壁飾、複製器皿等，到處可見的土產品之間，有幾個模樣奇怪的細長瓶子。瓶子裡就像泡毒蛇酒般泡著很大的蛇。蛇的嘴巴洞然大開地死在裡面。我不知道那到底是什麼，可是排列在鐵捲門放下來的土產品店陰暗店內的毒蛇屍體，簡直像Truman Capote的短篇小說裡出現的情景般妖艷而哥德式。

在這條路上還開著的只有一家小店，戴黑邊眼鏡的老闆一整天一直在看店。他的容貌有點像博報堂的高橋先生，因此我們就暫且把他叫作高橋先生。高橋先生是一位很有意思的人。第一點，這個人臉上沒有一切稱得上表情的東西。既不會笑，也沒有傷腦筋的神色……總之任何時候看見他都完全是一樣的表情。就像明明還幹勁十足，卻因爲部下的失敗而被連累下臺的總理大臣般滿臉無法排遣的怨憤，一直凝視著大海。好像在說不久後應該就會有人乘船捎來好消息似的，一直凝視著海的遠方。這就是小店的高橋先生。我每天都會跟他見一次面，因此我每次見到他時都會試著說「咖哩・沒啦（你好）」，高橋先生則小小聲地說「沒啦」（當然是咖哩・沒啦的省略）（譯註：爲便於記憶如此音譯，「咖哩」唸成「ㄎㄚ ㄌㄧ」，「沒啦」唸成「妹啦」則更接近。這是我唯一學會並實際應用、對方也聽得懂的希臘語。彼此都開心。讀者不妨也學起來。咖哩．沒啦！），或只是「嗯」點個頭而已。不管你怎麼對他好，似乎都無法讓這個人冰凍的心解凍的樣子。讓他去演俄國民間故事裡的冬季老人精靈角色一定很恰當。

高橋先生的小店裡排著香菸、口香糖、風景明信片之類的，但我從來沒看過有人在這裡買過任何東西，也沒看過任何人跟高橋先生聊過天。每次每次都只看見高橋先生獨自一個人坐在那裡以空虛的表情凝視著海。地點太偏。而且待客態度也太差。我想至少也該向他買一次什麼而試著把裡面的東西瀏覽一遍，但風景明信片被太陽曬得完全變白，而且翹起來，實在沒辦法用了。想買菸嘛，我又早已戒菸，牙醫叫我別吃口香糖，實在沒有什麼可買。雖然覺得過意不去，但也幫不上忙。這就是高橋先生的小店。

走過這裡再往前一點則有一家麵包店，我每次都在這裡買麵包。

經過麵包店，經過鄉公所再往前一點，有個棉織工廠的遺跡。不，並不是可以簡單稱為遺跡的地方。這已經完全是廢墟了。這家工廠在營業當時或許很氣派，從那堂皇的工廠模樣推測——以工廠來說有點過分堂皇的建築物——現在看起來正因當時太氣派，現在反而顯得更冷清空虛。世上偶爾會有這種情形。動機越正當，外表越可觀，如果不順利時卻顯得毫無辦法的淒慘。所有缺了玻璃的窗框油漆全都剝落變色了，各處牆壁逐漸崩塌，鐵門銹成紅色，石牆上滿是塗鴉。我們每次經過這前面時，好像整棟建築物就要轟轟隆地垮下來把我們埋掉似的，被一陣這樣的恐懼感所襲。後來才知道這擔心絕不過分誇張。在暴風雨的第二天到工廠一看，實際上那牆壁的一部分就崩垮了一大片，把道路塞住了。一場暴風雨就這樣了，如果有大地震的話，我想一定更不得了。

這家棉織工廠本來是為了振興從本世紀初造船業不景氣以來，便持續慢性惡化的斯佩察島經濟，前資產家於一九二〇年所建的，但結果並不順利，於戰後關閉，從此以後作爲製造保存魚貨用的冰塊和小規模發電之用。十幾年前這用途也結束了，後來就一直被丟棄著。希臘雖然有數目龐大的廢墟存在，但在我所見過的裡面，這個工廠廢墟是最寂寞冷清的廢墟之一。牆壁一隅雖然用白色油漆寫著「ΠΟΛΙΤΑΙ（出售）」，但似乎找不到買主的樣子。想必也是。要買這種東西的人一定不多。

從工廠再往前走一點，則有一家叫做波西頓尼翁的豪華飯店。這家飯店建於一九一四年。並不是希臘常見乍看之下很高級的飯店，而是確實用心建造，風格獨具的眞正好飯店。可惜在各方面都不合時宜了。從所謂實用性概念來看一點都不合用。天花板高得不得了。雖然只有三層樓建築，但以日本王子飯店來說，足足有六層樓的高度。門廳也寬闊得空蕩蕩的。與其說是寬闊，不如說感覺整體規畫多餘。不禁令人擔心這麼一來掃除可就辛苦了。

根據相關書上記載，本飯店在兩次大戰之間，曾經是歐洲各國社交界人士和希臘上流社會冠蓋雲集的地方。港外英國艦隊下錨停泊，戎裝軍官登陸上岸，出現在這飯店大廳所舉辦的豪華盛會，但現在這一切都已成爲過往雲煙了。飯店今天雖然還依舊營業，仔細看來卻有好些地方飄散著虛假的氛圍。古老東西確實美好，然而美好卻也確實在凋零中。相對的新加上的東西確實是新，但跟舊的比起來則顯然差多了。那種不平衡感令人覺得有點蒼涼。

在那空蕩蕩的門廳深處櫃檯，有一位表情頗無聊的女性，一副沒事可做的樣子坐在那裡。我問她住房費多少時，她抬起頭「嗯？住房費？嗯……四千德拉克馬」嫌麻煩似地回答完，臉又再低下去。四處都看不到像是客人的影子，三樓陽台上曬著浴室的擦腳墊。我本來想到這裡住一次看看的，但十月二十八日國慶日之後，這家飯店終於也休館了。從這家飯店前面往右轉就是港口，到市中心了。

溫暖的日子我會坐在港邊的咖啡店，一面喝著咖啡一面看《前鋒論壇報》（*Herald Tribune*）。因爲這島上除了*Herald Tribune*之外並沒有賣別的像樣英文報紙。爲了對世界情勢不落後（不用說，住在國外比住在日本時對世界情勢比較敏感），爲了掌握美元與日圓的匯率，這報紙也是不可或缺的。我在這島上時，中曾根首相的「美國知識水準發言」被*Herald Tribune*刊登得很大，大致是受到各方攻擊的論調。但有一天投書欄中卻有一篇來自一位美國日本通的投書。根據他的說法，「知識水準」和「知能水準」是不同的，日語中「CHI-SHIKI（知識）」比「CHI-NO（知能）」範圍寬廣多了，因此中曾根先生的發言確實非常輕率而且silly，但嚴格說起來，所謂「知識水準低」並不意味黑人或西班牙語系的人是傻瓜。好像看似有理的話。與其拘泥於這種用語上的爭論，不如去考察中曾根康弘身爲政治家自己「知能水準」的神經大條還比較快，我這樣覺得。老實說。

回到家做中飯吃。用所謂麥達諾這種只有在希臘才看得見的香草做所謂「希臘風麥達諾義大利麵」。吃過中飯大致在工作。有時也去釣魚。雖說釣魚其實眞的非常簡單，只要把不新鮮的飛達（Feta）乳酪和麵包加上少量牛奶揉一揉作成丸子，用這當餌坐在堤岸前面把釣絲垂入海水裡，一小時就可以釣到四、五條十公分左右的魚。釣到的大多是像Klaus Kinski般相貌不祥、不太起眼的黑色魚，看起來實在不會想吃，因此都給了到我們家來的三毛貓一家子，這些貓非常喜歡這黑魚，興奮得大嚼特嚼起來。因此或許出乎意料的美味也不一定。希臘這個國家雖然被海所包圍，卻意外地不適合釣魚，除了特別擅長釣魚的人之外，無法釣到什麼像樣的魚。不過有一點非常可喜，就是海水透明得可怕的程度，因此在岸上可以親眼看得見釣鉤附近的魚在游來游去。從上面看起來，我覺得魚這東西頭腦還眞好。大多數的魚都以斜眼（我覺得）瞄一下餌便「哼」似地游了過去。我非常清楚魚會被釣鉤勾到眞的是很例外的情況。我一面用隨身聽聽著Neil Young或傑西Winchester（傑西Winchester！）之類的，一面一直盯著那些魚時，時間便配合著雲的流動眞是悠悠地流過去。

晚餐大約六點鐘左右，大多日子都是我太太做。有時是牛排、有時是炸沙丁魚、有時是鯛魚飯、有時是燉青菜湯、有時是醋泡竹莢魚……總之看當時能買到什麼材料就湊合著做什麼。冬天希臘鄉下能買到的食品種類一天天變化激烈。不但這樣，有些日子甚至什麼也沒有。例如打魚的收獲要看海的情況，如果連續一星期天氣都不好，風浪大的話就完全打不到魚。肉店一星期才處理一次肉，如果錯過這個時候就不太能買到好肉。海浪一大，從本土運青菜來的船也停駛（島上自己採收的青菜雖然好吃，但可惜種類有限）。因此在希臘自炊生活，所謂臨機應變就變得非常重要了。如果太嚴格遵守食譜的話，也許什麼都做不成。

有時材料實在太缺，或嫌做飯麻煩的夜晚我們也會到附近帕拖拉里斯的店裡去吃飯。帕拖拉里斯的店因爲離市中心遠，淡季時完全變成以本地人爲主要顧客。靠窗邊那桌總有五、六個中年人聚集在那裡一面喝著ouzo酒或葡萄酒一面哇啦哇啦閒聊著，或者大家一起看電視新聞報導，不過這些人是絕不會點小菜或大菜之類的。幾乎看不見像我們這樣正式點菜吃飯的客人，或許時間還早也有關係（希臘人平均九點左右才吃晚餐）。我們在餐桌坐定之後，正在和大家一起哇啦哇啦聊著的帕拖拉里斯1就一副「客人哪，眞麻煩，這麼早就來」似的神情把菜單拿過來。在帕拖拉里斯店裡工作的有兩個男人和一個婦人（她至少在淡季幾乎是不工作的）。但我到最後都沒搞清楚哪一個才是帕拖拉里斯，因此爲了方便起見就把那流氓樣的叫做帕拖拉里斯1，把認眞的那個叫做帕拖拉里斯2。說得好聽一點帕拖拉里斯1擅長社交，說得不好聽就是很會混。這或許可以說是希臘人的一種典型吧。他一談得起勁時，都完全沒注意到我從這邊餐桌舉手叫他。我說：「對不起，請給我葡萄酒。」他雖然答應：「來了。」卻一直不拿來。我想他到底在幹什麼，一看之下，他居然跑到那邊兩個英國女孩那桌坐了下來，拚命教人家希臘語，眞是有點令人受不了。我想也許淡季也有關係吧，但實在看不到一點敬業精神。跟他比起來，帕拖拉里斯2則經常在料理區，一個人默默在做事。我到料理區去看魚時，他就親切地說今天這個魚很好吃噢。帕拖1不在的時候，他也會走出店裡來接受客人點菜，空閒的時候則坐在後面椅子上獨自休息。這或許也可以稱爲希臘人的另一種典型吧；雖然任何國家都一樣，有各種類型的人，因而形成所謂社會這東西。

那個婦人則總是坐在店裡角落那桌，寫著什麼，或用眼睛往店裡東瞧西瞧的。也許對帕拖拉里斯1的工作樣子感到耿耿於懷。胖嘟嘟的一副希臘媽媽的典型，有幾次我在街上遇到她向她打招呼，或稍微交談幾句，是個滿好的人。不過她到底是哪一個帕拖拉里斯的太太呢，我到最後還是沒搞清楚。當她坐在角落那桌跟帕拖2兩個人安靜講著話時，我想她大概是帕拖2的太太吧；當客人一直等都沒人去幫他們點菜等得不耐煩走掉時，看她對帕拖1怒罵「你在幹什麼?認眞一點好不好！」的樣子，又覺得她也許是帕拖1的太太。眞搞不清楚。

「你覺得其實是怎麼樣呢？」我太太問。

「這個嘛。」我以炸馬力沙魚下酒，拿起白葡萄酒杯一面一口口啜著，一面發揮我的想像力。「那流氓樣的帕拖拉里斯1是眞正的帕拖拉里斯，是那個婦人的先生。帕拖1本來是船員，年輕時候曾經到過世界各地一面到處玩女人一面過得滿享樂的，但因爲海運不景氣而丟了工作，沒辦法只好回到太太娘家的這個島上來，開始經營起塔維爾那。說起來這個太太還是個滿認眞的人。爲了開店存了一點小錢，又讓娘家幫忙出一點資金，一定是這樣。可是帕拖1卻是個本性浮躁的人，工作不太能完全投入。忙的時候也不知道跑到哪裡去玩。太太很擔心於是回娘家找哥哥，拜託他說：『哥哥，你也幫我罵罵他嘛。我說什麼他一點都不聽。』哥哥便說：『好吧，我來教訓他一下。』於是來到這裡，可是他這個人脾氣也很好，當帕拖1跟他說：『哥哥，你不用教訓我了，你就幫我們忙嘛。你看，現在很忙啊。』於是他想：『噢，是嗎？』便幫起忙來，就那樣拖拖拉拉也幫了六年——這個怎麼樣？」

「這個嘛。」我太太滿懷疑地說。似乎並沒有被我的想像力所感動的樣子。

這天我們點了一瓶白葡萄酒，還有乾炸小魚一大盤堆得像山一樣高，希臘沙拉、炸卡拉馬力（烏賊）、四尾小型鯛魚和煮豆子，大約一千五百日圓。不管他們三個人是什麼關係，總之這是一家又便宜又好吃的塔維爾那。這家店後面還有一個面海的庭園，溫暖的季節裡可以在戶外，一面聞著海潮香一面享受新鮮的魚餐。

順便再寫一點關於附近的事。「帕拖拉里斯的店」隔壁就是阿諾吉洛斯的迷你超級市場。雖說是迷你超級市場，其實也不過像日本巷子裡的糖果店一樣規模的小店而已，裡面倒是從高麗菜、橘子、火腿、乳酪、牛奶、啤酒、信封，到衛生棉爲止，所有的東西都擁擠地堆在那裡。當然如果你非要挑某某牌子不可的話就難了，不過生活最低限度必要的東西到這裡來大概都有。只是其中或許有吉米卡特當總統時代賣剩的存貨也不一定，這就不得不小心了。例如我買了兩瓶礦泉水，結果兩瓶的瓶底都沉澱著一大堆綠色水藻。因爲我對植物學並不精通，所以不知道詳細情形怎麼樣，不過在密封的礦泉水裡繁殖綠色水藻，想必需要相當長的歲月。而且就算店裡很陰暗，這種東西居然沒注意就賣出去，也眞是的。我去抱怨時，阿諾吉洛斯果然覺得不好意思立刻換新的給我，並把手放在我肩上，「對不起啊。我不知道。請原諒。眞的覺得很抱歉。」非常過意不去地說。

「沒關係。」我說完，阿諾吉洛斯就說：「你認識瓦倫堤娜吧。她是我朋友噢。」於是很親密地瞇笑一下。瓦倫堤娜好像跟誰都一下就變朋友的樣子。

自從綠藻事件之後，阿諾吉洛斯和我便熟得很有話說了。用Feta羊乳酪做釣魚餌的方法就是他教我的，停電和氣象情報也多半是他告訴我的。他的英語說得很爛，我的希臘語也說得很爛，所以我們的對話就不得不像情況很惡劣的長途電話一樣。雖然如此我對阿諾吉洛斯還是滿有好感的，他也總是各方面都對我很親切。老實說，在島上住了一個月的期間，要說和誰有什麼類似個人私交的話，就只有阿諾吉洛斯一個人了。話雖這麼說，但我並不是指這島上的人對我們很冷淡。在路上碰面時會互相點頭微笑，一有機會時也都對我們很親切。但因爲這個島並不是外國觀光客會不斷頻繁湧來的明星海島，因此當地人也不那麼習慣跟外國人接觸，英語不太有自信。因此自然很容易害羞。在餐廳工作的人雖然會講最低限度必要的英語，但只要話題一超出他們的工作範圍時，他們就會聳聳肩閉上嘴。如果我的希臘語能更流利些就好了，卻不行，因此私底下沒辦法進一步深交。而且——我太太也常這樣說——我對於一頭栽進去的個人性親密私交，有忽然本能迴避的傾向，這使狀況更惡化。

不過對這位阿諾吉洛斯，我倒可以很坦然相待。阿諾吉洛斯是四十歲左右個子矮小的男人。臉上總是一副在夢想著什麼似的表情，講起話來則常露出無依的微笑。以希臘人來說很稀罕聲音小小的，說話慢慢的，很有禮貌。工作勤快，早上八點到下午兩點左右開店，傍晚再開三小時左右。經常是一個人在做。大概是單身吧。店裡照例是暗暗的，因此有空時阿諾吉洛斯便到店對面的石牆上坐下來，跟帕拖拉里斯2或附近的太太們聊天。等客人來時，就露出那照例的微笑，越過馬路回到店裡。他店裡常常有貓在睡覺。這隻貓好像已經認定阿諾吉洛斯是養自己的主人似的，總是在牛皮紙箱上縮成一團睡覺，發出呼呼的鼻息聲。

當我把要買的東西清單念出來時，阿諾吉洛斯就小聲複誦一遍。

「十個蛋，」——「得卡・阿不哥，」

「六瓶啤酒，」——「唉克西・比雷斯，」

「水一瓶，」——「唉那・內羅，」

「蒜頭，」——「思可爾東，」

這樣子。他把一樣東西放進塑膠袋時，就在便條紙上寫下價錢，「四十二、二十六×六、二完畢……」於是計算，「總共五七二德拉克馬。………………這是蛋噢，這是啤酒噢……」把價錢一一告訴我。詳細又容易瞭解。

要離開島上時我幫他拍了照片，他對相機好像很有興趣，「這個很棒噢。嗯，是MINOLTA，新產品嗎？」問了好多問題。在日本買的話要多少錢？於是我告訴他，他說：「噢，希臘這種東西稅很高，所以在這裡買的話大概要兩倍價錢噢。要是我的話實在買不起。」他好像很想要相機的樣子，但我工作也需要，所以不可能讓給他。而且如果旅客把帶進希臘國內的機械類賣掉或送禮送掉的話是違法的。

過了阿諾吉洛斯的店再往前走一些就到海邊了。海邊只有一座無人的教堂，和出租帆船店建築物的殘骸而已。海岸前面有一所很大的寄宿學校。學校被稍高於人頭的長圍牆團團圍住，裡面靜悄悄的。我從前面走過好幾次，卻完全感覺不到那圍牆裡有任何人的聲息。但門口有慎重其事的警衛亭，也看得見守門的人，因此學校好像並沒有關閉的樣子。我想圍牆裡確實有學生，正在上課吧。

這是受了英國公立學校制度所感動的前希臘富豪，想讓那制度在希臘生根而於戰前創立的學校，希臘精英的子弟遠離都會在這裡接受英國式教育，島上的導遊書這樣寫。很多教師也是外國人，年輕時候的John Fowles（《The Collector》的作者）也曾經在這裡當過英語老師。他在《魔術師》這本小說中對這希臘制公立學校不自然的僞君子作風相當諷刺地加以嘲笑，因此有興趣的人不妨讀讀看。以斯佩察島爲舞台，這個島的演變歷史也成爲小說的重要背景。小說的主角之一，擁有半個島的謎樣富豪，確實有這樣的眞人當模特兒。小說本身也寫得相當有趣，虛虛實實轉來轉去的說故事技巧眞不簡單。只是正如Fowles大多的小說一樣，整體平衡有點差，而有些地方設計的嚴謹又令人目瞪口呆。

不知道是不是受到這位Fowles小說的影響，到這島上來的觀光客很多是英國人。

吃過晚飯後，外面已經黑漆漆了。我在客廳一面聽音樂一面看書，我太太在寫日記或給朋友寫信，或在計算花多少錢，或莫名其妙地抱怨：「哎呀，眞討厭，我不要變老」之類的。寒冷的夜晚，我會把壁爐的火生起來。在一面一直望著壁爐的火發呆時，時間便安靜而舒服地過去。既沒有電話打來，沒有截稿期限，也沒有電視。一切都沒有。眼前只有柴火在劈哩叭啦爆響而已。沉默非常舒服。喝完一瓶葡萄酒，又剛喝完一杯純威士忌，這時有一點睏。看看時鐘快十點了。於是就那樣舒舒服服地睡了。好像做了好多事似的一天，又像什麼都沒做似的一天。

暴風雨來襲

根據旅遊書上寫的，斯佩察島的平均年降雨量約四百釐米，一年三百六十五天之中有三百天不下雨，下雨的日子都集中在十一月到四月這期間。不過當然正如這旅遊書也聲明的那樣，這只是approximation（概算），是statistics（平均統計值），it depends（視情況而定）。這個我也知道。不過再怎麼說it depends，斯佩察島的十月後半的天氣也未免太糟了。應該還不太會下雨的十月後半的十六天之中竟然有八天是下雨的，其中的四天其實是暴風雨的德性。雨量我想確實有二百釐米。這不是有點太過分了嗎？這是我們毫不虛假的實際感覺。到底有誰預料到暴風雨還會到希臘的什麼島上來呢？

不，我當然很清楚愛琴海有暴風雨。其實我在到島上來的水中翼船上才剛剛重讀過尤里庇蒂的《特洛伊的女人們》。

雅典娜：「……宙斯首先在天空捲起烏雲旋風，讓雨和霰隨車軸流降。約定借宙斯的雷火，燒毀希臘的船隻。普西頓哪，你要將愛琴海充滿洶湧怒濤，狂風漩渦……」

普西頓：「明白了。我既然已經決定幫忙，就不必多說了。我會讓愛琴海怒濤洶湧，襲擊米克諾斯海邊、提羅斯島的岩石上、並讓斯基羅斯島、林諾斯各島、卡發留斯岬一帶被死屍所遮蔽……

……」

（筑摩文庫《Euripides上冊》）

不過，就算不用上溯太古老的歷史，在電影《六壯士》裡也出現過暴風雨。電影《希臘左巴》一開頭的一幕確實也是下大雨的比里斯港。對，當然希臘也有暴風雨來襲。不過說眞的，我實在沒想到自己眞的會在愛琴海遇到暴風雨。提到雨具，在離開日本時，忽然想到「也許會下雨」，而只帶了一把壞了一半的小雨傘來，結果那也不知道放在什麼地方了。於是就在這時候——在一把傘都沒帶的人頭上——可以說晴天霹靂地，刮起強烈的暴風雨來。

另一件不湊巧的事是，我們完全不知道暴風雨要來。要是知道的話我們當然多少也會有所準備。比方買好緊急備用的食品和飲水，準備蠟燭，檢查雨傘，而應該也會發現原來傘已經遺失了。但因爲我們家既沒有電視，沒有收音機，也沒訂報紙，所以沒有任何資訊進來。只記得前一天，隔壁的哈李斯先生過來用英語說：「村上先生，明天會下雨喲。」但那時候因爲一直都下著雨，所以只想到：「哦，又下雨呀。」後來又在路上遇到附近一位親切和藹的寡婦時，她也雙手拚命指著上面：「沙・布雷克沙・阿—瓦礫歐，沙・布雷克沙（明天會下雨噢、下雨）」這樣告訴我。不過我只想到：「今天怎麼好多人都提天氣的事啊。」當然這或許確實是我的不小心。總該注意到氣氛有一點怪怪的，不太對勁才是。不過我也這樣想，爲什麼不告訴我一聲「是暴風雨喲」。光聽說明天會下雨，不可能去想像眞的暴風雨會來呀。

雨在我聽到那忠告的當天（十月二十七日）下午開始下起來。像暴風雨前哨戰般簡潔而激烈的雨。厄運這東西一定會帶有預兆。現在想起來那雨就是了。正在睡午覺時，嘩啦嘩啦地開始下起大雨，一留神時家裡地上已經積水了。爲什麼一下大雨家裡地上就會積水呢？因爲家裡地面跟外面的陽台是完全同一個水平，而且中間沒有所謂門檻這東西存在。所以只要下大一點的雨，屋裡就會泡水。一點也不奇怪，非常理所當然。那麼爲什麼不做門檻呢？這種事我也不清楚。你要問，我也傷腦筋。

總之我們一面嘀嘀咕咕的抱怨，一面用抹布和舊的《先鋒論壇報》擦地上的水。但一小時左右之後，雨就霎然停止，天空又轉晴了。因此實在沒想到這眞的會是暴風雨的前兆。這種情形也是厄運前兆的主要特徵之一。後來雖然想到「啊，就是那個嘛」，但發現時已經太遲了。

我們傍晚出去街上速食店吃三明治、喝啤酒，然後到鐵達尼電影院去看Robert Aldrich的電影。一個猶太人遭遇各種厄運，嘗盡各種苦頭、極端陰暗的電影。電影散場後回到家，喝了白葡萄酒睡覺。

眞正的暴風雨正式將我們收在他的羽翼下，是在第二天二十八日清晨。這十月二十八日是所謂「歐非日（拒絕之日）」，對希臘人來說是具有相當重要意義的日子，也是放假日。我想可能是希臘拒絕納粹德國的要求而加入第二次世界大戰的參戰日之類的，詳細情形我不太清楚。總之是假日。有各種活動和遊行。所以我們也正期待著想拍一些那種熱鬧照片的，但這種心情也隨著清晨的雷鳴而煙消霧散。轡得不得了的雷聲。我甚至想說不定希臘加入第三次世界大戰了呢。咚隆、咚隆、咚隆的轟隆聲，簡直像艦砲射擊般連續不停，而且逐漸接近這裡來，劈哩啪啦地切割空氣，像告知世界末日來臨的火柱般直立在周圍。眞是很久沒遇到這麼厲害的雷聲了。枕邊的時鐘指著上午六時稍前。週遭暗暗的，夾雜著雷聲，還聽得見激烈的雨聲。沒辦法我只好起床，在門下和窗下塞進折起來的《先鋒論壇報》，讓水不要進來。做完這個後就燒開水，泡咖啡和我太太兩個人喝。隔兩秒、三秒，就一陣咚隆、咚隆的，閃電把屋裡染成青白色，偶爾聽得到好像地面的一層生皮被巨大的手剝離似的嘩啦嘩啦的聲音。一閃電時，我們就忽然往窗外看。

「簡直是暴風雨嘛，這個。」我說。並一面啜著咖啡一面在日記上這樣作筆記。「上午六時前起床・雷雨・簡直像暴風雨般的天氣」。眞要命，其實到這時候我才注意到這就是眞正的暴風雨了。

這雷雨持續了多久呢，重讀日記並沒有記載正確時間。大體上是很隨意的日記。我只記得曾經這樣想，「世界上居然會有響這麼多次的雷？」所以我想是持續了相當久的。從前在西宮球場曾經舉行過「四大鼓王世紀對決」，雷聲之吵鬧和持久大概就可以和那匹敵了。

雷聲停了之後雨還下個不停。我們身邊沒有傘，一步也沒辦法出門。不過還好先前買的食物還有一些存量，心想沒關係總可以過得去吧，便一整天坐在書桌前工作。傍晚我們家後面傳來一陣嘩啦嘩啦嘩啦東西倒塌的聲音。也聽見人的喊叫聲。心想到底是什麼？打開遮雨板窗一看，後面人家的果樹園石牆像整個被挖掉似的倒塌了，周圍一些穿著黃色雨衣的人正七嘴八舌地互相說著什麼。不過就算這樣石牆也未免太容易倒塌了，我想。終於第二天傍晚，又開始響起咚隆咚隆的雷聲。家裡所有的東西都是濕濕冷冷的。

第三天早晨，雷聲又再響起。而且是比前一天更慘烈的雷聲。不只是打雷而已。那簡直實實在在深深砍進我們周圍的大地裡去，震撼群山，劈裂巨木，斬進天空。簡直就是宙斯自己親自出陣，將雷的粗箭往大地咻咻地射出般的魄力。原來如此，所謂希臘戲劇，有一部分如果不親身來到希臘還無法實際體驗到呢，心裡怪佩服的，但也不可能光佩服太久。因爲雨又再淹進來，地上開始浸水了。門下塞的報紙已經濕透無法再吸更多水，又沒準備多餘的報紙。雨實在沒有停止的跡象。十月二十九日上午五時，到了這個地步，我終於搞清楚這是眞正的暴風雨。可是爲什麼會有暴風雨來呢？而且既沒有雨傘，也沒有什麼食物了。家裡有的食品只有少量的米、煮一次份的義大利麵、蕃茄、小黃瓜、少許培根、洋蔥、罐頭洋菇、咖啡，這樣而已。今天一天雖然還撐得下去，到明天就有點不放心了。而且如果再停電、斷水就完了。米和麵都不能生啃，礦泉水也只有一瓶。

「有沒有問題呀？吃的東西只有這麼一點而已。」我太太擔心地說。

「沒問題。」我說，「不管多麼嚴重的暴風雨，途中一定會有忽然雨停的瞬間。就像中場休息一樣。那時候就可以跑到阿諾吉洛斯那裡去買食物回來。到他那裡去也會知道暴風雨的氣象報告。」

「雨眞的會那麼容易停嗎？」

「我說一定會。我是關西長大的所以對颱風的結構相當清楚。」

「但願日本的颱風和希臘的暴風雨是同樣結構的噢。」她一臉懷疑地說。她不太信任我在世俗領域的能力。

不過正如我所預言的，中午以前雨突然咻地停了。之前的暴風雨就像假的一樣，風停了，雲也開了。只有從伯羅奔尼撒半島方向還偶爾傳來悶悶的雷聲而已。進入颱風眼了。我跑過到處是水漥的道路，來到阿諾吉洛斯的店裡去。平常的捷徑已經變成一條河。我在阿諾吉洛斯店裡買了兩袋餅乾、高麗菜、馬鈴薯、兩瓶礦泉水和葡萄酒。阿諾吉洛斯一副管他暴風雨或什麼都毫無關係似的，在紙上寫下數字依然悠哉地慢慢計算著。

「暴風雨啊。」我說。

「嗯。下了好多雨。」阿諾吉洛斯說。

「明天還會下嗎？」我試著問看看。

「這個嘛……可能下，也可能不下……」阿諾吉洛斯笑瞇瞇地說。

希臘人常常會像這樣作非常哲學性的發言，總不能每次都一一去佩服人家。我還必須趕在雨又下起來之前回到家才行。看雲的樣子，已經沒時間到麵包店去了。在回家的路上，看看周圍好多地方的石牆都紛紛倒塌。也有七、八公尺長的牆完全不見了的地方。這要說慘也未免太慘了。確實下了相當量的雨。話雖這麼說，難道因爲下這樣的雨，所以全村的牆全倒了也沒辦法嗎？我眞不明白，走上前仔細一看，才明白難怪會倒塌。因爲做法太簡單了，眞是粗糙草率。首先把石頭咚咚咚地疊起來，然後在接縫裡塞進泥土之類的，上面再塗上一層厚厚的漆。這樣而已。所以看起來雖然非常漂亮，但大量的雨水滲進去後裡面的接合就鬆掉而突然崩潰。我雖然是對建築工學極疏遠的人，但這一點倒知道。回到家我跟太太提起那石牆的事，她笑著說：「雨停了以後，大家會馬上再築起一樣的東西。」我說：「可是，再怎麼說總該稍微想一想吧，既然知道那不能耐大雨的話。」我太太說：「我看你大概還不太瞭解希臘這個國家吧？他們就是這樣的國家。不是好壞的問題，也不是對錯的問題。」

「哦。」

「等雨停了你就知道。」

十分鐘後，雨又開始下起來。我一面小口小口地啜著葡萄酒，一面繼續工作。三點時雷聲轟隆轟隆響了一陣子，五點時又再響一次。我把所有的抹布和報紙都塞在門下總算把浸水堵住了。一面做著這個時，一面忽然想到人類爲什麼非要戰爭不可呢？人生已經充滿了暴風雨、洪水、地震、火山爆發、海嘯、饑饉、癌症、痔瘡、累進稅率、神經痛等，這麼多災難了，爲什麼還要再加上戰爭不可呢？

好不容易雨停是在十月三十日中午十二點過後。雨好像說：「啊，好累。就此罷休吧！」似的很爽快地忽然停止，覆蓋天空的烏雲就像細胞分裂似的啪啪地分開。從北方來的風強勁地把那吹開，晴空開始從那縫隙探出臉來。不過伯羅奔尼撒半島那個方向還積著厚厚一大堆烏雲，好像在對你預測說還不知道會怎麼樣噢似的。

總之我到街上去趁著沒下雨先把傘買回來噢，說著我就一個人出門，沿著海岸道路往街上方向走，由於路被山上流下來的土沙擋住，棉織工廠前面走不過去。沒辦法我只好稍微往後退，決定改走山邊的一條路。暴風雨似乎給島帶來比預料還大的災害。很多地方的路凹陷一大塊，樹木橫倒在路上。當然石牆更是到處崩潰倒塌。一路上洋娃娃、垃圾桶、壞椅子之類莫名其妙的東西，簡直像市集過後般到處散落滿地。還有連根拔起被沖走的紫茉莉沿著河邊堆積如山。這紫茉莉好像被橋柱卡住了塞住河流，造成濁流往街上溢出的元兇似乎就是這東西。紫茉莉在乾涸的河床沙地上曾經燦爛地開滿一大片。

沿著河邊的人家，正用臉盆或掃把把滿溢的水往屋外掃。穿著黑衣服的矮小老太婆雙手舉向天空一面揮舞著，一面向路人以咬牙切齒的表情說明那災厄的樣子。「昨天半夜裡喲，突然間咚的一聲水就沖進來了噢，實在沒有神明什麼的啊。」確實好像在睡夢中被襲擊的樣子，家具啦、地毯也全是泥巴。有人正在把那些東西搬出來用水管的水沖洗。老太婆怎麼說都說不夠似的，抓住別的過路人又再繼續雙手揮舞著。眞是可憐。不過另一方面堆在河口附近的無數紫茉莉花的殘骸卻奇妙地鮮活美麗。我從來沒看過這麼多紫茉莉，相信今後也不會再看到了。

兩點過後，太陽好像被彈出來似的猛然露出臉來，開始把一切都照得閃閃發亮。水窪裡清晰映出雲的模樣，各種各類各色各樣的鳥在依然滴著水的樹枝間跳來跳去。兩隻海鷗在波西頓尼翁飯店的兩個尖塔上，一左一右的分別停著。爲了避雨不知道躲到哪裡的貓，也好像受不了肚子餓而出現在路上。腋下夾著幾支舊傘的修傘匠一面唱歌般叫著「翁布雷啦！翁布雷啦！」一面走過街上。暴風雨過去了。

兩天後人們開始修理街上崩垮的圍牆。當然——正如我太太預言過的那樣——做法和以前完全一樣。我們站在路邊一直盯著師傅嘿嘿地適度把石頭疊起來，往上啪啪地塞進泥土般的東西（也許不是泥土，但也不是水泥）。看起來他們非常快樂地築著圍牆，他們盡心盡力地做著。石頭的堆疊方式簡直可以說是藝術性的。看著那樣的作業眞快樂。看一整天都看不膩。而且收尾也很漂亮。跟磚牆比起來簡直是天壤之別。只要不下大雨，那眞是非常美麗的牆壁。

「幾年後如果下大雨，」我說，「那個，還是會垮噢。」

「垮了，再砌嘛。」我太太說。

對，他們已經重複這樣幾千年過來了。我還是不可能當希臘人的樣子。

米克諾斯

米克諾斯

我從來沒想過會在米克諾斯住一段時間。我以前也去過兩次米克諾斯。這是個美麗的海島。不過老實說，我覺得——米克諾斯觀光味太重。不是個適合生活的地方。而是適合造訪和享樂的地方。我要工作，則需要一個更安靜而沉著的海島。

不過結果卻決定在米克諾斯住一個半月。如果沒有決定在那之後去西西里的話，我想也許還會住更久也不一定。

幫我介紹米克諾斯房子的是在雅典一家旅行社上班名叫英潔的美國女孩。二十出頭滿可愛的女孩子。我到她上班的辦公室去，請她幫我找一個安靜的島上按月出租附家具的房子。斯佩察島的房子雖然不錯，但可惜是爲了夏天度假用而建的，冬天住實在太冷。我們每天都顫抖著過日子。除了有燒柴的壁爐之外就沒有暖氣設備了。要採集薪柴很累，而且一下雨，柴都發霉不容易點著。我希望住溫暖一點的房子。在那樣的地方，好冷好冷實在沒辦法工作。

可是很難找到滿意的房子。我以爲是淡季應該很容易找到出租公寓的，卻太天眞了。在淡季的島上以觀光客爲對象的短期出租公寓幾乎全關閉了。沒有客人來開著也只有突然增加屋主的麻煩而已。因爲沒有需要所以也沒有供給。我眞傷透了腦筋。英潔覺得我可憐，也幫忙問了幾個她想到的地方，但連屋主都找不到。大家都做完一年份的工作鬆一口氣，不知道去哪裡玩了。

不過最後英潔說：「對了，那個地方怎麼樣？那裡的話整年都有管理員。」然後問我：「嘿，米克諾斯怎麼樣？如果是那裡的話我想有一家一定有開。」

米克諾斯？不過算了，事到如今好像只要有房子就謝天謝地了。

英潔立刻幫我打電話詢問。OK。兩房一廳附廚房、浴室，還有寬闊的陽台，視野非常美麗。房租七萬德拉克馬。不錯。就決定這個。暫且決定只住一個月。

「嘿，我覺得你一定會喜歡那裡。」英潔說，「我也在那裡住過一星期左右。是個很安靜的好地方。」

*

米克諾斯島也一樣是淡季。商店有三分之二關門。不過反過來說也有三分之一是開門營業的。這方面就跟斯佩察不同。不管怎麼淡季，米克諾斯還是有少數觀光客會來。所以土產店、餐廳和飯店也配合這個有幾家開著。夏天每天六班的渡輪減少到兩天一班左右。不過總之還有些人來，所以以他們爲對象有些生意還可以做。

秋冬到米克諾斯來的，是利用低價旅行的北歐年金生活銀髮族（這些人希望以優閒安靜而便宜的方式旅行爲大前提，因此選擇這個季節來），或日本團體客（新婚居多）。不過淡季來米克諾斯到底快不快樂？以我來說就不得不懷疑。加上後來在內，我雖然春夏秋冬四個季節算是全都來過米克諾斯，但我覺得實在沒有必要特地花錢到冬天的米克諾斯來。當然這只是我個人的意見，每個人凡事都各有所好。如果有人說，不，我冬天到米克諾斯來深深感動，我也沒話說。不過我好幾次都被米克諾斯的居民問到，爲什麼日本人都特地選擇十一月、十二月、一月到寒風刺骨的米克諾斯來呢，那時候來也沒什麼好玩的，不是嗎？

這時我總是這樣向他們說明。秋天是日本人舉行結婚典禮的最佳季節。所以到這裡來蜜月旅行。因爲新婚冷一點也無所謂，甚至反而更好呢。這樣說明之後大家大體上還可以接受。其次日本人也常做所謂的新年旅行。新年期間參加到南歐或愛琴海的某種團體旅行。聽起來好像很溫暖的樣子。

不過老實說這是大錯特錯的。愛琴海正如前面寫過的那樣，並不像關島或夏威夷是終年常夏的海島。多半日本人大概以爲愛琴海的島在赤道附近，但以地理上來說，米克諾斯和東京幾乎在相同的緯度上。換句話說，不管誰怎麼說怎麼想，冬天還是冷的。而且米克諾斯是風非常強的地方。好像要把地上所有的物體橫掃淨盡似的強烈的風。既冷又濕的風。一旦開始吹起來，強風至少連續吹三天。從早到晚，風一刻也不停地繼續吹。而且一整個晚上發出瘋狂的聲音撒野。吹倒灌木，把窗戶吹得卡噠卡噠響個不停。天氣也很壞，經常下雨。有時甚至下雪。街上空蕩蕩的。當然不能游泳。美味的餐廳關著門。飯店的服務生提不起勁。特地到這裡來也只有冷冷清清的而已。我想很多人大概會失望吧。要來玩的話，再怎麼說還是夏天好。就算說觀光味太濃、人太多，就算飯店客滿、物價高、居民不親切、附近的迪斯可舞廳太吵睡不著，還是夏天的米克諾斯才眞的非常快樂。那是屬於另一種節慶。

不過以結果來說，雖然在這麼糟糕的天候下，不，正因爲在這麼糟糕的天候下，淡季的米克諾斯對於我安靜工作，正是再好也不過的環境了。房子住起來舒服，又沒有什麼特別的事可做，可以集中精神工作。我在這裡把Courtlant Dixon Barns Bryan的《The Great Dethriffe》小說譯完。雖然是一本相當長的小說，但很有趣，而且心想總之趕快把這翻完，要開始寫自己的小說了，於是每天勤快地進行下去。這段時期還沒有使用文字處理機，所以是用鋼筆在大學筆記簿上密密麻麻地寫滿字的。

《The Great Dethriffe》譯完之後，寫了幾篇有關斯佩察島上生活的文章，類似速寫一般（收在本書文章的原形），然後好像迫不及待似的開始寫小說。那時候我想寫那本小說，想得渾身忍不住蠢蠢欲動。身體乾乾的渴求著語言。把自己的身體「帶到」那裡去是最重要的。長篇小說如果不把自己帶到這樣的極限是寫不出來的。就像馬拉松賽跑一樣，在起跑以前的種種調整如果失敗的話，在較長距離的地方會喘不過氣來。

這本小說後來成爲《挪威的森林》，當時連名字都還沒有取。剛開始只以寫四百字稿紙三百頁或三百五十頁左右的清爽小說的輕鬆心情開始寫，但在寫了一百頁左右時卻知道「這樣不行，三、四百頁實在寫不完」。從此以後到隔年（一九八七年）的四月爲止，一面遷移到西西里、羅馬，一面埋頭泡在小說裡。結果寫出來的小說有九百頁。

*

在米克諾斯我記得很清楚的是夜晚的酒吧生活。我們天一黑就常到街上去喝酒。米克諾斯街上有很多酒吧。我白天大多一個人關在房間裡工作。我太太在那之間則讀讀書，或學學義大利語，在陽光下和貓玩耍。我們不太講話。所以天一黑之後兩個人就到酒吧去一面喝酒，一面談各種事情。我也有必要喝酒放鬆，解除白天的緊張。

米克諾斯的酒吧相當不錯。既不很土，也不會端架子。價格還算相當便宜。旺季的時候以外國觀光客為對象大概會收相當的價格吧，然而一到淡季客人幾乎都是本地人，所以價格當然就變得比較合理了。兩個人總之先各點了三杯一般的雞尾酒來喝，叫一點下酒小菜，我想大約一千圓出頭吧。不只是喝酒而已，到那裡去跟店裡的人聊聊天，獲得一些當地的資訊，對我們也是少數娛樂之一。

我常去的酒吧是「莫尼卡Bar」、「米諾塔洛斯Bar」和「索馬斯Bar」。米克諾斯的酒吧競爭過分激烈經常重新裝潢，所以現在這些酒吧或許已經不見了。我跟在「莫尼卡Bar」工作的法國女人（名字我忘了）也談過很多話。她個子小小的，表情豐富，我想大概跟我屬於同一個世代。她說她在米克諾斯已經住了十幾年。年輕時候偶然來到這裡，被這個島吸引，就那樣什麼地方也去不成了，她說。米克諾斯有很多這個世代的歐洲人。也就是所謂的團塊世代。他們在嬉皮風過去之後，脫離歐洲社會，流浪到島上來，就那麼住下來了。可以看到希臘的許多海島往往成為當時這種嬉皮集團的最終落腳點。不知道為什麼，當時的嬉皮就是非常喜歡海島。

她被米克諾斯迷住了。她說她甚至沒有到過鄰近的島，她既沒到過羅德島也沒到過聖多里尼島。「我有米克諾斯，為什麼還非要到別的島去不可呢？」

「莫尼卡Bar」是名叫莫尼卡的德國女人經營的酒吧，一到夜晚這裡感覺上成了住在米克諾斯外國人社區的集會場一樣。大家都很寂寞，所以一到晚上就很自然地聚到這裡來熱鬧一下。因此，有時會吵鬧過頭是這家店的缺點（還有洗手間的水流不太通也是）。不過也因為是德國人經營的關係，德國風味的家庭餐點很美味。寒冷的日子我們常來這裡喝德國風味的熱湯，吃煮豆子，吃燙過的香腸。

「米諾塔洛斯Bar」的主人是跟英國女人結婚的希臘人。他喜歡爵士音樂，有幾張渡邊貞夫的唱片，我一去，他就會為我放這張唱片。平常淡季都到倫敦去住，他說。不過今年夏天生意不太好，所以冬天也開。因為照例又有恐怖份子鬧事，使得美國人不來的關係。

他每天教我一些希臘語。很安靜的男人，就味道來說這家雞尾酒最美味。用新鮮的水果，仔細調出雞尾酒來。下酒點心只有簡單的東西，但味道不錯。店也跟他的個性一樣，比較安靜。而且經常以適度的音量播放輕柔的爵士樂。「夏天的確可以賺錢，」他安靜地說，「不過我討厭夏天。米克諾斯的夏天。一到夏天什麼都變得亂七八糟。尤其七月和八月簡直教人想死。再過幾天旺季就過了，這樣一面算著日子一面工作噢。大家都這樣。大家都討厭得不得了。好厭煩。可是沒辦法只能做。這種季節好多了。這才叫眞正的生活。」說完他搖搖頭。從他的話裡可以深深體會到只能靠觀光業維生的希臘的困難處境。

「索馬斯Bar」是一家老闆有相當怪癖的酒吧。索馬斯雖然生在土耳其，但在塞浦路斯紛爭時被趕出伊斯坦堡（土耳其政府將希臘系的居民強制移送），幾乎在一文不名之下移居到希臘來。而且正如這種人經常會做的事，他對政治非常嘲諷，是個個人主義者。個子雖然不高，但臉上總是一副攻擊性的表情。年輕時候到過全世界遊蕩，會講六國語言。曾經在各種酒吧和飯店工作過，存了一些錢。並在去年在米克諾斯買下酒吧。原來名字叫作「Jetset Bar」。「不過馬上要改成『索馬斯Bar』了。一月到雅典去把尾款付清後，就完全是我的了。新的招牌也已經訂好了。」他說。他為了賺這個錢，淡季也開門營業。而且他還在學日語。大概是以最近增加的日本觀光客為目標吧（當然在斯佩察島連一個日本人都沒看見）。我請他把他的日本語教科書借我看看，眞是相當糟糕的東西。我教他平假名和片假名的用法如何區別，他就請我喝白蘭地當謝禮。

索馬斯是個讓人印象有些陰暗的男人。有一點憂愁。好像「我什麼都不相信噢」的氣氛。不過我們很常去那裡喝酒。索馬斯這個人有他不討人厭的地方，說話也滿有趣的。有一次談到選舉。聽說選舉時不能賣酒啊，我試著問他。那不就不能做生意了嗎？不，你就說是紅茶，用紅茶杯裝白蘭地端出去呀，他說。附近的店哪，就這樣銷掉兩箱白蘭地。連警察都來喝那個，說給我紅茶，當然不會付什麼錢，他說著笑了。那就是所謂的閉眼放水費。「希臘人對政治什麼都不懂嘛。只不過一窩蜂地狂熱而已。明明什麼都不懂還這樣子。」於是他非常嘲諷地笑了。

「說到警察啊，」索馬斯說，「米克諾斯要開這種店需要執照。可是他們並不會叫你亮出執照來看。警察只是到店裡來轉一轉，喝了酒就回去。你只要給他們酒喝，誰也不會對你囉嗦。大家都心知肚明，那裡是那個噢。」

不過只有在提到他生長的故鄉伊斯坦堡時，他臉上表情非常坦誠。伊斯坦堡的魚有多美味，在那裡長大有多快樂，被趕出那裡時有多傷心。

*

在索馬斯的店裡有一次我遇到一位據說曾經在日本住過很久的希臘老先生。他在櫃檯和索馬斯一面談著一面喝啤酒。個子高高的，稍微有點駝背，頭髮開始微禿。他問我是日本人嗎？我回答是的，這位老先生就拿著杯子開始長談起來。

他以前是以船公司職員身分派駐日本。那是一九六〇年代初的事。他去鎌倉看大佛的途中，在巴士上遇到一個女孩子開始戀愛起來。也就是所謂的一見鍾情，他說。他忍不住向她開口說話。我想去看大佛，請問該怎麼走才好？她很親切地爲他帶路。於是兩個人因爲這緣分感情好起來。他們約會了很多次。甚至到了認眞考慮結婚的地步，他說。現在他大概將近六十了吧。相貌長得不錯。

不過結果沒有結婚，他說。他也去見了對方的雙親，談過話。人很好噢。可是實際談到要結婚時，唉，卻有各種困難。我也沒什麼辦法。不過當時當然很難過。我也還年輕嘛，那時候。於是抱著一顆傷感的心，離開了日本。

現在已經從那家公司辭職了。因爲海運事業不景氣。於是我回到這米克諾斯來工作。再怎麼說，還是自己出生的地方最好啊。

不過夏天很糟糕，嗯，夏天最糟糕。因爲一到夏天，島上的人口就增加到冬天的五倍。五倍喲。人口一旦增加到那麼多，什麼東西都會不夠。從用電到食物，甚至用水都會不夠。沒辦法只好向附近的島買水。用大水槽裝水運過來。當然物價就貴了。一到夏天什麼東西價格都提高。靠觀光吃飯的人倒也沒辦法，可是一般沒關係的居民大家都很生氣喲。對外國觀光客深深感到厭煩。當然哪。冬天倒還好，很安靜。很多居民用夏天賺的錢在米克諾斯郊外蓋大房子。然後冬天就住在那裡看看錄影帶優閒地過日子。因爲大家都有錢。

＊

我在米克諾斯也遇到幾個到過日本的人。大多是貨船的船員。此外也有幾個在韓戰時期到過日本（希臘以聯合國軍隊的一員之身分派兵到朝鮮半島）。原來當過船員的對日本小港的情形相當清楚。他們雖然都上了年紀，但體格都還很結實健壯，現在還經常曬太陽。他們常常抓住我談日本的事。隨著海運不景氣，他們也下了船，有的當巴士車掌，有的當餐廳老闆，有的開起小雜貨店。而且他們對當年在船上所過的日子，簡直像在懷念逝去的青春般珍惜地談著。聽著他們談話時，我也覺得那彷彿是個非常美好的時代似的。搭上船就可以到處去的時代。只要你想做，好像到處都有這種工作機會的時代。

然而那樣的時代已經過去了。就像斯佩察島的商船隊隨著汽船時代的來臨而沒落了一樣。

港口和凡格里斯

每天早晨一醒過來，我們的第一件事，就是打開窗戶看海。從臥室窗戶正好可以一覽無遺地俯瞰大海。如果海水平穩，沒什麼白浪翻起的話，就到港口去買魚。如果海浪很大，則大多的漁船都不出海。因此也就打不到魚。只有好天氣的時候才能吃到魚。所以在我們的飲食生活中天候具有很大的意義。

如果天氣好，一大早出海的漁船九點以前都回來了，把剛捕獲的魚排在港口前賣。港口一角有一個大理石做的（這附近大理石很多，所以什麼東西都是用大理石做的）排列魚的台子，上面排著各色各樣大大小小一排排的魚。魚一排出來之後，本地人、觀光客、貓、狗、鳥，一下子全都聚集到周圍來。當然因爲新鮮所以美味，但魚的價格卻絕不便宜。地中海沿岸大體上到處都這樣，魚比肉高級得多。幾乎看起來像樣的魚都被看來像餐廳老闆模樣的人整批買去當營業用。本地的一般太太則斟酌選擇不太起眼的家常菜用的小魚來買。於是港口排出來的魚一轉眼就賣光了。至於不能當商品賣的雜魚，漁夫就丟給在港口徘徊的塘鵝或貓。塘鵝高聲叫著嚇唬貓。

街上連一家所謂的魚店都沒有。雖然有一家賣冷凍魚的店，不過這應該算是冷凍店，正確說不能算魚店。只有在港口漁夫自己賣自己捕的魚，賣完就沒了。所以如果錯過這三十分鐘左右的「賣魚時段」，就沒辦法吃到魚。剛開始還不太懂得這個買魚訣竅，沒能夠好好買到魚。

我們在這裡常常買烏賊（叫做卡拉馬力。花枝叫史畢亞）。這裡的烏賊很柔嫩，入口即化很美味。希臘人大多烤了吃，但實在太可惜，我們沒辦法這樣做。當然是做生魚片吃。有時也配上壽司飯一起吃。雖然每天各有不同，不過烏賊大約一公斤七百圓左右。以希臘物價來說算是相當貴的。此外也買像竹莢魚的魚（叫做沙布利基），用醋涼拌，或烤來吃。這是體型較大的竹莢魚，味道帶有鯖魚的風味，眞是奇怪的魚。並不常見。小型的鯛魚（西那格利沙或利斯里尼）可以用煮的，或用蔥一起嫩煎。其他還有星鰻、比目魚、帶魚、梭子魚等，眞是各種魚都有。不知道爲什麼梭子魚和青山的紀伊國屋賣的一樣貴。另外也有沒看過的魚，還有莫名其妙的魚。聽說叫做史柯爾皮歐的很多刺的可怕的魚，煮雜菜湯很美味，試煮看看，果然相當美味。不過跟河豚一樣，舌尖會有一點麻辣的感覺。而且吃了以後會拉肚子。

海大約一星期有四天是浪大的日子。從窗子裡看出去，巨大的海浪像東映電影公司的片頭背景般，沖上海岬尖端的岩石，高高濺起十公尺左右的浪花。海一望無際都被一波波白浪所覆蓋。並吹著J·G·敘事曲式的暴力性的風。當然漁船不出海。從窗子裡看，漁船都停在港內，只見帆柱被浪鼓得搖搖晃晃地繫在那裡。只有海鷗還很舒服地在空中迎風飛翔。

這樣的日子連續三、四天後（有時也曾連續一星期），接著忽然風平浪靜的早晨來臨。海面像鏡子般平，完全看不見一片波浪。這樣的早晨我們趕快洗把臉、吃完早餐，拎起購物袋就往港口跑。並買了幾天份的魚。我們混在當地主婦和餐廳老闆之間，這個多少錢？那個多少錢？這個太貴啦！便宜一點嘛！這樣討價還價一番。如果排在港口的魚已經沒有好的，就等下一艘漁船靠岸，趕著最先跟漁夫交涉買進。總而言之，旅行中我的希臘語雖然看不出有什麼進步，不過我想買魚用的希臘語倒磨鍊得相當實用。

因爲我們不太喜歡吃肉，所以爲了攝取蛋白質無論如何都需要吃魚。我覺得希臘菜相當美味，基本上我還算喜歡，不過我們畢竟是日本人，要長期吃，體質上還是很勉強。因爲很油膩，香料味道相當重，長久吃下來不知不覺脂肪就積在體內。身上積了脂肪，沒經驗過的人恐怕不容易想像，這是相當難受的。以我的經驗來說，感覺（只是感覺並沒有任何科學根據）日本人的身體似乎本來天生就無法攝取分解太多量的脂肪。因此無法分解完的脂肪便積存在體內。脂肪一積厚，身體就變得有點沉重，肌肉動作也不靈活了。食慾開始減退。皮膚變得粗糙。頭髮失去彈性。連汗的臭味都改變了。

這時候我們就來個三、四天的「拔脂」。不吃一切油膩東西。停止外食，一天減成兩餐。只煮飯、做味噌湯、吃很多醋泡菜。蛋白質來源則吃魚。這也最好不用油煎而只用烤。上面擠幾滴檸檬汁，沾醬油吃。烤魚是用向公寓管理員凡格里斯借了小火爐和烤肉網子烤的。我以前完全不知道歐洲人是用小火爐烤魚吃的。不過有一次我看見凡格里斯用那小火爐和網子在管理員室前面烤隔夜麵包，我試著問他：「你們不用這烤魚嗎？」他說「當然用啊。」於是我向他借了那個小火爐（希臘語叫做斯卡拉），試試在陽台烤竹莢魚。因爲廚房的烤箱是電熱式的，所以沒有這個就不能烤魚了。可惜燃料不是木炭，而是木屑，雖然如此好久沒吃到的鹽烤竹莢魚的美味還是令人感動。香味說不出的美好。可以感覺到煙味從鼻孔通透到整個腦袋深處去。細胞漸漸活起來。

我正在烤魚時，凡格里斯走過來，「魚這樣子烤是最好吃的。德國人和法國人就不懂得魚的吃法。」他很得意地說。附近的貓也聞到味道走了過來。全世界喜歡吃魚的人和貓都喜歡吃烤魚。這麼說起來，從前早稻田的穴八幡斜坡下就有一家光給你吃烤魚的定食餐廳，每次從前面經過就有這種香味啊，我忽然想起來。

其次我們也常吃所謂的馬力沙。這在魚裡也屬於最便宜的種類。大小大約四公分到六公分左右的小魚。滿滿一大碗只要一百圓就買得到。這個買回來之後好好洗乾淨，用油炸。然後從頭開始啃著吃。因爲有些骨頭會卡住，所以吃多了也很累，要說麻煩確實是麻煩，不過鈣質很豐富（住在歐洲意外地容易缺鈣），因爲是味道相當樸素的菜，所以我們常常把那當餐桌葡萄酒的下酒菜來嚼著吃。眞正庶民小吃，只有對當地人營業的道地希臘餐廳才吃得到。以觀光客爲對象的餐廳菜單上則準是看不見這個。

老是談魚，很抱歉，不過我們也常吃章魚。地中海的章魚相當不錯。章魚剛買回來時還很硬，所以先吊在屋頂下晾乾。這樣第二天就會軟化得很好吃。希臘人都是這樣吃章魚的。漁夫一捕獲章魚就活生生地抓緊牠的腳往水泥地上劈哩啪啦地摔打把牠先打軟。要是身爲章魚的話實在受不了，不過世界就是這樣成立的也沒辦法。而且又把那章魚披在曬物場之類的地方曬乾一天。經過這兩個階段章魚終於變實用了。我們把這個同樣用小火爐烤，沾醬油和檸檬吃。非常美味。只是在曬章魚時，就會有幾隻附近的貓聚過來，以彷彿含怨的眼光仰頭一直盯著那章魚。而且明明搆不到還一直蹦蹦地往上跳。這些貓肚子也餓了。那光景看起來眞可憐。還有整群蒼蠅也來的。剛開始我們還很在意，不久就想蒼蠅要來就來吧，怎麼樣都無所謂了。心想反正要烤，而且蒼蠅群集，味道也不會因此而改變。

*

我常常在港口遇到凡格里斯。凡格里斯喜歡早上到港口散步。並沒有什麼特別的事。只是慢慢散步走進咖啡廳喝喝咖啡，再同樣慢慢散步跟朋友打打招呼，如果有賣魚就去瞧瞧，或只是逗逗塘鵝玩。港口就像是大家的社交場似的。我們買了魚時，他就說：「借我看一下，春樹。」於是當場幫我把魚的內臟清除掉。走到海裡，用軍刀手法俐落地從魚腮的地方切下，剖開魚肚把內臟掏出來，用海水洗一洗。鱗片也幫我刮乾淨。然後親切地告訴我，這個要這樣做會很好吃噢。凡格里斯喜歡做菜。而且常常在咖啡廳請我跟我太太喝咖啡。

*

凡格里斯是已經年近六十的左巴系希臘人。完全不會說英語。個子高大，留著氣派的口髭。人很親切隨和，我們立刻就跟他混得很熟。除了我們之外沒有別的客人，想必凡格里斯也相當無聊。

我們住的地方是有圍牆圍起來的所謂集合住宅社區。寬闊的建築用地上建了二十到三十棟左右的兩層樓純白漂亮建築。一棟建築中有雙併的兩戶。買了房子的人有的自己住，有的出租。地上有很多小階梯，到處燦爛地盛開著原色美麗的花。整體規畫模仿米克諾斯城作成像迷魂陣似的，道路彎彎曲曲。設計眞的很精心，以希臘這類建築物來說是例外，連細微部分都建得很紮實。建築物屋頂附有模仿米克諾斯獨特的小鴿籠般的東西。風太強不能到外面跑步時（被風推回來不能順利跑，眞的）我常常就在這住宅區裡跑步。區內地有那麼寬大。因爲階梯多，倒是上坡下坡很好的練習。

玄關旁邊有管理員室，凡格里斯平常大多和兩隻金絲雀一起在這裡。他不在的時候，就是在打掃游泳池、整理花木、清理垃圾。管理員室也有個小廚房，他一看到我就說：「嗨，春樹，喝一杯咖啡再走吧」，用有花紋的小鍋子爲我煮那每次都一樣濃濃稠稠又甜甜的希臘咖啡。並且一面喝著咖啡一面翻著字典談各種事。凡格里斯說他在戰前在比里斯開過麵包店。也曾當過船員到過許多地方。下船後做過各種工作，到這裡來是因爲有一位T先生邀請他來。T先生就是設計這個住宅社區的建築師。也是這住宅社區的大老闆。他問凡格里斯要不要到這裡來當管理員。凡格里斯全家人就搬到這裡來。那是七年前的事。

夏天裡，當然凡格里斯也很忙。那實在不能叫作忙，他自己說。不光是說而已，還把臉扭曲皺成一團，做出厭煩的表情。夏天我女兒會來幫我忙。因爲我女兒也會說英語，可以招呼外國客人。凡格里斯不行，很笨，不會說英語，不會說德語。

不過凡格里斯絕不笨。確實沒有受到什麼教養，只是一介希臘左巴，但很敏感，感情也很細膩。凡格里斯有兩個孩子。長男在米克諾斯的發電所當技師（這家發電所還會經常停電）。另一個是女兒，在當美容師。他有兩個孫子。其中一個孫子承接了他的名字。也就是同樣叫凡格里斯的有兩個人，不過孫子被稱爲小凡格里斯。以英語來說就是little 凡格里斯。他桌上放著孫子的照片。他的兒孫也都住在米克諾斯。「凡格里斯一家很窮，但大家都很健康。」他說。希臘人很重視家族，家人的幸福就是自己的幸福。雖然窮，只要大家都健康，就等於很幸福了。

起初他問我：「春樹，你有孩子嗎？」我回答沒有時，他臉上就一副非常傷腦筋非常悲傷的表情。對他們來說沒有小孩是一件非常難過不幸的事。

凡格里斯明年春天就六十歲了。六十歲就有年金可以領，他很高興地說。春樹啊，這樣一來就可以玩耍過日子了。凡格里斯年紀大了，每天工作很累喲。六十年來一直都在工作。差不多也該休息了。

不過凡格里斯看起來非常健康，應該還可以工作，我說。在日本六十歲還正是起勁工作的時候。

不不，凡格里斯搖搖頭。六十歲已經不是工作的年紀了。凡格里斯也上了年紀。沒精神了。於是凡格里斯裝出一副突然累趴趴很垂頭喪氣的樣子。爲了表示他已經徹底累了。

不過看起來凡格里斯眞的是非常健康的樣子。一有空閒就在管理員室做著什麼手工。有時候在整理捕章魚的工具，有時在補漁網，有時在做菜。有時也做些不簡單的木工之類的。並且屈指數著盼著年金下來的日子。

凡格里斯在工作時不喝酒。但聖誕節那天則穿上他唯一最體面的一套西裝，在管理員室醉得相當厲害。不過聖誕節嘛，就像過年一樣。凡格里斯一醉起來就滿臉通紅，變得比平常開朗，聲音也變大。還請我喝威士忌。爲我倒了滿滿一杯。Johnnie Walker 紅標威士忌。他非常得意自己喝的是Johnnie Walker。一定是爲了聖誕節特別預先留下來的。平常則大多喝便宜的葡萄酒。他不喝ouzo。也許以前曾經喝ouzo喝醉，發生過什麼因此被罰過也不一定。不管我怎麼勸他喝ouzo，凡格里斯都絕對不沾一滴。

「ouzo，是壞酒。頭腦會變傻瓜。春樹最好也要注意。還是喝葡萄酒好了。」說完表情黯淡下來。

他有時會帶我到當地人聚集的咖啡尼翁（希臘式的咖啡館）去。那對他來說就是極盛情的款待了。因為這種當地人聚集的咖啡尼翁不太歡迎外國觀光客。對他們來說那是他們的神聖領域。何況我還帶著太太。他們也不喜歡女人進去咖啡尼翁。所謂咖啡尼翁，是臭味相投的男人下班後聚會的場所。所以大家都一直冷眼盯著我們和凡格里斯。這時凡格里斯把我們介紹給大家。這兩個人是我的朋友。雖然是外國人（庫塞尼），但會說一點希臘語，他在學喲。你們看，他還帶著單字簿呢。

於是他勸我們喝葡萄酒，為我們推薦好吃的希臘菜。雖然是便宜菜，但以凡格里斯的薪水來說，可是相當奢侈的招待。一種友情的流露。我心存感激地讓他請。不久之後身邊的左巴們也漸漸跟我們熟起來。好像既然凡格里斯這樣說了沒辦法只好接受的樣子。這種人情味的溫暖，是只有希臘才有的。

*

十二月三日建築設計師T先生來了。因為凡格里斯事先告訴我明天T先生要來，所以我說我想最好能夠跟他見面談談。T先生是知識份子所以當然會講正確而漂亮的英語。還常到倫敦或紐約走動，是個國際人。同樣是希臘人但和凡格里斯自然相當不一樣。是屬於非左巴系的希臘人。我誇讚他這個社區建得非常好，他就很高興地帶我參觀區內各個地方。「我蓋這裡花了十二年時間，十二年噢。」他說。「你大概不知道希臘政府的情形，跟政府交涉眞的很辛苦。繞圈子又繞圈子，麻煩得不得了。提出計畫書、提出設計圖、提出某某圖……這些就花掉一大堆時間。規定限制多，工作又慢。一點辦法都沒有。眞是很糟糕的國家。落成的時候我已經累壞了。這種工作再也不要做第二次了。不想做第二次。不過我自己也覺得做得不錯。精心之作。我爲這工程已經付出一切。我每天都來這裡，連每一塊石頭的鋪砌都親自指導工人。不這樣做不行。你不看著他們就會偷工減料，而且又懶。眞的是連細節都是我親自直接指示做出來的。所以這個社區對我來說就像我的孩子一樣。蓋了五十三戶，其中賣掉四十九戶。每年決定拿幾戶出去賣。不這樣的話會荒掉。慢慢蓋，讓對方看過再慢慢賣。怎麼樣？村上先生，你要不要也買一戶？蓋得這麼好的東西米克諾斯可能再也不會有了噢。地段又好。就算夏天，這個社區還是很安靜。出租還有錢可以收，絕對不會損失噢。很划算的。價格是美金十五萬。明年價格會漲百分之十。手續費還有其他各種費用百分之八，一年的管理費和經費是八萬德拉克馬（約八萬圓）左右。」

不過當然我們沒有買。蓋得相當不錯的休閒住宅，價格雖然高不過也合理，管理員凡格里斯我也喜歡。不過當時我們並沒有那個餘裕（我們是在經濟上還懷有不安之下離開日本的），而且希臘離日本也遠了一點。就算有時間，也不能像好吧到關島去住個幾天那麼容易成行。在那種地方擁有休閒別墅也只有添麻煩而已。

因此我向T先生說：「是的，我明白你的意思。我會好好考慮。」他拍拍我的肩膀說，你慢慢考慮沒關係。米克諾斯是個好地方噢。但願有更多日本人來這裡。T先生早晨來，搭傍晚的飛機回雅典去。他很忙。我要到南美洲去開一個世界建築師會議。他這樣對我說。

＊

我曾經和凡格里斯兩個人一起走在清晨的街上。那時候我尤其特別感覺到，希臘人眞是喜歡打招呼的國民。就像日本人喜歡點頭和輕輕微笑，美國人喜歡握手和訴訟，法國人喜歡葡萄酒和Howard Hawks的電影一樣，希臘人喜歡打招呼。這個只要在早晨買菜的時間，和黃昏喝咖啡的時間走在街上看看就一目了然。那眞是名副其實打招呼的洪水。

舉個例來說吧。假設兩個上街買菜的主婦（卡特麗娜和瑪麗亞）在街上照面遇到了。於是很可能當場交換起這樣的對話。

「咖哩・沒啦，卡特麗娜，提・卡尼斯（早安，卡特麗娜，妳好嗎？）」

「米呀・好啦，瑪麗亞，耶夫哈里斯特，也是（好啊，謝謝，瑪麗亞，妳呢？）」

「米呀・好啦，其・一個，也是（我也很好，再見！）」

「也是（再見！）」

就這樣，簡直像會話用例集嘛，眞的這些全部不漏地確實說完。而且是在急急忙忙一面趕著走路一面照面擦肩而過的時候。我在一旁看著，眞的只能說是「茲爾多佛士（神技）」了。首先兩個人認出彼此在前面。於是目測出「大約這個距離可以吧」，便各自開始哇啦哇啦快速開口道出「咖哩・沒啦」等一連串的對白，直到輕輕回頭說完最後的「也是」。我就實在學不來這麼高明的招數。我覺得達到這種境界，與其說是喜歡打招呼，不如說是打招呼高手更恰當。

住在小地方的一般希臘人，會跟照面而過的人的百分之幾打招呼呢？還有一天總共要打幾次招呼呢？對這個我一直懷有疑問。因此我跟凡格里斯走在街上時就試著仔細數了一下。因爲實在太匆忙，或許數得不正確，不過那時候我想凡格里斯大約跟迎面遇到的三個人中就有一個有打招呼。相當可觀的數目。凡格里斯六十歲，打招呼的對象幾乎都是中年或中年以上年齡的人。男女比例大約四比一左右。

首先是在港口一連向正在散步的七、八個男人相繼打招呼。「喲，凡格里」「你好，凡格里」「早啊」「嗨嗨」這樣互相打著招呼，腳步並沒有停下來。打招呼時腳步不停下來，似乎是希臘一般的習慣。大概因爲如果每次打招呼都一一停下來的話，恐怕哪裡也去不成。確實一旦停下腳步的話，就有被拉進漫長閒聊中去的隱憂。因此大家就像蝴蝶般地走著，像蜜蜂般地互相打招呼。他一走進小巷子，站在門口發呆的理髮店師傅就開口招呼：「嗨，凡格里」。遇到青菜店的老闆說：「嗨」，遇到超級市場的老闆說：「早安」，遇到賣菜的說：「嗨嗨」，跟一位穿黑衣服的胖太太照面時，她說：「你好，凡格里？」站著聊天的三個人分別說：「嗨」「你好」「早安」，電器行的老闆說：「喂，凡格里，怎麼樣？」光看著就覺得好忙了，實在沒工夫去數。這已經像是電視遊樂器了。眼前啪啪地出現的人物，你必須瞬間識別（1）「要打招呼的對象」，和（2）「不必打招呼的對象」。而且就算同樣屬於（1）的人，也必須依對象不同而決定招呼的等級（我在看著之間發現有相當細微的等級之差），而且除非是相當重要的對象，否則必須遵守腳步不停的基本原則。可是凡格里斯對這些卻若無其事地一面一一招呼一面走過街上。打過招呼的人數在五分鐘裡大約有四十個人吧。不得了。眞是高人。我實在當不了希臘人。

從米克諾斯撤退

這篇文章是以剛剛離開米克諾斯之後，為某家文藝雜誌所寫的東西為原型。為了避免和其他項目重複，事後多少調整過，基本上還保存原始的樣子。現在重讀這篇文章時，可以知道當時自己的心凍僵得相當不輕。雖然寫的時候並沒有留意到這個。

文章這東西我想多少是會這樣的。寫的時候因為太自然太當然了（因為原則上我們會寫出和當時自己心情的動向完全貼近的文章），因此往往無法當場客觀地看出自己所寫文章的溫度、色彩和調性。

不過，我覺得，心有時候會毫無辦法地凍僵。尤其在寫著小說時。

*

一九八六年十二月二十八日。星期日。雨。

我今天正要離開這個島。

六點半起來，面對書桌繼續寫了一小時左右的小說，在暫時告一段落的地方，我把那一疊信紙裝進大信封裡。而且爲了避免弄皺，把那收藏進堅固皮箱的最底部。到今天爲止在米克諾斯的居留也要結束了。不過試想一想在這裡生活的一個半月，天氣一直糟透了。每週會有一兩天豁然放晴的美好日子來臨。但其他日子則很糟糕。不是下雨，就是刮風，不然就是既下雨又刮風。而且天空大多昏昏暗暗陰陰沉沉的。雖然被這麼美麗的海岸所包圍，實際上卻只有一次能夠下海游泳。

結果最後一天也下雨。細小無聲的雨。還刮著風。

我們所租房子的後面，就有一片放羊的小牧地（不如說看來只是一片小草原而已），裡頭大約放牧飼養著三十隻到四十隻羊，有時候好像心地不良的牧羊夫婦（像狄更斯小說裡會出現的那種風貌的夫婦），對不聽話的羊，一面用髒話臭罵一面用手杖打。我從書桌前的窗戶，可以一眼望盡那塊放牧地。我在工作之間只要忽然一抬頭，就能從窗裡眺望羊群母子的樣子，我把這當作我小小的快樂。可是隨著冬寒逐漸加深，草逐漸缺乏，羊群已經在十天左右前一隻也不剩地被移送到其他放牧地去了。現在只有貧瘠的茶色地面空曠地展現在窗下而已。既看不見緊緊抓著母羊腳跟的那些小羊的身影，也聽不見那像尺畫出來般沒有抑揚頓挫一個調子的羊叫聲了。看著空空的放牧地時，可以很清楚地感覺到季節把可以奪取的東西全都掠奪走了。

放牧地對面有一條通往山上的斜坡路，老舊卡車裝著建材之類的東西，搖搖晃晃地爬上山去。清晨的細雨把地表所有一切東西都冷冷地濡濕了。我恍惚地望著窗外，想著剛剛寫完的那一章。雨天早晨寫起文章來，不知道爲什麼就會變成雨天早晨似的文章。不管事後怎麼試著修改，都無法從那文章裡把早晨雨的氣味拿掉。在羊群一隻也不剩地失去之後的寂寞牧地上，無聲降落的雨的氣味。濡濕了越過山頭而去的老舊卡車的雨的氣味。我的文章被這樣的雨天早晨的氣味所包圍。半宿命性地。

我走下樓去燒開水，泡咖啡。不久我太太醒了走過來，把平底鍋熱了煎起鬆餅。因爲今天是最後一天，不得不把冰箱裡剩的東西一一俐落地處理掉。冰箱裡還剩下少許鬆餅粉和牛奶、雞蛋。所以不管誰怎麼想早餐都會煎鬆餅。雖然粉和蛋和牛奶的比例不太對，不過這也沒辦法。要解決剩下的東西就是這麼回事。剩下的東西——我一面把那煎鬆餅切小塊送進嘴裡，一面忽然想起拿破崙的軍隊從俄羅斯撤退時的事。最艱難，最得不到好處的撤退戰。在雪原上猖獗橫行的哥薩克士兵。暴風雪。砲聲。

要不要吃蕃茄？我太太問。

蕃茄還剩下很多噢。吃，我說。於是切開蕃茄，撒上鹽和檸檬汁，撒上切碎的香草。咖啡、鬆餅和蕃茄沙拉。士兵們渡過凍結成冰的河面，用凍僵的手將橋燒毀。他們實在離開故鄉太遙遠了。

冰箱裡還剩下什麼？我問。

義大利麵、蕃茄罐頭、大蒜、橄欖油和蛋。一點點米、半瓶葡萄酒、鮪魚罐頭。大概這樣。

那麼午餐毫無疑問就是鮪魚蕃茄醬義大利麵了。結果撤退戰就是這麼回事。算了吧。中餐後我們就要離開這裡了。中餐吃什麼並不是那麼不得了的問題。我一面聽著Laura Nyro的舊錄音帶，一面把鬆餅吃完，然後打包。並且一面整理行李一面忽然想到，這一個半月的歲月對我來說到底算什麼呢？在這淡季的愛琴海島上，我到底在做什麼？有一陣子，我什麼也想不出來。眞的想不出來。我腦子裡生出一粒粒疙瘩般的空白。

要命，我做了什麼呢？

某種意義上，我迷失了。就像繼續在無邊無際的俄羅斯雪原蹣跚走著的疲憊士兵一樣。

不過當然過一會兒之後，我想起來了。到目前爲止自己在這個地方所做的事情。我寫了幾篇像是旅行速寫的文章。也完成了翻譯。寫了長篇小說最初的幾章。我想成果是不錯。雖然如此，但在某種意義上我還是迷失了。當感覺自己非常迷失的時候，我曾經使勁地踢過石牆。也就是感到途窮了。而在踢過之後，知道這樣做所能得到的只不過是腳痛而已。在一百二十五次左右時。

對，我的小說裡有陰暗的雨的氣息，也滲入深夜強烈的風聲。就算沒有俄羅斯戰線那麼激烈，但也算是一個不小的戰鬥。嘿，不對喲。你所挖出來的不是我的屍體。雖然像我，但不是我。你對我有一點誤會。雖然或許凍僵的屍體看起來全都一樣。

我之所以迷失，並不因爲離開故鄉太遠。我之所以迷失，是因爲我遠遠離開了自己。而且今天，我又要從遠離自己的地方，再度移動一些。無限減一點，或無限加一點。哪一邊都可以，哪一邊都一樣。

兩點三十五分開往雅典的飛機將起飛。我正被一股非常大的重力所掄轉著。或許看不出來，但眞的是這樣。我只是好不容易勉強抓住一個類似把手之類的東西緊緊不放而已。所以我從剛才開始就一直想起拿破崙的俄羅斯撤退戰。我無法揮去那印象。不過爲什麼下這麼多雨呢？

*

十一點十五分，約翰來了。

約翰是比利時人。他的本名我完全忘了。聽起來怪不順耳而相當複雜的名字。他也是在很久以前來到希臘，就那麼定居下來的。他能說非常流利的英語和德語、法語、希臘語。年齡大約四十前後吧。髮根已經禿到相當後面了，經常穿著有破綻的毛衣。我想他大概結婚了。因爲我有一次看到他跟一個希臘女人，和像是她母親的婦人在一起。不過以住在愛琴海來說，臉色算是比較蒼白的。而嘴唇總是歪著六釐米左右。歪向安特衛普（譯註：比利時北部港都）的方向。他憎恨大多數希臘人，另一方面大多數希臘人不是忽視他就是把他當傻瓜。我說我是作家，他因此對我很感興趣。

「嗨，村上先生，你跟我是知識份子。這裡其他的傢伙全都是笨蛋。笨蛋野蠻人。」約翰說。他也看不起定居米克諾斯的其他歐洲人的智商程度。

他在旅行社上班，是我租房子的當地代理。我付房租給他，如果有怨言的話（有一些）就向他抱怨。約翰今天是來算電費的。他把電錶數字記在筆記上，計算金額。我付給他大約五千圓電費。他問也不問可以進來嗎，就把雨衣脫下進到屋裡來。並滿臉彆扭地在沙發上坐下，跟我談了三十分鐘左右。

「村上先生啊，我以前想當編輯的，」他說，「不過結果沒當成。你想爲什麼？」

不知道，我說。不可能知道。

「因爲很失望。」他嘴唇往安特衛普的方向歪了八釐米左右說，「對出版界的作法。你懂嗎？」

不太懂，我回答。

「我所不能忍受的是，那大量生產體系。伊安・弗萊明（Ian Fleming）著，007怎麼樣了什麼的，系列作第十八集、第三十六集。簡直像漢堡連鎖店嘛。有資本的出版社就這樣繼續出一些無聊的書賺翻了。越來越肥。而有志氣的人卻始終被踐踏。這就是現在的出版狀況。我對這個無法忍受。現在也還無法忍受。你懂嗎?村上先生?」

噢噢。

「所以我才離開比利時。很乾脆地。然後來到希臘。爲什麼選擇希臘?那是因爲希臘在歐洲邊緣。因爲我沒自信離開歐洲能不能過得下去。這裡是個好地方噢。除了希臘人之外。老實說,我覺得他們實在沒辦法。就拿凡格里斯當個例子吧,他連英語都不會說。慢呑呑的不機靈又懶惰。簡直沒救。看到這種人,有時候眞厭煩,就會想回比利時。就算那是虛假的文化也好,至少那裡還有所謂文化這東西呀。」

可以說是比利時版的團塊世代。要命,全世界所有的地方都有我們這個世代健在著。雖然就算稍微有點疲倦褪色了。不過我什麼也沒說。老實說,跟約翰比起來,我還比較喜歡慢呑呑的凡格里斯。大概二十倍左右。不過這也不可能說。

「我喜歡三島和大江。」比利時人約翰說,「你見過他們中的哪一個嗎?」

沒有,我回答。

約翰搖了幾次頭。好像在說,那眞遺憾似的。「那麼你在寫什麼樣的小說呢?村上先生。」

這個很難解釋,我說。

「前衛的東西嗎?」

或許可以說有點前衛吧,我回答。是嗎?

他又搖頭。就像搖頭是人生的一部分似的。我在膝蓋上合掌搓著雙手。好像在說我也有我人生重要的一部分似的。

然後我們談了一會兒小說。終於他從沙發上站了起來，穿上雨衣，向我伸出手。「很高興見到你，村上先生。畢竟在這個島上幾乎沒有任何稱得上文化的東西。」

約翰，我也很高興見到你。下次什麼時候再見吧。

「是啊，雨好像停了噢。」他仰望天空這樣說，「這就沒問題了，飛機可以起飛。祝你旅途愉快。」

謝謝，我說。

我們再握一次手後分開。然後我又再一次任思緒馳騁在拿破崙的撤退戰上。我眼前浮現頭髮已經開始禿，名字麻煩的比利時人約翰，嘴裡一面吐著有點可憐兮兮的白氣，一面手拿斧頭正要砍斷橋樑的光景。這裡沒有所謂文化噢，他一面搖頭一面說。爲什麼會到這種地方來呢？要是這樣還不如到比利時還比較好。嘿你呀，約翰，把比利時忘了吧。過去已經發生的事，就已經發生了。我不是不能體會你的心情。不過所謂六〇年代，已經過去很遠很遠了噢。非常遙遠了。

約翰回去後，屋子裡還暫時留著他的焦躁。就像微小的塵埃那樣，他的文學性自我還漂浮著。留下六釐米或七釐米嘴角的歪斜。就像死者遺留下來的紀念品一樣。

約翰讓我想起歷史上未被滿足的死。覺得或許應該有人來寫約翰的傳記。有人來把他從疲憊而微禿的頭髮和破綻的毛衣到希臘岳母和三島和大江爲止的人生，精密地描述出來。而且是像Cecil B. DeMille的《十誡》那樣場面非常大。我坐在沙發上，一面感覺著屋裡漂散著約翰的焦躁，一面想到這些事。

然後我到凡格里斯那裡去。凡格里斯正在昏暗的房間裡戴著老花眼鏡在補魚網。他一個人的時候，房間的電燈幾乎都不開。我想大概是在節省電費吧。一個人在昏暗的房間裡時，凡格里斯看起來比平常顯得老。

我敲了門進到屋裡時，凡格里斯把電燈打開，漁網放下，請我坐在椅子上。慢慢把眼鏡摘下來，擦亮火柴點起氣味很糟的希臘香菸。然後輕輕咳嗽。要喝咖啡嗎？他問。謝謝，我說。

「嘿，春樹，還有六個月噢。」他一面眨眼睛一面說。「再過六個月年金就下來了。」他眞的很期待年金。

「春樹今天要離開這個島吧？你走了我很寂寞噢。」他說，「因爲你走了以後凡格里斯又變成一個人孤孤單單的啦。」

「不過不是還有那位德國導演嗎？」我說。

「不，他也是今天就要回去了。留下來的只有凡格里斯和金絲雀而已。」

「我還會再來，凡格里斯。就算這邊的工作辭掉了，反正你也還會在港邊的咖啡館走動吧？」我們各喝了兩杯凡格里斯特別保留的白蘭地（這樣的時候喝一點也不妨吧），握過手，再做希臘式的擁抱告別。然後提起皮箱走到奧林匹克航空公司的辦公室，在那裡等候開往機場的小巴士。

一個半月之間，住在那寬寬大大住宅社區裡的，幾乎只有我們。我們和凡格里斯和他的兩隻金絲雀而已。在我們離開的一星期前，有一位害羞而沉默寡言的德國電影導演（名字忘了）從倫敦過來。他總是窩在屋裡寫劇本，凡格里斯說。確實德國人好像一直一個人安靜地在繼續寫劇本的樣子。因爲我總是沒看見他的影子。而我也還在繼續寫小說。約翰則繼續在整個島上散播著他的比利時製焦躁。凡格里斯繼續在補漁網，繼續在解開釣烏賊的針束。港口附近書報攤的少女，每次我去買《雅典新聞報》時，就把報紙恨恨地丟給我，不過我始終對她懷著善意。雖然才十四、五歲，她鼻子下已經長出薄薄的髭毛，看起來並不是多壞的孩子。只是有點焦躁而已。就像很多其他的人一樣。

風繼續刮著，雨也下了不少。冬意正緊緊擁抱這個島。我們每次拿衣服去洗時，洗衣店的老闆娘總是輕輕搖頭。好像要說，嘿，你們怎麼還在這裡呀？不過並沒有說出來。十二月中旬左右，她問我：「你們是不是要在這裡過冬呢？」不，年底要離開這裡到羅馬去，我這樣回答後，她才好像稍微鬆一口氣似的。對呀，這裡並不是適合觀光客過冬的地方。我以前也去過日本噢，正在用熨斗燙衣服的老闆小聲說。從前上過船。現在他則在米克諾斯的洗衣店裡幾乎不開口地燙著衣服。

而現在一九八六年的年尾，我正要離開這個島。我在空氣悶悶的奧林匹克航空公司的辦公室，等候開往機場的巴士。外面的風又轉強了。飛機會起飛嗎？鬆掉的大門把手繼續發出卡噠卡噠卡噠卡噠的聲音。非常疲憊的門把。簡直像落魄已極的李爾王似的。

再見了米克諾斯島。

我瞄了一眼裝著小說原稿的皮箱。然後恍惚地眺望窗外白浪翻湧的港口。海鷗在陰暗的天空像刀切般筆直地飛走。有人爲了機票的事正向值班小姐抱怨。敲打電腦鍵盤的啪噠啪噠聲頻頻傳來。兩個年輕士兵，正無事可做地看著報紙。此外還有加拿大的親子家族。他們就像大多數加拿大人一樣，背袋上縫有加拿大的國旗。而且也像大多數加拿大人一樣，臉上表情很無聊的樣子。好像在說我們對無聊是小有權威的噢。

我正在從一個地方移動到另一個地方。時間和場所。有時候那會增添我心中的沉重。使我自己和時間、場所三者的存在失去平衡。

喂，比利時人約翰，你有沒有確實把自己的橋砍斷？沒有砍斷的話什麼地方也去不成噢。

搭乘兩點三十五分往雅典的旅客……職員怒吼著。眞要命，飛機要飛。我在橋上澆著汽油，留意不被風吹熄地小心擦亮火柴。卡噠卡噠卡噠卡噠門把微微震顫著。在黑暗深處，又增添了一層色彩。我站在雪地上大聲呼喊。喂，不對呀，那不是我的屍體。雖然很像，但並不是我。

從西西里到羅馬

西西里

除夕那天早晨從雅典出發，到羅馬時正是CAPO D'ANNO（慶祝新年）最熱鬧的時候。在義大利從除夕到元旦之間會有相當多人死掉。有的是喝酒喝過多死的，有的是在胡鬧之間打翻蠟燭引起火災燒死的。也有人被手槍子彈射中而死。有人喝醉酒，用槍聲代替助興煙火而從窗戶裡射擊獵槍。還有義大利人除夕活動之一，到了十二點時就把不要的東西從窗子裡一一往外丟出去。偶爾就有運氣不好的人被這種東西砸死。新年報紙版面上，充滿了這種令人笑不出來的死亡事故消息。眞過分。不過從熱不熱鬧的觀點來說的話，總之是很熱鬧。這可以百分之百保證。

我們也學羅馬人在除夕夜吃吉祥扁豆，開香檳，總之也來慶祝新年。FM梵諦岡一整夜播放華麗的維也納華爾滋曲。這是一九八七年了。恭賀新禧。然後我們告別羅馬，前往下一個目的地西西里。打算在帕勒摩（Palermo）租公寓住一個月左右。爲什麼選擇帕勒摩呢？因爲我要幫一家航空公司的機內雜誌寫西西里的報導。只要完成那篇報導，其他時間就可以隨自己高興寫自己的小說了。還不錯的提議。我也想到西西里去看一看。不過一到帕勒摩市區時，一瞬間我就明白，帕勒摩在所有的意義上，都不是觀光客可以悠哉停留一個月的地方，這個事實。首先街上很髒。一切都破舊了，褪色了，弄髒了。構成街容的大半建築物以一句話來說就是醜陋。而走在街上的行人則面無表情。彷彿有點陰鬱。車子太多，噪音嚴重，都市機能一眼看來就很貧乏。而且這還是後來才知道的，街上充滿暴力犯罪，當地人猜疑心重，對外來者非常冷淡。

要是沒有約定好的工作，而且房租也已預付一個月的話，我可能會在到達的第二天，就很乾脆地離開這個沒什麼可取的地方。但因爲有這樣的緣故，我無法改變預定。當然住看看之後也有一些覺得不錯的地方。不過除了少數這些例外之外，我對帕勒摩這地方的形形色色大多感到厭煩。

我讀過幾種有關帕勒摩的旅行指南，都沒發現對這地方惡劣部分的記述。說得明白一點，只稍微記載了一些好的地方。當然因爲導遊書本來目的就是爲了勾起人們旅行意願而出的，當然不太能寫負面的事。其中英語版的《Blue Guide》記述得還算正確。特引用如下：

「帕勒摩人口六十七萬人。西西里的州都所在地，是十分有趣的都市。北海岸面臨美麗海灣，位於「黃金盆地」（Conca d'Oro）的尖端。小巧的盆地被石灰岩山丘所包圍，遍布柑橘、檸檬、禾豆（這是什麼東西我也不知道）的田園。雖然有港灣崩潰性的衰退、無從插手整理的貧民區存在、街頭暴力事件，和嚴重的交通阻塞，然而帕勒摩依然是個值得造訪的魅力之地。氣候好得沒話說。」

我雖然不知道到底帕勒摩的什麼地方「值得造訪」（不過倒可以承認是「十分有趣」），世間總有各種想法吧。我覺得是既簡潔又得要領的記述，不過以我來說希望也有關於當地醜陋一面的報導。

搭計程車從Punta Raisi 機場往帕勒摩的路途上，我們眼睛所見的，是數目可怕的汽車修理廠，和從任何觀點來看都很難稱得上詩情畫意的郊外公寓建築群的模樣。通過這些進入市區後，則被捲進帕勒摩聞名的交通阻塞中。由於車輛排氣嚴重的關係，任何建築物都烏烏黑黑髒兮兮的。不只是髒而已，建築本身也蓋得便宜而醜陋。看到這些之後心情逐漸低落下來。一提到歐洲街容大體上有統一感，光看著就覺得很舒服，在這層意義上這裡已經不是歐洲了。如果說這裡有什麼能稱得上統一感的話，那就是醜陋和貧窮。由於人口增加，沒辦法只好急就章地大量興建便宜發包的集合住宅，是這種感覺的街容。造形糟糕，色彩也糟糕。髒兮兮落魄魄的，變成像貧民區的感覺。街坊本身已經失去健康活力，正在逐漸沒落中，光看這些建築物就很清楚了。

而且到處可以看到警察。全都穿著防彈夾克，抱著自動手槍。跟羅馬比起來，警察的眼神銳利多了。我們到達帕勒摩時，正在進行黑手黨頭目的審判，爲了報復正連續爆發大量殺人事件。不管到帕勒摩街上的任何地方，都可以看到黑手黨的影子出沒。在我們住的公寓有一個幫傭的女孩子名叫珊德拉，據說她朋友的兒子稍早前才被黑手黨殺掉。他並沒有做什麼，他的父親是黑手黨幹部。就因爲這樣那個青年走在帕勒摩街上時就被自動手槍射成蜂窩。

「在這裡，這並不稀奇。」珊德拉聳聳肩面無表情地說。

街上籠罩著一層模糊的陰暗空氣。雖然並不是有什麼東西特別陰暗，不過到任何地方去，都可以看到像有一層薄膜覆蓋著似的暗暗的。即使在餐廳用餐，到郵局寄信，到青菜店買菜，或只在街上隨便走走，一定都會感覺到某個地方滲進那種陰暗。甚至連我們這些外國來的局外人，在長久居留後也會完全被捲進這種陰暗的調子裡去。我們住在帕勒摩時，最討厭的就是那種無可救藥的陰暗。那種陰暗說起來，是不管怎麼掙扎都無法找到出口的絕望影子。從統計數字就可以知道，西西里的經濟已經可以說是徹底低落了。人們貧窮，薪資低，失業率高。因景氣上升的義大利經濟的恩惠，也完全達不到這南方的海島來。在北義大利可以看見的富裕和活力，在西西里任何地方都看不到。中部義大利的開放明朗，在這裡也沒有。在西西里擁有活力的，只有黑手黨所壟斷的地下經濟。

就有人在幾十個市民眼睜睜目睹之下被射殺。但警察卻找不到一個願意作證的目擊者。奇怪的是誰都沒看見。大家在聽到槍聲的瞬間，都正在看著別的方向或角度。報紙每天都刊登這類報導。很多警察被黑手黨收買，已經是衆所周知的事實，而不願被收買的警察和法官則往往被殺害。出賣同黨向警察作證並隨即逃到美國的黑手黨幹部，留在西西里的家族全體被殺戮。因此人人不多說話。一直緊閉著嘴，緊閉著雙眼。如果這樣街上的空氣還不變暗的話，我才覺得眞奇怪呢。

然而比黑手黨更令我們不得不注意的，是汽車。因爲帕勒摩的街道狹窄，車子很多。而且駕駛極爲粗暴。因此車子百分之九十都傷痕累累。要在帕勒摩找到沒有傷痕的車子，也許比在日本找有凹陷的賓士車還困難也不一定。車子到處都鏘鏘鏘鏘地互相碰撞。不但紅綠燈本來就少，而且步行者幾乎都不遵守紅綠燈。大多的人行步道都被停著的車子封死了。這雖然可以說是遍布義大利全國境內的交通狀況，但我想帕勒摩算是其中最惡劣的。我是最喜歡散步的人，可是在這個帕勒摩卻可以說幾乎湧不起想要外出的意願。只要一想起那車輛的洪水，就什麼都不想做了。

還有不斷的噪音。

我所住的公寓還算寬敞，以帕勒摩來說算是舒服好住的地方，然而一整天車輛噪音還是很嚴重，頭都有點痛起來。尤其半夜更嚴重。巡邏警車或救護車發出叭咘叭咘叭咘叭咘叭咘的聲音在街上疾駛。汽車經常嘰咿咿咿地緊急煞車。車上裝的防盜器遇到什麼狀況就發出嗶——嗶——嗶——嗶——大音量的聲響。被雙排停車出不來的車子主人則叭——、叭————————，按兩百次左右的喇叭。這種情況大多一直延續到半夜三點爲止。從靜悄悄的米克諾斯忽然來到這樣的地方，簡直是地獄。杜斯妥也夫斯基雖然暗示過有別種內省性的地獄存在，但對我來說，這種程度的地獄就已經很夠受了。

＊

我在這樣的地方住了一個月。而且在這之間一直寫著《挪威的森林》。這本小說的第六成左右是在這裡寫的。和米克諾斯不同，天黑後也不能出去外面散步一下，要說難過實在很難過。就算想轉換一下心情，也不可能。於是有兩次離開帕勒摩到外地去小旅行一番。一次到淘爾米納（Taormina）（譯註：或譯陶美拿），一次到馬爾他島（Malta I.）。然後回到帕勒摩，又再窩在屋子裡工作。

每天繼續不斷地寫小說是很辛苦的。有時覺得好像要把自己的骨頭削掉、肌肉吃掉似的（或許您要說並不是那麼了不起的小說嘛，不過以寫的人來說這確實是眞實的感覺）。雖然如此可是不寫更難過。寫文章是很難。可是，文章本身在要求被寫出來。這種時候最重要的是集中力。爲了把自己完全投入那個世界的集中力。還有盡量讓那集中力長久持續下去的力量。那麼，到達某一個時間點忽然就能克服那辛苦了。其次就是相信自己。相信自己確實擁有完成這件工作的力量。

每天每天，頭腦慢性地恍惚著。一留神時，頭腦往往好像充血似的，意識變得恍恍惚惚。腦漿好像被蒸氣罩著似的泡脹起來。一方面因爲精神集中在寫小說上也有關係。過分集中精神時，頭腦有類似缺氧的感覺。不只這樣而已。帕勒摩的冬天有點太過溫暖。雖說是一月，但帕勒摩街上卻暖烘烘的。白天外出時穿短袖都行。就算不穿短袖的日子，也很少需要穿到毛衣。到處開著美麗的杏仁花，公園的椰子樹葉被非洲來的溫暖南風吹拂搖曳著。路邊的賣花攤子賣著貓柳枝條。從寒風刺骨的米克諾斯來到這裡，簡直是樂園般的氣候。遺憾的是對我的工作來說，卻不能算是理想的氣候。有時候頭腦會變得恍恍惚惚。春天溫暖倒沒關係。夏天炎熱也沒關係。秋天涼爽更沒關係。那種氣候自有那種氣候的必然性，除非有什麼嚴重事情發生，否則我任何氣候都可以好好工作。可是只有帕勒摩冬天的溫暖令我不敢領教。那簡直就像汽車的冷氣故障，呼呼地吹出意想不到的溫風，卻不知道該如何讓那停下來時那樣，令人有點吃不消的溫暖。本來好像是爲了尋求溫暖而來到這裡的，因此沒有理由抱怨，不過當時我眞的深深感覺到冬天本來就應該冷，所以冷就可以了。

其次，我算是不太作夢的，卻經常作一些怪夢。

我夢見葡萄酒瓶裡塞有小貓的屍體。小貓睜著生氣的眼睛溺死在細細的瓶子裡。我實在無法理解，小貓是如何塞進瓶子裡去的。然後也做了熊貓咖哩的夢。普通的咖哩飯上就那樣騎坐著一隻小熊貓的模樣。我用叉子刺起那個來吃。肉硬梆梆的。正吃一口時忽然啪一下醒過來。現在想起來都覺得好噁心。

隔壁房間住著唱歌劇的女歌手，經常在練習詠嘆調。有時也做發聲練習和音階練習。聲音和音程都很準。我想大概是在帕勒摩的歌劇院演出的歌手住在這裡吧。她隔壁的人養著漂亮的波斯貓，那隻貓常常到我們屋裡來玩。好奇心強膽子卻很小的貓。

每天女服務生會進來打掃一次。女服務生來的時候，我們就出去屋子外面，到附近買買東西。女服務生總是兩個人一組一起來。臉孔每次不同，其中也有令人吃驚的美麗女孩。幫我們打掃固然很好，但有時放在冰箱的巧克力會少掉一半，我的威士忌會逐漸減少一點。馬桶裡經常會留下丟棄的菸蒂。不過倒沒有重要的東西遺失。一直放在桌上的錢也照樣還在。只是常常會有吃的東西減少一點而已。我想，或許有某種義大利人面對食物時就無法控制自己也不一定。

天黑後工作結束，也吃過晚飯後，就沒事可做了，於是我們就在屋裡一面喝著葡萄酒一面看電視。因此看了相當多的電影。全都轉成義大利語發音。《阿拉伯的勞倫斯》裡的彼得奧圖當然也說的是標準義大利語。以我個人的感想來說，實在沒有人比彼得奧圖更不適合說義大利語了。保羅紐曼還算適合。連東寶的《末代啓示錄》（Nostradamus的大預言）都轉成義大利語發音。我們也看了喜劇節目、歌唱節目、新聞節目、戲劇節目。我有生以來第一次這麼密集地看這麼多電視節目。因爲沒別的事可做，沒辦法。最後實在覺得看電視眞累。不過雖然覺得眞累還是照看不誤。只是坐在沙發繼續喝著酒，看著畫面紛紛晃過去而已。就算這樣還是達到轉換氣氛的效果。

*

有幾次晚上去看歌劇。帕勒摩有兩家歌劇院。Massimo和Politeama這兩家。不過因爲Massimo實在太Massimo（巨大）了，平常多半使用波里堤阿瑪來公演歌劇。從外表看照例是有點黑烏烏的建築物，但一進到裡面則還不太壞。正因建築物的老舊，自有它獨特的氛圍，是相當氣派的劇場。廳堂非常高，包廂席位繞一個圓圈，以金色和紅色統一調子，令人憶起從十九世紀到二十世紀初地方文化的華麗盛況。入口處站著整排十個左右穿著古典制服的帶位服務生。我在這裡看到雷斯比吉的《賽米拉瑪》這齣稀有的歌劇，羅西尼的《Tancredi》。《賽米拉瑪》是前面第二排的座位，票價兩萬里拉（大約相當於兩千圓日幣多一點）。座位幾乎客滿。帕勒摩是娛樂少的地方，因此一有歌劇表演時，人們就盛裝到劇場來。互相招呼著「呀呀」。雖然這麼溫暖，但女士們還是揮著香汗穿著毛皮大衣前來。當然是為了在大家面前炫耀。換句話說這裡是地方上華麗的社交場所。

其實這《賽米拉瑪》是音樂有點冗長的歌劇。我因為不太清楚劇情（說明書全是義大利語），因此非常傷腦筋。不但劇情相當複雜，而且全都穿著寬鬆的白衣服所以也分不清楚人物角色。勉強設法解讀說明書後，這齣《賽米拉瑪》竟然是曾經只在一九一〇年公演過一次的夢幻歌劇，原來如此，難怪。不過管絃樂團精確地演出雷斯比吉的聲音則令人敬佩。這種聲音之「恰到好處」可見義大利果然不簡單。（後來雖然聽過西西里管絃樂團所演奏的拉夫馬尼諾夫，但聽起來完全不像拉夫馬尼諾夫）。

《Tancredi》是由瑪麗蓮・紅所演出的因此超客滿。評語也很好。我們想奢侈一次吧，於是發奮買了包廂座位的票。坐在包廂席，一面小口啜著帶去的葡萄酒，一面看歌劇也相當不錯。票價兩個人大約一萬圓出頭。《Tancredi》相當有趣，觀眾也興致勃勃地相當投入。不過如果要我老實說出感想的話，我想還不至於讓我們陶醉的地步。或許因為那天紅小姐的情況不是很好的關係吧。

我也去了卡塔尼亞（Catania）的歌劇院。名叫貝里尼劇院，這也是一家相當氣派的劇院（貝里尼就是在這卡塔尼亞出身的）。我在這裡觀賞了威爾第的《艾納尼》。免費。因爲當我們說我們是專程到卡塔尼亞來聽歌劇的時候，售票處的大叔就默不作聲地給我們免費的招待券。微笑著眨一下眼。這是在西西里發生的少數好事之一。在西西里很少有日本人。

並不因爲免費給我票所以才這樣說，這《艾納尼》非常有氣勢，是我在西西里所看過的三場歌劇中，最喜歡的。像鄉村劇般粗曠的威爾第，不太有裝模作樣的地方，可以深深感覺到「讓我們大家一起來痛痛快快地享受一個晚上吧」似的民眾活力。我想這種向前衝的現世性氣勢可能只有在義大利鄉間的地方都市才感覺得到吧。管絃樂團和演出角色比起米蘭或許有幾分落後（不過這天的艾納尼是由林康子小姐演出的），也因此聽衆席中有一股「讓我們好好把地方歌劇振興起來吧」這種溫暖的親密空氣，這就非常有趣。坐在旁邊的阿伯還一面吃著橘子，一面和歌手一起唱著詠嘆調。

*

在西西里印象最深刻的事，再怎麼說還是吃的東西。話雖如此，但在米其林（Michelin）旅遊書上所記載的有星號的餐廳倒不見得特別美味。我也試著去了幾家那樣的餐廳，很多卻讓我不敢苟同（米其林傾向於比較會推薦菜無懈可擊的店，我覺得在這層意義上好像無法對義大利菜的美好價值和勁道給予適當評價）。說起來，我覺得在西西里，與其無懈可擊的菜，不如「會出差錯的菜」還比較美味。就像歌劇一樣，雖然多少粗曠一些，但還是有氣勢的應該會比較適合西西里這裡的風土。在這層意義上，心血來潮地隨意走進街上的一家餐廳，好像還很能遇到讓你欣賞的好菜。當然有時也會吃到很糟糕的。

我們在帕勒摩去外面吃飯時，大多是吃午餐。一則因爲晚上外出嫌麻煩，最大的原因則是因爲量太多，半夜（也就是義大利的晚餐時間）吃飯的話肚子飽飽的就睡不著了。

帕勒摩的主要餐廳我們並沒有全部去到，因爲太貴的店敬而遠之，在這裡雖然不能斷言是帕勒摩最美味的店，不過以我個人來說，我最喜歡格拉那得力路上的「阿・克卡尼亞」。這家我去了三次。一直住在義大利，去過兩次的餐廳很多，但去過三次的店卻很少。所以我想應該眞的很美味。其實義大利餐廳的人員離職的頻率很高，我就曾經有過一年後去同一家餐廳、結果味道完全改變的經驗，因此我並沒有把握現在這家餐廳的菜是不是還很美味。

這家首先要一提的是自助餐（buffet）的前菜很美味。義大利餐廳的前菜猛一看好像很好吃，但實際吃吃看，很多卻往往太油膩讓你不敢領教，不過這家的眞的很清爽，有點家常菜的風味，眞教人喜歡。一面吃著這個一面喝著後勁強而美味的西西里白葡萄酒。其次主菜我們推薦西西里著名的竹莢魚通心粉（巴斯達康沙得）和墨魚汁細扁麵。這兩道餐優劣難分同樣美味。所謂竹莢魚通心粉是麵糊加上竹莢魚、松子、茴香（fennel）和葡萄乾混合的菜，非常香，盤子端上來時的香氣實在美妙。內容的搭配或許令人感覺有點奇怪，但實際吃吃看，滋味卻相當溫潤。我想除了在西西里之外絕少可以吃得到，因此如果您有機會到當地去的話，務必請去品嚐一下這道菜。

話雖這麼說，另一方面墨魚汁細扁麵也不能錯過。或許您要問墨魚汁通心粉不是到處都有嗎？但這可不是馬馬虎虎的墨魚汁細扁麵。居然在堆得高高如山的細扁麵上滿滿蓋上豐盛得驚人的帶汁墨魚。第一次看到這道餐時不禁要懷疑「一個人能吃得下這麼多墨魚汁嗎？」有點受不了，但居然吃得掉。吃吃看還眞能順利裝進胃裡去。吃完時，餐巾已經被墨魚汁染成一片漆黑，傷腦筋倒是眞傷腦筋，不過這種魄力還是希望您能嚐嚐看。我雖然也喜歡赤阪「格拉那達」的墨魚汁義大利麵，但跟「阿・克卡尼亞」的比起來，我覺得墨魚汁的味道就差了一截。

大體上這家店的每道菜量都很多，因此如果前菜和主菜都吃的話肚子就太飽了。於是我們決定合點一份主菜（main dish）兩個人分著吃。本來只要點前菜和麵就夠了的，但如果不點主菜的話服務生臉上就露出好像聽到「今天傍晚六點世界末日就到了」似的表情。因爲盡可能不願意看到那樣的臉色，所以還是點了主菜。這裡的主菜以魚最美味。新鮮的魚清爽地調過味後用烤的。長得像Truman Capote的領班送魚過來，用刀叉幫我們快速靈巧地把骨和肉分開。然後我們喝了Espresso咖啡。我太太吃了蛋糕。我常常想，女人是不是天生就有一個小型備用的胃專門用來吃甜點的。

這樣一餐價格是五萬里拉（五千圓出頭）。吃了這些之後，老實說，到第二天早晨都不會肚子餓，所以我想應該可以算是便宜的吧。因爲魚相當貴，如果主菜點肉類的話，價錢就更便宜了。

其次——這不是餐廳的菜——西西里的冰淇淋也相當美味。水果材料保持鮮純的水果原味，非常fruity。因爲陽光普照氣候溫暖，冬天上街也常常在攤子上買冰淇淋吃。每次買冰淇淋時，就會被問到「要用甜筒裝還是用麵包裝」。起初完全搞不懂是什麼意思。麵包是什麼？這樣想著看看四周，很多人用漢堡麵包夾著冰淇淋一口口咬著吃。就我所知，世界很大但這樣子吃冰淇淋的恐怕只有西西里吧。這種事情各有所好，我並不想一一去挑剔人家。

要嚐西西里食物的美味沒有必要到餐廳去。對自己開伙的人來說，西西里也是個充滿至福的地方。因爲一到市場去就有好多好多魚店。而且剛剛捕回來的鰹魚、青花魚、鮪魚、章魚、蝦子、貝類，新鮮魚介類應有盡有。不僅是魚而已。青菜水果也豐富得沒話說。葡萄酒也非常美味，又便宜。連對帕勒摩這地方深感厭煩的我，面對這塊土地所出產的食物也不得不感到太美了。事事物物全都美好的土地實在是很少有。

南歐、慢跑事件

長久住在南歐覺得相當不方便的，就是每天的慢跑習慣很不容易保持。這裡幾乎沒有慢跑習慣，也不太看得見正在跑步的人。跑在街上的人，不是正在逃亡的搶匪（眞的有這種人），就是背著背袋要到山野旅行的人在追趕一天只有兩班的巴士。因此當我優閒地在街上跑步時，大家都以非常奇怪的眼光看我。好像那個傢伙到底在幹什麼似的，眼睛一直盯著我瞧。甚至有人站定下來張大嘴巴看呆了。而且這種傾向是越往鄉下就越嚴重。因爲慢跑或瘦身的習慣和概念，本來就是都市型文明的產物，所以不知道有這回事的人眞的就是不知道。

住在米克諾斯的時候，我通常從赫拉港越過一座山（翻越這座山相當吃力）跑到島另一側的海灘。因爲是淡季的冬天，幾乎沒有人。迎面遇到的頂多是騎著驢翻山過來賣菜的中年女人或農夫。冬天的米克諾斯風非常強，跑在山坡上甚至會被風吹得往後倒退。我在這島上跑步時有幾次被叫住。他們完全無法理解我爲什麼要特地跑步翻山越嶺。所以把我叫住問道：「喂，你爲什麼在跑呢？」希臘人除了很閒之外，也是好奇心相當強烈的民族。

那天把我叫住的，是穿著黑衣服的兩個老太婆，和一個五十歲左右帶帽子的男人，一行三個人。男人牽著驢子，三個人好像都是農人的樣子，曬得黑黑的，手腳很粗。三個人正站在一個小農舍門口談話，當我正要跑過去時，他們停下話頭，照例注目、張口、盯著我看。於是我想「不太妙」果然被他們叫住。而且是從已經跑過五十公尺左右的背後把我叫回去：「喂——young man，過來這邊。」雖然是很破的英語，不過總算是英語。眞傷腦筋，還什麼young man嘛，我一面嘀咕著一面轉了回去。

「你好。」我招呼道。

「你好。」男的招呼道。

「你好。」「你好。」兩個老太婆招呼道。一個戴著度數好像很深的眼鏡，一個像大象一樣胖。每個人都一副很小心的樣子，眼睛骨碌碌地盯著我的慢跑鞋、T恤衫。有一種可不會隨便相信你的感覺。

「嗯，你爲什麼在這條路上跑呢？」男人問。這個男人似乎扮演著發言人的角色。

「因爲我喜歡跑步。」我回答。反正已經好幾次都被問到同樣問題了，因此這方面的希臘語句子我甚至全都會背了。

「那麼你的意思是說，」男的一面捻著臉頰的鬍子一面繼續問。「不是爲了有什麼事情而跑的囉？」

「沒有什麼事情。」

於是三個人面面相覷，頻頻討論我所說的話。我在那之間就擦擦汗，或眺望一下周圍的風景，大致在做這些。風也很強，汗如果涼了是會感冒的，我想趕快跑，但話還沒談完，也沒辦法。

「你現在要跑到哪裡去？」男的繼續質問。

「Super Paradise Beach。」我回答。

「那裡很遠。」男人說。
「嗯，是啊。」我說。
「一直用跑的過去嗎？」
「所以說我喜歡跑步啊。」
「爲什麼非要用跑著到海灘去不可呢？」胖老太婆從旁插進來問。完了，大概因爲我的希臘語太沒用了，話好像完全講不通的樣子。
「所以說嘛，因爲我喜歡跑步啊，伯母。」我固執地重複說。
「跑步對身體不好。」戴眼鏡的老太婆開口了。
「對啦、對啦。」胖老太婆同意著。
雖然是第一次聽說跑步對身體不好，不過兩個老太婆好像很認眞地這樣相信的樣子，兩邊都深深皺著眉頭。
「沒問題。你們看，我很強壯。」我一半放棄地露出肌肉給他們看，要命，我在這裡做什麼啊，忽然感到很空虛。
然後有一會兒我們試著努力溝通意思，無奈卻行不通。好像在風強的日子，隔著一個山谷，互相喊話般的對話。沒有交集。男人一副搞不懂的樣子聳聳肩，雙手一攤。兩個老太婆像長頸鹿般把頭湊過來繼續慢慢搖著頭。沉默來臨。驢子一直在顫動著身體。
「嘿，到我家裡來，喝個ouzo酒吧。」那個胖老太婆說。眞是開玩笑！再怎麼說哪有正在慢跑中能喝這麼烈的酒的？眞是什麼都不知道。

「謝謝，可是我正在趕路呢。」我微笑地拒絕了。

「ouzo對身體很好噢。」戴眼鏡的老太婆說。

因爲實在沒完沒了所以我適時打住，開始跑起來。一會兒後我回頭看看後面，大家還在一直盯著這邊。

在南歐跑步的第二個問題，就是狗。因爲放養的狗很多。而且跟人一樣狗也沒看慣慢跑，所以我一慢跑時，牠們就覺得這傢伙很可疑而追了過來。如果是人的情況，就算麻煩，只要說明之後總還可以溝通，可是狗就不行了。狗通常是不解人語的。換句話說講道理行不通。搞不好是會威脅性命的問題。

有一次我在希臘一個地方的郊外曾經被一隻大黑狗相當固執地窮追不捨。周圍又沒有人，我想這下子完了，這時很巧有一輛計程車經過，插進我和狗之間救了我，才總算沒出事。

我住在西西里的帕勒摩時，也爲了狗而傷透腦筋。帕勒摩賽馬場旁邊有個相當像樣的慢跑道，這是非常可喜的事，問題是在到達那裡之前。從我住的地方跑十五分鐘左右的距離之間就有幾隻放養的狗。我在想其他慢跑的人不知道怎麼樣，一看之下什麼事也沒有，他們全都開著車子到這慢跑道來，跑完後又開著車回家去。我因爲沒有車，所以無論如何都必須跑步到那裡去。尤其是加油站旁養的大白狗最惡劣。我跑著經過時，牠總要放下別的事不管，一面汪汪叫著一面從後面追過來。每次總在同樣的地方，總會追過來。飼養的主人大概就住在那一帶，可是狗在追我，也不教訓牠，只呆呆望著而已。我發一句牢騷或以動作抱怨，也完全不理我。西西里人對這種事大體上是既不親切又頑固的。甚至有點覺得外地人乾脆全都給狗吃掉算了似的調調。

沒辦法，所以剛開始的幾週，我還帶著護身棒子跑，但這卻又暗藏著一個問題。因爲這時候正在進行黑手黨幹部相當大規模的審判。黑手黨爲了報復而當街射殺了幾個官員，總之街頭正處於戒嚴形勢，到處是警察。全都穿著防彈夾克帶著自動手槍，滿臉緊張。因爲在這種情況下帶著棒子跑步，所以怎麼說都有點難過。狗也可怕，警察也可怕。

這樣一來要不然就放棄跑步，要不然就向狗正面挑戰，必須做個決定。當然我選了後者。要是怕狗和文藝評論者還能寫小說嗎？這樣說雖然有點過分，不過總不能輸給狗的想法倒是有的。

因此有一天，我主動不客氣地往狗那邊靠過去。於是狗和我互相正面盯著對方。我彎下腰以「你這傢伙！」的眼神瞪著牠，狗也以「噢，怎麼樣！」似的發出嗚嗚嗚的低吟，回瞪我。我也是第一次這樣認眞地故意找狗挑戰，因此剛開始有點擔心不知道會怎麼樣，但不久就確信這邊會贏。因爲從狗的眼光中我看到了遲疑的影子。因爲是我向狗挑戰的，所以狗自然混亂而遲疑起來。這麼一來就簡單了。果然不出所料，互相對瞪五、六分鐘之後，轉瞬間狗把眼光避開。看準這一瞬間，我從十公分的極短距離衝著狗的鼻頭用盡力氣大聲怒吼（當然是用日語）：

混蛋，別亂來了！

從此以後那隻大白狗就不再追我。有時候我開玩笑去追牠時還會逃走。一定是怕我了。不過做做看，追狗倒是滿好玩的事。

在義大利，還是有慢跑的人，但人數不多。不過義大利的慢跑者和美國或德國的慢跑者風格相當不同。跟日本的慢跑者也相當不同。我在許多國家的許多地方跑過，覺得義大利慢跑者以先進國家來說，還是屬於相當特殊的族類。

首先第一點他們很講究穿著。要是我的話，只要跑起來舒服就行了，但這裡的人似乎不是這樣。首先就從穿著體面開始，這從小孩開始到老爺爺都一樣，個個花費心思，也花錢，而且一定要這樣。真教人服了。如果有這實力倒也沒話說，這方面的情形我不太清楚。不過因爲上下都穿著Valentino，脖子上還披著Missoni的毛巾在跑，所以眞不簡單。

義大利慢跑者的第二個特徵是極少一個人在跑的。大多都是幾個人一串一起跑。不知道是不擅於一個人做事，或民族性如此、怕寂寞的人很多，或不講話很難過，我無法判斷，不過剛開始覺得非常不可思議。慢跑是孤獨的運動——我雖然並不打算這樣做作，跟大家一起跑也完全沒問題，不過一個人在跑的人太少也很無奈。在別的國家感覺上大概八成左右都是單獨的跑者，剩下的兩成才是團體或多數跑者，但在這個國家這種比率卻完全逆轉。大家都哇啦哇啦笑嘻嘻的一面聊天，一面好像很開心地跑著。一個人走進附近灌木叢裡站著小便的時候，其他的人就一面原地踏步一面耐心等候那個人小便完畢。雖然這是人家的事我們也不能說什麼，只要高興就好了，不過我想小便總不需要等吧。這豈不是跟小孩子一樣？如果是美國人大概就不會等了。如果是德國人正在跑步時大概不會去小便什麼的吧。雖然說同樣是慢跑，但旨趣卻因不同國家而相當不同。看義大利人跑步的樣子，我深深覺得這個國家的人民如果遇到戰爭應該不會勝利。

我到第二次大戰的激戰場馬爾他旅行時，也從馬爾他人口中聽到過類似的話。在大戰中馬爾他曾經有幾次受到義大利軍轟炸，但馬爾他人對義大利人可以說完全不懷恨。因爲幾乎沒有受到傷害。「那個，義大利人哪，除了會吃、愛講話、愛追女人之外，不太會拚命去做什麼事情。」有一個馬爾他人這樣告訴我。「在轟炸馬爾他的時候也一樣，飛機怕降太低會被高射砲擊中，所以就從非常高的地方把炸彈啪啦啪啦放下來，就完畢回去了。這樣當然不會命中。不是掉到海裡，就是落在田裡。不過他們這樣就可以了。只因爲人家叫他們投炸彈才投的，這就了事。所以不管墨索里尼怎麼嚷嚷，馬爾他還是一點都沒怎麼樣。然後德國空軍來了。這下可慘了。急急降下來的轟炸機降到快貼近地面，全部炸遍。城市都被破壞了。就這種意義而言，義大利倒是個好國。」

我也眞的這樣想。在這層意義上義大利是個好國。而且在這樣的國家國民不太會無意義地跑步。

在德國甚至妓女都每天早晨跑步。好像類似村上龍在《紐約市馬拉松》裡所說的那樣，事實上我就曾經在漢堡跟這樣的妓女聊過。她說她每天早上在歐斯達湖畔跑步。我也在同一個路線跑過，所以我試探性地問她跑多久，她告訴我相當了不起的時間。不得了，我說。她聳聳肩說因爲身體是資本啊。對，妓女和小說家都一樣，身體就是資本。

「妳是一個人跑的嗎?」我試著問看看。

「當然哪。」她說。

喂，義大利人，聽到沒有?在德國連妓女都每天跑步噢，而且是一個人跑。

偶爾也會看到一個人在跑的。也有默默在跑的人。不過所謂一個人在跑並不等於默默在跑。其中也有當我正在跑著的時候就跑近我身邊來跟我說話「嘿，你跑多遠？」或「一起跑好嗎？」這種找麻煩的傢伙。囉嗦得很。我明明說我幾乎不會說義大利語了，還在我旁邊並排跑著嘰哩呱啦地跟我說話。剛開始我還想這搞不好是同性戀，但也沒有那種感覺。只是單純的不講話就很寂寞而已。

眞傷腦筋。

在南歐最不適合跑步的地方，怎麼說還是羅馬。不是說沒有跑步的場所。跑步場所確實是有的。例如波給塞公園，就有非常好的跑步路線。問題是在到達之前。要跋涉到那裡的路途是一段不簡單的地獄。因爲所有稱爲人行步道的步道全都被停車中的車子塞滿了，街上到處是狗糞，車子咻咻地速度飛快，空氣惡劣，人又多，所以在到達公園之前，保證你已經累趴趴了。到達中央公園之前的紐約街道雖然我也覺得相當不簡單，不過跟羅馬的大混亂比起來，那還算是很高雅的。

還有一件在羅馬跑步時感到厭倦的事是，無所事事在街頭閒逛的十幾歲少年的德性惡劣。所謂德性惡劣並不是像紐約布朗區的高中生那樣吸了海洛因衝出街上揮刀子——那種態度強硬的德性惡劣法。只是非常聒噪吵鬧。而且完全被寵壞。性方面也早熟，根據報紙調查，幾乎大部分的小鬼在十五歲就已經有第一次性經驗。只對這種事很熱心。雖然我不清楚義大利的學校體系怎麼樣，不過背上背著書包的高中生和初中生從大白天就在街上沒事地閒逛，抽著菸，男女朋友親熱地調情。反正全是些有的是時間和精力卻沒錢的傢伙，所以當我從他們前面經過時，他們就一副好欺騙的凱子來了似的聒噪地起鬨。那吵鬧和頑強，眞是其他地方所沒有的。

「喂，日本人，跑快一點哪！」

「喂，日本人，別跑了，來一段功夫吧！功夫！」

「ich、ni、san、shi……」

大家就這樣七嘴八舌地瞎起鬨。有些傢伙裝出一起跑步的模樣，有些傢伙執拗地模仿功夫姿勢，也有些只是一直蹦蹦跳跳的。跟出現在從前泰山電影裡沒教養的猴子沒兩樣。我知道他們其實沒有惡意，所以並不怎麼生氣，就算是這樣還是吵得教人厭煩。甚至有些傢伙還在合唱《洛基》的主題曲。至少日本高中生不會去做這種傻事。我每次看到日本高中生時，都會覺得他們被升學考試、規則、社團活動和歇斯底里的老師綁得死死的，眞可憐。如果可能的話眞想幫他們掙脫這種消耗性的狀況，我是這種人，可是連我看到義大利的小鬼頭都想抓住他們的脖子教訓一頓：「別再胡鬧了，好好到學校去讀書吧。應該爲社會想一想啊。」

不過這種傢伙你一一去管他們也是白費心，無濟於事，還是裝作沒聽見趕快跑過去算了。

羅馬這地方說得明白一點，就像一個巨大的鄉下城市般的地方。就拿都市的資訊量來看，跟紐約和東京比起來（不，就算跟米蘭比起來）都少得離譜，而且落後。不過相對地羅馬的小孩都很活潑，好像充滿生氣活力似的。我有時會被教養差的小鬼頭激怒（甚至曾經想把兩、三個掐死），雖然如此，我還是可以感覺到他們的眼睛，好像比走在原宿竹下通的孩子們的眼睛，要敏捷而閃亮。以電影來比喻就是分鏡比較快速而明確。有一種拚命在看什麼的感覺。跟他們比起來，東京的孩子一般來說，眼睛似乎不是「所以呀，又怎麼樣」式的沉重，就是更神經質地——就像用遙控器啪搭啪搭轉換電視頻道般——忙碌急躁。他們不是不去趕都市的資訊量，就是在拚命努力想要趕上。不太常見在中間的人。至少我這樣覺得。這一點，羅馬的那些壞蛋小鬼還眞輕鬆。幾乎沒什麼必須追趕的東西，而且好玩的事還相當多。只要躺在附近廣場上，衝著過路人說什麼「喂，阿伯，你好嗎？」就行了。

出去旅行，在當地街上慢跑很愉快。我想時速十公里左右大概是看風景相當理想的速度。開車的話速度太快小東西容易看漏，一點小氣味或小聲音都會錯過。而走路又有點太花時間。每個城市都各有不同的空氣，跑起來心情各有不同。各種人有各種反應。道路的彎曲情形，腳步聲的響法，步道的寬度，垃圾的丟法，全都各有不同。眞是不同得很有趣。我喜歡一面眺望這些城市的表情，一面優閒地跑。跑全程馬拉松雖然有趣，但這種跑法也很不錯。有一種我活著，大家都活著的眞實感。這種眞實感，往往被疏忽。

就像有些人每到一個陌生地方時一定會到大家常去的酒館，有些人每到一個陌生地方時一定會跟女人睡覺一樣，我每到一個陌生地方時一定會去跑步。我想藉跑步去感覺只有我才能感覺到的事情。這有時候順利，有時候不順利。不過總之去跑。不管怎麼說，我喜歡跑，而且在陌生的土地上跑步是非常愉快的事。就像翻開剛買的筆記簿的第一頁時一樣。

羅　馬

特雷科里宅

我終於回到羅馬。從西西里回來有一段時間了，這時甚至羅馬看起來都變成一個比較安穩而和平的城市了，眞是不可思議。我們在朋友幫忙之下，在羅馬郊外找到一家叫作「Villa 特雷科里」附家具的公寓式旅館。說是郊外，其實從市中心搭巴士也只不過十分鐘左右的地方。不是很寬敞的房間，有客廳、臥室、小廚房和浴室。在這裡住定下來，暫時什麼也不做地呆呆過著日子。旅行的疲勞差不多要浮上表面來的時候了。試想一想，東趕西趕忙來忙去的離開日本已經四個多月。由於氣候和食物的急遽變化，身體的感覺好像逐漸開始產生一些變化似的。頭髮乾乾的，全身倦怠無力。眼睛凹陷，臉有些浮腫。

「Villa 特雷科里」就像名字所顯示的那樣，是由老宅（Villa，即宅邸）所改建成的旅館。附有相當氣派的寬闊庭園。而且因爲是在山丘上（所謂特雷科里就是「三座山丘」的意思），視野非常好。羅馬城可以一覽無遺。從房間窗戶，看得見外交部、台伯河、有足球場的奧林匹克運動場。有足球賽的日子，會傳來呼喊嗚噢噢噢噢的歡呼聲。而且那上空會籠罩著一股旺盛的紫色煙霧。我第一次看見這個時甚至覺得好像世界在發生什麼巨大變故。

從晚冬到早春的羅馬風景令人印象非常深刻。羅馬街頭簡直就像一個鬧彆扭的小孩一般，想把纏在身上的冬天抖落下來。那跟任何季節的羅馬風景都不一樣。形狀怪異的雲以非常強勁的來勢流過天空，蛇行過山麓流動的台伯河忽然閃爍著奇妙的色彩。我把書桌朝向窗戶擺置，工作疲倦時，就恍惚地眺望那樣的光景。我自己的身體，也像醞釀文章的羅馬市街般蠢動起來。那個季節經常下雨。有時甚至下冰雹（因此排在陽台的義大利香菜盆栽都毀了）。雨一停，雲就像大場面老電影般，動態地撕裂開來，而非常羅馬式的強烈太陽就從其中迫不及待地露出臉來，把市街染成金黃色。讓你確確實實感覺到春天已經即將來臨的正是這個時候。

但跟這美麗視野和庭園情趣相比，建築物卻難說有多氣派。老實說已經有點破舊了，設備有點簡陋。壁紙已經褪色，很多地方剝落了，電梯也像得了肺病似的卡嗟卡嗟響，廚房抽油煙機故障不能動，窗戶開關不順，熱水有時出來有時不出來，地板咿呀作響。這本來或許是一棟很像樣（甚至有風格）的建築物，看樣子就可以想像，不過現在一切都已經沒落荒廢了。也就是說，要好好保持這種老舊宅第所必須做的修補並沒有做。聽說這裡的經營者經常換人，因此管理得不是很好。不過只要不求奢侈的話，要過一般普通生活是有可能的。這老宅的優點，再怎麼說就是安靜。對我來說這點非常值得慶幸。不管怎麼樣我總算可以在安靜的環境裡住定下來寫小說了。

小說的第一次初稿在三月七日完成。三月七日是個冷冷的星期六。羅馬人把三月稱爲瘋子月。天氣變化和溫度變化都很混亂而急遽強烈。前一天還暖烘烘像春天一樣，一夜之間又重新倒回冬天。這天早晨我五點半起床，在庭園稍微跑步一下，然後沒休息地繼續寫了十七小時。午夜前把小說完成。看日記果然累了，只寫了一句「非常好」而已。

我打電話給講談社出版部的木下陽子小姐，告訴她小說可以算是完成了，她說四月初波隆納（Bologna）有畫冊樣本書展，講談社國際室的人會去，如果能在那裡把原稿直接交給他是最好不過了。我覺得會是相當有趣的小說噢，我說，「哦，有九百頁稿紙之多啊？真的很有趣嗎？」她很懷疑似地說。她是個疑心相當重的人。

從第二天起我立刻開始著手第二份修改稿。把寫在筆記簿和信紙上的原稿，從頭開始全部重新改寫過。四百字稿紙九百頁份量的原稿用原子筆全部重寫，雖然不是我自誇，不過如果沒有體力的話實在是很難辦到的作業。第二稿在三月二十六日完成。心想在波隆納的書展前非完成不可，寫得很急，因此最後右腕已經麻痺幾乎不能動了。很幸運我的體質是不會腰痠背痛的，所以肩膀還沒問題，但手腕卻不行了。所以只要一有空，我就在地板上勤快地做伏地挺身。寫長篇小說，其實是比世上一般人所想的更激烈的肉體勞動。現在幸虧開始使用文字處理機，已經輕鬆多了。

接著又沒時間休息地進入在第二稿上再一次用紅筆仔細修正的作業。結果完全定稿完成，並加上《挪威的森林》這書名，是在前往波隆納的兩天前。

在這「Villa 特雷科里」寫小說的期間，我除了這本小說之外，完全沒有寫任何其他文章。既沒力氣寫信，連日記也很少寫。以下這篇文章，是把那個時期的事情，在稍後爲某一文藝雜誌而寫的。這與其說是隨筆，不如說是獨白吧。

凌晨三點五十分微小的死

寫長篇小說，我想對我來說是一件非常特殊的行爲。不管在任何意義上，都不能稱爲日常行爲。如果要勉強舉例的話，就像是一個人獨自走進深深的森林裡去一樣。既沒帶地圖，也沒有羅盤，連食物都沒帶。樹木像牆壁般密生著，巨大的枝幹重重疊疊遮蔽了天空。裡頭到底生息著什麼樣的動物，我也不清楚。

因此在寫長篇小說時，我每次都在腦子裡某個地方想著死這件事。

通常我是不會去想這種事的。把可能死去這件事如此迫切地每天想著——就像三十歲代後半的健康男性大半也一樣——是極爲稀罕的。可是一旦開始寫長篇小說時，我腦子裡總是無論如何都會形成死的印象。而且那印象會緊緊黏貼進頭腦周圍的皮膚裡去。我經常會持續感覺到那癢癢的、惱人的、鉤爪的感觸。而且那感觸直到寫完小說最後一行的瞬間爲止，絕對不會剝落。

每次都這樣。每次都一樣。我一面寫小說一面繼續想，**我不要死**，**我不要死**，**我不要死**。至少在平安寫完那篇小說之前絕對不要死。一想到這篇小說尚未完成之前就中途放下而死掉時，我會不甘心到要流淚的地步。或許這並不會成爲流芳文學史的傑出作品，但至少那就是我自己本身。說得極端一點，如果不完成那小說的話，正確來說我的人生已經不是我的人生了——在寫長篇小說時我多多少少會這樣想，這種想法隨著我的歲數增加，身爲小說家的生涯累積越長久之後感覺好像變得越強。我有時候會在地板上躺下來，停止呼吸，閉上眼睛，想像自己正在逐漸死去。試著想像死去到底是怎麼一回事。而且這樣想，不行，這種事我實在無法忍受。

早晨醒過來，首先到廚房去把水壺裝滿水，把電爐開關打開。準備泡咖啡。然後一面等開水開，我一面這樣祈禱：「拜託，請讓我再多活一點。我還需要多一點時間。」不過——對了——我到底該向誰祈禱才好呢？向神祈禱的話，我過去的人生所作所爲實在太任性了。向命運祈禱的話，我又太依賴自己了。算了沒關係。不管是向誰祈禱，只要一直繼續祈禱，不久終究會順利傳到某個地方的誰也不一定。就像期待總有一天會被外星人收到，而從山上往四面八方隨手繼續送出電波訊息的科學家一樣。不管怎麼樣，我除了祈禱之外沒有別的辦法。因爲生息在這不確定而充滿暴力的不完美世界，我們周圍其實充滿了各種形式的死。試著冷靜想想，甚至過去能平安無事地活下來反而很不可思議。

就這樣，我朝向黑暗祈禱。但願目光斜視的飛雅特駕駛人不要在十字路口撞到我。但願站在街角一面講話的警察，不要一面把好像輕鬆搖晃隨意亂轉的自動手槍口對著我發射。但願危險地排在公寓五樓陽台扶手旁的盆栽不要掉落我頭上。但願精神錯亂者或嗑藥者不要突然精神錯亂，用刀子從我背後捅一刀。

我坐在面臨卡布爾廣場（Piazza Cavour）的咖啡座喝著Espresso咖啡，一面眺望周圍的風景，忽然心情很奇怪。我這樣想，現在走在這裡的人，百年後誰也不存在了。從我眼前走過的年輕女孩，正要搭巴士的小學生，一直盯著電影院看板的年輕人，還有這個我，百年後想必都已化成塵埃了。百年後和現在同樣的光仍將依舊照著這條街，和現在同樣的風將吹過這條路。但在這裡的任何一個人，都已經不存在於這個地面了。

不，這也沒關係，我想。如果百年後我的小說像死掉的蚯蚓般乾癟消失，我想那也沒辦法。這不是問題。我所要追求的，既不是永遠的生，也不是不滅的傑作。我所追求的只有短暫的現在。在我寫完這本小說以前，無論如何讓我活下去，只有這樣而已。

一九八七年三月十八日星期三。時刻凌晨三點五十分。

當然外面還是暗的。離天亮還有一小時多一點。以英語來說是「small hours」，史考特・費滋傑羅稱爲「靈魂的黑暗」的時刻。這麼說來史考特・費滋傑羅也是在小說寫到一半時死掉的。不過他或許還算幸福。因爲他一發作倒下後轉眼就斷氣了。所以可能連去想寫到一半的小說的時間都沒有。不，不對吧，倒向地板的那個瞬間，或許他腦子裡忽然掠過那未完成的《最後的大公》（*The Last Tycoon*）也不一定。因爲人或許不能那麼順利地瞬間死去。我可以想像那一定是非常不甘心的。在他腦子裡那小說已經完成了。他只要把那個轉化爲所謂小說這個眼睛看得見的形式就行了。但如果在那之前他就死掉的話，一切都將消失。消滅成零。而且誰也無法使那復原。

我凝視著窗外的黑暗，想了一下史考特・費滋傑羅。看得見山麓上成排的街燈。街燈行列沿著台伯河緩緩彎曲蜿蜒，直到遠方。偶爾有車燈一面畫出弧線一面消失而去。聽不見任何聲音。非常安靜，而且遠方一片黑暗。簡直像置身於深深的洞裡一樣。天上沒有星星，也沒有月亮。天空像被蓋子蓋起來似的陰沉沉的。我把身體沉進沙發，以只舔一口的方式喝白蘭地。這是喝酒嫌太晚，喝咖啡還嫌早的時刻。不過一口白蘭地應該沒關係吧。想聽音樂，但想到可能吵醒太太而放棄。而且，在這樣深更半夜安安靜靜的黎明前時刻，該聽什麼音樂才好呢？

沉默中我一直不動地讓身體沉靜著。

我三點半醒來是因爲作了一個奇怪的夢。因爲太奇怪了所以醒來。但我因爲作了什麼夢而醒來是很稀罕的。我幾乎不太作夢，就算作了也會立刻忘記。

所以我想趁著還沒忘記之前把那記下來。因爲我不常作這樣明確而清晰的夢。對，某種意義上那夢比現實更明確而清晰。

那是有關一棟空蕩蕩的巨大建築物的夢。天花板很高，簡直像飛機倉庫般的建築物。裡面一個人都沒有。我身邊散發著血的腥味。沉重而黏黏滑滑的氣味，帶著清楚的比重像一層斷層般沉沉地在空中飄浮著。空氣慢慢捲起漩渦時，那氣味也隨著像ectoplasm般（譯註：靈媒發出的物質，或生物學上的外部原形質。）動著。而且那氣味甚至進入我口中來，我無法避開。那不管你要不要都會隨著呼吸進來。我的舌尖可以感覺到那氣味的動向。那氣味進入我的喉嚨，滲進我身體的每一個小角落去。使我這個生物不管願不願意都不得不被同化進那黏呼呼的血腥裡去。

屋子右手邊的地上排列著頭被切下的牛的軀體，左手邊則排列著被切下的頭。好像才剛被切下不久，頭和軀體都還繼續在汩汩滴著血。兩者都非常整齊俐落地排列在那裡。因此那些被分割成兩部分的牛看來都非常安靜。甚至令人覺得是不是在沉沉睡著的時候，還來不及感覺痛就被快速地，像割麥子般快速地把頭割下來。不過至少牛頭好像已經發現自己被從軀體切開了。這只要看牠們的眼睛就知道。不過就算發現也已經沒辦法了。只能排在那裡安靜不動地繼續流血。

有五百個左右之多的牛頭，被排成全都朝向同一個方向，爲什麼要這麼麻煩地特地這樣做呢？我不知道原因是什麼。不管是誰做的，我想一定是花費了一番工夫吧。

屋裡地上簡直像葉脈般，有無數道細小的溝紋。而那溝紋中凝聚著牛血，注入正流過屋子中央的一條大溝中。那大溝則將匯集的血流入海裡。建築物外面緊接著就是懸崖，下面就是海。海已經被染成牛血的顏色。

窗外海鷗飛著。數目非常多的海鷗。簡直像羽蟲般多。牠們被牛血吸引而成群聚集來這裡。牠們吸飲著從溝中流落的血，咕吱咕吱地咀嚼著混在血中的微小肉片。不過當然光這樣還不夠，所以海鷗一面在空中飛翔，一面一直在窺探窗裡。牠們在尋找更大的肉片。那些身體和頭已經被各自切開的牛。還有這個我。牠們一面很有耐心地在空中盤旋，一面一直在等著機會。

那些牛也一直在注視著我。乖乖排列在地上的牛頭，看起來像是被品種改良過的青菜，令人不可思議。我可以清楚感覺到牠們的視線。牠們一面看著我一面這樣說。我還沒死，我還沒死。那些海鷗則說，已經死了，已經死了。

一醒過來我立刻看錶。我流了一身的汗。不知道是不是心理作用，連手心都濕濕黏黏的。好像血黏糊在上面似的。我就那樣裸著身體走到廚房，從冰箱拿出礦泉水，注入杯子裡喝。一連喝了三、四杯。

然後現在像這樣坐在沙發，眺望著窗外的黑暗。時針指著三點五十分。

我不想死，我想。

我閉上眼睛，試著想像自己正在死去的情形。一切的肉體機能停止了，最後一口氣從肺部呼地吐出去。所謂最後一口氣，是比想像的要硬得多。簡直就像把軟式網球的球從喉嚨裡吐出去一樣的感覺。不過那東西確實出去了。而且接著死便來臨。慢慢地，但確實地。視線逐漸沉重，顏色搖搖晃晃。感覺就像躺在游泳池底一樣，我想。好像有人跳進來，水紋擴散出去，激起一陣波光搖曳。不過，終於那光也消失了。

羅馬是吸進了無數死的都市。羅馬充滿了種種時代的、種種形式的死。從凱撒的死，到鬥劍士的死。從英雄的死，到殉教者的死。羅馬史充滿了對死的描寫。當元老院議員被宣示爲名譽而死時，首先便會在自己家裡舉行豪華盛宴。並和好友暢快地吃個飽，喝個足，之後慢慢切開血管，繼續論述哲學再悠悠然死去。然後由貧窮的無名小民將屍體丟進台伯河裡。加里古拉（Caligola）將所有的哲學家一一處死，尼祿把基督教徒餵給獅子吃。

在早晨來臨前的這個小小時刻，我感覺到這種死的高張。這種死的高張就像遠方的海嘯般，令我身體顫動。寫長篇小說時，常會發生這種事情。我藉著寫小說，逐漸下降到生的深處去。順著一道小梯子，我一步、又一步地降下去。但當我越是那樣接近生的中心時，我越能夠感覺到。就在那前面一點點的黑暗中，死也同時顯現出激烈的高張。

到梅塔村的途中　1987年4月

我在波隆納把《挪威的森林》原稿交出去後，決定暫時優閒地讓身心休息一陣子。心情非常好。感覺像背上的包袱一下子全卸下來了似的。

四月十二日星期天，Palm Sunday（譯註：棕櫚主日，復活節前的禮拜天），烏沙子和烏比兄這對夫婦，我跟我太太，四個人到梅塔村遊玩。梅塔村是從羅馬開車往西北走二到三小時的一個小村子。連相當詳細的地圖上都沒標出。因爲遠離道路在一個山頂上，所以沒有什麼旅行者會特地去造訪。人口約千人左右。村子正中央有一個Bar，這裡也賣一點簡單的食物材料。除此之外沒有任何所謂的商店。村民的職業全體都是農民。因爲大家什麼都自己種，所以幾乎沒有必要買東西。是這樣一個村子。如果要問我爲什麼特地跑到那樣的地方去？因爲這裡是烏比兄出生的故鄉。他到十六歲爲止是在這裡長大的。雙親都健在，還住在這裡。「因爲房租非常便宜，」烏比兄說，「一年的房租才三千七百里拉嘛。」

三千七百里拉，算起來大約才四百日圓。

我以爲聽錯了，再確認一次。不過還是四百圓。

「我老爸一直在這裡的鄉公所上班，雖然退休很久了，可是退休後還一直住在公務員用的房子裡。可以一直住到死爲止噢。以這一點來說，這個國家福利非常好。你不覺得嗎？」

「確實是。」我說。

「我老爸的年金金額居然比我的本薪還高。很過分的國家噢。居然有這種事情，所以國家會爲財政赤字而破產。就像國民從國家剝奪錢財一樣。」

「這點跟日本相反。」

「對，對，是相反。」烏比兄點著頭。「這一點我覺得日本人民好可憐。日本雖然國家本身很有錢，但國民生活比較起來卻不能說太富裕。休假少、土地貴、稅金又高。不是我自豪，不過義大利人幾乎是不納稅的噢。好好納稅的大概只有我們這些公務員（他在外交部上班）。其他的人眞的很亂來。義大利經濟的一半以上都是地下經濟噢。國家所能掌握的金錢動向大概不到全體的一半。所以每一個義大利人比統計數字所顯示的要有錢。因爲不納稅啊。上次你見過我妹妹瑪麗亞・露西雅噢？她在米蘭稅務署上班，她說這點很嚴重。她們去請人家補繳未繳的稅金時，誰都不繳。根本就沒有意思要繳。而且一面掉眼淚一面訴說自己過著多麼苦的日子，實在沒辦法繳什麼稅金。義大利人碰到這種事情時眞的很能辯解。瑪麗亞・露西雅也很認眞的同情他們，還幫他們代繳稅金。稅務署的職員幫人民代繳稅金就眞是沒辦法了。她這個人有一點怪，雖然是我妹妹。」（*一年後瑪麗亞・露西雅就因爲神經衰弱而住院）。

「是有一點怪。」我也同意。「你說那地下經濟，例如什麼方面？」

「嗯，比較大的有黑手黨。」烏比兄說明。「這種組織其實在全義大利大大小小有很多。還有，這個國家的人民，說起來很多人都有好幾個職業。我的同事就有很多噢。就像白天在外交部上班，晚上卻在河對岸區（Trastevere）的爵士酒吧吹薩克斯風之類的。不過實質上白天是在外務省睡覺，哈哈哈。這種人副業收入全都沒有申報。社會結構就是這樣形成的。如果有政治家想出來糾正這種結構的話，那個內閣第二天就會垮台。所以誰也不能插手。國民自己高興怎麼樣就怎麼樣。你看，大家夏天、聖誕節、和復活節都請假三星期。每星期全家到昂貴的餐廳去聚餐，身上穿的全是Armani、Valentino之類貴得不得了的服裝……比起日本上班族你不覺得更富裕嗎？這光靠薪水是花不起的。」

「好像是很好的國家啊。」我佩服地說。

「國家好像快破產了，卻沒那麼容易破產。」烏比兄好像在談別人家的事似的。

在這裡開進收費道路，但在收費站卻沒看到收費員，因此我們沒繳費。

「收費員在罷工，」烏比兄說，「他們經常搞這個。」

這種罷工我倒很歡迎。如果在日本，這種情況下可能管理階層的人就會出來收費。

「墨索里尼是唯一大膽改變國家結構而成功的政治家。」烏比兄說，「他不讓國民有說話機會。要不那樣做的話，以義大利人爲對象是搞不好像樣政治的。因爲面對的是，抱怨就像作生意一樣家常便飯的國民哪。要是一一去聽他們抱怨的話，就不用搞政治了。墨索里尼連黑手黨都擊潰了。他唯一失敗的是過分高估義大利人的戰爭能力。讓義大利人去打仗就完蛋了。」

接下來談到義大利人處理事務的能力和勞動意願。

「春樹兄，你聽過義大利地獄和德國地獄嗎？」

「不知道。」我說。

「你知道，地獄入口有一個服務台，會先這樣問亡者。你要到義大利地獄，還是德國地獄？有什麼不同嗎？內容一樣。綁起來從上面倒吊下來，一天往下面的糞坑整個浸泡三次。泡到頭頂爲止。在義大利地獄由義大利人操作繩索，德國地獄由德國人操作繩索。春樹兄選哪一邊？」

我想了一下，搞不清楚。

「絕對是義大利地獄比較好噢。因爲三次有兩次會忘記泡啊，哈哈哈。」烏比兄笑了。這個人在說義大利人壞話時，好像最快樂的樣子。我覺得似乎也不能光說他妹妹怪了。

「嘿，春樹兄，你知道一輛VOLKSWAGEN車要坐四個德國人八個猶太人的方法嗎？」

「不知道。」

「前座坐兩個德國人。後座坐兩個德國人。煙灰缸裝八個猶太人。哈哈哈。」

「哈哈哈。」

就這樣，飛雅特Uno便免費在收費道路上往西北前進。我太太則跟烏沙子在後座談著她們女人家的那些話。

派駐東京幾年後，久別回到羅馬的烏比兄似乎有點逆文化衝擊式地恨羅馬。

「如果有人想得精神病的話，就該來羅馬。我住在這裡消耗生命地活著。這裡是地獄。不是人住的地方。只要是羅馬以外的地方，我任何地方都可以去。蘇丹也好，阿富汗也好，宏都拉斯也好，伊爾庫次克也好，到處都可以。眞想早一點離開羅馬。日本很好，女孩子對我也很好。」（他偷瞄了一下後面）。「吃的東西又好吃。我好懷念六本木的『田舍屋』，雖然價格很貴。」

「『北之家族』如何？」

「嗯嗯，很便宜。那裡也很好。」他點頭。「義大利大使啊，有一次到麻布的『……』（一家小有名氣的義大利餐廳）去用餐。然後，先點了葡萄酒。於是服務生這樣說，很抱歉可是現在法國葡萄酒賣完了，只有義大利的，您可以忍受嗎？大使好生氣。哈哈哈，當然生氣囉。於是他拿出名片，說這是我的名片。服務生嚇一跳。結果，鬧得好大噢。老闆也出來拚命點頭道歉又道歉。那一陣子在大使館裡也被當成大笑話。」

我甚至覺得義大利公務員大概一整天都在講笑話。

「雖然沒那麼愉快，不過大家都不工作倒是事實。眞的不工作。簡直難以相信。只會想到休假和吃東西的事。還有粗心大意。」烏比兄好像很不高興地說。「上次我感冒請假。結果第二天到辦公室去想從電腦調資料出來時，全部資料居然消失了。好過分。不知道誰隨便擅自使用，搞錯消掉了。竟然有這樣胡搞瞎搞的事。而且還是外交部噢。」

情緒越來越激動。

「算了算了，烏比，別生氣。」烏沙子從後面開口。「烏比兄工作過度了。就像日本人一樣。」

「不只這樣。那些傢伙全是小偷。」

「小偷？」我反問。

「是啊。我們在外交部不是會開只有內部職員的宴會嗎，結果各種東西都不見了。銀器啦、花瓶啦、菸灰缸之類的。簡直難以相信。難以相信（這時用日語）。因爲羅馬就像花了兩千年逐漸繼續腐敗似的都市，腐敗也有年資的。」

「烏比兄，一談到羅馬和職場時，常常會這樣激動。」烏沙子說。

「我並不是說討厭羅馬這個城市。」烏比兄激動得雙手離開方向盤一面揮舞（義大利人經常這樣所以很可怕），一面這樣說。「城市本身我是喜歡的。是一個美麗的城市。我討厭的是住在那裡的羅馬人。那些傢伙最好全都送到撒哈拉沙漠去。沒禮貌、低級、沒知識、簡直就是禽獸嘛。」

「好了好了。」我也安撫他。

「笨蛋。」他說，「我在羅馬就從來沒覺得有過好事的。以前，幾年前我曾經在羅馬當過警察。開著巡邏車取締賣春婦。她們一聽說是警察就算你半價。」他瞄一眼後面（這不是有好事嗎？）「總之那時候我很孤獨。」

「當警察？」我反問他。這個人的半輩子相當波濤萬丈，一波又一波的出現新鮮事。眞是個怪人。

「在那之前在羅馬一個有錢人家做過家僮之類的差事。」

「……結果，現在當外交部官員。」

「嗯，因爲各種原因。總之，我在羅馬總是很孤獨。我在羅馬沒辦法安定下來。我終究是個鄉下孩子。我駐屯在波爾察諾（Bolzano）六年當卡拉比尼耶利（隸屬軍隊的警察）時最快樂。人有人情味，女孩子溫柔（不管說什麼馬上會扯到女孩子這點是很典型的義大利人）。嘿，你知道嗎？跟波爾察諾的女孩約會時，她們都很客氣，只點便宜東西。跟羅馬女孩約會，她們馬上就點奇瓦士威士忌。」

「嗯，我懂。在日本這種叫做『馬鹿野郎女人』。」

「馬鹿野郎女人，」烏比兄複誦道。「總之，從波爾察諾調回羅馬時我哭了噢。好難過。從東京調回羅馬時也很難過。」

（*我後來到波爾察諾去看過，是和奧地利交界附近、一個非常小的地方。葡萄酒和蛋糕很好吃。）

「但願你能早一點離開羅馬。」我說。

*

關於梅塔村。

梅塔村是一個歷史可以上溯到十一世紀的古老村莊。最初眞的是在山頂上，但一九一五年大地震房子幾乎全倒塌，整個村子往下遷移了一百公尺左右。因此那崩潰的村莊至今依然原樣留在山頂上。是一個好像把偏僻畫出來一樣明顯的村莊。

「這是一個非常孤立的村子。從前的村民幾乎不到村外去。」烏比兄說。「我老媽戰爭中不得不買鹽而騎著驢子到羅馬去了一趟，從此四十年之間一直提到那件事。四十年哪。」

「我已經聽過六遍了。」烏沙子說。

「第二次世界大戰的事，就像上星期的事一樣拿來講。」烏比兄說。「戰爭中納粹軍隊到村子裡來，把村子裡的兩個年輕人當作反叛嫌疑犯逮捕帶走。他們從此就沒有再回來。我覺得眞可憐。不過，到現在大家還一本正經地一直在談那件事。眞是難以相信。還有，我啊一直到十六歲還不知道義大利有義大利麵這東西存在。你知道爲什麼嗎？因爲梅塔村沒有義大利麵哪。大家都吃家裡媽媽做的麵糊對嗎，麵條不會那麼圓。所以不知道。眞是難以相信。」

眞有趣的村子。我漸漸迫不及待起來。

梅塔村

從免費的收費道路出來，前進一會兒之後，越過鐵道，便進入山路了。經過幾個小村莊。走在鄉間的人們手上全都拿著橄欖樹枝。因爲是Palm Sunday的關係。爲什麼棕櫚日要拿橄欖樹枝，我也不知道。看得見山上有一個小村子。那就是梅塔村嗎？我問烏比兄。

「No，那是叫做佩斯基耶拉的小村。梅塔村的人把那裡稱爲中國（支那）。因爲他們文明不發達，走路樣子很奇怪。」

「文明？走路的樣子？」我嚇一跳反問道。

「對，跟佩斯基耶拉比起來，梅塔簡直是個大城市。至於走路的樣子，眞的走路樣子不一樣噢。所以，你到全世界任何地方去都可以一眼認出佩斯基耶拉出身的傢伙。光看走路樣子就立刻知道了。這樣，小步小步的奇怪走法。腳彎曲著噢。」

「爲什麼走路方式會那麼不同呢？才距離一點點不是嗎？」

「嗯，距離不到一公里。」他說。「不過高度有一點落差，地形也不一樣。所以長久以來配合那地形，腳也走彎了，走路方式也完全不同了。不過總之不一樣。你一看就知道了。」

眞的嗎？我想，不過烏比兄非常認眞地這樣主張。所以大概是眞的吧。

「佩斯基耶拉村的上面是梅塔村嗎？」我問。

「不，那上面還有另外一個小村子，叫做聖沙比諾，這裡也比不上梅塔文明。人口大約三百人。雖然梅塔距離聖沙比諾只有二百公尺而已。」

「那麼，走路樣子一定也不一樣囉？」

「當然不一樣。」他一副理所當然的樣子說。「梅塔村的人全都學聖沙比諾村的人走路的樣子來笑他們。衣服不同，講話也不同，想法和世界觀全都不同。」

老實說我頭漸漸痛起來。

「這不是說謊。」烏比兄說。「你問瑪麗亞·露西雅看看，她可以證明眞的是這樣。因爲是眞的啊。」

可是烏比兄的父親就是這聖沙比諾出身的。母親是梅塔出身的。彼此只距離二百公尺而已，但梅塔出身的人跟聖沙比諾出身的人結婚好像是稀有的例子。而且據說結婚已經都四十多年了，彼此的親戚幾乎都互不來往，雙親夫婦也徹底討厭對方的村子。義大利還眞是個複雜的地方。

「因爲我老爸啊，在聖沙比諾還擁有自己的田地，還有可以睡覺的小屋，一有什麼事情，就到那裡去，很久都不回梅塔來。」

「這樣兩個人爲什麼要結婚呢？」

「我也不太清楚。」說著烏比兄搖搖頭。「一直到結婚以前，兩個人還討厭對方的。因爲是梅塔對聖沙比諾嘛。可是不知道因爲什麼使那憎恨轉變成愛。」

「簡直像羅密歐與茱麗葉嘛。」

「對，那是一九三九年的事。兩個人之間生出了愛苗。然而戰爭爆發。我老爸當時是法西斯黨員——不過那時候說起來公務員幾乎都是法西斯黨員——馬上就被派到前線去。才二十五歲的時候噢。首先在希臘打仗，然後在阿爾巴尼亞打仗，接下來到南斯拉夫去。一直在打仗。到一九四三年爲止。四三年巴德利歐（Pietro Badoglio）內閣公然向德國宣戰，這下子他被德軍抓去，送到艾森（Essen）的收容所，在那裡待了半年。然後不知道被送到哪裡的礦坑去強制勞動。結果被聯軍解放回到義大利時已經是一九四六年了。」

「眞是吃了不少苦頭啊。」

「那倒也不然。」烏比兄說。「我老爸說，他還滿喜歡收容所的。雖然食物配給確實少了些，不過他本來就吃得少所以並不覺得多痛苦，那些德國人也都很守規矩，所以還過得滿愉快的。他說比梅塔村要好多了。哈哈哈。現在有時候還會懷念收容所呢。」

怎麼會有人喜歡俘虜收容所呢？「聽起來確實好像是有點怪的人。」我試著問問看。

「對，確實有點怪。聖沙比諾人都有一點偏執。」

原來如此。

「結果，因爲七年都沒回來，村子裡的人都以爲帕奇斯塔已經死了。可是我老媽一直都在等他回來喲。」

「因爲愛他嘛。」

「這點我也搞不太清楚。我老爸現在還在生那個氣。說不要等就好了嘛。說我好不容易去打仗輕鬆一下才回來，這邊卻苦苦等他，沒辦法只好結婚。四十年一直在嘀嘀咕咕抱怨這件事。我想大概只是偏執而已吧。我老媽這邊嘛，也在生氣。人家好不容易等你，可是回來以後卻比出去以前變得還要彆扭。你知道，梅塔村出身的人相當認眞，而且信心堅強噢。一板一眼的不馬虎。比起來聖沙比諾出身的人就有幾分喜歡冷嘲熱諷的。疑心重，嘴巴壞。」

「這種性格跟烏比兄很像噢。」烏沙子說。

眞是有點怪的一家子。

我們首先在聖沙比諾下了車。與其說是村子不如說是聚落比較接近。只有田地和房子而已。除此之外完全什麼都沒有。我們去看看他父親帕奇斯塔的所謂「小屋」。像是葡萄酒庫裡擺上簡單的床似的簡單小屋。不過他父親不在。確實有人在起居的形跡。堆積了好多自家釀的葡萄酒樽。一隻大白狗以全速奔過來，撲在烏比兄身上。我伸出手時也向我撒嬌。

「這隻狗一見到人就咬的。」烏比兄說。「因爲是聖沙比諾的狗，所以個性像我爸。不過牠也會看對象所以「大丈夫」（譯註：日語，意思是沒問題）。別擔心。」

小屋周圍有小葡萄棚、田地，和畜欄。當他父親不在的時候，白狗托皮亞就負責看家。狗舍前放著餵食飼料盤，裡面有里加多尼（譯註：蔥管麵〔macaroni〕大的那種）、蕃茄醬。義大利的狗也吃義大利麵哪。

畜欄裡養有兔子、雞，和鵝。以石頭砌起來的畜欄，沒有窗戶，裡頭黑漆漆的。全都躲在黑暗裡不出聲。兔子一面守護著小兔一面小心翼翼盯著這邊瞧。鵝一面呱呱地叫一面啪啪地撲著翅膀。雞好像很睏地安靜蹲著。這些當然全都是養來當作食用的。

「兔子常常被殺來吃。」烏沙子說。「媽媽把兔子的脖子一掐。皮剝掉，拿來料理。眼珠掉在廚房流理台上。我沒辦法忍受這個。因爲昨天還一起玩的兔子，抓來殺掉端上餐桌啊。可是他媽媽說什麼跟兔子玩簡直無法相信。義大利人是不跟兔子玩的，完全不。」

從聖沙比諾登上坡道走二百公尺就到梅塔。眞的是只距離二百公尺而已。眞的世界觀、服裝、說話方式、走路樣子、想法都不一樣嗎？

總之我們走過那分隔世界觀的二百公尺。

梅塔村確實是比佩斯基耶拉或聖沙比諾大而像樣的村子。至少這裡還有所謂的街坊。有教會、佈告板、也有廣場，還有前面說過的酒吧。

「是個big city吧？」烏比兄一面打趣嬉笑一面說。

烏比兄的媽媽站在烏比兄家門口等著我們。

「她一直那樣站在那裡等我們來喲。」烏沙子說。

「一直？」

「嗯。義大利人的媽媽都是這樣。」

烏比兄的媽媽和烏沙子互親臉頰。烏比兄卻什麼也沒做。說是「我不喜歡那種無意義的摟摟抱抱親吻之類的。義大利人就是光會做這種事，所以才逐漸變得不文明的。這一套親吻啦、擁抱的，我一概不來。」這個人果然有一點怪。

烏比兄的媽媽個子雖小，不過看起來意志堅定，一副義大利媽媽式的典型人物。她帶我們參觀家裡，而且立刻爲我們做好午餐。菜色是托特里尼（Tortellini）蕃茄醬、生菜沙拉、煮青菜花、朝鮮薊和馬鈴薯，和兩道肉類。非常美味。全都是自己家裡做的。菜做好時，那位偏執的爸爸巴奇斯塔回來了。已經完全醉醺醺的了，他從早到晚都在喝葡萄酒。飯也不太吃。鼻子紅通通的像聖誕老人一樣。

「那邊的葡萄酒桶，你看，全都是他一個人喝的噢。簡直一塌糊塗（日語），快翹辮子了。」

「你們在說我的壞話對嗎？」帕奇斯塔說。他雖然不懂英語，卻知道人家在講他。

「不，我們在說托皮亞啦。」烏比兄打著馬虎眼。「托皮亞跟他們很要好了噢。」

「上禮拜才剛剛讓牠咬過兩個日本人，所以暫時還很滿足，不會吃日本人。」帕奇斯塔這樣說。兒子一副德性，老子也一副德性。

帕奇斯塔繼續一口一口地喝著葡萄酒。眞的好會喝。我爲他斟葡萄酒，只有那時候他會很開心地微笑一下。其他時候則板著臉。自己並不斟酒。前一陣子才腦溢血病倒過，其實是不可以喝酒的。

不過葡萄酒確實很美味。雖然不算濃，但眞的很香醇、爽口。有一種在當地製造現在剛拿出來喝的那種鮮美。我也喝了不少。暖爐裡生了火發出啪滋啪滋的聲音。雖說是四月天了，但山上還是相當冷。

用過餐後烏比兄邀我一起到酒吧去。義大利鄉下的酒吧，說起來大概就像希臘的咖啡館或英國的pub功能一樣。梅塔的酒吧裡聚集了村子裡的男人。星期日下午，村子裡的男人在家裡待不住。星期日下午讓女人在家裡做針線活兒，男人則聚集在酒吧裡喝喝啤酒，玩玩牌，打打屁，講男人間的話。從很久以前就一直有這習慣。世上有各種習慣。像我這樣覺得星期日下午在家裡優閒地讀厄普戴克（John Updike）（譯註：或譯阿甫代克）的新小說還比較好的人，在大男人要活得強悍的義大利是活不下去的。當然酒吧裡沒有女客。清一色是男人的世界。有吧檯座，有電視遊樂器。後面也有餐桌席。偶爾有小孩拿零錢來買零食。也有發生什麼事情小孩來叫爸爸回家的。

在這裡烏比兄介紹我認識他兩個哥哥。大哥叫飛利浦。大個子，很有魄力，感覺就是一副大哥的樣子。但眼睛有點神經質。他是個成功的貿易商，據說非常有錢。開大賓士車。很有成就。二哥勞勃特瘦瘦的。感覺和飛利浦完全不同。他在地方議會當議員。不久前，在梅塔村的廣場上蓋了噴水池。「難以相信吧？」烏比兄說。「在這種地方蓋噴水池，你想到底有什麼用呢？不過村民因此都相當開心。眞奇怪。我可無法瞭解。」

總之，那是他的兩個哥哥。兩個人都住在梅塔村附近。都怎麼也沒辦法離開梅塔村。

「兩個人都離開梅塔村越遠就變得越消沉。典型的義大利人。說來說去還是生長的土地最棒，媽媽的麵最好吃。」烏比兄說。「我在日本的時候，飛利浦剛好有事到日本來，他在那三天裡除了啤酒和三明治之外，其他東西完全吃不下。到日本來只喝啤酒吃三明治，三天之間。難以相信。」他難以相信的事情很多。

走出酒吧，我們到烏比兄媽媽的娘家去看看。石砌的大房子，一走進大門就看見天花板橫樑上吊著好幾隻巨大的火腿。這房子裡住著兩個單身的阿姨。是一棟空曠的鄉間老宅子。這房子裡有祕密的小房間。打開隱藏的門後面有一個像壁櫥大小的空間。

「戰爭的時候，這裡藏過意外迫降的英國飛行員。」烏比兄說。「我媽媽家的人幫助了他們。納粹來搜查過，可是沒找到。於是他們把村子裡的年輕人帶走。」

「那飛行員結果怎麼樣了？」

「戰爭結束，平安回到英國去了啊。然後從此音訊渺然。我們全村的人都非常擔心那飛行員不知道怎麼樣了。於是他們託我幾年前到倫敦去的時候去見那飛行員。我很辛苦地查到地址。他跟我一面談一面想起梅塔村就一直流眼淚喲。」

「可是他沒有想要再到梅塔村去拜訪一次嗎？」

「好像沒有，我不知道爲什麼。」

人畢竟有各種不同的想法。

*

將近黃昏時，梅塔村逐漸冷起來。烏比兄、他媽媽、烏沙子、我和我太太，登上山頂的老街看看（帕奇斯塔喝醉了回到他在聖沙比諾的隱居處去了）。眼前是一望無際的山丘。簡直像《眞善美》中的風景一樣。只看得見山。而且在那山間到處都是和梅塔村一樣（但世界觀和走路樣子不同）的小村莊好像緊緊貼著山皮似的。冷颼颼的風咻咻地吹過廢屋的周圍而去。我想德軍竟然連這樣的地方都來過了。眞教人佩服。德國人眞是認眞踏實的人種啊。

「那邊看得見山吧。」烏比兄指著說。「我小時候，以爲那就是世界盡頭了。事實上誰也不知道那邊怎麼樣。誰也沒告訴過我。所以對我來說那就是世界盡頭了。而這裡，這梅塔村就是世界的中心。」

他在風中叼起香菸，點起火。

「難以相信。」他說。然後笑了。

春天到希臘

帕特拉斯的復活節週末和虐殺衣櫥　1987年4月

復活節週末到希臘去旅行。在義大利住了一陣子之後，開始變得非常想念希臘。

＊

在希臘眞的有各種國籍的背行囊旅行者。從人數多的開始列舉的話，有德國人（全世界最喜歡旅行的德國人）、加拿大人（全世界最閒的加拿大人）、澳洲人（繼加拿大之後好像全世界第二閒的人）、美國人（最近少多了）、英國人（大多臉色不好）、北歐三國人、法國人、荷蘭人、比利時人、然後日本人，大約是這樣。雖然沒有一一詳細去確認或統計過，不過大體說來就是這樣吧。德國人只要一看臉就知道，而且他們裝備最強悍。加拿大人和澳洲人的背囊上都縫著國旗所以一看也知道。北歐人長相則好像把德國人拿掉強悍的一面，心情也變得比較空想式的樣子。看起來一臉靈活敏捷而略帶一點嘲諷意味的則是法國人，而好像比較和藹可親的大概是荷蘭人，或比利時人。被這些人包圍著顯得有幾分不自在（或許本人覺得很樂在其中）的是英國人，大概是這樣。當然這只是一般的印象，有很多例外。不過長久在歐洲旅行之間，逐漸就能看出對方是哪一國人了。

可是不知道爲什麼，卻完全看不到義大利人的背行囊旅行者。一次也沒看到。眞奇怪。我遇到過波蘭人的背行囊旅行者，遇到過韓國人的背行囊旅行者，也遇到過坦尙尼亞人的背行囊旅行者。但就是沒遇到過義大利人。

我想大概是我運氣不好吧。當然我想義大利人應該也有背行囊旅行的。以前一直沒遇到他們可能純粹是偶然。由於某種微妙的陰錯陽差，我和那些義大利人一直都走在不同的路上。我到這邊時，他們卻正好到那邊。

不過就算把這些偶然也充分計算在內，我想義大利人還是不那麼喜歡背著行囊旅行倒是眞的。雖然我不知道爲什麼，不過他們似乎不太喜歡這種旅行型態的樣子。一個人背著沉重的背包一步一步蹣跚獨行，有時候只靠麵包、乳酪和蘋果過一星期，在沒有熱水的旅館一面聽著門發出啪搭啪搭的聲音一面入睡的這種旅行，我想北歐人要比義大利人合適多了。

北方的歐洲人——他們眞的是在追求困難、貧困和苦行而繼續旅行的。不是我說謊。他們眞的在追求這些。簡直像中世紀的諸國行腳一般。看來他們似乎相信去經驗這種旅行對於人格的形成是極有效而有益的。他們幾乎不用錢。他們幾乎不進餐廳。他們爲了找更便宜兩百圓的旅館可以多花兩小時走遍大街小巷到處找。他們以經濟效率自豪。就像汽車燃料一樣。以多便宜的費用能走多遠的路。他們完成那樣漫長的苦行旅行歸國後，大學畢業、出社會。然後——例如——成功地當上股票經紀人。結婚、生子、兒女成人了。車庫裡停著賓士車，或VOLVO旅行車。於是這次他們出國去做完全與經濟效率相反的旅行。花儘量充裕的費用去做儘量優閒自在的旅行。這是他們的新經濟效率。

這是他們的人生目標，也是他們生活方式的格調。

但義大利人卻不是這樣。他們並不這樣想。這不是他們生活的風格。他們忙著考慮下午的麵食要吃什麼啦，穿Missoni的襯衫啦、看穿著黑色窄裙走上樓梯去的女孩子啦、新型愛快羅密歐車的排檔啦，實在沒時間一一去做什麼苦行了。不是開玩笑，眞的是這樣。

開場白扯太長了，不過我第一次見到義大利人的背行囊旅行者，是在義大利南部從布林迪西港（Brindisi）到希臘帕特拉斯（Patras）的渡輪上。因爲是復活節的週末，船上充滿了要到希臘旅行的年輕人。甲板上聚集了各國的背行囊旅行者。其中也有許多義大利人。船上的義大利人背行囊旅行者，簡直就像混進剛剛下工的礦工行列中的芭蕾舞者般一目了然。從以下四點可以分出來。

(1)聲音大。(2)沒禮貌。(3)服裝華麗。(4)又吃又喝的。

總之很惹眼。其他國家的背行囊旅行者正爲了疲勞，或爲了迎接疲勞需要儲備精力而正乖乖安靜時（整體來說沒有比背行囊旅行者更乖的旅行者了），只有義大利人經常很吵。不過這姑且不提，他們總之也是背行囊旅行者。背著行囊，穿著慢跑鞋。我想，原來義大利也有背行囊旅行者啊。

不過到了帕特拉斯港之後才弄清楚，原來他們只是背著背包而已，完全不是什麼背行囊旅行者。他們一下船，全都一面大聲嚷嚷地講著話一面上了觀光團的遊覽車，很快就開走了。背行囊旅行者當然是不會搭團體遊覽車的。

義大利人。

於是我們在四月十八日星期六到達了帕特拉斯。是復活節的週末。我們住在港口附近的阿多尼斯旅館。並不是想住在帕特拉斯這地方而住的。而是由於時間的關係當天之內要到達雅典太趕了，沒辦法才在帕特拉斯住一夜。帕特拉斯是個無趣得可憐的地方，只有港口和車站，旁邊只有整排蕭條的建築物而已。連狗的表情都很黯淡。餐廳就像上野車站周邊的一樣服務差味道也差。走在街上都會漸漸開始覺得洩氣起來。就像被祖國放逐的二流索忍尼辛之類的作家會一面嘀嘀咕咕抱怨一面居住的那種氣氛的地方。順便一提這裡正好在辦電影節，其中有大島渚的電影特集，海報上寫著正在舉辦和他交流的座談會。哦？我想，不過我想也不必來到帕特拉斯看大島渚的電影吧，因而作罷。

在帕特拉斯發生了幾件事情。

首先第一件是衣櫥鑰匙折斷了。我離開旅館房間時，把照相機之類的放進衣櫥裡鎖上（立刻上鎖是住過義大利的後遺症），回來時想打開鎖卻折斷了鑰匙。我並沒有特別用力旋轉。只是進到房間，從口袋拿出鑰匙，一、二、三，這樣不經意地轉了而已。鑰匙就忽然啪一下斷了。就像酒吧供應的小點心那種有些濕氣的固力果百吉巧克力棒一樣，真的很容易啪一下就折斷了。沒有任何預兆，沒有任何糾葛。而且我手上還留著那半截窮酸泛黑的鑰匙，另外一半則留在鑰匙孔裡。

我到旅館櫃檯去，告訴他們這件事。櫃檯後面坐著一位看來二十多歲的小姐。雖然很親切，但卻是相貌有點不幸、聲音也有點不幸似的小姐。我把鑰匙折斷的事告訴她時，她那不幸的項目清單又添加新的一頁。眞是這樣一張臉。使我覺得非常愧疚。「不是我的錯。」我像《異鄉人》裡的穆素德一樣呢喃地自言自語。不是我的錯。是鑰匙自己折斷的。

「請等一下。我立刻派人過去。」她以一副不幸的聲音說。然後叫了負責的人來。所謂負責的人是一位服務的中年婦人。她來敲我們的房門。很有力氣的敲法。我打開門，一位個子矮矮看來卻頗強壯的婦人站在走廊。她同樣也只會說希臘話。我把折斷的鑰匙拿給她看。「鑰匙、不行、不能開」我說。她試著使勁地拉一拉、踢一踢、用身體撞一撞衣櫥門。但衣櫥卡噠卡噠地搖晃。我眞擔心裡面的照相機會不會怎麼樣。但門還是不開。

「我去拿工具來。」她說。我聽了鬆一口氣。就是嘛，一開始就把工具帶來不就好了嗎！但她所帶來的所謂工具其實卻是一塊石頭。像葡萄柚一般大的石頭。她似乎準備用那個來敲壞鎖的樣子。總之聲音不得了。我以前不知道，用石頭敲壞衣櫥的鎖頭是聲音非常吵人的作業。吵得旅館其他房客都跑過來看到底發生了什麼事。一面喊著「嘿」、「混蛋」之類的，她一面用石頭繼續敲打衣櫥。不久那石頭也啪地裂成兩半。衣櫥和鎖頭、鎖洞都已經被敲得稀巴爛了。但門還是不開。這令我想起只有在書裡讀過的古代文明的虐殺。像迦太基（Carthage，譯註：非洲北岸腓尼基人所建的殖民城市）的抹殺、印加人的虐殺、撒馬爾罕（Samarkand，譯註：前蘇聯烏茲別克共和國舊首都）的陷落之類的。

「情況不是比剛才更糟了嗎？」我太太說。

「我也這樣覺得。」我說。

「請她們叫專家來比較好吧？」

「復活節週末他們是不會來的。」我說。復活節週末，開鑰匙的專家不可能爲了你的一通電話就趕來吧。沒什麼的平常日都很可疑呢。

這樣說著之間，中年婦人手上拿著新的石頭回來了。這次拿的是好像很堅固的大理石磚。看起來就很強有力的樣子。婦人把那秀給我們看，很得意地笑一笑。我們也沒辦法地笑一笑。要不然能怎麼辦呢？

然後婦人開始著手使勁地虐殺衣櫥。像電視《蝙蝠俠》的字幕一樣CRASH！BOOM！BLITZ！繼續敲著石頭。木片紛紛飛散。門開了一個大洞，我們終於拿回了照相機。非常簡單。不過我想，以後住這個房間的許多客人看見這個壁櫥門上開了一個大洞到底會怎麼想呢？不過，我又想，這麼說來這種洞，我好像在別家飯店裡也看過啊。

那位婦人半夜十二點又咚咚咚地大聲敲著我們的房門。我正在熟睡中，迷迷糊糊走到門邊打開門鎖。這次她拿的不是大理石磚而是加蛋的復活節麵包。「復活節快樂」她說著，把麵包交給我。這時停在港口的船隻一起啵——地鳴響汽笛。「復活節快樂」。

復活節全希臘烤了幾萬隻羊。整隻羊串起來在火上滾轉著烤。人們聚在庭園裡，一起烤著可憐的羊。油脂吱吱地滴落下來。於是希臘的春天來臨了。

我們一面眺望家家戶戶的庭園裡正在烤著羊，一面搭巴士一路朝雅典前進。這是星期天早晨。天氣非常晴朗。烤羊的好日子。

巴士在科林斯運河邊停下來。乘客下車休息十五分鐘。我們一面眺望運河，一面啃著前一夜旅館的婦人給我們的復活節麵包。麵包正中央放進一個染紅的白煮蛋。我們慢慢吃著麵包，剝開蛋來吃。陽光暖暖的，感覺好像來野餐，正吃著飯似的。巴士的乘客全都是希臘人，外國人除了我們之外只有一位獨自旅行的小個子英國女孩。到德國去造訪朋友之後，便從那裡搭火車下來這裡，她說。爲了追求溫暖的陽光。不過休假也快結束了，所以要搭今天下午的飛機回倫敦。沒什麼陽光的淒慘倫敦。回大學上課，眞要命（她笑了）。於是我們又上了巴士。

陽光燦爛的國度，希臘。

而且經常有東西故障的國度，希臘。

我們巴士的引擎在離雅典還有十五公里的地方死了。名副其實地死了。帕搭一下。司機和車掌好像在注視突然倒在路上就那麼斷了氣的老馬的馬夫般，扠起雙臂一直注視著那沉默的引擎。什麼也不做。只是注視著。我試著問車掌：「我們怎麼辦？」

「不知道。」車掌臉色黯淡地回答。慢慢地搖了兩次頭。英國女孩和我們放棄指望巴士，乾脆招了計程車。我們實在沒有那閒工夫去慢慢哀悼引擎之死。而且那女孩也不得不趕下午的飛機。我們坐上計程車離開時，司機和車掌還在一直盯著引擎看。

一九八七年復活節週末，好多東西死掉。

數萬隻羊、阿多尼斯旅館的壁櫥、往雅典的巴士引擎。不能怪我。

從米克諾斯到克里特島・浴缸攻防戰・101號巴士酒會的光和影

復活節的雅典溫暖得穿一件短褲和T恤剛剛好。優閒地在公園散步，因爲也沒別的事需要做，所以在奧摩尼亞廣場附近的電影院看了《前進高棉》（坐在後面胡說八道的大個子黑人激動地大聲嚷嚷「fuck、shit、fuck！」非常吵，實在看不下電影）。我看報紙報導，刊出關於專門殺有錢人奪取他們財產的殺人團在雅典被捕了。據說他們過去已經殺掉七個有錢人。其中的一個其實就是在奧摩尼亞廣場乞討的瞎眼乞丐。幾十年來都在乞討，因而成爲大富翁。非常離奇的事件。都市裡各種事情都可能發生。其次同一份報紙還報導中曾根康弘到美國會見雷根總統。還有一美元兌換一三七日圓。

由於復活節的關係，雅典街上空蕩蕩的。不知道是回鄉下去了，還是出門旅行去了。很多商店都把鐵捲門放下來，路上沒什麼活躍的氣息，服務生有點委屈地工作著。我以前常去的便宜餐廳關著門，因此我們在布拉卡附近以外國人爲主顧的餐廳用餐。雖然相當美味，但一看帳單時，發現費用中加算了一項所謂「多龍」。因爲過去沒看過這個，所以叫服務生過來問看看，據說這是復活節期間公認的特別費用。就像日本過年加成費用一樣。那要加百分之七。不只餐廳這樣，連計程車也加。既然慣例當作公定價格也就算是明帳了，沒話說。

在雅典消磨了兩、三天，然後又搭像錫罐頭般的飛機到米克諾斯去。一方面想看看好久不見的凡格里斯，一方面也想看看天氣變暖以後春天的米克諾斯。凡格里斯依然悠哉地工作著。管理員室的金絲雀已經生了小鳥。據說常來我們家玩的母貓也生了四隻小貓。我在義大利買了小孩的鞋子，帶來送給凡格里斯的孫子。我拿給他的時候凡格里斯非常高興。「嘿，春樹，我的年金快要下來了噢。」凡格里斯一面拍著我的肩膀，一面非常開心地說。「年金終於快要下來了。這下子我就可以不用工作了。我會做到這個夏天，到秋天就不幹了。然後就閒閒地過日子。」

那眞好啊，我說。接著凡格里斯像以前一樣爲我泡希臘咖啡。連他太太瑪麗亞幫他做的午餐便當都分給我。這非常美味。

*

可是傷腦筋的是，從我們到達的第二天開始米克諾斯的冬天又倒回來了。我還打算痛痛快快游泳一番，準備了游泳褲來的，沒想到風又強又冷，實在沒辦法游。連做日光浴都不可能。冷得連雅典的溫暖都變得像假的一樣。米克諾斯的人也都說「到昨天爲止還溫暖得有點反常啊。」大家全都在發抖。要命，沒辦法只好在屋子裡看看書，或翻譯一點史考特・費滋傑羅的《Rich Boy》。結果在米克諾斯待了十天左右。

很久沒讀卡山札基斯（Nikos Kazantzakis）的《希臘左巴》了（譯註：電影由安東尼昆主演），重讀之下，忽然非常想去克里特島。《希臘左巴》正如您所知道的是以克里特島爲舞台。卡山札基斯也是生在克里特島的人，因此他以非常深的愛來描寫這個島的風土和人民（有時甚至轉變成一種扭曲的憎恨）。從米克諾斯到克里特島搭飛機一下子就到的，因此我決定那麼就去克里特島看一看吧。到這裡爲止，照例是很簡單。

然而接下來卻沒有想的那麼簡單。因爲那惡名昭彰的米克諾斯的強風（就像J・G・敘事詩式的、終極的、暗喩式的、神經質的——強風）幾乎不斷地繼續吹。總之從早到晚風沒有一刻休息地猛吹著。飛機和船隻全都停開。既沒有進島來的航班，也沒有從島上出發的航班。換句話說變成孤立起來了。只有風毫不客氣地咻咻猛吹。凡是不具一定重量的東西全都被吹到天邊去，草木像孟克（譯註：Edvard Munch，挪威畫家，代表作〈吶喊〉）的畫一樣吹成扭曲一團。天空被染成陰鬱的顏色。灰色的雲像傳送不祥訊息的使者般以非常快的速度來了，又去。海一望無際盡在翻著白浪，漁船都繫留在港內無聊地卡噠卡噠搖晃著帆柱。路上幾乎看不到行人的蹤影。人們都躲在那有點神祕的白色蛋糕盒般的房子裡，把門關得緊緊的。我不太清楚他們在屋子裡做什麼。在編織東西嗎？在讀書嗎？在看出租錄影帶嗎？大概是這樣吧。總之幾乎都不出來。只有狗和海鷗才不管風怎麼吹，還自顧自地在地上和天上到處跑著飛著。

沒辦法只好在寒風呼呼猛吹的米克諾斯又多等了三天飛機。沒有什麼事可做，也沒有心情做什麼。只能窩在旅館的房間裡一直眺望著窗外。而且總之很冷。

實在太冷了，只好向旅館主人商量借了形狀像衛星天線般的超舊式電熱氣來（不要告訴別人噢，大家都冷得要命，我只借給你），面對那個顫抖著過夜。像魚市場般又濕又冷的風從窗戶縫隙咻咻地灌進來。

和我們一樣窩在旅館裡的，還有一對荷蘭來的背行囊旅行的女孩子（兩個體型都可以當阿諾史瓦辛格的對手般強壯），氣質不錯安安靜靜的法國老夫婦，國籍不明的年輕人（這個男人連續兩天都早晨四點回到旅館來，咚咚咚地敲著上了鎖的大門，想叫醒旅館主人，但因爲旅館主人沒起來開門，所以不知道哪位客人一面嘀咕著一面起來出去幫他開門。眞是的！風這麼大的夜晚到底去哪裡做什麼了？）還有拿智利護照的謎般中年男人。不太說話。一個人安靜地啜著湯。像會出現在格拉姆・葛林（Graham Greene）小說中的那種典型。那種人被米克諾斯的強風困住了行程。在一個小丘上的旅館裡。

不過我想因爲天候不好，所以飛機不飛也沒辦法。這點只好想開。問題是飛或不飛一直等都無法確定。我到港口附近的奧林匹克航空公司辦公室去問今天飛機飛不飛？也完全不得要領。只有「我也不知道」的一種答案。沒辦法只好帶著行李搭車花大約二十分鐘到機場去。並坐在機場大廳，等兩小時，或三小時，等發表今天到底有沒有班次。然後知道飛機還是不飛時，又再提著行李回到街上。這樣一連繼續了三天。我想不用我說，這樣做是相當消耗精神體力的。在機場就算逮到航空公司的主管詢問，也肯定得不到確實的回答。他們也什麼都不知道，被大家問到各種問題只有一團混亂而已。以我的見聞來說，希臘人是屬於比較容易混亂的那種典型人種。雖然有意願要把事情做好，但一旦情況開始有點複雜起來時，就會變得不可收拾，而他們就會感到混亂，有時候甚至開始生氣，有時候則因此而消沉氣餒。

這點跟義大利人正好相反。義大利人因爲從一開始想要好好處理事情的意願本來就很薄弱，因此即使不順利也幾乎不會感到混亂。至於要問你喜歡哪一邊的作法則完全是個人偏好的問題。

總之我因此三天之間都是在機場大廳裡走來走去度過的。我遇到幾個日本人，交換了情報。一個是不得不來迎接雜誌攝影班的聯絡人，這個男人不知道雅典來的飛機班次來不來所以一直在繼續苦等。我看他可憐所以把手上最新一期的《Focus》送給他（至於我爲什麼會有這本雜誌則說來話長，在這裡不說明）。另外兩個人是說關西腔結伴同行的一組女孩子。從雅典起飛的飛機班次已經確定了，可是這邊飛機如果不飛的話就頭痛啦，她們這樣說，那當然，我也覺得頭痛。就像女孩子兩人一組的旅行者大多會做的一樣，一個人像spokesman（spokesperson）發言人似的講話，一個人在旁邊微笑著。一個顯得稍微瘦一些，一個則有點胖。

第四天早晨，風終於停了。五月二日，星期六。連一點微風都沒有，海面簡直像鏡子般平靜。風一旦變成無風時，就變成極端的無風。沒有所謂的中間。我們提起行李到機場去，搭上了與其說是飛機，不如說看起來更像報廢下來的超舊式潛水艇的雙發機。乘客總共八個人。第一次看到希臘國內線飛機的人大概會這樣想，喂，這像錫罐頭似的東西眞的能載人在天上飛嗎？不過沒問題，確實是能飛的。因爲獨占希臘國內線的奧林匹克航空是以事故少而聞名的。不過如果讓我發表個人意見的話，正確來說我覺得這個事實並不能證明奧林匹克航空的技術優秀。因爲這家航空公司只要天氣有一點不好就立刻取消飛行班次。還有因爲動不動就罷工。所以與其說是以飛聞名，倒不如說以不飛聞名還比較貼切。不過不管怎麼說，我認爲不出事倒是很了不起。

*

到達克里特島。我們搭巴士直接通過伊拉克利翁（Iraklion）街上沒有停留，便朝南海岸前進。我以前到過克里特一次，當時看過克諾索斯（Knossos）的宮殿，並不想看第二次（大體來說我對所謂遺跡沒有興趣），所以全部放棄直接往南走。克里特南岸對面直接就是非洲了，季節又已經是五月，所以我們本來想好好游泳游個夠的，但就像這次旅行中的大部分目的一樣，這次的目的也遭遇死產的命運。五月的克里特氣溫就像五月的江之島海岸差不多。那麼到底爲什麼千里迢迢的來到克里特呢，我們想。到……底爲什麼千里迢迢的來到克里特呢？……

算了沒關係。總之，已經來到了嘛。

從伊拉克利翁出發的巴士翻山越嶺，穿過溪谷，掠過只有葡萄園和橄欖園的平原，在接近黃昏時分到達一個叫做阿吉亞・咖里尼的小港（Agia Galini）。根據導遊書上記載，這阿吉亞・咖里尼是一個像寶石般美麗的小港都，對這表現法我們不得不稍微抱持懷疑。因爲在我們眼裡看來，阿吉亞・咖里尼只不過是個貧窮的二流觀光地而已。不，這種說法也許太過於惡意了吧。因爲如果開始這樣說的話，那麼克里特島幾乎所有的地方都要變成二流觀光地了。不過在克里特的許多地方繞了幾天之後，身體逐漸對這種「貧窮的二流性」習慣適應了。而且心情配合著這些也漸漸開始放鬆下來。這是克里特的優點。這個島至少到目前爲止，還不是摩登流行的營利商業性觀光島。

總之到了阿吉亞・咖里尼。因爲知道到達時間將會是黃昏，所以預先訂好了飯店。而且是附有浴室浴缸的正式飯店，預定住兩夜。因爲我們已經三星期左右沒有好好在浴缸泡過澡了。所以我們託旅行社的約翰，幫我們預定有正常浴缸的像樣飯店。

然而當我們從港口走上坡五分鐘左右到達那家飯店一看時，門廳暗暗的，沒有一個人影，只聽到用鐵鎚敲碎什麼似的吭吭的巨大聲音。非常不祥的預感。按了幾次鈴之後，才有一個六十歲左右矮小禿頭的阿伯出來，說「Guten abent」（譯註：德語，傍晚說的「晚安」，即英語的Good evening）。這個阿伯只會說希臘語和德語。我的希臘語眞的只停留在基本的水準，而德語則是在大學修過後就完全生鏽了。不過總算可以勉強湊合著溝通。這位阿伯所說的，簡單歸納起來大概是這樣。

(1)很抱歉，因爲現在正在施工中，所以完全沒有熱水供應。

(2)其實應該已經完工的，但我不知道爲什麼卻還沒完工。這不是我的責任。都是工程人員的責任

(所以抱怨也沒有用)。

(3)不過因爲他們說再三小時就結束了，所以沒問題。

眞要命，事情不順利的時候一切都不順利。「眞的再三小時就結束嗎？」我再一次確認。「沒問題，師傅確實這樣說。」阿伯笑嘻嘻地說。「所以你們到那邊的餐廳去慢慢吃個飯吧。回來之後等一下就會好好的有熱水出來」。「是嗎？」我想，「是嗎？」我太太也想。不過錢已經付過了，總不能換飯店。很稀罕地預約了飯店居然搞成這樣。遇到這種情況時，就像多半的夫婦那樣，我們也把運氣不好的責任互相推給對方，不過終於累了，還是到附近的餐廳去吃晚飯。喝了本地的葡萄酒，吃了像菜花的沙

拉、像稀飯似的東西、小黃瓜、小鯛魚、釀蕃茄。這些相當美味，又便宜。飯後在港邊走一走散散步，九點以前回到飯店。但正如我們憑直覺（或憑經驗）所預測的那樣，九點了還是沒有熱水。

到門廳去一看，一個看起來年輕老實，卻像有點膽小的德國人正在向阿伯抗議中。這位德國人帶著同樣長得很老實的太太和嬰兒來旅行，後來才知道這家飯店住宿的客人只有他們和我們。我問德國人怎麼了？他用英語向我說明。說工程根本還沒結束。我們跟阿伯到地下的鍋爐室去看，三個作業員正發出巨大聲音不知道在做什麼。「總之正在工作啊。」阿伯這樣說明，但這樣說明也很傷腦筋。我們要的是熱水。「您不是說九點會修好嗎？」我抗議道。「是啊。」德國人也說。阿伯對工程人員抗議：「你們不是說九點以前可以修好嗎？」工程人員嘀嘀咕咕莫名其妙地吼回來。事情完全沒有解決。「那麼熱水幾點才會來，說眞的？」

「十二點。」阿伯說。「說是十二點一定會來。」

眞的嗎？我想。眞的嗎？德國人好像也這樣懷疑。希臘人眞的會工作到半夜十二點嗎？

第二天早上起床一看，果然熱水還是出不來。熱水是在最後一天的早晨才來的。我用冷水刮了鬍子，洗了臉。我太太因爲不能泡澡而嘀嘀咕咕抱怨，我當然也不愉快。但在希臘待久了之後，就會漸漸學到人要看開。就算完全不能游泳，就算浴缸熱水不來，就算飯店主人幾乎都不反省，也要看開。

因爲想不到其他還有什麼事可做，於是搭巴士到附近的海灘去玩。一個名字叫做普拉奇亞斯（Plakias），比阿吉亞・咖里尼還要窮酸三倍的村落。雖然確實有海岸，但還是冷得無法游泳，就算有海岸也沒有用。三十個左右看起來就沒什麼錢的頑固背行囊旅行者，無所事事地在海邊閒逛。實際上來說沒有任何事可做。他們到這裡來的理由，只是在所謂克里特的這個島的海邊有一個叫作普拉奇亞斯的村子，於是想到那麼也到那裡去看看吧而已。這種事情只有閒閒的人才做得到。雖然我也不能光說別人就是了。

從這裡又回到阿吉亞・咖里尼的飯店去，不過這巴士又是個不得了的東西，司機一面跟著收音機的歌唱節目輕鬆地唱著歌，一面在彎彎曲曲的斷崖絕壁的路上咻咻地飛奔。眞要命，有沒有問題？正擔心之間，果然左轉彎時一個車輪飛出一段山崖外去。巴士車體搖晃傾斜，我已經覺悟到這下子完了，心怦怦跳著，接著車子調回來總算沒出事。車掌一副「喂，幹什麼嘛？」的臉色看著司機。司機也在接下來的十分鐘左右中斷了歌唱，這應該也算是一個小事件吧。

幸虧在途中轉搭了別的巴士。我們在山頂上等了三十分鐘左右後，有101號標誌往阿吉亞・咖里尼的巴士來了。上車的只有我們兩個人，和看來很溫和的英國老夫婦，三十歲前後一個人旅行的德國人，二人組十幾歲的希臘少年，和一個本地中年婦人。這輛巴士剛開始還很認眞地開，從中途開始形勢又變怪了。到了中午，車掌和司機居然在車上開始喝起酒來。當然是一面開車。

司機在某個小村子從朋友那裡弄到一瓶葡萄酒之後，就開始騷動起來。司機把巴士停在那個村子，跟車掌一起不知道進了誰的家裡去，十分鐘還沒出來。我們在那之間就安靜坐在巴士裡一直等司機和車掌回來。司機拎著大小一升左右的酒瓶回來。我有一種非常不祥的預感，果然那是本地釀的葡萄酒。在下一個村子司機又把巴士停下來。這次是車掌下去走進一家製造乳酪的屋裡，買了一個像排球般大的圓形乳酪來。就這樣巴士上的酒會便開始了。

坐在最前面的希臘婦人說：「嘿，你在喝的是葡萄酒吧？」她好像在責備司機似的說。「是水呀，水啦。」司機笑著打迷糊眼，但不久之後又說：「大嬸也喝看看吧。」就倒了一杯葡萄酒，切了一片乳酪遞給婦人。於是不久之間包括我們乘客在內，車上全體的人都集中到前面去喝起葡萄酒、吃起乳酪來了。車掌喝得有點微醉之下，用似乎剝得下鹿皮般銳利的刀子切著乳酪發給大家，巴士一搖晃時刀刃尖端便在第一排座位上的英國老夫婦鼻頭前晃來晃去，因此他們肩膀互相靠緊，臉色一直僵硬地微笑著流了一身冷汗。司機已經幾乎不再看什麼路了。只顧開朗地唱著歌，說著笑話，哈哈哈哈地笑著。道路依然險惡，彎彎曲曲的。

不過這次整趟旅行之中，還是第一次喝到這麼香醇的葡萄酒，也是第一次吃到這麼美味的乳酪。這不是誇張。眞是美味得難以相信。當然說起來葡萄酒並不高級。可能是那邊農家的庭園前面種的葡萄，自家釀的。但總之美味得會讓人眼睛一亮的程度。那味道讓我愕然驚覺，到目前爲止我在這希臘到底都吃了什麼，喝了什麼呢？一種既簡單，又新鮮，但擁有深度的溫暖，好像直接生根到大地裡的那種令人懷念的滋味。這種味道的葡萄酒很遺憾餐廳裡並沒有賣。總之我們吃喝得肚子飽飽的。平安到達阿吉亞·咖里尼的街上。乘客懷著好像鬆了一口氣，又像很滿足的樣子，好像希望再搭一次同一輛巴士，又像再也不敢領教似的複雜心情下了巴士。大家都跟司機和車掌握手、拍肩、互道再見。說到克里特結果原來是這種類型的一個島。有好有壞，粗礦而混雜。如果要一一去認眞計較細節的話，實在會活不下去。眞的。

*

說到這輛宴會巴士101號，坦白說在兩天後，我們又偶然再搭上這同一輛巴士。雖然車掌不同，司機卻是同一個人。我有一點不祥的預感。在希臘和義大利長期旅行中，不管我們願不願意都逐漸養成這種「不祥預感」的能力。就像從前那特洛伊的卡珊德拉一樣，我們只能看到預感中不祥的方面。而且很遺憾那預感通常都很靈。當我忽然想到奧林匹克航空會不會因爲罷工而停飛時，果然停飛。當我忽然感覺到義大利的火車會不會誤點兩小時的時候，果然慢了兩小時（不過這兩個例子以機率來說幾乎不能稱爲預感）。

話說關於宴會巴士101號，當時我的不祥預感，也果然應驗了。正在行駛中，巴士的行李廂蓋鬆開了——車掌沒有把蓋子關緊——放在裡面的旅客行李有兩個滾落到馬路上。巴士以一百公里左右的速度奔馳著，司機和車掌都沒發現行李掉了，幸虧坐在最後面的行囊旅行者發現了大聲喊，巴士總算停下來。並倒車把掉落的行李撿回來。啊，幸好……本來應該這樣說的，其實卻不太妙。因爲那兩個行李都是我們的行李。一個是我所背的米雷牌大型行囊，另一個是我太太所帶的尼龍袋子。下了巴士檢查看看，米雷牌行囊因爲路面的撞擊已經很嚴重地破了洞。我當然向車掌抱怨，但抱怨又能得到什麼結論呢？當然沒有。只有語言空虛地在空中來回而已。英語幾乎不通。沒辦法我只好請車掌看看行囊的破洞。並用身體語言這樣說。怎麼辦？破個洞了。車掌聳聳肩，雙手一攤。然後指指門。這裡，打開了。

喂喂，這個不用說我也知道，所以，那要怪妳呀。知道嗎？是妳的錯啊。我用英語、法語和日語喊叫（生氣的時候日語還滿能通的）。不過不管做什麼都只有浪費時間。就像對路上遇到的大角鹿用西班牙語問路一樣。「對不起，大角鹿先生，請問森林的出口在哪裡？」不管做什麼說什麼都沒有用。向大角鹿問路就是錯的。我本來想說什麼，結果把吸進去的一口氣又再吐了出來。並空虛地搖搖頭。車掌也同樣地搖搖頭。然後拍拍我的肩膀。好像在說真是災難啊似的。

這就是克里特島。就像我已經說過幾次的那樣，要是去計較細節的話，實在活不下去。《希臘左巴》裡的左巴大概會這樣說吧。嘿，先生，那個行囊的洞是神明心血來潮弄成的，神明有時候就是會做一些怪事啊，不過總的來說，還是好事比較多噢，所以就算了吧，之類的。所以我也做出Alan Bates似的表情，把行囊的事給看開了。

這是巴士101號的光和影。宴會與掉落的行李。

克里特島的小村莊和小旅館

這是克里特山間小村的一家小旅館。旅館只有這一家而已。「綠色飯店」就是這家旅館的名字。以英語寫著「GREEN HOTEL」，但誰也不會說英語。雖然是一個沒有什麼東西可看的村子，但還是有被物價便宜吸引而繼續旅行的背行囊旅行者（簡直像嗅出砂糖壺的螞蟻一般，他們找到物價便宜的土地，漫無目的地留連，久久不去）通過這個村子，旅館餐廳書架上有他們讀過留下來的平裝書，像青春的墓碑般一列列地排著。大家都把在這裡讀完的書留下來，同時如果有自己想讀的書也就帶著走。

這裡有用各種語文所寫的、各種類型的書。

呵，《希臘左巴》居然有三本之多。兩本英文版、一本德文版。然後還有Sydney Sheldon、Winston Graham、J. G. Ballard、Jack Higgins、Harold Robbins（不簡單）、德語版的Wilbur Smith的西部小說（哈哈哈）、法語版的James Hadley Chase等等。瑞典語、荷蘭語、義大利語、大多國家的書都齊全了。而且每一本都翻得很爛了。有點奇怪的是，連《Vintage Server》、《Colette選集》、《Profession George Bernard Shaw Charles Byron》這種書都有。更奇怪的是還有《FBI白皮書》（相當專門的資料）或《美國的工會（附相片）》之類的。到底是什麼地方的哪位仁兄把那樣的東西老遠帶到克里特來的呢？我實在一點都搞不懂。《FBI白皮書》和《美國的工會（附相片）》是同一個人帶來的嗎？一切都像一團謎。

不過不管怎麼樣，幾乎沒有能夠引起我興趣的書。背行囊旅行者是不是不太讀比較平常一點的書的那種人呢？或者這家GREEN HOTEL餐廳的書架上，沒有人要收留的書就像運河的沉沙般只靜靜地一直沉積在那裡而已呢？大概是後者的機率比較高吧（到底有誰會到克里特島上來讀Collet呢？）。不管怎麼樣，我就從那不怎麼起眼、而且像被風刮到一起的雪堆般的圖書館裡，選出英國作家Stephen Brook所寫、有關德州的一本叫作《Honkytonk Gelato: Travels Through Texas》的報導（後來發現是一本題材有趣但內容無聊的書），並把剛剛才讀完的《Mission》（Robert Bolt所寫的電影原著，這是在米克諾斯的書報攤買的）留下來交換。再把新潮社寄來的新潮文庫新刊《象工廠的Happy End》（安西水丸、村上春樹合著），也留在這裡。既然有各種書了，所以有一本日語書也沒關係吧。克里特島山間小村旅館餐廳死寂骯髒的書架上。

旅館房間連個鎖都沒有。我去問看看有沒有鑰匙，婦人叫我等一下，就不知道從哪裡拿來一打左右的骯髒鑰匙。她說，就是這裡面的某一支。不過每一支看起來都顯得非常無賴的樣子。好像一旦鎖上之後，就會永遠打不開似的，那種「不祥」預感又在我腦子裡掠過。這種預感就像拉威爾的《加斯巴之夜》、黃昏的鐘聲般從遠方噹噹的可怕地傳過來。於是我說，鑰匙不用了。大概大家都不用鑰匙吧？在這個村子還要求房間鑰匙的人恐怕是無可救藥的變態者，一定是。

中間夾著一條道路的小村子。有一家銀行，克里特銀行。有兩家咖啡館、兩家小餐館。巴士一天三班。有一所教堂、一塊墓地。有不清楚在製造什麼，但確實好像有在製造東西的小工廠。有麵包店、肉店、青菜店。有糖果店、電器行。有掛著牌子寫ROOM TO LET（房屋出租）卻完全見不到人影的房子。有小小的廣場，這裡有獅子的飲水處。二十隻左右的獅子頭一列排開，每頭獅子口中都湧出水來。只有這樣的村子。走個五分鐘就走到底了。觀光客只有我們兩個，還有另外一對不太引人注意的中年夫婦而已。我們在路上碰到他們好幾次。每次一碰面，彼此都覺得有一點不好意思。因爲無論我們或他們，都無法向對方提出爲什麼非要特地到這樣一個乾乾淨淨什麼都沒有的村子過一夜的理由。

不過是個很安靜的地方。這一點倒可以保證。清晨，人們拉著驢子、山羊、馬、綿羊之類的，到田裡或原野去，到黃昏又拉著同樣的動物回家。清晨和黃昏路上便充滿了這些動物的鳴叫聲和腳步聲。掛在山羊脖子上的鈴鐺發出卡拉卡拉的聲音。

很簡單的人生。

文學中的內在必然性啦、作爲內在必然性的文學啦、採取文學形式的內在必然性啦、採取內在必然性形式的文學啦、文學性的內在必然性啦、內在的文學的必然性啦、這些東西一概沒有。只有山羊和驢子而已。

山羊和驢子一通過之後，天就黑了。因爲沒有別的事可做，所以就到兩家小館子中的一家去。因爲在另一家（伊亞尼斯的小館子）吃過中飯，所以晚飯必然的（非內在的必然性——哈哈哈）就在這家了。其實兩家都差不多一樣。因爲反正只供應同樣的東西。客人只有我們。感覺好像很久沒有外國客人來了似的，阿伯搓著手走出來。我說想喝本地的葡萄酒時，他就說「那麼，有馬不洛斯（黑的），味道很好喫。」我聽過紅的白的玫瑰色的，可是才第一次聽到有黑色的。試喝之下確實很美味。簡直像藥一樣有點辣，但很有勁道的紮實味道。好像是自家釀的，廚房裡一升裝的骯髒瓶子就排在地上。我要了半升。然後點了希臘沙拉、一盤串燒牛肉、兩盤炸馬鈴薯。炸馬鈴薯像要餵冬眠後剛醒來的熊似的多得一大堆。然後又喝了一瓶雷濟那葡萄酒。這樣才七百圓。你不覺得眞便宜嗎？

飯後我們在戶外的椅子上坐著優閒地眺望晚霞時，村子裡的小孩一共七個人把我們團團圍住。大概是從七歲到十四歲左右的小孩，最年長的大姊頭女孩子相當漂亮而聰明伶俐的樣子。大家互相推來推去的，一面嘻笑著、害羞著，一面望著我們喝葡萄酒。也跳了一下舞。我推測大概是沒看過日本人所以很稀奇吧，結果眞的是這樣。大姊頭女孩子走到我旁邊來（到下定決心走過來爲止一共花了十八分鐘），你露一手功夫給我們看嘛！她說。你會功夫吧？當然，我說了謊。讓女孩子失望是違背我的信念的。那麼，就露一點點喫，我說。於是只嘿——喫——的一下，耍給他們看。我也是看過李小龍的電影研究過的。孩子們一副「哇塞，果然厲害！」的臉色心滿意足地回家去了。大概明天到學校去就會向大家炫耀說：「嘿，我們昨天看到眞正的日本人的功夫喫。」我這個人偶爾還是對什麼人有一點用處的。偶爾。

我前面已經寫過旅館房間沒有鑰匙。但這門不但沒有鑰匙，連鎖頭絆扣也沒有。因此整個晚上那門被風吹著，在我耳邊發出啪搭啪搭啪搭啪搭巨大的聲音。我一面聽著那聲音，不知道爲什麼想起了貝多芬的《艾格蒙序曲》。或許因爲中學音樂教室牆上掛的貝多芬肖像畫有那種絕望的表情吧。好像住在沒鑰匙也沒絆扣的便宜旅館，一整夜都聽著門發出啪搭啪搭的聲音似的表情。

第二天，我在伊亞尼斯的小館子一面吃著中飯一面等往瑞西姆農（Rethimno）的巴士。旁邊一桌坐著一位長得像大衛鮑伊年老疲倦後的樣子（也就是最近的大衛鮑伊的樣子）一個人旅行的英國人，正在吃著上面浮著一堆油脂的燉牛肉，一副很不美味的樣子。我們只吃沙拉喝葡萄酒而已。巴士來了於是我付了帳，並把一星期前就一直想丟掉還沒丟成的破破爛爛的Nike布鞋（我每次把它丟掉的時候，不知道爲什麼總是有人又把它送還給我）捲在紙袋裡悄悄地放在桌子下，上了巴士。巴士發動了。啊，眞要命。總算讓我給丟成了。但不行。伊亞尼斯又特地把巴士叫住。「基里歐斯（你），忘記這個了。」我那破破爛爛的Nike 慢跑鞋。那就像誰也不肯忘記的我過去的一點小過失般，緊緊糾纏著我不放。「謝謝！」我說，把那紙袋接過來。

此外我還能說什麼呢？

就這樣我們離開了那個克里特島上的山間小村。往後恐怕再也不會二度造訪的那個小村。

到達瑞西姆農時，當然我就一副若無其事的樣子把那雙Nike 鞋的紙包塞進巴士的座位下。不過到天亮以前我還一直很擔心。會不會有誰來敲飯店的房門，把那雙鞋又送回給我。「基里歐斯，忘記這個了。」不過當然誰也沒來。啊，眞要命。

1987年、夏到秋

赫爾辛基

一九八七年初夏我在離開了幾乎一年之後又回到日本。為《挪威的森林》印刷初稿做校正工作。疑心很重的講談社木下陽子女士（雖然她本人聲稱沒這回事）也說「嗯，很有趣」。幸虧。我擔心如果被她說成「什麼嘛，只是長而已。」的話，我就不知道該怎麼辦了。其次在滯歐中（這麼說用語也似乎有點古老）所完成的Paul Theroux的《World's End and Other Stories》和Courtlant Dixon Barns Bryan的《The Great Dethriffe》翻譯，也做印刷初稿校正。也就是把所接的一年份出版物做一次總整理。這雖然說是工作，但要做的事很多，非常不簡單。整整耗掉一個夏天。

要決定三本書的封面設計裝訂，要跟編輯協調各種細節，這些一一都確實敲定只剩下印刷階段之後，我又離開日本。就像把一星期的菜都預先一次做好放進冰箱冷凍起來的主婦一樣。離開日本是九月初。雖然是短暫的歸國，很多事情卻相當累人。例如跟人的交際，一連串沒完沒了不斷湧出來的雜事之類的，各種事情紛紛糾纏到腦子裡來。雖然暫時不能吃到美味的日本料理覺得很難過，但也沒辦法。

這次我搭芬蘭航空，經由赫爾辛基南下羅馬。因為沒去過赫爾辛基，因此想住五天左右看看。大致說來我喜歡北歐系的航空公司，其中芬蘭航空也是我所喜愛的一家。雖然空中小姐並不漂亮，也沒辦法客套地說她們身材美好，但基本上很親切，不會神氣巴拉的，這點感覺很好。全都長得很放鬆的樣子，總是面帶微笑地工作著。公司大概是只選擇健康的人錄用吧。雖然日本航空公司的服務大致還好，但有些公司卻不免讓人覺得熱心過度或神經質（簡直像飛天的麥當勞）。芬蘭航空大體上則可以說正相反。

*

赫爾辛基這都市剛從東京過來一看，顯得有點空曠。道路寬闊、腳踏車數量極少。公園特別多。街上連一台自動販賣機都沒有。看來似乎是個不太深入考慮經濟效率的地方。雖然不是一個規模多大的都市，但或許因爲道路非常寬的關係，走起來還相當累人的。就像走在札幌時的累法。

其次這個都市女性勞動者人數很多。到處可以看到女性在工作。或許因爲勞動人口少的關係，巴士和市營電車的司機幾乎可以說都是女性。從年輕女性到中年女性，大家全都一樣臉頰紅潤、活潑有勁地工作著。好像認爲人類都是樸實勤勉而健康的這種思想非常普遍的國家。這點跟羅馬相當不同。除了少數例外之外，羅馬人看來似乎都想盡可能輕鬆生活的樣子。氣候跟羅馬比起來這裡簡直很慘。每天都陰陰沉沉，滴滴答答下著冷雨。雖說才九月，早晨在郊外跑一下手就凍得僵僵的了。

比冷更吃不消的是食物。

一走進餐廳，就有各個季節不同的菜單。看起來夏天菜的種類相當豐富。例如九月，可以吃到：白令海鯡魚、鱈魚、比目魚、白鱒魚、鮭魚、白魚、八目鰻、兔、野鳥、野鴨、香菇、草莓、苔桃、梅子、蔓越莓、羊肉等等。相當豪華。但夏天結束冬天來臨時，地面被冰雪覆蓋，材料本身就變得極少了。到了十一月，用新鮮材料做的菜，說起來竟然只有馴鹿肉、鹹鱈魚子、篦鹿肉而已了。篦鹿肉！不，就算九月這個時點，在赫爾辛基這個都市餐廳的食物，也絕對沒有稱得上美味的東西。當我想起羅馬市場排列出來豐盛得滿溢出來的新鮮水嫩蔬菜時，雖然不好意思，不過我要說我實在無法在芬蘭常住。我可不想在這樣的地方，一面吃著快凋萎的高麗菜和醋醃鯡魚一面過冬。雖然是個非常漂亮而感覺很好的都市。

*

不過除了冷和食物之外，赫爾辛基是最適合優閒放鬆的地方。居民既親切又大方。而且人數本來就少。首先就看不到在排隊的人。英語也很可以通，你上前跟他們說話時，大家都會微笑地回你。好像也沒有小偷，幾乎沒看見警察。在街角所看到的警察人數，感覺上大概只有羅馬的五分之一左右。

到達赫爾辛基機場時，氣溫是八度，實在相當冷。因爲離開日本時只穿一件T恤，所以相差很大。以日本來說大概是十一月底的氣候，所以在運動衫之外又套一件皮夾克剛剛好。一想到那麼到了眞正的冬天怎麼辦時，心就涼了半截。因爲我眞的很怕冷。

因此Bob Dylan的音樂會也pass沒去。正好Bob Dylan 和Tom Petty 的樂團到赫爾辛基來，本來想去聽的，會場叫作「Ice Hall」，光聽名字就很冷的廳（我覺得怎麼會取這樣的名字呢），因此提不起勁就作罷了。反正Dylan去年在東京武道館也聽過了。順便一提，據說「Ice Hall」是冰棍球比賽時芬蘭的武道館一樣的地方。我很擔心，但願Bob Dylan不要凍壞了才好。這個人也有相當歲數了。

不聽Dylan，我們去聽了赫爾辛基愛樂交響樂團的演奏。會場叫做芬蘭廳，是一個很漂亮的廳。在日本算是中型大小的廳，不過擁有親密的氛圍，可以很安穩地聽音樂。入場券四十二馬克（譯註：Markka，芬蘭貨幣單位）（一千兩百圓左右）。門廳有酒吧，我們在這裡喝了雪莉酒。這才八馬克（兩百四十圓）。門廳的大玻璃窗外是美麗的湖（或許是河流的入海口）很開闊。白鳥掠過湖面，黃昏的細雨繼續無聲地落在已經轉成紅葉的森林上。好像聽得見西貝流士的旋律似的，非常具有北歐情緒的風景。

那麼第一首曲子是什麼呢？芬蘭作曲家所作的現代音樂。正如大部分現代音樂那樣，聽起來就像恐怖電影的音效一樣。雖然不清楚曲子是好是壞，我想這種東西不能想一點辦法嗎？加入輕鬆一點的現代音樂不也很好嗎？

第二曲是莫札特爲雙鋼琴所作的協奏曲，鋼琴家是叫作Tawastst-Jeruna的芬蘭男士，和叫作Hui Ying Liu的中國女士搭檔。這應該說是，非常要命的莫札特曲子，聽完之後感到好疲倦。好像開著前兩型的老爺VOLVO忘了放下手煞車而猛爬上坡路似的莫札特，好沉重。肩膀都開始痠起來。音樂有各種解釋法，當然並不是大家都非要演奏維也納式熱氣騰騰的莫札特不可，不過這演奏也未免太過分了。我想這個地步應該屬於解釋之前的問題了。不過既然觀衆都盛大地鼓掌，或許在芬蘭這種莫札特算是普遍的也不一定。

但到了第三曲柴可夫斯基的第三號交響曲時，這樂團卻來個大轉變，讓我們聽到非常美妙的音樂。

這是剛才演奏那要命的莫札特的那個樂團嗎？聲音好得令我目瞪口呆。音樂有廣度、有厚度、有表情、有生活、有心。老實說，雖然我不太喜歡柴可夫斯基的音樂，不過這樣的演奏聽起來，果然不同凡響，我竟然被說服了。常常有人說音樂只有好的音樂和壞的音樂，那又另當別論，我深深感到音樂也有適合或不適合一個土地這回事。也就是所謂的土地風格。我很想好好聽這個管絃樂團演奏一次西貝流士。不過像他們這樣拿手、不拿手，分得這麼清楚的交響樂團，也眞爽快。比起什麼曲子都行但都在平均點的交響樂團，我覺得更有好感。

因此，除了冷之外，芬蘭是個感覺非常好，我很喜歡的國家。很想夏天再去一次。

馬洛內先生的房子

這次到羅馬我們決定租房子住。雖然有點勉強但也算是一棟獨立的房子。熱心的烏比兄憑著他私人的關係幫我找到這棟房子。我想光靠我們自己的話也許沒辦法找到適當的出租房子。義大利這個國家本來就是人際關係很重的國家，尤其沒有人際關係要找房子更是困難。因爲一旦不小心把房子租給人家之後，很多房客竟然會賴著不肯搬走。我也常常聽到這種事。有人出國期間把房子租給別人一年，結果就被占住下來，沒辦法自己反而不方便地去租公寓住之類的。我不太清楚，不過這種事在義大利雖然違法，常識上卻又屬於被容許的行爲似的。在這裡契約這東西沒有多大的效力。而且假定就算訴諸法律訴訟，由於政府的手續和形式超乎想像的繁雜，因此要花非常長的時間才能得到法律判決結果。因此如果是破破爛爛的公寓的話姑且不說，如果是像樣房子的話，屋主除非有特別原因否則只會租給瞭解身分的人。眞是個傷腦筋的國家。

我們租的房子在羅馬郊外略高的台地，還算有點高級的住宅區。有圍牆圍起來的寬闊社區裡的房子，門口設有電動門和煞有其事的警衛亭，進去時還會檢查。不明身分的話連門都不開。所以以治安這點來說還算可以安心。居民很多是外交官、高級商務人員，汽車也多半是BMW、賓士、Audi、

VOLVO、SAAB、Range Rover之類的外國進口車。大多的家庭都雇有菲律賓女庸。

我們家的房東馬洛內先生是拿坡里出身的義大利人。在義大利外交部就任高級職務，他在這個住宅社區擁有三棟房子。就是其中的一棟租給我們。馬洛內先生在巴黎也擁有別墅。換句話說是個有錢人。

我們到羅馬那一夜，馬洛內一家招待我們在庭園裡開BAR-B-Q烤肉party。馬洛內先生的太太是英國人。我想她以前也是個美麗女子，但現在身體各部分都有點發福了。馬洛內夫婦有兩個十幾歲的女兒，名叫戴博拉和寶麗娜。兩個都是相當漂亮的女孩子。感覺混有義大利人開朗豁達的血液，和英國人內省沉著的血液各自巧妙地調和著（如果相反的話就沒辦法了）。她們就像這個年齡的女孩那樣非常害羞，但好奇心也很旺盛，對隔壁搬來日本夫婦的事相當感興趣。兩姊妹感情非常好，經常兩個人在說著悄悄話。

其次馬洛內家裡養有一隻母狗瑪豆和一隻公貓基恩。一言以蔽之，瑪豆是有點天眞迷糊的狗，基恩則是脾氣有點彆扭的貓。以格來說我想是基恩占上風。不過因爲從小一起長大，因此基恩和瑪豆以貓和狗來說算是感情非常好的。我們後來跟牠們兩個都處得非常好。基恩和瑪豆後來每天都會到我們家來玩。

結果我們在這棟房子裡住了大約十個月。雖然環境不錯，但因爲日照不良，房子濕氣很重。由於建在朝北的山坡上，冬天一整天照不到太陽。而一下起雨來，牆壁立刻發霉。床上的棉被也總是冷冷的。還會漏雨。房子前面的道路經常都是黑黑濕濕的。暖氣設備也不完備，冬天身體冷到徹骨的地步。我太太說眞想早一刻搬離這麼陰氣的地方，但正如前面說過的那樣，在羅馬要找到適當的房子眞的非常困難。我一有空閒也到各地的房地產仲介公司去看，或從「住宅情報」之類的雜誌上試著找過，但很遺憾卻連一棟適當的房子都沒發現。因此到最後還是沒能離開馬洛內先生的房子。「住在這樣的房子不會有什麼好事的。」我太太這樣預言，而那預言在某種意義上確實說中了。

我住在這裡時翻譯了幾篇作品，也完成《舞・舞・舞》的長篇小說。工作方面我想是順利進行了。在四十歲之前，算是完成了差強人意還算滿意的工作。除了這方面之外，卻發生了很多不順的事。

雅典馬拉松和總算順利退票　1987年10月11日

十月八日我從羅馬到雅典。

我到雅典有兩個原因。第一個是參加十月十一日舉行的雅典馬拉松。另外一個是要雅典旅行社因爲今年春天處理不當使我沒搭上奧林匹克航空的機票退錢給我（雅典—羅馬間，兩人分，約四萬七千圓）。他們說機場櫃檯會把機票準備好，但我去了一問，根本就沒準備。因此落得只好重新買正規機票。在電話上抱怨也沒用，所以就在參加馬拉松時順便去直接談判。

先從馬拉松的事說起。

雅典馬拉松比賽，是從馬拉松村到雅典市內的四二．一九五公里，也就是跑創始馬拉松路程的賽跑，我今年是第五次參加。以大會傳統來說是有些不完備的地方。但當然只論傳統情懷的話，則不輸給任何地方。因爲畢竟可以追溯到兩千幾百年前之久。

然而我對這馬拉松的起源從很久以前就一直存有疑問。首先第一點，從馬拉松村跑到雅典是爲了傳達勝利通知的，但那時候難道沒有馬嗎？或許沒有。因爲如果有馬的話，傳令就完全不用跑步了。但亞歷山大大帝時代確實應該已經有馬出現了。爲什麼嗎？因爲我以前在歷史書上看過騎馬的亞歷山大大帝的畫像。那麼希臘歷史中應該有什麼地方會有馬進來。那是什麼時候呢？我一直想要查查看、要查查看，卻在日常雜事纏身之下擱了下來。這些「說起來……」式的疑問，似乎總在一直未解決的情況下結束。爲什麼日本的飛毛腿不騎馬呢？又爲什麼在日本馬車不發達呢？這些對我來說都是長年不解的謎。世上竟然有那麼多事情是我所不明白的。

關於馬拉松傳說的疑問之二。以跑長距離傳令爲職業的職業跑步家，爲什麼才跑四十二公里就那麼簡單的死掉呢？現在四十二公里業餘跑者都在咻咻地輕鬆跑著不是嗎？好像沒聽過有人跑全程馬拉松而死掉的。

這答案到了最近幾年才終於明白。前面說過從馬拉松跑到雅典的希臘人，在那前一天已經在雅典和斯巴達之間來回跑一趟了。他攜帶著因爲要對波斯戰爭，要求斯巴達軍援的親筆信往斯巴達去，但被頑固的斯巴達人冷酷地拒絕，立刻帶著那回信急忙折回雅典，接著又直奔馬拉松戰場，觀察勝敗趨向，再盡力全速跑回雅典。我想這樣確實可能會死。有一次我曾經搭巴士從雅典到斯巴達，這條路一山又一山的山路反覆不斷還眞累人。一進入伯羅奔尼撒半島之後，幾乎就沒有所謂的平地了，山勢相當險峻。連坐巴士都那麼累了，何況在那裡來回跑步，會死掉也就不奇怪了。實際是多少不太清楚，不過我想單程總有二五〇公里左右吧。這裡一年一度也舉行這個路線的單程賽跑，但很遺憾我現在還沒有力氣去參加這個。

話說回來，這次我出場的馬拉松大會正式名稱叫做「國際雅典和平馬拉松」。這賽跑是爲了紀念一位叫格林哥羅斯・拉布拉基斯的著名田徑選手而舉辦的。這位拉布拉基斯先生從選手退休後當上國會議員，以一個和平主義者對抗當時的軍事政權，一九六三年爲和平而舉行馬拉松大會，但在跑步途中被逮捕，受到暴行對待，第二個月在塞薩羅尼基（Thessaloniki）（譯註：或譯沙羅尼基）被殺。大會的傳單上引用了他下面一段話。

「爲和平而生是美麗。爲和平而死是尊嚴。」

這樣的台詞今天的日本人恐怕說不出來。或許說不出來本身也可以算是和平了。不過不管怎麼說，我想這種台詞絕對說不出來。連我也說不出來。

總之就是在這樣堂皇的旨意下所舉辦的大會。如果有人要說和平與馬拉松有什麼關係的話，我也很傷腦筋。不過如果讓我說說類似個人感想的話，人在跑長距離時心情可以變得很和平。超過某個距離之後，已經變成隨便怎麼樣都沒關係，總之只要繼續認眞跑就好了，這種模糊的心情。我想如果能對自己的肉體懷有敬意的話，對別人的肉體應該也能懷有敬意。而且我覺得所謂和平大概就是在這樣的原則下成立的。

我生平第一次跑完四十二公里就是在這同一條路線。那已經是六年前的事了，那次相反，是從雅典到馬拉松，我一個人跑。在交通還沒有開始擁擠之前，必須離開雅典。所以清晨五點從雅典出發，在盛夏令人昏倒的炎熱中，跑得半死才跋涉到馬拉松。從那次經過六年，這次是在秋天的陽光下，相反的從馬拉松跑到雅典。從馬拉松到雅典比從雅典到馬拉松上坡路多。

在出發地點我遇到日本團體參加者的成員。爲了參加雅典馬拉松而從日本千里迢迢組團來，可見日本人也很有錢。但可能因爲實在太遠，或費用太高，雖說是團體，全部也不過才七個人。包括兩位女士，四位七十歲左右的高齡市民，和一位年輕男士。據說是前天到達雅典的，「那麼時差還很嚴重吧？」我問高齡市民時，據說：「我們經常到海外跑步，所以沒有什麼時差的感覺。」「睏了就睡，不睏就起來。」眞是元氣十足。看到他們這個樣子，我覺得我似乎還可以再跑個四十年。

其實正在跑的時候，卻一個日本人也沒遇到。周圍看到的全都是歐洲人。我長期在國外旅行雖然不太有所謂孤獨的感覺，只有在這時候，卻深深感覺到了。啊，原來我在這裡是異鄉人，深深感到好孤獨。我周圍跑著各種國家的跑者。當然有希臘人，其次有義大利人。當然也有世界上大概最清閒的加拿大人。還有德國人（地球上難道有可以不看到德國人的地方嗎？）有全體穿相同制服看來頗愉快的法國人，總是那麼友好的北歐人，一臉彆扭默默跑著的英國人。說到東洋人望眼所及只有我一個。當然在旅行時，也到過有人出生以來第一次看到日本人的村子，不過就算一個人在那樣的地方，也不會特別感到孤獨。不過說起來眞奇怪，周圍清一色是外國人的馬拉松賽跑，在跑了三小時幾十分之間，有時會覺得心好像要絞緊起來似的。爲什麼呢？

不管怎麼樣，總之我跑完全程到達雅典的奧林匹克體育場的終點。時間照例不怎麼樣（三小時四十幾分），跑著途中乳頭被襯衫磨出血（很丟臉而且很痛）。不過沒關係，不管怎麼樣總算盡力了，跑得好，我以罐裝啤酒舉杯慶賀。從日本帶來的愛鞋Nike Air也很爭氣。可喜可賀。

這雅典馬拉松並不太嚴肅而是家庭性的大會，所以我想如果有興趣的人不妨去參加。因爲路線是有歷史性的像樣路線，終點又是光榮的奧林匹克體育場，這都是眞正正宗的，令人高興。但從日本路途遙遠，要想保持體力不墜相當困難，加上油膩的希臘菜，如何努力在賽前攝取適當的碳水化合物是個難題。其次進入雅典市區後空氣之壞也令人不敢領教。

那麼馬拉松跑完後，剩下的事就是機票退錢，但這卻比預料的不順利。雖然各國都一樣，一旦付出去的錢，就很難再拿回來了。不過GNTO（希臘政府觀光局）的職員很努力地幫助我，我也幾乎是在賭一口氣，花了兩星期時間終於從旅行社把錢領回來，再度和太太舉杯慶賀。說到GNTO眞是我所知道全世界最親切的官方機構。工作迅速、完全爲觀光客設身處地設想。如果在希臘發生什麼困難的話總之應該去找GNTO。如果在義大利遇到困難的話，則乾脆死心比較聰明。在義大利錢一旦離手之後，就是經過兩百年爭取也絕對回不來，因爲就算等五百年義大利政府機關也不會有效運作。

這兩件事辦完之後，我們又在秋天的北希臘優閒地旅行。

1987年10月11日

雨中的卡瓦拉

從塞薩羅尼基搭巴士三小時左右到了卡瓦拉（Kavala）市區。有相當年代的老爺巴士搖搖晃晃地越過最後一個山頭時，就看見海、港口和卡瓦拉市街了。卡瓦拉正確說應該是卡・瓦阿・拉，這樣發音。是一個群山環抱的港城，就像希臘這類港城大致都相同的那樣，港口入海口的山丘上照例聳立著一座古老的拜占庭時代的大城堡。從城牆砲眼伸出生鏽的大砲，砲門對準港的入口。城堡最高處，白色和東方藍色的希臘國旗正迎風飄揚著。港口漂浮著幾艘貨船，漁船則留下白色航跡正要往外海駛出。

我因爲在神戶長大，所以來到這種地形的地方時，總覺得鬆一口氣，好舒服。有港口，有圍繞著港的市區，而且緊接著就是山坡，家家戶戶排列在可以俯瞰海的山坡上——這樣的地方。海和山之間的距離越狹小越好。

卡瓦拉以尼亞波利斯（Neapolis）的名字自古以來就是個繁華的港城。從卡瓦拉往西北十五公里處就是過去稱爲菲力匹（Philippi）的古代都市（亞歷山大大帝的父親菲力普二世建立了這個城市），卡瓦拉則發揮了菲力匹門戶的角色。此外卡瓦拉也以聖保羅第一次在歐洲傳布基督教的地方而聞名。聖保羅在特洛伊時，一個馬其頓男人站在他的枕邊託夢，爲他祈禱，並這樣說「請到馬其頓來，並解救我們。」聖保羅醒來後立刻整理行李，準備出行。把美國運通的旅行支票塞進口袋（開玩笑），帶著兩個弟子上船，首先經過沙摩斯瑞斯（Samothraki）島，然後登陸卡瓦拉。就這樣基督教傳到了歐洲。

不過因爲介於亞洲和歐洲之間，占了接點的地利之便，使卡瓦拉這個城市在歷史上被當成墊腳石。亞歷山大大帝死後，被羅馬帝國統治，接著又被諾曼人燒毀，然後被收編到拜占庭帝國裡，成爲和土耳其以及基督教軍隊戰爭的最前線，結果被土耳其征服，到第一次世界大戰後終於獲得獨立，一段漫長而壯烈的歷史。

我們到達的十月十八日對卡瓦拉這個城市來說，是個重要的節日。一九一九年這一天這座城從土耳其解放出來。北希臘的城市就像這樣各有該城的獨立紀念日。因爲希臘軍是歷經以血洗血激烈戰鬥的結果才順序由西向東把城市一一從土耳其軍手中奪下的。因此這一天，大家一早就盛裝到教會去，向耶穌獻上祈禱，感謝解放和獨立。

而且還有熱鬧的遊行。我們傍晚到街上電影院去看《芳心之罪》（Crimes of the Heart）時，管樂隊一面演奏著勇猛的進行曲，一面慢慢通過電影院門前，因此一時之間完全聽不見電影對白。

我所住的飯店附近有掛著鐵鎚和鐮刀旗的共產黨總部，在那一樓有一間小咖啡廳。我總是到那裡去吃早餐。因爲非常便宜。在飯店吃早餐一個人要花將近五百圓，這裡則只要一百圓。剛出爐的鐵洛皮塔（乳酪派）和稠稠的希臘咖啡才一百圓。而且從早上六點就開門。這家咖啡廳由父親、母親和三十上下的兒子三個人經營。顧客是一些漁夫、共產黨員（從外表看我想大概是。不過並沒有去確認過）。我在那裡一面讀福克納——對了，福克納的小說不知道是中產階級的還是非中產階級的？——一面吃早點。有時候周圍的顧客會開始吵架。漁夫對漁夫，或黨員對黨員，或漁夫對黨員……who knows? 總之我在這裡吃便宜的早餐。

然後不知道爲什麼，卡瓦拉是麵包很美味的城市。麵包種類也跟其他都市相當不同。我從共產黨咖啡廳走出來後就到拜占庭時代的老街坡道去散步。坡道上有幾家麵包店。從窗口探望，可以看到師傅正在烤早晨的麵包。好香。我走進裡面，一個念小學的小孩就出來說，麵包快出爐了請在這裡等一下。爸爸和媽媽正在烤爐前揮汗烤著麵包，爺爺和這個小孩則負責賣。小孩把書包放在門口，在上學時間之前先幫忙店裡的生意（我一直很佩服，希臘的孩子們眞的很努力工作。義大利的孩子和日本孩子一樣都不工作）。他是一家之中唯一能說一點英語的人物，並以此爲榮。

「Good morning. What can I help you?」滿臉高興地向我打招呼。

我一面啃著老爺爺仔細用紙包給我的那熱騰騰的麵包，一面從坡道走到老城上去，站在沒有任何人的城牆上眺望海，然後穿過熱鬧的魚市場回到飯店。

我們在這個城市停留了四天。因爲滿喜歡這個地方。四天裡，我們幾乎什麼也沒做。只是閒著，到電影院去看了《巴西》（很有趣），散散步，坐在飯店陽台眺望港口，去逛魚市場，到市場附近又便宜的普沙利·塔維爾那（海鮮餐廳）吃飯，再散步。下雨時就在附近的市場買了葡萄酒和一大堆帕帕得普洛斯（譯註：PAPADOPOULOS，希臘餅乾廠牌名稱）餅乾，窩在房間裡看書。

不時下雨。下雨天，在塔維爾那的陽台一面眺望雨一面吃魚時，忽然想到，竟然來到這麼遠的地方了啊！爲什麼呢？聲音悶著，冰得太透的白葡萄酒瓶流著汗，漁夫穿著黃色塑膠雨衣大家排成一列正在解開顏色鮮豔糾纏在一起的漁網。一隻黑狗像是葬禮中打雜的模樣小跑步地往什麼地方跑去。服務生無聊地偷瞄著報紙。瘦瘦的、魔術師般留著奇怪鬍子的服務生。我一面吃著沙丁魚串一面把坐在兩張桌子前面穿著尼龍夾克的中年男人模樣素描下來。他在非常無聊地喝著半升的葡萄酒，吃墨魚，把麵包撕下來送進嘴裡。這些都按照順序做著。喝葡萄酒、吃烏賊、把麵包送進嘴裡。一隻貓一直抬頭盯著這個樣子。我對這位中年人並沒有特別用意，只是用原子筆素描著。雨天下午眞的沒有什麼事可做。

不過感覺不錯。眼前有港口。後面有山。回到飯店的房間，有葡萄酒和帕帕得普洛斯餅乾。而我現在又幾乎沒有不得不思考的事情。馬拉松跑完了，機票錢退回來了。小說也已經寫好了，到寫下一本小說以前還有一些時間。

從卡瓦拉搭渡輪

在希臘搭渡輪時，經常會遇到士兵。

我不知道他們爲了什麼目的搭渡輪。或許是在前往派任地途中，或許是在返鄉度假途中。他們總是組成三到六人左右的小組移動著。

不過不管怎麼樣，在船上時他們都顯得非常快樂的樣子。簡直就像跟好朋友去作兩天一夜旅行的高中生似的，他們嘻笑喧鬧著，有一點興奮激動。

他們是年輕士兵。與其說年輕，不如說甚至可以算是少年。有些還留了口髭，但因此反而更顯得孩子氣。士兵或警察看起來像小孩子一樣，換句話說也就是我年紀大了。不過這另當別論，他們的眼睛眞的像少年一樣。

好像因爲必須讓他們穿上什麼，所以才沒辦法設置了軍隊給他們似的，他們穿著相當粗糙、質地扎扎的像舊毛毯般的卡其色軍服，笨重的黑色靴子。把便帽折起來夾在肩上的肩章裡，背著和軍服同色的行囊。胸前口袋裡放著香菸盒。不過我覺得很可憐，他們跟那軍服完全不搭配。穿著很不相稱。

他們三個人靠在渡輪甲板的扶手上，眺望著卡瓦拉的港口。港口已經薄暮低垂。漁船的船尾開始亮起誘魚燈。渡輪應該再過幾分鐘就要出航了。

一個士兵個子非常高，一個個子非常矮，另一個則介於兩人中間而且有一點胖。這樣的三個人站在一起時，雖然他們不是特別例外，但實在不像士兵。非常不協調，而且無防備。中等個子的士兵從胸前口袋拿出Marlboro 菸盒，叼一根在嘴上然後也敬另外兩個人。於是各自點了火。在薄暮中三個橘色火星各自畫著各自的圖形。他們一面抽著菸，一面非常愉快地繼續講個沒完。哈哈哈地高聲笑著，一會兒皺眉，揮揮手，一會兒害羞起來，或輕輕揮拳捅一下誰的肚子。Marlboro的盒子空了，這次換矮個子的士兵拿出Camel 菸盒。然後大家一起抽Camel。沒有風。煙靜靜上升，輪廓慢慢消失。

不過船上開始廣播。說要查票了請大家各自進入船艙。於是他們才終於從甲板上退下。他們三個一面笑著或輕輕揮拳，一面消失到二等艙裡去。然後我就沒有再看過他們。

*

世上爲什麼有這麼多軍隊呢？我想。

不久以前，希臘和土耳其國界上才發生小爭鬥，死了一個希臘兵和兩個土耳其兵。我在報紙上看到這篇報導。由於一個無聊的小原因所引發的開槍事件。實際上根本沒什麼開槍的必要。只是有誰稍微進入線的這一邊，或說了什麼挑釁的話，這種程度而已。但卻有人開槍，對方就回射。自動手槍的子彈不是假的。於是死了三個士兵。希臘方面說土耳其兵先開槍，土耳其方面則主張希臘兵先開槍。而且雙方的國民都相信自己國家所發表的說詞。

報紙把死掉的希臘士兵照片登得大大的（當然，土耳其報紙應該會把土耳其兵的照片登出來）。十八、九歲年輕英俊的小夥子。他穿著軍服微笑著。那張臉讓我想起常常在渡輪上看到的年輕士兵。他們到底為什麼而死呢？

死的總是年輕人。他們還搞不清楚什麼跟什麼時，就那樣死了。我已經不年輕了。而且到過許多國家的各種地方旅行。遇到過各種人。遇到過各種愉快的事，也遇到過各種不愉快的事。而且這樣想。不管有什麼樣的理由，人與人互相殘殺畢竟都是愚蠢的。

＊

坐在旁邊一桌的中年希臘人向我示意，你看，電視上在播日本呢，他說。頭等艙大廳的電視新聞，正播出東京兜町證券交易所的光景。板著臉的群眾正在喊著什麼。手指伸高著。襯衫袖口捲了起來，朝著電話大喊什麼。但我無法理解是怎麼回事。「money呀，money！」希臘人用英語單字說。並做出算錢的動作。恐怕是股票暴跌了。不過詳細情形以他的英語能力無法說明。（＊後來才弄清楚，原來那是照例的黑色星期一。我每次想起那時候的事情時，就會想到史考特・費滋傑羅。一九二九年費滋傑羅是在突尼西亞旅行時獲知股票大暴跌的事。「簡直像聽到遠方的雷聲一樣。」他這樣描寫。當然黑色星期一以規模來說，是無法跟一九二九年的暴跌相提並論的。但在我的記憶中則覺得當時散發著某種不安定的空氣。或許因爲正好那時我正在想著戰爭的事吧，股票的暴跌和電視畫面上所映出人們扭曲的臉孔，更讓我感到陰暗的不祥。）

新聞變成日本首相如何如何說。正好中曾根首相退陣，照例爲了選繼任者而使政局搖擺混亂的時期。終於竹下登的臉在畫面上出現了。好像是竹下登被選爲首相的樣子。我對竹下登這個人不太瞭解。但我可以用一句話表現竹下登在電視畫面上所給我的印象。這時候英語眞的有很方便的一個字：Unimpressive。

新聞報導結束後開始播出電影錄影帶。John Milius的《天狐入侵》（Red Dawn）。我用軍刀削梨來吃，並嚼一些帕帕得普洛斯餅乾，喝了幾口水筒裝的白蘭地，代替晚餐。讀了幾頁福克納的小說。船靜靜地搖著。聽得見電視上傳來的自動手槍的槍聲。美國少年對來侵犯故鄉的古巴兵展開游擊戰。我闔上書本，回房間睡覺。

早上醒來時，船已經進入列斯伏斯島（Lesvos I.）的米提利尼港（Mitilini）了。

列斯伏斯

列斯伏斯島（Lesvos）就是那個成爲「lesbian」（女同性戀）語源而聞名的海島。傳說過去這個島上居民全都是女的。不過現在的列斯伏斯島老實說，並沒有從那由來所想像的那麼有趣。沒有什麼特別的地方，只是一個極普通的島而已。以面積來說，是希臘的第三大島。因爲鄰近土耳其，所以到處可以看到警備國境水域的海軍，或沿岸警備隊的船隻。啵啵啵啵的警備艇響著引擎聲駛入安靜的港內。警艇甲板上機關砲閃著鈍光。穿著白色海軍服的水兵聚集在附近的咖啡廳，喝著咖啡。海浪閃閃爍爍反射著秋天明亮的陽光。好美的景色。但並沒有什麼特別有趣的東西。尤其在觀光淡季，觀光客在這個島上要消磨時間，可以說非常困難。眞的沒有任何事情可做。雖然島上到處有美麗的海灘，但到了十月底之後美麗的海灘又有什麼用呢？老人坐在港邊的咖啡廳，一整天眺望著海。但因爲我們還不是老人，所以還沒有那麼大的耐心。

坐上計程車，決定到郊外的美術館去看看。導遊書上寫著近郊村子裡有相當不錯的美術館。雖然心想反正是不怎麼樣的鄉下美術館吧，不過既然沒有別的事可做，偶爾優閒地看看畫也好。天氣好得沒話說，稍微走遠一點看看也不錯。

計程車司機把我們載到什麼都沒有的樹林裡放下。嘿，我們要去的是美術館（母西歐）耶。這裡就是母西歐啊，司機說。這麼說來樹林稍微深處好像有一棟石砌小屋似的東西。那個，他說。小屋前有一位阿伯，坐在椅子上曬太陽。

我們總之走到那位阿伯那裡去看看。這裡是母西歐嗎？我問問看。對，沒錯，他說。於是賣入場券給我們。一個人五十圓。當然客人只有我們而已。他給了我們英語的簡介。這個美術館收藏著名叫賽歐菲洛斯（Theophilos）這位畫家的畫。賽歐菲洛斯生於列斯伏斯島，以獨特的筆觸描繪希臘的風景，簡介上寫著。單純的線、明朗的色彩。可以說是一種無邪藝術（innocent art），或民俗藝術（folk art）。

賽歐菲洛斯一面畫畫，一面畢生在希臘各地繼續流浪。好像是個有點奇特的人，最喜歡裝成亞歷山大大帝的模樣旅行。對金錢和名譽都毫無興趣，熱愛放浪的人生。即使被人嘲笑，被小孩丟石頭，他也毫不在乎。長久以來，他都沒有獲得任何人的賞識，最後雖然被認同了，但不久就死掉。是這樣一個人。

可是從看到第一眼的瞬間開始，我就非常喜歡他的畫。光是看著心就會咻一下變得寬廣起來似的，那樣的畫。小屋裡總共展示有近百幅他的畫。因爲是一間很小的小屋，整個牆壁密密麻麻地掛滿了畫。幾乎沒有什麼空白或留白。只差一點沒有互相重疊地排滿了畫。不過很奇怪，這個樣子居然很搭配賽歐菲洛斯畫的氛圍。絲毫沒有加以粉飾的地方，輕易就進入你心裡去。樹林靜悄悄的。有時傳來鳥啼聲。好像用柔軟的布磨擦上等玻璃似的啼叫聲音滑溜的小鳥。從沒有裝飾感的窗戶射進午後的光。在那裡面我們花時間把一幅又一幅的畫順序看下去。觀賞者只有我們，而且時間多的是。管理的阿伯不時過來探望。並不是在警戒，而是過來看一下的感覺。不知道我們喜不喜歡的意思。我說好棒噢，他就很高興地點點頭。而且爲我們說明那畫。因爲是希臘語，聽不太明白。但即使不明白他還是很熱心地說明。然後又再回去曬太陽。

節慶的畫。愉快的畫。橫向細長的畫。畫中總共有十一個人。首先左邊是市長夫婦。留著鬍子，腰間配劍很有男子氣概的好市長，疑心似乎很重的夫人。她手放在丈夫肩上，斜眼瞄著他。如果你實際看到畫就知道，賽歐菲洛斯的畫技術上是稚拙的。但畫出來的人視線全都非常生動。而且那賦予他的畫不可思議的生命力。圍繞著排滿豐富食物的餐桌，有六個男女正在跳舞。三個女孩子，三個年輕人。不知道爲什麼，臉上表情都不怎麼快樂的樣子。就像在拍紀念照片時那樣，有幾分緊張。那感覺有點神祕。是節慶，餐點又豐盛，年輕男女手牽著手正跳著舞，稍微快樂一點不好嗎？

後面兩個樂師正在演奏樂器。一個吹豎笛，一個吹著用羊腸做的風笛（bagpipe）似的樂器。他們臉上一副很專業的表情聚精會神在音樂上。最後還有一個少年，把串起來的羊在火上烤著。這男孩臉上露出一種類似滿足感（那是哪一種滿足感呢。是對羊烤得很好呢，還是對節慶所帶來的事情呢？）這樣的畫。不是多了不起的畫。但其中感覺得出有某種眞實的、實物大的生活氣味和呼吸。這些人過去曾經實際存在著、唱著歌、喝著酒、談著戀愛、煩惱著、戰鬥著、並且死去，這種眞實感深切地傳給看著畫的人。

或許因爲我是在米提利尼郊外小小的石砌美術館裡看到他的畫的關係。而且或許因爲那美術館是在靜悄悄樹林間的關係。如果我是在東京的美術館裡看到同一幅畫，也許對這幅畫會有不同的感覺也不一定。賽歐菲洛斯的畫眞的是跟那場所的空氣和那安靜很相應的畫。

那是一個心情愉快的美好下午。賽歐菲洛斯美術館旁邊，有一棟收集了畢卡索、馬蒂斯、Fernand Leger和Georges Braque的小品，同樣也是小小的、兩層樓建築的美術館，我們在那裡也很愉快地度過一段時光。這家美術館除了我們之外也沒有其他參觀者。是一家私人美術館。設立者是列斯伏斯島出身的，一九二〇年代到巴黎去創立了繪畫藝術的出版社，成功了。並在功成名就後回到故鄉列斯伏斯，把自己收藏的作品展示出來。當時他跟畫家們親密交往，收集了他們的作品。品味非常好的收藏。雖然不是大作，但很多散發光芒的極傑出小品。這家美術館連一個看守的人都沒有。只有入口深處一個房間裡有一個女人守候在那裡而已。「妳好！」我出聲招呼後她就出來親切地微笑，賣票給我們。然後又回到後面的房間去。

出來後我們稍微走上山丘，走進最先找到的咖啡館去，點了冰啤酒。冰得眼睛深處都痛起來的啤酒。安靜的午後，溫暖的光。「列斯伏斯島以全希臘晴天日數最多而聞名。」觀光簡介上寫著。看得見巡邏艇駛進港來。藍白兩色的希臘國旗迎風飄揚著。簡直像人生裡的陽光下似的一天。

有沒有誰來把我們畫進畫中呢？我想。遠離故鄉的三十八歲作家和他的妻子。桌上有啤酒。庸庸碌碌的人生。在午後的陽光下。

佩特拉（列斯伏斯島）

1987年10月

從米提利尼到佩特拉（Petra）去過一夜是一時的心血來潮，並沒有什麼特別的必然性。只因爲沒什麼事可做，所以想乾脆轉移到別的地方去而已。米提利尼這地方並沒有很多可看的東西。美術館看過了，港口看膩了。島上唯一的電影院正在上映麗泰海華斯和葛倫福特主演的令人懷念的《Gilda》，可惜去年在雅典的電影院看過了。所以在米提利尼市區再多住一夜也沒什麼可做。因此我們搭巴士到佩特拉去。

沒什麼事可做，是像我們這種淡季觀光客所無法擺脫的宿命。秋季和冬季的希臘是非常美麗的地方。旅客極端少，人們都很親切，物價又便宜。飯店空空的，到哪裡去都很安靜。心情也很優閒。只是沒事做。如果是夏天的話可以做的事情眞的很多。可以在海灘游泳、看女孩子、做日光浴、喝啤酒、一面吃希臘沙拉一面嬉笑喧鬧，光這樣子一轉眼一個月就過完了。這不是誇張。眞的沒時間去想什麼。夏天的希臘很熱鬧，很擁擠，旅遊味是重了一點。不過可以什麼都不想。淡季的話我們就必須絞盡腦汁思考才行。思考下一步可以去的地方，接下來要做的事情。

看看地圖，讀讀導遊書，於是發現這佩特拉好像是個不錯的地方。「去那裡有什麼嗎？」「不知道。」可是老待在這裡也不能怎麼樣啊。

從米提利尼到佩特拉一天只有兩班巴士，單程要花兩個鐘頭時間。途中也沒什麼有趣的地方。

至於佩特拉這個海邊的地方有什麼呢？什麼也沒有。既然是海邊的地方當然有海。不過就像前面已經說過的那樣，十月即使到海邊去，也不能做什麼。此外有一個聖處女教堂在可以俯瞰全城的高聳岩石山上。這是個相當有趣的教堂，不過看了也不能怎麼樣。啊，教堂在岩石山上，滿有趣的嘛，差不多就完了。

除此之外，你要問還有什麼可看，也沒有什麼了。有個小小的街區，外圍則是一直延伸出去的田地。只是這樣的一個地方。

不，正確說不只是這樣。這個城鎮以農業婦女會的活動很活躍而聞名。一下巴士眼前就是農業婦女會的辦公室。她們在幾年前以農家婦女的經濟自立為目的創立了這個會，大家開始把家裡提供出來當作民宿，或做自然食品，經營起小餐廳，逐漸穩固了地位。這在以男性為中心的保守希臘社會是很稀奇的。所謂列斯伏斯島的女權運動，不是很有趣嗎？

下了巴士，首先就有一個書報攤的阿伯一直朝我們走來。他說「Guten morgen」（譯註：德語的Good morning）。穿著整齊西裝有禮貌的阿伯。這種人大多會說德語。「請問你們要找住的地方嗎？」他問。不過我們一開始就決定要到農業婦女會去找住宿地方了，所以禮貌地婉拒阿伯的好意。雖然覺得很抱歉，不過我們有我們的預定。阿伯很遺憾地走掉。我悄悄同情阿伯，他一定受到農業婦女會帶來的一些麻煩吧。

我們到農業婦女會辦公室去看看。兩個二十幾歲的年輕農業婦女坐在辦公桌前。眼睛大而靈活看起來很親切的女性。

「哈囉。」一個說。她們會說馬馬虎虎的英語。

「我們在找今天晚上住的房間。」我說。

她們微笑著。「噢，沒問題。我們有好房間。請在那邊坐著等一下。馬上會有人來接你們。」

我們在那邊的椅子上坐下，翻閱著《列斯伏斯島歷史》的攝影集和《賽歐菲洛斯畫集》。《列斯伏斯島歷史》是一本很悲慘的攝影集。那本書——也就是列斯伏斯島歷史——從頭到尾被戰爭照片塡得滿滿的。首先是土耳其佔領時代的照片。大家穿著土耳其風的衣服，土耳其士兵威風凜凜的樣子。某一年土耳其兵鎭壓殺害叛亂份子。但人們還是要抗爭。帶著舊式槍、鋤頭、矛起義的人群。聚集在大砲周圍表情樂觀的英雄們。留著翹翹的口髭，十九世紀式民族主義的倫理光輝環抱著他們。敗退的土耳其軍。獨立。萬歲。慶祝。和平。民族尊嚴。眼淚。暴力。

然後又是戰爭。巴爾幹戰爭。第一次世界大戰。又是巴爾幹戰爭。在泥沼中腐敗的無數死者。破舊的戰旗。一無是處的勝利。國王、軍人、政治家和革命。在泥土中逐漸腐朽的民衆。正在擦槍的年輕士兵。歡送士兵的女人們。

第二次世界大戰爆發。連年不斷的戰爭。納粹殘酷的鎭壓。勇敢的抵抗運動。共產游擊戰。激烈的鬥爭。勝利。歡騰。慶祝（這種照片非常動人）。然而接著又有英國的介入。北希臘因爲是由共產黨主導的抗戰，他們跟邱吉爾對抗。好像艾森斯坦（Sergei Eisenstein）電影一幕似的照片。社會主義寫實。

戰車上插著旗子，大家一起抬頭挺胸向前看。態度非常積極，非常樂觀。確實相信著什麼。每張照片的人全都抬頭挺胸。不錯。他們舉著「邱吉爾死翹翹」的旗子。

不過我知道。他們最後還是屈服在邱吉爾的威力下。

然後終於進入複雜內戰時代的地方，這時一個女孩子騎著腳踏車來迎接我們了。頂多十歲左右的小女孩。雖然不是特別漂亮，但胖嘟嘟的，很堅強可靠，而且親切可愛。感覺好像比我更堅強可靠的樣子。

「你好。歡迎光臨佩特拉。不好意思讓你們久等了。」她說。用非常標準的英語說。一個未來的農業婦女。

「好地方。很安靜。」我說。

「是啊，眞是安靜的好地方。」她說。「請問你們從哪裡來？」

「日本。」我說。

「噢，非常遠啊。覺得希臘怎麼樣？」

「非常喜歡哪。」我很有禮貌地回答。

「那眞好。我們希望外國客人都過得很愉快。」

「謝謝。我們旅行得很愉快。」

不覺得是在跟一個十歲女孩子講話。

「那麼，我帶你們去我們家。」說著她跨上腳踏車。我們跟在她後面。前面有羊走過來。

「哎呀呀羊來了。」她說。

於是我們跟羊擦身而過。

她家在街外，還要在一直往前走的地方。走了大約十五分鐘。我們跟非常多的綿羊啦、山羊啦、牛啦、驢子啦、狗之類的擦身而過。是一個動物比人多得多的地方。她在我們前面卡啦卡啦踏著腳踏車。而且不時回頭看看我們，咧嘴微笑。好像一副「對不起讓你們走這麼多路，不過快要到了」似的。

也跟兩個士兵擦身而過。跟騎著驢的農夫擦身而過。跟兩個小女孩擦身而過。她們很稀奇地一直盯著我們看。我們咧嘴微笑時，她們也咧嘴微笑。

不久我們終於走到了她家。

一個什麼也沒有的地方。周圍只有田地一直一直延伸出去而已。只聽得見牛和羊的叫聲而已。女孩子微笑一下退到裡面去之後，輪到穿著圍裙的媽媽出來。臉上似乎有點寂寞的樣子，不過卻是非常認眞的希臘太太。

「歡迎光臨！」她也用英語打招呼。雖然不是很流利，但卻是不錯的英語。我們確認過房間價格，請她連明天的早餐一起算。住房費一千八百圓，早餐兩個人五百圓。房間不錯。以希臘民宿來說，是屬於高級的。柔軟的床、確實有熱水的淋浴室。很多東西都是新的。

然後我們又回到街上，走進海邊的塔維爾那（小餐館）。星期天下午，塔維爾那充滿了街上的人。雖然蒼蠅很多，不能算很清潔的塔維爾那，但氣氛很溫暖。幾乎都是本地顧客，不過完全沒有排斥感。眼光相遇時全都會對你微笑。風吹過來時鄰桌的人就對我開口說「苦力噢（好冷噢）」。服務的婦人也滿臉微笑很親切。我們點了撒上香草、相當大塊的鰹魚切片串燒，還有沙拉、煮豆子、燉肉、葡萄酒和麵包。魚請他們不要加橄欖油下去烤。這味道非常棒。總共才一千三百圓。心情覺得好愉快。

塔維爾那有三個德國觀光客，臉一面迎著相當冷的風一面對著薄日做日光浴（如果那也可以稱爲日光浴的話）。德國人有各種特殊的能力。其中之一就是任何東西吃起來都很好吃的能力，另外一個就是任何季節都能做日光浴的能力。我們跟他們交換了一個同爲觀光淡季奇特旅行者之間的簡單招呼。很奇怪，他們好像一點都不無聊的樣子。眞是一些怪人。

我們在街上壓馬路散步，探頭看看ouzo酒工廠，上到岩石山上的教堂去看人家作彌撒，買了幾張風景明信片，在咖啡館一面喝著熱咖啡一面眺望夕陽逐漸沉入大海。簡直像用棒子把柔軟的餅拉呀拉地拉得好長那樣，我們把各種動作和作業，盡可能拉長，好不容易把時間過掉。眞要命，天終於黑了。一天終於結束了。

隨著天黑之後，居民把動物趕回家去。星星清晰地像在天上打著點點似的開始閃起光輝。牛在什麼地方憂鬱地叫著。而我們也回到自己的房間。我一面喝著水筒的白蘭地一面讀著福克納的《癡人說夢》（*The Sound and Fury*）。那是不是適合在淡季的希臘讀，我不知道。不過也沒有其他的書可讀。

早晨，在一陣叮噹叮噹的羊鈴聲中醒來。老闆娘已經配合開往米提利尼巴士的時間，爲我們做好早餐了。我們在陽台餐桌上吃早餐。麵包和磅餅（北希臘不知道爲什麼早餐大多會有磅餅）（譯註：pound cake，麵粉、糖、牛油等主要材料各一磅所製成的奶油西點）、白煮蛋和咖啡。蛋是剛剛生的，眞是新鮮。兩隻貓過來纏人給東西吃。

吃完飯老闆娘走過來，跟我們聊。「我們一直住在澳洲。」她說。「爲了存錢一直在澳洲工作。然後用那個錢改建了這棟房子，希望能做民宿。因此回到希臘來。全家一起回來。也希望讓小孩在希臘受教育。不過大兒子昨天到澳洲去了。因爲高中畢業了。需要工作啊。昨天走的。」

原來如此，昨天臉色才會有點寂寞的樣子，我這下明白了。

「你們是日本人噢。我在澳洲看到過很多日本人。他們很clever。」然後她哀傷地搖搖頭。眼睛朝田地的方向看。好像說「那遠處看得見澳洲嗎？」似的。「歡迎下次再來。」她說。「這裡很安靜是個好地方。下次來多住久一點嘛。」

會的，我們說。下次要夏天來噢。

「你們沒有小孩嗎？」她好像忽然想起來似的問。

沒有，我們回答。

她看看我們的樣子，然後微笑起來。「不過你們還年輕嘛。」

我們整理好行李，付了帳。收到錢的時候，她好像非常害羞的樣子。我不知道爲什麼。或許還不太習慣這種以客人爲對象的工作吧。我說這個給帶我們來的小女孩，把日本帶來的零錢給她。她道過謝，一直盯著手掌上那零錢。「再見！」我們說。於是把她留在那像靜靜的水窪般的哀愁中，悄悄地離去。

這是在佩特拉所發生的全部事情。

羅馬的冬天

電視、小丸子、普列特爾

我在羅馬買了電視。

雖然並不想買這東西，但不得不買。因爲我逐漸親身體會到沒有電視的話現實生活很不方便。首先是不知道天氣。第二是新聞完全進不來。

我現在租的房子雖然是附全套家具的，但家具中卻不含電視。住在東京時我既不訂報紙，也不看電視，但並沒有任何不方便，可是在羅馬卻不一樣。在資訊過多的日本，刻意切斷資訊之下差不多正好（就算這樣資訊還是會滲透進來），可是在羅馬如果同樣這麼做的話，就完全乾乾淨淨任何資訊都進不來。而且我們在這裡完全是外國人，如果資訊進不來的話，感覺簡直像被脫光衣服一樣。另外還有一件事是，在義大利和在日本社會的運作方式相當不同，所以很難適當預測。因爲這個是這樣，所以應該會變這樣，就算你這樣猜想，多半卻完全不是那麼回事。所以某種程度來說如果不積極努力去收集資訊，就會碰到出乎意料之外的倒楣事。

首先今年秋天的羅馬天氣壞到教人驚倒的地步。一整星期連續下傾盆大雨，每天下好幾次冰雹。雨下太多連台伯河都氾濫了。種在庭園爲了煮義大利麵用的香菜，也像春天般全部淹沒。連出去買東西都不行。這種季節沒有氣象預報的話非常不方便。在日本時，如果有必要可以從電話上聽氣象預報，就算沒有電視也沒有任何不方便，生活照樣過，在這裡卻不行。

其次是新聞，這也很重要。因爲不能不確實掌握罷工的情報。而這個國家又眞是經常在罷工。巴士、火車、飛機、垃圾車，都經常全面罷工，就算沒有全面罷工，也會減班啦、這個那個的，經常吵吵鬧鬧（上次連外交部都罷工）。而且如果像日本那樣在巴士招呼站貼「本日因罷工——」之類的紙條還好，我們也會知道「噢，原來是罷工」，但這種體貼在這個國家是不存在的。一切還是照常的樣子，不可能來的巴士卻讓我白白等了三十分鐘以上。如果路過的人沒告訴我「今天罷工」的話，我想我還會等更久。受了這個罪，於是下定決心，絕對要買電視。

不過特地去買很貴的電視也很傻，所以我先到附近中古電器行去瞧一瞧。要是在日本量販店一台小電視大概兩萬日圓就買得到，所以我也抱著這個打算去，然而卻比我所預料的要貴多了。大而無當古色蒼然的也要三萬圓。畫面還有點模糊。在日本的話這絕對是報廢的東西了。以前我在國分寺車站附近的垃圾場還撿過一台比這畫面鮮明得多的回家呢。沒辦法我只好買了一台最便宜的黑白新品。只要知道新聞跟氣象就好了，所以有沒有彩色都一樣。

不知道是幸或不幸，剛剛買了電視之後罷工忽然變得活躍起來，電視新聞連日都是罷工的報導。不過，這樣總算電視沒有白買。

然而義大利的電視節目，最愉快的再怎麼說還是氣象預告。只有這個看多少次都看不膩。如果您有機會到義大利的話，務必請看一看電視的氣象預告。首先最奇怪的是，氣象預告播報的動作表情非常不得了。我最喜歡的是所謂RAI・1這台的阿伯，他的動作表情相當有說服力。如果是好天氣的話，眞的是笑嘻嘻很快樂的樣子，但如果是下雨或寒冷時，簡直像給大家添麻煩自己該負責似的，臉上表情非常黯淡。聲音也變低沉。這個秋天一連下一星期雨時，他眞的消沉得讓我都擔心他會不會上吊的程度。一隻手猛然舉起來伸向天花板，閉起眼睛搖著頭說「各位觀衆，這個雨雲哪——」什麼的，看著他預報的模樣時，覺得那已經不能說只是天氣的事了。總之一會兒雙手一攤，一會兒兩手緊緊握住（簡直接近手語）占滿整個畫面無所顧忌的大動作氣象預告，我每次看了都快要捧腹絕倒，可是我問義大利人時，他們卻說「什麼地方有趣？很普通啊。」所以這也有一點可怕。

另外有一個是把金色鬈髮驚人地往一邊呼地蓬鬆起來（像少女漫畫經常出現的那種髮型）氣象預告的美麗小姐，她也很奇怪。她幾乎沒有什麼動作表情，只是面對電視鏡頭笑咪咪坐著而已，可是因爲髮型的關係卻把天氣圖整個給遮住了，對視聽者來說非常妨礙。不過還好人漂亮，看她本人好像也做得滿快樂的樣子，所以就算了吧。

新聞也讓人百看不膩。例如火災發生時，鏡頭照出事件現場。很多消防員正在一起救火作業中。可是那些消防員手上還拿著水管竟然一直盯著鏡頭看。甚至有幾個還咧嘴一笑。起初我以爲這一定是搞錯什麼了。但不管什麼地方的災害現場，不管情況多麼緊急，只要有攝影鏡頭，大家幾乎都會轉向鏡頭。而且好像有幾個人幾乎就會反射性地咧嘴笑起來。這種事情如果在日本做的話，那可不得了，我想。消防員一面噴水救火一面咧著嘴笑而被電視拍下來的話，一定會被申誡處罰吧。

其次新聞播報員裝扮都很華麗。穿紅色襯衫打黃色領帶，戴水藍色邊框的眼鏡（因爲是黑白電視所以當然不知道顏色。不過不可思議的是眞的知道），頭髮剪得短短頭尖尖的播報員把麥克風推給某一個阿伯問說：「嘿，阿伯，關於義大利航空的罷工你覺得怎麼樣？請說一句話吧。」這樣子。我也看過很多國家的電視，不過義大利的最看不膩。

還有義大利電視我覺得最難忘的是「播時鐘」。換句話說時間多出來時，畫面只是映出時鐘的針而已。沒有任何技巧。長的時候連續達五分鐘左右。秒針繞著時鐘盤面轉五次。分針移動三十度。我反正也是閒著所以便交叉手臂一直一直盯著看。秒針無聲地刻著時間。完全沒有聲音。起初我還想到底在搞什麼？很驚訝，不過這竟然會上癮，這個出現時不可思議地覺得鬆一口氣。偶爾不出來時也會覺得寂寞。一直盯著看時甚至會有諸行無常的味道。如果日本電視這樣做的話，一定會非常騷動吧。

義大利國營電視從RAI・1到RAI・3三台。雖說是國營，但三台都有播廣告。如果問爲什麼國營電視有三台之多呢，因爲各有不同的政黨色彩。詳細情形我不清楚，不過好像RAI・1是保守黨，RAI・2是社會黨，RAI・3是其他政黨系統的。所以不同台的新聞內容也相當不同。不過政治見解如何都沒關係，以外國人的眼光來看出現在RAI・1台的女人最濃妝艷抹。看著還滿養眼的。或戴著大得不得了閃閃發光立刻引起畫面反光的麻煩耳環，或穿著豹皮大衣洋裝，或故意從Valentino眼鏡盒裡拿出珠光寶氣的眼鏡來，光看著這些細節就看不膩。我無從知道她們是以什麼基準被選上的。也很懷疑讓她們在畫面上亮相對電視台有什麼好處。她們既不怎麼漂亮，也不怎麼年輕。但只有「濃妝艷抹」這一點卻一律一樣。好像從電視畫面都聞得到香噴噴香水味溢出來似的濃妝豔抹。以日本來說，就像港區任何一棟大廈一定都有一個左右「那種身分不明的貴婦人」的感覺。那麼，要問她們出現在電視上做什麼呢？實質上什麼也沒做。只是閃閃發光穿得光鮮亮麗活像個活人畫似的對著鏡頭嫣然一笑說：「下一個節目是……」而已。勉強可以說是「報告演員」。這些女人每天換服裝飾品，輪番上陣地出現在畫面上。眞是奇怪。

*

很想吃扭奇（譯註：gnocchi，麵粉和馬鈴薯做成的麵疙瘩，通常呈橢圓或塊狀的小丸子），於是搭火車千里迢迢到北邊的波隆納去。我滿喜歡波隆納這個地方，並沒有什麼特別事情也會晃到那裡去，優閒地待個三、四天。這個地方幾乎沒有所謂的觀光名勝，所以觀光客也不太會來。城市的大小也適中，適合優閒地散步。如果沒有書展之類活動的話，旅館都很空。

我大多會在翡冷翠（譯註：Firenze，英譯Florence〔佛羅倫斯〕）下車過一夜，然後再上火車到波隆納。從翡冷翠到波隆納要翻越相當險峻的山地。走高速公路從翡冷翠到波隆納彎路和隧道很多，所以喜歡開車的人是大顯身手的地方。雖然世上喜歡翡冷翠的人很多，但老實說我倒不覺得翡冷翠是多有魅力的地方。雖然是個歷史悠久的美麗城市，但飯店貴，美術館經常很擁擠，餐廳也沒有風聞的那麼美味。雖然沒有什麼特別討厭的地方，不過也沒有什麼特別好的印象。餐廳雖然不壞，但並沒有想再去一次的店。至少翡冷翠市內沒有。因此就早早離開翡冷翠，前往波隆納。

我在波隆納常常會買一些東西。因爲比起羅馬來，這裡眞的容易買到東西多了。店員的親切程度就完全不同。店裡也沒有那麼擁擠。可以慢慢選商品，就算沒有喜歡的東西，什麼也不買地走出去，店員也不會給你臉色看。在羅馬如果這樣的話，會給你很難看的臉色。翡冷翠雖然不像羅馬那麼沒水準，不過應對還是有對觀光客的意味。米蘭確實店很多，但實在太多了，光是逛都逛累了。以我來說，只不過想買買衣服鞋子罷了，並不想搞得那麼累。人生應該還有更重要的事才對。這樣選下去時，波隆納就成爲一個非常「正點」的義大利城市了。

吃的東西非常美味。而且是沒什麼的普通菜就很美味了。波隆納有滿多我愛去的餐廳。都是米其林和其他旅遊指南上沒有的店。都是無意間進去偶然發現的。便宜又好吃，去幾遍，味道還是沒走樣。跟一流餐廳不一樣，因爲不會因爲廚師被挖角轉到別家去，味道就在一夜之間變掉。而是爸爸跟媽媽、在後面夫妻一面拌嘴，一面東摸西摸地調理的那種小店。雖然不起眼，不過味道吃幾次都不會膩。尤其我每次到這裡就常吃扭奇。扭奇並不是波隆納的名菜。但在寒冷季節濃霧中的波隆納街上，呼呼地吃著熱騰騰的扭奇那種感觸，眞是難以代替的東西。扭奇眞是不可思議的食物，雖然覺得是再簡單不過的東西了，但美味和不美味之間的差別卻眞是截然不同。正因爲眞的是平民食物，所以不可思議地顯得出用心的程度。就拿食物這一點來說，就是個好地方。

在這波隆納的黃昏漫步到大學附近的電影院去看麥可．西米諾（Michael Cimino）的《天火》（The Sicilian）。電影馬馬虎虎，觀衆人數也馬馬虎虎，這個先不說，一出電影院在夜霧中慢慢走在小路上時，發現一家樣子有點破落但氣氛不錯的餐廳。而且門口寫著「今日Lee Konitz演出」。到底爲什麼Lee

Konitz會在這種地方出現呢，進去一看，一樓是極普通的大衆餐廳（osteria），地下室竟然是爵士俱樂部。我沒聽過Lee Konitz的現場演奏所以很想聽一聽，不過問問入口的店員，卻說當天的票已經賣完了。波隆納是個學生城（氣氛有點像京都），爵士迷相當多。眞可惜。

*

十二月六日，星期日，我在羅馬去聽喬治・普列特爾（Georges Pretre）指揮的聖潔西利亞（Santa Cecilia）交響樂團演奏。演奏曲目是貝多芬的第五號、第六號交響曲，該說是不得了或什麼，總之相當不簡單，不過我想一方面因爲是年底了，一口氣連聽貝多芬也不錯，於是在前一天就到梵諦岡前面的聖潔西利亞廳去買票。價格有五千五百圓、三千九百圓、二千二百圓，但很遺憾只剩最貴的。而且是前排最角落的。因此我跟我太太很傷腦筋，不過既然是年底，沒關係吧（雖然也搞不清楚爲什麼沒關係），乾脆就買了。不知道爲什麼，人在國外時生活不知不覺就會變得漸漸謹愼起來。要是在東京的話，一萬圓的票都會毫不考慮就買的。

首先是第六號的《田園》，這曲不太有趣。星期天比平常日提早開始演奏，從黃昏的五點半開始，聖潔西利亞樂團的團員好像午餐的餘韻猶存似的（不是開玩笑，在這個國家眞的有這種事），聲音出不太來。普列特爾想要表現的，卻白費勁地傳達不到樂團去，那種無奈的感覺像灰塵般飄散在周圍。

休息時間團員們消化著延遲的午餐，讓葡萄酒醉意醒來，我坐在位子上看Paul Bowles的《遮蔽的天空》（*The Sheltering Sky*）。並開始好想去摩洛哥。

其次是第五號，這卻一反剛才，變得眞的好棒。這第五號交響曲以前我還覺得是相當沉悶的音樂，但在普列特爾指揮下聽起來卻是如此自由生動，如此有品味，而重新被感動。如果以一句話說，不是理論性、硬質性、戲劇性、感情性的貝多芬，而是溫柔內向，甚至散發優質哀愁的新鮮貝多芬。

不過普列特爾並不是刻意破壞過去的「五號」形象想提示新型態（例如上次也是在羅馬聽的Michael Tilson Thomas的貝多芬那樣），只是把自己心中內在的音樂自然誠實地呈現出來而已。這種東西在聽著之間眞的很活生生地傳過來。而且結果超越了這所謂「五號」的框框——或制度——成立更自由而人性化的音樂。然而這普列特爾的指揮也眞有趣，有時身體動作全部停止，一直盯著樂團，只有用脖子以上指揮。動動眼睛，抬抬眉毛，或搖搖頭。但光這個樣子，感情卻能傳到聽眾席來，眞了不起。好久沒聽到這麼令人讚美和感動的音樂會了。

羅馬的歲末是怎麼回事

聖誕節前羅馬街頭的樣子和東京的歲末相當類似。不，或許可以說太像了，簡直像到可怕的地步。雖然街上跟日本不同，並沒有播聖誕鈴聲的歌曲（沒有播任何歌曲，眞慶幸），但人之多，商店之擁擠，車輛之混雜，人們情緒高昂的表情，商店的裝飾，裝成聖誕老人模樣招徠顧客的人，顏色鮮豔的包裝紙上金色的絲帶，這些熙熙攘攘的地方幾乎一樣。

也有歲末送禮之類的。聖誕禮物有一半就兼歲末送禮作用。並不是像日本那樣，只有親密朋友或親戚之間互相交換禮物而已，而是對生意上往來的客戶、上司、受過照顧的人也送人情禮物。一走進商店，排滿糖果餅乾各種食品禮盒，依不同價格排成一排排，客人從其中隨便挑選「那邊五千圓的」這樣。與其說以內容，不如說以金額來選，這也跟日本的歲暮送禮完全一樣。日本跟義大利居然在這種奇怪的地方眞的很相像。禮物放進漂亮籃子裡再用保鮮膜和絲帶包起來，看起來非常美觀體面。價格下從五千圓上到三萬圓左右。人們一口氣買幾件滿滿地塞到後車廂帶回家去。我也爲我住的社區門房買了葡萄酒當聖誕禮物。門房一共有四個人，因此全部需要四瓶葡萄酒。我的情況，因爲是暫時居住的外國人，沒有必要送太貴的東西。表示一點心意就可以了。我在附近食品店買四瓶五百圓的葡萄酒時，店員問我：「要當禮物包裝嗎？」我說請這樣做，就幫我一瓶一瓶用漂亮包裝紙包好並繫上絲帶。並沒有因爲是便宜葡萄酒而有所差別。歲末的商店裡有爲送禮特別包裝的小姐，爲客戶買的商品一一包裝起來，繫上絲帶。

由於客人多，這些店員又不像日本人手那麼巧，所以包裝相當花時間。不過這種事就是這樣，只好認命地耐心等待。在這個國家要是焦急煩躁就輸了。總之我耐心地排隊等候幫我包裝。並把葡萄酒送給四位門房。

如果要問這種程度的送禮有效嗎？答案是確實有效。接下來的一星期左右他們對我們都非常親切。這種立即見效的地方大概也可以說是義大利人可愛之處吧。但年一過又完全恢復以前的樣子。

我們今年聖誕節所送的人情禮物只有這個，所以還不算費事，不過一般人光上街爲各種人買齊禮物似乎已經累趴趴了。

跟日本歲末風景略有不同的是，乞丐、藝人、領東西的人充滿了街上。跟日本比起來，這些人數目本來就多，一到年底更增加得驚人。每次一轉彎就有人拿著盤子等在那裡，這種表現幾乎可以說完全不誇張。就像歐洲人到日本來時看到街角擺著自動販賣機數量之多都很驚訝一樣，當地則是跟這大約相同比例地街角站著乞丐。

以種類來說，最多的，是母親帶著孩子討東西。這些人原則上坐在路邊。前面放著盤子，把手伸出到行人的膝蓋一帶說：「先生、太太，這孩子沒有奶吃，餓得要命。不知道有沒有明天。拜託拜託。」之類的話。看她們的長相，大概多半是吉普賽人。而且小孩確實都是肚子很餓的樣子。瘦瘦的，滿臉污垢似的微微泛黑，眼睛凹陷。眞不可思議，不過每對母子長相都非常相像。雖然小孩的年齡稍有不同，但除此之外幾乎可以說是製造出某種典型的母子，然後複製出很多並撒在整個城市的大街小巷。

這吉普賽母子還含有很多謎。我所認識的人就宣稱，三年前所看到的母子又在同一個街角看到，但那三年間小孩卻完全沒有成長。這或許是看錯了，她帶的可能是不同一個孩子。不過看樣子或許不是眞正的母子，而是有組織地輪換「出租嬰兒」，這種例子很多。我只是說「看樣子或許」而已，眞相如何則不清楚。

沒有孩子（或手頭得不到孩子）的婦人非常稀少，這些人把空空的奶瓶推到過路人的鼻尖憤怒地喊：「沒有牛奶錢」。怒吼。就像出現在狄更斯《雙城記》裡革命時代巴黎的風景。

次多的是身體殘障的。沒有腳的人，沒有各種部分的人。這些人特地把沒有的部分展現給人們看。一種不在的存在感。長久觀察之下，不在的部分多的人，果然所得到的錢好像也成比例地比較多。我很佩服這個世界還是公正運作著的。

不過這些人之中，也有不是眞正殘障，卻爲了錢以演技裝成殘障的樣子。在康多提大道（Via Condotti）附近，就有一個手腳扭曲，脖子歪斜，經常流著口水的討錢少年，我每次看到他都覺得很可憐，可是有一次我目擊這個少年正數著鈔票，快步走在街上而啞然吃驚。可是如果那是演技的話，那演技倒是好到讓我會樂意給他錢。

還有彈手風琴的流浪者。有時候也有人彈出難以入耳的風琴聲。有人在馬路上畫宗教畫討賞錢。花好幾天在馬路上用顏色粉筆畫宗教畫。晚上怕被人家踩到而蓋上塑膠布。用吉他彈Neil Young的《Heart of Gold》留長頭髮的青年（看著實在可憐所以給了他一百圓）。還有吹著風笛似的樂器發出咆嗚咆嗚的聲音從山上下來賣藝乞討的牧羊人。也有牽猴子的（不四處跑，只是牽著而已）。有用義大利語寫「我肚子餓了」的牌子掛在脖子上坐在路邊一臉疲倦的外國青年。有一語不發只悄悄把手掌伸到前面沒有才藝卻要「給我什麼吧」的人。這些形形色色的人滿街都是。

不過要說奇怪也眞奇怪。爲什麼只有聖誕節乞丐的人數會如此飛躍增加，這些打工的part time乞丐平常到底靠什麼維生？這樣一想起來時，謎就引來更多的謎，讓我的頭腦混亂起來。眞的他們平常是做什麼生活的呢？

這姑且不說，有這麼多乞丐，大家都一定會討得到錢嗎？我腦子裡自然浮現這樣的疑問，不過看來好像有相當多人會停下來，從錢包掏錢出來放進盤子裡給他們。歐洲人或許因爲宗教的關係，眞的在做著這些小佈施。尤其聖誕節時感情上這種傾向似乎特別強，就像看準這點似的，乞丐人數當然增加。或者相反。因爲乞丐增加所以煽起世間的慈悲心也不一定。不管怎麼樣，需要和供給在相當高的領域巧妙達成平衡。大體說來，穿著良好的太太會給一千里拉（一百圓），普通人給五百里拉（五十圓）左右。有一次我試著給一個乞討的小女孩十五圓，但她連「謝謝」都不說。我看著——因爲很閒所以滿仔細地看——他們在盤子裡的錢累積到一個程度後，就很快地把那錢收到什麼地方去。盤子上經常留下大約五百圓到六百圓左右似乎是討錢的訣竅。如果比這多的話，行人也會想「好像已經要到不少錢，不用我再多給了」，如果比這少的話，則好像會想「大家好像都沒給，我也可以不用給」的樣子。世上有各種現實的哲學。仔細看看街上的種種就可以學到一些東西。如果在東京街頭站定下來仔細觀察什麼的話，往往會遭人家白眼，但在羅馬這裡卻不會。很多人經常站定下來一直看著什麼。我太太正在很想要地一直盯著Max Mara或Pollini的櫥窗時，我則隔著街一直觀察乞丐的樣子。每個人都各有他所謂人生的方向。

林林總總，總之街頭鬧哄哄的。交通嚴重阻塞，坐計程車也遲遲不前進。巴士擠得要命。出門一次，回到家就累趴趴了。這一點也跟日本完全一樣。

房東玲夫人對羅馬的混亂狀態就徹底厭煩。她是英國人，所以無法忍受這個。她說，我每次快到聖誕節時就絕對不上街。眞的噢，Mr. Murakami，那不管誰怎麼說都是渾沌的漩渦中心。

她對日本人懷有好感，或者正確說，總之只要不是羅馬的東西她都懷有好感。每次遇到我們時她似乎感覺到同樣身爲北方國民的一體感，每次每次都深深嘆息，對這個 disorganized country 不斷地抱怨。話雖這麼說，因爲她先生是拿坡里出身的，所以她抱怨義大利是不是不太合情理呢，我這樣想。因爲跟拿坡里出身的人結婚又怨嘆世界眞混亂，就像跟熊結婚卻抱怨他毛太多一樣。

可是這位玲夫人把世上負面的部分全都以stupid這表達方式來解決。家裡有什麼設備故障我去拜託修理時，她總是一臉哀傷的表情，一直抱怨義大利製品的stupidity。生氣修理工人的stupidity。如果讓她表達意見的話，飛雅特是stupid car、郵局是stupid office（其實這點我也有同感），走在路上的狗是stupid dog。不過我覺得英國人確實有一點不一樣。

米爾維安橋的市場

今天是十二月二十二日，所以差不多該去買東西了。二十五日和二十六日是聖誕節休假，所有的商店全都關門。和日本的新年一樣。如果今天內不把那個期間所需要的食品預先買起來的話會餓死。

我們平常就在附近的超級市場買東西，可是像這樣需要一次稍微買多一點生鮮食物時，大概都到米爾維安橋（Ponte Milvo）的露天市場去。米爾維安橋據說是皇帝向法王下跪求和的台伯河上著名老橋，但常常看了以後對於是皇帝也好法王也好都無所謂了。

從米爾維安橋到殘存著墨索里尼時代影子的弗拉米尼歐橋（Ponte Flaminio）爲止，沿著河邊密密地排滿了感覺像東京上野的阿美橫街上賣食品和服裝的商店。蔬菜新鮮，各種東西齊全。所以一大群附近的婦人都抱著購物袋聚集而來。有各種階層各種人種的婦人。有穿毛皮大衣高跟鞋的有錢貴婦人，也有像粗大垃圾的婦人。有菲律賓婦人，也有非洲外交官夫人模樣的人。還看到幾個日本太太。我每次到市場都很佩服，世界上眞有各種婦人。

其次這市場附近有很便宜的小吃店。有只要一五〇圓（一千五百里拉）就可以站著吃到熱騰騰披薩餅的披薩店。大喊一聲「米雷・千塊（一千五百）！」，就切一塊一千五百里拉份的，在爐子上烤給你。給兩百圓的話就吃得滿飽了。旁邊有一家經常擠滿工人和士兵的便宜餐廳。服務生眼光和服務態度極端惡劣，有時店裡汗臭熏人，但東西味道卻不錯。還有連義大利都很稀罕的非常正統菲力牛排的高雅餐廳。這裡既安靜，服務生又親切周到，壁爐燃著暖暖的火。市場入口有一個在吧台站著喝的咖啡也很香濃美味。任何國家都一樣，熱鬧市場附近一定有各色各樣美味的飲食店。東京的錦小路是這樣，築地也是這樣。

我們搭巴士到米爾維安橋去。首先到魚店買鮭魚。因為鮭魚是進口品（地中海當然捕不到鮭魚）所以價格絕不便宜，不過對我們來說是利用價值很高的魚。只要有一尾這魚就可以做鮭魚壽司，作鹽烤鮭魚，也可以作魚頭湯。值得慶幸的是買魚身就免費送魚頭。因為義大利人不用什麼鮭魚頭作菜。連那脖子的美味地方都不用就丟掉。一公斤大約三千圓出頭。你要多少就切多少賣你。幫你打鱗去肚，切開頭，然後切片秤好賣給你。我們每次都要上半身。不過看起來常常有賣得只剩上半身的鮭魚，所以義大利人大概喜歡買下半身吧。我們買了二千五百圓份的鮭魚。

魚店的氣氛全世界到處都差不多一樣。穿著長筒膠鞋看來很固執的老闆和感覺健康得不得了的老闆娘兩個人在做。鰻魚肚子被剖開了還扭動著逃走，老闆娘則緊追上去。「來喲來喲，先生，有好鯛魚喲。」以嘹喨的聲音這樣東呼西喚的。

又在隔壁魚店買了七尾比較大的沙丁魚，五尾烏賊。沙丁魚非常便宜，烏賊有點貴。總共一千四百圓。

然後是青菜。三條蘿蔔和蕪菁。兩公斤香菇。蕃茄、小黃瓜、馬鈴薯、比耶達（像京菜似的青菜）、菠菜、扁豆、香菜等等。兩個人雙手抱滿袋子，站著喝了咖啡後才又搭巴士回家。這樣大採購雖然很辛苦，不過能夠痛快地買到新鮮食品也是比什麼都難得的幸福。跟在米克諾斯住的兩個月裡貧乏的那些食品比起來，雖然在嚴冬，但義大利這方面如此之豐盛眞是個天堂，是另一片天地。總之青菜全都鮮嫩欲滴。現在這時候赫爾辛基的人不知道在吃什麼？

回到家趕快開始調理。

我摘扁豆蒂，過水燙過。我太太用菜刀（這是從日本帶來的）切割鮭魚。因爲有非常好的魚脂肪，因此我們就站在廚房沾起山葵醬油吃了起來。一口口吃著這個就開始想吃飯。剛好有昨天剩的冷飯，於是便佐以這飽含脂肪的生魚片和酸梅乾吃。那麼，順便也把烏賊切了吧，烏賊也切成生魚片吃起來。這烏賊眞是油潤鮮美。燙好的扁豆也拿來代替泡菜嚼。還泡了速成味噌湯……這樣站在廚房，就簡單吃完了午餐。這種吃法還眞的相當好吃。

順便一提，這天的晚餐是鮭魚和沙丁魚的壽司、酸梅壽司捲、蕪菁的簡便泡菜、扁豆拌酸梅、烤沙丁魚。不過這一天是例外，平常大多吃義大利麵食過日子。

羅馬市場的食物總之都很生猛鮮活。尤其蕃茄、菠菜和扁豆，一入口就脆脆的在嘴裡散發出「青菜」的香氣。這三種東西回到東京後有一陣子覺得難吃到嚥不下的地步。雖然東京的義大利餐廳最近味道也變得相當好吃了，但只有青菜的新鮮度我想還是怎麼也比不上。

冬深

從逼近年關的十二月十七日起開始寫《舞・舞・舞》這本長篇小說。我寫長篇小說時每次都一樣。「想寫」的模糊心情在自己心中逐漸累積升高，並在某一天非常確定「好了，今天開始寫吧」。以我來說，與其先擬好詳細結構或大綱，不如看準這臨界點來得重要。

跟《挪威的森林》不同，《舞・舞・舞》在開始寫之前首先就決定了標題。正如大家所知道的，這標題是從Beach Boys的曲子取的，眞正的出處（雖然哪邊都無所謂）其實是The Dells黑人樂隊的老曲子。我在離開日本前，把家裡的老唱片挑出一些，錄了自己製作的老歌錄音帶，其中正好有這曲子。非常舊時風格的所謂rhythm-and-blues 型的曲子。優優閒閒的，粗粗雜雜的感覺，這方面不可思議地黑。我每天在羅馬有意無意地恍惚聽著這曲子之間，忽然被這標題觸發而開始寫。當然我也知道Beach Boys有和這同名的曲子（高中時常常聽），但直接的開始則是從The Dells的曲子來的。

這本小說從開始到結束大體上是在很順的舒服心情下寫的。以我來說《挪威的森林》是過去所沒有寫過的作品類型，心裡一面東想西想「這本小說到底會被怎麼接受呢？」一面寫，但這本《舞・舞・舞》我卻完全不想這些，而依照自己想寫的盡情去寫。每個細節都是屬於我自己風格的文章，出現的人物也和《聽風的歌》、《1973年的彈珠玩具》、《尋羊冒險記》相同。所以好像離開很久又回到自己的花園一樣，非常愉快。或者說，能這麼坦然享受寫作這行爲，對我來說也很稀奇。

不過在那之間，羅馬的冬天急速加深。這年羅馬的冬天，寒冷日子好像特別多。屋子裡冷冰冰的。光靠原有的暖氣還不夠，又買了煤油暖爐，但溫暖的只有器具正面，房間整體則始終冷冷的。含著濕氣的寒冷。衣服晾兩天也完全不乾。偏偏爲了買Maurizio Pollini音樂會的票還足足在寒風中排了四小時的隊，因此兩個人都體力耗盡。全身徹骨凍僵。羅馬音樂會的賣票方式，眞是複雜奇怪而且不合理。像Pollini或Bernstein這種超一流演奏家的情況，會發行爲了買票的號碼牌，並發行爲了領這號碼牌的號碼牌。爲了得到這些都不得不一一排隊。而且在那中間到底變怎樣了，連主辦單位都搞不清楚。比方說一方面發行了二五七號的號碼牌，一方面票卻只有一一〇張這種事情經常發生。既沒有一貫性，也沒有體貼心。加上有人插隊進來，想打馬虎眼。有錢人則可以很快地從裡面得到票。

而很遺憾的是，當天Pollini的演奏，並沒有好到値得那樣拚命努力排隊的價値。焦點不是那麼精準之下前半段就結束了，這是Pollini嗎？這樣想之後，幸虧最後的李斯特奏鳴曲，像雲消霧散放晴了般乾淨俐落地結束。這眞是了不起。不過以Pollini的實力來說，應該可以提示更棒更棒的音樂的。在聽著之間深深感覺到「不是這樣，應該還可以更好」，可是這種感覺卻無法清楚的具體化。因此留下說不出的無奈和不滿。我忘了是哪一年，以前在東京曾經聽過李希特（Sviatoslav Richter）的演奏。那時候我雖然累得連走路都吃力，但聽著聽著卻非常感動，音樂會結束時，我的疲倦反而完全消失。身體好像煥然一新變得生氣蓬勃起來。如果要求達到那種程度或許太苛求，不過在那麼寒冷的天氣中大排長龍買票，結果卻是這樣也未免太那個了。雖然不是Pollini要我們排隊的。

因爲太冷了，所以我穿著大衣面對書桌，啪搭啪搭繼續敲著文字處理機的鍵盤。和在西西里寫《挪威的森林》時正好相反。那時候是太熱太熱，一面對著書桌，腦子一面昏沉沉的。這次是冷，冷到鍵盤都敲不準了。

當然冷比熱適合用頭腦。不過住在這間房子裡的羅馬冬天是有點冷過了頭。夜裡爲了溫暖身體我小口小口啜著白蘭地。而且爲了抵擋寒冷每天都跟我太太談溫泉啦夏威夷之類的話題。我太太揚言回日本一定要去好好泡一泡溫泉，每天從早到晚泡在浴池裡，然後到夏威夷住上一個月。好棒。光想到這些就會心跳加快。不過那雖然好，我卻必須先把小說寫完才行。小說一旦開始寫起來，無論如何非要等到確實完成不能回日本。一回日本的話，步調又會亂掉。我必須設法在這裡安定落腳，把工作完成才行。

《舞・舞・舞》裡頭會出現夏威夷場景也因爲這個。我一面寫著小說，一面想去夏威夷想得不得了。所以一面拚命想像夏威夷一面寫。是這樣吧，好像是這種感覺吧，這樣一面回憶著回憶著，一面寫下來。而且這樣在寫著夏威夷風景之間，感覺好像稍微不那麼冷了似的。覺得好像眞的躺在熱帶的太陽下，喝著Pina Colada那種心情。文章也有這種具體效用。嗯，就算那只是短短的一瞬間而已。

根據日記，這段期間的匯率美元掉到123日圓。我們所帶來的現金幾乎都是美金，因此老實說打擊相當大。

其次發生那次大韓航空的爆炸事件。二月兩個人又都一起嚴重感冒。咳嗽、流鼻水幾個星期還不停，腦袋昏昏的，微熱始終不退。不過不可思議的是，只有工作卻進展順利。對我們來說眞的從頭到尾都是很慘的冬天。我們大約三年的歐洲居留中，這個冬天也是最惡劣的時期。這年冬天所發生的好事情，只有完成小說而已。所以當我每次想到《舞・舞・舞》這本小說時，就會想起在羅馬住在馬洛內先生家的事。並且想起，對了對了在家裡是穿著大衣寫這本小說的啊。想起貓咪基恩和狗狗瑪豆，米爾維安橋的市場和Pollini的音樂會。

倫敦

關於停留倫敦的期間沒有太多可寫的。因爲在那裡時幾乎一直都在寫小說。現在回想起來，眞是不可思議的一個月。我在那一個月裡，幾乎跟誰都沒有開口說過話。

*

我去倫敦可以說是自然成行的。正好我太太有事決定經由倫敦回日本一段時間，我送她一程順便來到倫敦。在這裡從三月初到月底，大約停留一個月，我在那之間幾乎跟誰都沒講話，一直窩在房間裡工作。在寫長篇小說時我大多都是這樣，也不會想跟誰講話。所以對我來說，倫敦終究是個孤獨而沉默的都市。這種印象已經深深滲入骨裡。

最初幾天我住在飯店，然後搬到短期出租的公寓。其實這是我第一次來到英國。首先對倫敦感到最驚訝的是，英語說不太通。因爲我是完全習慣美式英語的人，所以剛開始怎麼也沒辦法聽懂英國式英語。常常驚訝這也同樣是英語嗎？聽不清楚對方的發音，總是重複問「Pardon me（抱歉，你說什麼）？」

（其實這種時候英國人都說「Sorry?」）。例如在附近超級市場賣肉攤，我說「Roast beef please」，賣場的女孩子對我說了什麼。她在問我什麼。可是我完全聽不懂。不但有嚴重的鄉音，而且說得很快。眞傷腦筋，我說「Pardon me?」她又再重複說了一次。可是說得一樣快，我還是沒聽懂。我說聽不懂。於是她就那樣不再為我重複說了。臉上一副要命的表情，只搖搖頭而已。並隨意幫我把肉包起來。這種事情發生過幾次，後來我就放棄再到這裡買牛肉了。不只這家店而已，在其他場合也遇到過幾次相同的情形。這方面跟美國很不一樣。美國人如果對方沒聽懂自己的話時，多半都會好好改變速度和表現方式重複好幾次直到你聽懂為止。

就像這樣，居然為了語言吃了不少苦頭。

房子是我到仲介公司找的。看了他們所介紹的房子，看到第三家時決定的。第一家是在名字叫做World End區的公寓（順便一提，我從前翻譯的Paul Theroux的《World's End and Other Stories》這本書就是以這裡為舞台。因為是很有趣的小說請讀看看），這房子大雖然大，但房間裝潢有點壓迫感，所以不敢領教。第二個房子是在Paddington車站附近的公寓。這房子本身不錯，但地下室氣氛陰暗，感覺冷冷的所以也算了。第三個是在St. John's Wood路的套房式房間。雖然比較狹小，床也是摺疊式收進牆裡的那種，但因為地點好，又明亮，離地下鐵車站，和攝政公園（Regent's Park）都近。我想反正一個人住，所以小一點也沒關係，就決定住這裡。是四樓的65號室。窗外就是阿比路（Abbey Road）（譯註：同披頭四曲名）。

我在這個房間寫完《舞・舞・舞》這本長篇小說。一面用收錄音機聽音樂，眺望窗外的Abbey

Road，每天每天都啪搭啪搭地繼續敲著文字處理機的鍵盤。這是一間暖氣很強的公寓，外面大家還穿著大衣，可是我在室內只穿T恤和短褲，還會流汗的程度。不得不有時打開窗戶，探頭出去Abbey Road的上空涼快一下。工作累了時就讀一讀從附近書店買來傑克倫敦的《Martin Eden》。強有力得接近殘酷的程度。強有力的絕望。向前走的自毀。天氣大體上總是惡劣的。三月二日是陰天，經常滴滴答答地下著小雨。好像預告險惡世界即將來臨似的冷冷的令人心情黯淡的雨。既不知道是什麼時候開始下的，也不知道什麼時候停的。不，連走在外面都不確定現在是不是在下雨。倫敦的雨。

看看趁著沒下雨的時候，我每天會到攝政公園跑步約一小時。如果不這樣運動身體的話，頭腦會受不了。為了不讓腦子耗盡，只好消耗體力。攝政公園只要不下雨實在是個很漂亮的公園。我在裡面沿著池邊道路跑，然後繞著公園外圍跑。跑到動物園附近時，聞到動物柵欄裡散發出來的一股臭味。不過那也很好。可以確實感受到這圍牆裡有很多動物。生物活著的臭味。獅子、非洲羚羊、駱駝之類的，遠離故鄉生活在那裡。也聽得到某種動物的吼叫聲。

傍晚工作結束後，我到附近買菜，做簡單的晚餐吃。我住在倫敦時幾乎沒有到外面吃東西。老實說，因為吃什麼都不覺得有多好吃。當然我想在某些地方一定有餐點美味的餐廳。可是從義大利來到這裡，不會想要在倫敦掏錢上館子。雖然也覺得很抱歉，不過坦白說我自己做的還比較好吃。麵包倒很美味。雖然稱不上什麼像樣的菜，不過到超級市場買一點roast beef和麵包，做roast beef三明治每天吃。或做做咖哩飯、蕃茄醬。

夜裡為了換換心情會去看電影或聽音樂會。現在回想起來，當時倫敦的生活想得起來的，就只有音樂會和電影了。因爲除此之外就只在寫小說和在公園跑步而已。電影看了不少。Bruce Robinson這位年輕導演所導的《Withnail & I》這部英國電影還留下清楚印象。我不知道這有沒有在日本公開上映。名字叫做Withnail的厚臉皮可是還不令人討厭的生活破綻者藝術青年，和主角有點膽小的「我」，和Withnail的同性戀叔叔互相糾纏的喜劇，相當有意思。其次也看了賈西亞馬奎斯編劇的拉丁美洲西部劇《A TIME FOR DYING》這部哥倫比亞的電影。一部乾脆的電影。還看了《聽美人魚唱歌》一部很小品風格的英國電影。我想這部在日本確實有公開上映。尤其長得不太美想當攝影師的普通女孩子，愛上她的上司漂亮的同性戀姊姊。不過最後還是有點失望。那個姊姊帶她去日本餐廳時，居然端出活生生的章魚還在扭動著，女孩子大吃一驚。眞奇怪，這種東西就算日本人也沒辦法吃的。

不過再怎麼說，我在倫敦看的電影裡最喜歡的是叫做《POUSSIÈRE D'ANGE》（天使之粉）的法國電影。導演手法好，演員演技也好，很久沒有看得這麼舒暢享受了。看完後我就那樣走了三個地下鐵車站的路回去。然後也看了狄更斯的《LITTLE DORRIT》，Alec Guinness主演的一部相當有狄更斯式風格的電影。非常長的電影（譯註：據說長達六小時，台灣沒有上映），依不同的週日有時一天演一場，有時演兩場。Alec Guinness那入木三分好像狄更斯深入毛孔般悠揚自若從容不迫的演技眞不得了。這部電影的觀衆很多是親子檔。英國人大概是把這當作一種成長必要的儀式般，讓小孩去看狄更斯電影的。而且看完後可能又好好的把原作拿給孩子讀。可見英國人和狄更斯的文學之間，就像這樣儼然擁有如此頑強的長期關係。我試著稍微想一想在日本是不是有和這相應的超黨派民族作品之類的東西，但想不出有像狄更斯世界這樣多面性廣泛而有深度的作品。不管怎麼說，狄更斯確實眞有趣。雖然帶孩子來看，但父母其實才更充分享受了吧。

我也去聽了很多音樂會。

去聽了阿胥肯納吉（Vladimir Ashkenazy）所指揮的皇家愛樂管絃樂團的音樂會。他和兒子沃夫岡・阿胥肯納吉同台演出。我其實在雅典曾經聽過一次這位沃夫岡的演奏，當時老實說不怎麼感動。不過也許稍微變好了也不一定。曲目首先是父親指揮的《克里奧蘭序曲》（Criolan Overture），然後沃夫岡出來，父子同台演出莫札特的《迴旋曲》和法蘭克的《交響變奏曲》，最後又由父親指揮馬勒的《四號交響曲》。沃夫岡的鋼琴依然不怎麼樣。在優劣之前，首先就欠缺所謂的魅力這東西。沒有那種衝著你訴求的感覺。應該不是被他拉下來的，父親阿胥肯納吉的指揮也不太精采。馬勒的交響曲也組合雜亂，氣散掉了。如果跟稍早我在羅馬聽的殷巴爾（Eliahu Inbal）指揮的《大地之歌》那種鬼氣逼人的大熱演比起來，眞是壓倒性的差一格。不緊湊而拖拖拉拉的馬勒。第二天的《泰晤士報》音樂評論刊出一段這樣的文章。「如果我是佛拉基米爾・阿胥肯納吉的兒子的話，會做什麼呢？大概會當髮型設計師，或者在擲飛鏢。不過，只有這點我可以確定，不會當鋼琴家。」

雖然殘酷，卻是有趣的評論。當二世也眞辛苦。

我也到依莉莎白女皇廳去聽過柯瓦塞維琪（Stephen Bishop Kovacevich）的鋼琴演奏。貝多芬和舒伯特的曲子，舒伯特的降B調奏鳴曲一級棒。好像全身的疲勞頓然消失那樣，近來難得聽到這樣舒暢的舒伯特曲。不過貝多芬的曲子則有些無聊。其次也聽了我所喜歡的馬利納（Marriner）和ASMF的音樂會。巴哈的《馬尼費卡特》特別棒。好像連每個細部都徹底掃乾淨的那種氣質良好的巴哈。指甲幫你修了，耳朵幫你清了，頭髮也幫你洗了，那種感覺。雖然也有個人偏愛的因素，不過總之是了不起的演奏。但這種充實的音樂會能夠以便宜價錢每天聽得到，眞是令人羨慕。

還去看了歌劇柴可夫斯基的《尤琴奧尼金》（芙蕾妮主唱），和布瑞頓（Britten）的《比利・巴德》（Billy Budd）。兩次都很棒，因爲在別的地方寫過了所以在這裡割愛。

在倫敦時我也去聽一次爵士。因爲我非常懷念的Blossom Dearie居然在爵士俱樂部演出。名字很奇怪，叫作「PIZZA ON THE PARK」的俱樂部。不過店裡比名字給人的印象要正點。全部採取預約席次，打電話告訴他們信用卡的號碼，就幫你保留座位。費用是八英鎊五十。客人都是穿著整齊，到這裡來享受夜生活的中年男女，一個人來的客人只有我一個。因此女服務生特別注意到了，經常過來問我：「喜歡嗎？」我微笑地回答：「嗯，喜歡。」不一會兒又跑過來問：「怎麼樣，喜歡嗎？」好像穿著牛仔褲的日本男人一個人來聽Blossom Dearie，感覺還是有點奇怪。

Blossom Dearie的台風非常迷人。雖然年紀不小了，我擔心要發出從前那可愛的聲音大概有點勉強，但卻是杞人憂天。當然比起以前聲音多少失去一些潤澤，不過取而代之的是藝術風格磨鍊得更精湛，從第一曲到最後一曲，可以充分享受那藝風。曲目幾乎都是創作曲（這創作曲才眞令人感動），也就是說幾乎沒有標準的曲目。邊彈鋼琴邊唱，這鋼琴也彈得好。輕輕的輕輕的，好像立刻就要飛走了似的，這樣有味道的聲音不是簡單能夠彈得出來的。如果要說這種不是爵士，或許也可以說不是爵士。不過Blossom Dearie的音樂本來就不是要睜大眼睛聽的。簡單來說就是超高品質夜總會音樂。酸的甜的都充分嚐盡的成人音樂（雖然最近這種成人已經減少了）。

披薩和葡萄酒也很美味。我雖然吃過西西里風的披薩，不過這裡的跟義大利的比起來也毫不遜色。餐費是十英鎊。

*

在倫敦時我只做了一次小旅行。好不容易寫完小說，因此很高興就出去旅行。從Paddington車站搭兩小時左右的汽車到叫作巴斯（Bath）的溫泉鄉去。正如Bath這名字所顯示的那樣，是羅馬人進駐英國時代所發現的古老溫泉鄉。羅馬人很奇怪是個非常喜歡溫泉的民族，在全世界所到之處都建設了華麗壯觀的溫泉設施。巴斯現在還留下那個時代古老的溫泉設施。我決定在那裡的腳踏車店租車，騎到一個名爲Castle Combe的小村子去。以前有人跟我提過，如果到英國的話不妨到Castle Combe去。因爲是個非常漂亮的地方。從巴斯到Castle Combe確實是非常美的一條路（據說是古時候羅馬人建的筆直道路）一直延伸，穿過幾座山又幾座丘，是相當難走的行程。而且我所租的腳踏車有根本上的問題，每隔一小時鏈子就會脫落一次，因此沒辦法「優閒地在英國鄉下騎腳踏車」。而且搞得汗流浹背，快到傍晚才到Castle Combe，一看旅館已經客滿，不得不到下一個村子去。

雖然如此這次旅行還是相當愉快。畢竟一來因爲有小說好不容易剛剛寫完的解放感，而且很稀罕的天氣一直很好。加上時節正好是春天。我拚命踏著踏板流了一身汗，肚子也餓了，在Castle Combe的鄰村所住的旅館「White Heart」固然不親切卻是感覺不錯的旅館。雖然只剩下大房間空著，不過我說是一個人住時，他們也算我便宜一些。我傍晚在旅館酒吧喝啤酒，在餐廳吃鱒魚餐。旅館前有一條美麗的小河流過，從那裡剛剛釣起來再新鮮不過的鱒魚。切成薄片和杏仁一起蒸。美味得不得了。雖然不漂亮，但味道確確實實好極了。因爲是Palm Sunday的前一天星期六，所以旅館餐廳裡充滿了穿著外出服的善良家庭親子。因此我差一點連晚餐都吃不成。這個村子只有這唯一的一家餐廳。

回程在快要到巴斯的地方，腳踏車終於完全解體。名副其實的分崩離析完全解體。就算有國王和僕人，也不可能修好復原。因此我只好落得把那輛腳踏車扛在肩上走完最後的五公里。要命、要命，眞要命。

不過，那對我來說還是一次非常快樂的旅行。

*

我到郵局去把列印出來的小說原稿寄到東京（寄稿子時能避開義大利的郵局，也是到倫敦來的理由之一），三月底我又一個人回到羅馬。

1988年，空白之年

1988年，空白之年

正如最初也寫過的那樣，我爲了整理這本書（也就是所謂的「旅行記」）曾經預先寫了一些類似素描的片斷性文章累積起來，但一九八八年這種素描卻一張也沒寫。提不起勁來寫。那年年初爲了寫《舞．舞．舞》而忙壞了，寫完後有一陣子又被虛脫感所壓垮。接著回到日本之後，那虛脫感終於轉爲混亂的無力感。然後到那年將近尾聲，我什麼都寫不出來。說起來眞是空白的一年。

不，這本書可以說是順著我個人的行動以年代紀錄式進行的，所以從一九八八年四月到十月就所發生的事情，還是做個極簡單的交代比較好。四月我回到日本，把印刷廠已經送來的《舞．舞．舞》初稿做校正。然後由TBS Britannica出版一本彙集有關費滋傑羅的文章和翻譯的書《The Scott Fitzgerald Book》，並拿到駕駛執照。過去我沒有駕照並不覺得不方便，但因爲我計畫秋天到土耳其去開車環繞一圈，才突然動了這個念頭。而且在歐洲沒有車子到任何地方都相當不方便。我每天搭山手線去教練場，一個月總算通過考試。把這些事情解決掉之後，總算鬆一口氣，到一心嚮往的夏威夷去，在那裡優閒地度過一個月左右。讓身體休息，名副其實在作「暖身」感覺的旅行。羅馬冬天的寒冷居然凍徹骨髓到這個地步。我在那之間一直租Honda Accord練習開，倒車時撞到停車場的柱子把右側的車尾燈撞得粉碎。

不過，不管怎麼暖身，某種冷氣還是去不掉。

*

試著回顧一下，這一年對我們兩人來說我覺得似乎並不是多好的一年。回到日本時，《挪威的森林》已經大暢銷。因爲人一直在國外不太清楚也有關係，離開久了回到日本知道自己居然變成名人了，我有點愕然。看看報上的暢銷書排行榜，每家書店《挪威的森林》都是第一名。講談社的公司外牆上垂掛著紅色和綠色鮮豔的布幕（譯註：《挪威的森林》日文原版封面破例由村上春樹親自設計，分上下兩冊，各以紅綠兩色爲底色，綠紅二色字，沒有任何圖案，但色彩對比如玫瑰花與綠葉般相得益彰極爲漂亮醒目）。有時候我有事情不得不經過江戶川橋到護國寺的路，看到那個眞不好意思，總是裝成沒看見的樣子。那年秋天出的《舞・舞・舞》也順利暢銷。

不過——雖然我知道這樣說是僭越而傲慢的，但我還是要說——我無論如何都逃不出某種悲傷難過，雖然我不太明白自己在難過什麼，卻毫無辦法地難過。覺得好像到哪裡都找不到自己的地方似的。覺得自己好像失落了很多東西似的。當書賣了五十萬本時，我當然很高興。自己所寫的東西被廣大範圍的人所接受，對一個作家來說當然沒有理由不高興。不過老實說，我與其說高興不如說是驚訝。我無法適當想像所謂五十萬這個數目的人。不但以讀者數來說無法想像，就單純以「人數」也無法想像。假如十萬人的話，我多少還可以勉強想像。但到了五十萬人，就不行了。後來更糟糕。一百萬、一百五十萬、兩百萬，那些對我來說只不過是不具實體的單純「巨大數字」而已。對從事大衆媒體的人來說處理這種程度的人數或許是家常便飯的事。但我卻不行。越想頭腦越混亂。因此也試過不要去想。我這十年來都是靠當小說家吃飯來的，事到如今跟數字有什麼關係呢，書暢不暢銷是一時的運氣，我試著這樣想。但其中卻產生了類似空氣般不容忽視的東西。

非常不可思議的是，當我的書賣到十萬本時，我覺得好像被許多人喜歡、喜愛、支持。但《挪威的森林》賣到一百幾十萬本時，我卻覺得自己好像變得非常孤獨。而且覺得自己好像被大家憎恨、討厭似的。爲什麼呢？表面上看起來一切都很順利。但那對我來說卻是精神上最難過的時期。老實說也有過幾件不愉快的事。因此感到相當失望，覺得心灰意冷。現在回頭看看才明白，大概因爲我這個人畢竟不適合站在那樣的立場吧。既不是那樣的性格，也沒有那樣的器量。

那個時期，我混亂、焦躁、我太太身體不好。完全湧不出想寫文章的心情，任何種類的文章都一樣。從夏威夷回來後，夏天之間一直在做翻譯。寫不出自己的文章時，只有翻譯還可以做。一點一點翻譯別人的小說，對我是一種治癒行爲。那是我翻譯的理由之一。在做著翻譯時，我可以比較冷靜地看到潛藏在自己體內的自我（ego），也可以比較鎮定下來。

＊

八月我太太留在日本，我又回到羅馬。並從羅馬到巴爾幹半島、小亞細亞去。目的在爲新潮社的新雜誌寫希臘亞陀斯山（Mount Athos）和土耳其的報導。總共花了一個半月的旅行。我和攝影師松村君，和編輯O君在亞陀斯半島險峻的山中冒著雨到處繞，後來只有我和松村君兩個人開著三菱的Pajero到土耳其內地繞了一個月。（譯註：有關這次旅行可參考村上春樹另一本旅行記《雨天．炎天》由時報出版，張致斌譯）眞是遇到各種事情，成爲肉體上非常吃力的旅行，因爲肉體消耗到接近極至的地步，心情反而因此而相當放鬆。贅肉消失了，臉也曬得漆黑。於是回到羅馬，第二天到機場去接我太太。已經是十月了。

就這樣再度開始羅馬的生活。

但我的復原，能夠復原成一個寫小說的人，眞正好好復原，大約是在翻譯完Tim O'Brien《The Nuclear Age》（核子年代）這本小說後。前面已經說過翻譯對我來說是一種治癒行爲。而且再進一步說，這本《核子年代》的翻譯工作對我來說只不過是精神上的復健而已。我絞盡腦汁使出渾身的力氣來翻譯這本傑出而充滿魅力的小說。一面翻譯我一面感動了無數次，勇氣也因此受到鼓舞。或因爲實在太棒了而往往落入無力感。這本小說所含的熱力從最底層溫暖了我的身體。因此我骨頭裡的冷氣才得以拔除。如果我沒有翻譯這本作品的話，我想或許我已經往其他方向一直流走了也不一定。雖然很遺憾這本Tim O'Brien的小說並沒有預期賣得好。可惜這麼傑出的小說，我這麼熱心地翻譯。不過我周圍有幾個人眞的很喜愛、很支持這本小說。

翻譯過這本作品之後，我有了再度想寫小說的心情。我想我這個人的存在，可能要靠一面活著一面繼續寫的這個行爲本身來證明。就算那意味著會繼續失落什麼，會被世界繼續憎恨，我還是只能那樣活下去。那就是所謂我這個人，也是我的立場。

＊

這是一九八八年四月到十月所發生事情的大概。一九八八年十月，還有三個月我的四十歲生日就迫在眼前了。我不得不再一次重新調整態勢。

就這樣我又重新活力充沛地開始寫起素描來了。

1989年，復原之年

卡那利先生的公寓

卡那利先生的公寓在羅馬的波卡麗路上（Via S. Porcari）。從梵諦岡走路很快就到。面向從文藝復興廣場往聖天使堡的大道。離地下鐵車站近，走兩條街出到利安佐街（Via Cola di Rienzo），各種東西都買得到。青果市場既近，到梵諦岡去也有梵諦岡郵局（梵諦岡郵局不屬於義大利而是梵諦岡城國的郵局。郵票也不同。比義大利的郵局好多了）。順著利安佐街一直走十五分鐘，盡頭就到人民廣場。過了聖天使橋就是納佛那廣場（Piazza Navona）。

我們過去所住的郊外住宅區因爲交通不方便而住怕了，所以這次決定即使房租稍微貴一點也要住到羅馬市中心區。關於方便這一點來說，這家公寓位於沒得挑剔的地點。到任何地方都走得到，從任何地方也可以走路回家。

我們找到這公寓完全是偶然。一面走在波卡麗路時，一面談到不可能住在這一帶吧，碰巧看到附家具短期出租的公寓。古老宮廷風相當有氣氛的建築物，附有很大的門和前庭院。既安靜，日照採光也好的樣子。打電話一問，據說剛好只有一間空屋。

其實這時所謂的空屋是在地下室，說得客氣也不能算是好房間。雖然實質上是半地下室，老實說也不能算是正常市民居住的空間。牆壁的很上方有窗戶，從那裡微弱地透進像安捷瓦依達（Andrzej Wajda）的黑白電影般的光線。抬頭看時，可以從仰角隱約看到走在路上的行人的腳。正如Sonny Clark的「Cool Struttin」唱片封套上的照片一樣的光景。有時也可以看到有魅力的小姐穿著高跟鞋的腳踝。絲襪承受著羅馬反覆無常的陽光燦亮地閃著光。那腳踝發出卡茲卡茲卡茲的爽快聲音，從我們頭頂的稍上方通過。這以光景來說雖然不壞，但每天看著實在有點累。大致說來，在這地下生活沒有什麼好事。或者，可以明白說悲慘的事比較多。白天都陰陰暗暗的，房間是狹小的，廚房設備是惡劣的。電爐的火力是微弱的，連煮麵都煮不熟。因爲水沸騰得不夠滾。沒辦法，我們只好用露營用的桶裝瓦斯和瓦斯爐煮麵和煮飯。彎身蹲在廚房地上煮飯做菜也覺得像難民般委屈。我常常想我到底在這裡幹什麼？

一下起雨來，面臨中庭的窗戶就會滲水進來，房間變得非常潮濕。因爲電的容量很小，一燙衣服時電路就會啪一下跳斷，房間裡變成一片漆黑。而且這斷路器的情況已經接近毀滅性，一旦跳電就很難還原。我們隔壁鄰居的房間也一樣（地下有兩間房間），住在那裡的美國夫婦經常把房間弄得黑漆漆的點上蠟燭。他們的斷路器情況比我們的更糟糕。住在隔壁的是從波士頓來的中年夫婦，氣質很好，先生好像是生意人。可能因爲工作的關係而住在羅馬。我想這是當然的，他們一定憎恨羅馬的一切。我也可以瞭解他們的心情。這種房間在美國來說確實是貧民窟。

我們忍耐著住在這個房間，一則是因爲地段好，再則因爲喜歡房東卡那利先生的爲人。卡那利先生是個相當親切的人。年紀我想大概七十五歲左右。個子高高瘦瘦的。行動有一點蹣跚。不過精神倒是很好的樣子，每天騎著偉士牌愛車，到公寓附近的辦公室去。穿著綠色鮮豔的西裝上衣，帶著類似棒球帽般的帽子。卡那利先生的工作是攝影師。我以前做過日本出版社的工作噢，他說。小學館出版社委託他拍義大利的建築物。他給我看那攝影集。好像是很久以前拍的相片，顏色也有幾分褪色了，不過卻是感覺相當扎實的好相片。看他所拍人物的穿著，可能是六〇年代攝影的。因爲眼睛壞了，所以已經不再工作，卡那利先生說。他有兩個兒子，一個在文藝復興廣場附近的銀行上班。那個兒子幫忙管理公寓。因爲卡那利先生只會說義大利語和法語，所以瑣碎事情就由那位兒子傳達給我們。

這位卡那利先生眞是個好人。義大利人之中光口頭上熱絡實際卻不然的比較多，但卡那利先生則連細微小事都懷著誠意對待我們。有什麼東西壞了他會立刻來修，有什麼不夠的會幫我們買齊。當然也有不順利的事，至少他有親切的心意。在我們所遇到的義大利人之中是屬於相當了不起的。儼然是從前有教養的那類長者。

我們從第一眼看到這位卡那利先生就開始喜歡他，因此對這糟糕的地下室也想算了，就忍耐著住下來。世間就是這麼一回事。只要確實看得見狀況背後人的姿態，很多事情都可以忍耐。相反的即使處身於不錯的狀況，如果看不清楚人的姿態時，就會焦躁、不安。

其實卡那利先生除了這個房間之外，同一個公寓裡還有一個房間，那是在地上。設備也比地下的好。我在想，這地下室可能本來就不是爲了住人而設的。原來大概是倉庫之類的吧。後來因爲各種原因而改裝成房間。所以很多設備都是湊合的，不完整。狀況也很多。和地上的房間相當不同。如果地上的房間空出來的話，我會讓你們夫婦優先搬過去，他這樣跟我們約定。現在那裡住著一位單身赴任的汽車公司幹部，他在羅馬的工作結束後要回托里諾（Torino）（譯註：或譯杜林，在熱那亞西北方，靠近法國邊境）的家，我想再兩、三個月大概就會空出來了，卡那利先生說。

於是我們在陰暗的地下室一面住著，一面等候那位飛雅特高級幹部回托里諾。可是這位男士一面說這次下個月眞的要回托里諾了，一面一直賴在那個房間不搬。據說他也並不想待在羅馬。很想早一刻回到自己托里諾的家去。可是公司一直慢吞吞地拖延手續。我聽一位義大利人說，這在義大利是常有的事。不像日本那樣會下達：「令於某月某日調任某分公司」之類明確的人事命令。在這裡上司告訴你：「嘿，你準備下個月左右到托里諾去吧。」於是你開始打包行李，可是一直等都沒下文。你不知道怎麼樣了，去問上司時，往往是胡扯：「噢，我說過嗎？」或：「嗯，那件事啊，老實說取消了。」所以別指望義大利人對未來的承諾，等對方很堅持地說過三次之後，你才慢慢開始準備還差不多正好，據說是這樣。

就這樣，結果我們便一直拖拖拉拉地繼續生活在那個地下室。

不久冬天來了，冬寒深了。隔壁房間的美國夫婦丟下一句：「感謝上帝，終於可以脫離這個花園城市了！」回波士頓去了。因爲實在太冷，我們開車到北義大利去旅行。繞土耳其時向米蘭的三菱代理店租的大型三菱Pajero還一直拖延著沒還，所以就開那部車去。義大利人的馬虎也有好處。在義大利說到Pajero，幾乎是雅痞車。

我們一路住宿在小地方，一路沿著高速公路慢慢往北開，在翡冷翠住了幾夜，然後經過格里摩那（Cremona）、熱那亞（Genova）、到達里維耶拉（Riviera）海岸。我們期待著里維耶拉應該很暖和而去的。然而實際來到冬天的里維耶拉一看，覺得好空虛。暖和雖然確實暖和，但總好像感覺不到一點所謂的起伏變化。在西西里時也一樣，身體有點癢癢的。一直覺得不知道哪裡不對勁。

在對里維耶拉還不以爲然之下，又繞了帕爾馬（Parma）、曼特瓦（Mantova）、費拉拉（Ferrara）和阿西西（Assisi），再回到羅馬。

回羅馬之後又跟以前一樣過著地下室的生活。沒辦法只好再出去旅行。這次去到米蘭。就這樣我們甚至覺得好像生活在Pajero車上的時間還比在房子裡的時間長。幸虧有事情必須暫時回日本一趟。在那稍前天皇去世。我終於四十歲了。不過當然，並不因爲四十歲了而有什麼會突然改變。既不會以那一天爲界線人忽然變老，也不會頭腦忽然變好。只有一點覺得怪怪的而已。

回到日本，日本的媒體被天皇的報導所占滿。舉行大喪的葬禮，全日本的警察都聚集到東京，下水道洞口的蓋子打開檢查後關起來貼上封條。可能要防止激進分子的恐怖行動吧，不過剛從義大利回來就目睹這種情形，覺得實在有點神經過敏。我們回日本後一直住在澀谷區的公寓裡，對於東京所展開的這種瘋狂事情覺得很煩，而且經常有警察來訪也很受不了，於是決定搭新幹線去九州，到由布院優閒地泡溫泉，等這一波騷動過去。這樣說也許有語病，不過九州一般人對大喪之禮似乎不怎麼在意地過著日子。在東京時，世界看來就像被染成同一個顏色似的。碰到誰都在談那一件事，大家紛紛發表意見，各種意見和感想就像細細的灰塵般在空中飛舞，紛紛震動。光談這件事就令人心煩。幸虧九州沒有這種情形。天皇的喪禮感覺上也像跟日常生活不太有關的「遙遠的事」。

就在這樣紛紛擾擾之間，卡那利先生有聯絡了。說是托里諾的男人終於要回托里諾，上面的房間空出來了，你們打算怎麼辦。於是我們決定再一路趕往羅馬。這簡直像無根的草嘛，我想。到那邊覺得煩便到這邊，到這邊覺得煩又到那邊。不過算了，我想。沒有法律規定不可以一下到那邊一下到這邊。不過眞想買義大利航空Alitalia的回數票呢。

＊

卡那利先生的新房間在一樓。不過雖說是一樓，其實是在一樓半高度的房間。地下是半地下，一樓自然就提高到半層樓了。比起地下的房間當然要明亮多了，房間也寬敞清潔，廚房和浴室的機能也充實多了。連洗衣機都有。以前住的地下室房間沒有洗衣機，我們有半年之間一直用手刷拉刷拉地洗衣服。因此手上都長滿了繭。所以對這卡那利先生的新房間，我們大體上很滿意。一走進去，桌上放著豪華水果籃和鮮花，並附有「獻給大名鼎鼎的多特雷（Dottore）村上」的卡片。（義大利人習慣給人家冠上這種亂七八糟的形容頭銜。爲什麼我會變成博士呢，眞搞不清楚）。

我在客廳角落擺設工作桌，上面放文字處理機。旁邊放日立收錄音機，接小型CD player。這樣總之成了我的暫時工作場。我想如果回日本家裡的話，就有大口徑的ＪＢＬ了，不過想也沒用。重要的是有什麼就將就用吧。在地下室住了一段時間然後搬到地上的房間，首先感覺到的是，可以確實看清楚外面的風景是多麼美妙的事啊。以後絕對不要再住什麼地下室了。從我書桌旁邊的窗戶，可以看見隔街一棟七層樓建築的古典公寓大廈。那窗外附有可供墨索里尼演講之大的氣派陽台。隔壁是Profumeria（化妝品店）。羅馬有多得快腐爛的Profumeria。在Profumeria上班的小姐或太太，當然都濃妝艷抹。她們無聊時就走出門外，跟附近的人站著沒完沒了地聊天。眞佩服她們怎麼有這麼多話可說。

不過從這窗口看得見的最高觀賞物怎麼說還是路上停車。這怎麼看都看不膩。因爲要在這附近找停車位簡直難如登天。所以我一旦能在家裡附近停到車位之後，就不想再把車子開出去了。總之是這麼嚴重的難停車。我們公寓前面也經常停滿整排車子。爲了找停車位附近經常有車子在繞著徘徊。所以偶爾有人要把停著的車子開出來時，首先發現的幸運駕駛者，就會非常高興地趕快把車子咻一下從後面開進來。一直看著這些，都不覺得厭倦。

也許你不相信，義大利的車子是有表情的。總之車子也跟車上的駕駛一樣擁有豐富的表情。所以如果一有空停車位時，車子跟駕駛一起，感覺就像人馬一體般，車子本身會咧嘴微笑起來。可是如果那車位因爲一指之差被別的車子搶先佔走時，整個車子就會頓然失望落魄。眼光無神垂頭喪氣一副慘敗的表情。這每一種表情一一都非常生動。所以看著也非常愉快。這種地方跟日本車就相當不同。日本車很奇怪沒有所謂的表情。高興也好、難過也好，大多都以一副上市股票企業般的表情跑著。要我說的話，我就不知道Toyota MarkII或Nissan Gloria或Mazda Capella眞的是在想什麼跑著的。如果你要說汽車有沒有表情都無所謂的話，確實我也沒話說，可是我看日本的路上停車，一直看著也沒什麼意思。如果你沒事一直盯著看的話，恐怕會被從S級賓士車下來的人毆打也不一定。

說到賓士車，確實賓士有某種表情。不過我想只有一種表情也是賓士可怕的地方。簡直像漫畫的Golgo13一般。BMW也絕對不會微笑，Opel的話則完全是鐵假面。我甚至覺得Opel一面在高速公路奔馳時，是不是一面在想中國國債的事。我對女人雖然沒什麼偏愛，但總之不會想跟像Opel的女人睡覺。

關於這點來說義大利車眞偉大。提到有表情，說不定在路邊站定下來抬起一腳來大便的車子，並不是誰都製造得出來的。我喜歡義大利車子的這種地方。性能且不說。

有了窗戶，就可以望著這些光景發呆消磨時間。工作累了，就可以坐在窗邊一面聽著維瓦第的《木管協奏曲》，一面毫不厭倦地望著街上的各種景色。心想還是地上好。尤其羅馬春天晴朗的光線，跟其他任何地方的光線都不一樣。透明，閃亮，無拘無束。到了四月，走出戶外已經需要太陽眼鏡了。也可以在外面用餐。新的花開了，新的鳥飛來了。貓也在各個地方優閒地伸著懶腰，性急的小姐甚至已經穿上無袖襯衫。這個季節的羅馬，怎麼能夠住在地下室呢？

其次，這家公寓還有卡梅李耶雷（cameriere，服務員）。一位叫做麗娜的胖太太，一位高高的年輕黑人（不知道他的名字）。他們大多早上九點來，下午兩點走。麗娜太太做換床單和細微的打掃工作，青年則做費力的粗活。兩個人感覺都很好，做得很認眞。尤其麗娜太太是個典型義大利親切熱誠的太太，她只要喜歡上你就會徹底像媽媽一樣照顧你。所以我們每次出去旅行，都會買一點禮物回來送他們兩個。麗娜太太每次都很高興，抱著我太太嘖嘖地親臉頰。雖然覺得有點感情過剩，不過對方高興是再好不過了。這個國家跟日本一樣，所謂誠意也就是指禮物。

以經驗來說，義大利的公寓固然要看設備，但卡梅李耶雷的品質也可以使居住的舒服程度大有差別。如果卡梅李耶雷態度不親切、或工作不起勁的話，不管多氣派的公寓，建築物整體的氣氛都會變得非常惡劣。如果外出時他們沒有代收郵件的話，你必須一一去郵局領，這——往後再詳述——簡直是地獄。在任何國家都一樣，最後的關鍵是好的人才，是人際關係。這一點，我們所住的波卡麗路上的公寓管理就非常完善，在這層意義上就住得很舒服。有什麼壞了立刻就來幫你換，人不在的時候，郵件會幫你代收。這種事情在羅馬簡直是接近奇蹟。這裡是我們在羅馬所找到的最後，也是唯一正常的住宅。

羅馬的停車狀況

羅馬的停車狀況，我順便再詳細敘述一下。正如前面寫過的那樣，在羅馬市內要找停車位並不簡單。如果以更正確一點的文字來定義的話，那是介於「相當困難」和「極其困難」的大致中間一帶。而且，我想這在東京也一樣，停車困難似乎是一年比一年嚴重。我從第一次來到羅馬以來，三年之間眼看著情況惡化。也就是說「糟糕計」的指針由「相當困難」往「極其困難」的方向大幅度傾斜。

這個城市的市中心大體上幾乎沒有所謂的停車場。如果要問為什麼沒有的話，首先第一點街道本身就很狹小。除了狹小之外，建築物的規定也很嚴，沒辦法蓋現代化的停車用大樓。街上的建築物好像幾乎都是歷史性建築物，不用說，歷史性建築物本來就沒有附設什麼車庫。我有一次在羅馬找房子時，聽說有新的公寓過去一看，居然是一九三〇年代建的建築，令我大感驚訝。這樣都算是新建的，其他也就可想而知了。這種古老建築物氣氛好，看起來很美，但遺憾的是機能實在不算完善。

而且要挖地下建停車場嘛，也不行。因為稍微往地下一挖立刻就會有什麼遺跡出來。因此羅馬街上便到處充滿了路面停車。想開車到什麼地方去，都沒辦法找到停車的地方。交通阻塞雖然並沒有比東京嚴重，但停車卻完全已經是毀滅性的。一旦在家裡附近找到停車位就暫時不想再移動，這是一點也不誇張的。總之在等到有空車位之前在家附近周圍繞三十來分鐘也是常有的事。

那麼是不是說在羅馬可以不要有車子呢？可是住在羅馬而沒有車子的話，也麻煩。首先，這個城市公共運輸交通工具並不像東京那麼發達。不，其實沒有必要跟東京比。跟全世界任何主要都市比都不發達。地下鐵和巴士有雖然都有，但地下鐵只有短短兩條路線而已，想搭巴士的日子則總是讓人不知道什麼時候巴士會來。而且地下鐵和巴士總是吵吵嚷嚷的擠滿了拉咖子（ragazzi，年輕人），這些傢伙既不懂禮貌，又粗魯。其次這點日本人可能也無法想像，這裡的巴士有時還會走錯路。一不小心忘記轉彎之類的。偏偏羅馬的路都是單行道地獄，所以一次搞錯之後，要回到原來的路就大費周章了。乘客紛紛開始抱怨，司機則哇啦哇啦找藉口（不道歉。只是找藉口而已），反而白費更多時間，眞是添麻煩。過站不停更是家常便飯。就算確實按了幾次停車按鈕，司機也不知道在想什麼，就是完全忽視到站也不停就開過去。所以不得不大聲喊「停車，停車！」這種過失多半發生在午餐後的時間。我想司機也喝了葡萄酒，身心正在放鬆的時候吧。這種時刻還有很多別的問題。我所等的巴士也曾連司機一起都失蹤了下落不明。不知道忽然消失到什麼地方去了。這時果然連交通局的阿伯們都臉色發青到處找巴士。我想大概開著巴士到哪裡去玩了吧。搭巴士也是相當麻煩的事。

地下鐵至少還會按時來，不會過站不停。但遺憾的是只有兩條路線，車廂裡扒手又多。這麼說，計程車也很難招到。眞是不方便極了。

其次夜深之後，巴士和地下鐵幾乎都沒有了。可是羅馬的音樂會多半在九點左右才開場，結束時總要十一點過後。歌劇的話拖拖拉拉更要到將近十二點。這麼一來只能走路回家，或者在附近預約飯店。

因此在這個城市如果要住比較久的話，無論如何還是有必要開車。我在東京生活將近二十年，幾乎沒想過需要車子，因此決定不開車，但來到羅馬之後，往往沒有車子實在不行。羅馬市民也受不了這種糟糕情況，報紙並刊登過發起想辦法改善的活動，但實情卻是一籌莫展。

*

那個歸那個，我的想法是，車子這東西相當表現各個國家的文化和風情。也就是說，義大利車其實很義大利式。義大利的小型車一般來說，是爲了要在狹小街角容易停車而製成的。首先第一必須小巧精緻。其次方向盤要非常靈敏。能夠靈活開進狹小的地方。最近羅馬市內雖然也常看得到大型賓士車和VOLVO，不過我覺得還是不適合在羅馬停車。美國車就更不用提了（實際上就完全沒有）。關於市內停車，則全都是飛雅特500（Cinquecento）（譯註：發音像「淺歸淺」）或126（CENTOVENTISEI）或UNO或AUTOBIANCHI小車的天下。他們正好可以鑽進一點點的縫隙裡去，很快就找到車位。總之比「淺歸淺」全長只有三米多，比起四米的Golf短了一米，比賓士560則短了二點一米之多。正是適合羅馬的車子。而且多少撞一下或被撞一下也管他的無所謂，眞是天下無敵。

「淺歸淺」的優點是，可以在人行道停車時發揮到極至。因爲車道已經停滿了，於是從橫貫人行步道的地方開上人行道，嘿，就那麼停在那裡了。我不知道這是否合法。我想應該是不合法的，可是我從來沒看過一次因此而被開罰單的。大概因爲並沒有太妨礙人，所以就睜一隻眼閉一隻眼吧。總之以旁觀者的眼光來看，這都是很方便的車子。雖然上高速公路有點危險，但在羅馬市內移動的話我想這是最好的車。擁有賓士560或VOLVO760（也就是全長四百八十五公分）雖然是所謂的羅馬雅痞，當他們正在ristorante（餐廳）前急於尋找停車位時，「淺歸淺」的車主只掃以眼尾，便一馬當先殺上人行道停好車子，好極了，這邊看著也很痛快。這也只有在人行道寬闊的羅馬才有可能，在日本就行不通了。

其次這裡的人路邊停車眞高杆。我太太在買東西時，我就一直站在馬路前面看著這縱列直排路邊停車的模樣，這也是羅馬另一項看不膩的娛樂。如果您有機會到羅馬的話，與其觀光鬥獸場和梵諦岡美術館，我建議不如觀賞這縱列停車。總之有趣極了。對義大利人來說觀賞停車似乎也滿愉快的樣子，我站定下來看時，往往有幾個人也站定下來聚在旁邊一起看得出神。

如果有一個很擠的空間，車子也許停得進去也許停不進去時，就是再好不過的觀賞目標了。不久就會有車子開來。開車的人把速度放慢下來，目測「進得去嗎？」想想「試試看吧？」在稍前方停下來，打警示燈，開始慢慢倒車。從這時候開始出現圍觀者。大多是閒著沒事的中年男人。也有像我這樣太太在買東西時，正在發呆消磨時間的人。在日本施工工地常常有些中年人閒著沒事袖手旁觀的，氣氛有點像。開車的是一位開著AUTOBIANCHI Y10到商店街來買東西的普通signora（太太），眞不簡單。她以熟練的手法一下子把屁股塞進去，很快切換幾次方向盤，於是剛剛好擠進裡面去。這該說「Bravo！」如果非常高明時，有人還會拍手鼓掌。大家點頭稱讚，或出聲讚美「Perfect（好極了）！」像聽義大利歌劇的詠嘆調一樣。signora也微笑一下，坦然接受讚賞。眞是個奇怪的國家。

相反的如果技術差勁的話，就會被明顯地輕視。不過當然也有很多技術差勁的人。差勁的人就徹底差勁（技術差的太太會被旁觀的人起鬨：「signora回家去煮麵吧！」）有一次我曾經看到有人準備把車子停進一個不太狹小的地方，卻把前面賓士車的保險桿和後面雪鐵龍的保險桿各咚咚咚地用力撞三次。如果在日本這樣做的話，恐怕是不可能五體健全地回家。我想在義大利應該也沒那麼好過吧，然而那樣做的人可能個性很鷹派吧，還一面哼著曲子，一面若無其事地就那樣走掉。義大利人大多認爲保險桿就是爲了會被撞而設的，所以對保險桿被撞比日本寬容得多，雖然如此還是不值得鼓勵，撞了可以容許的頂多一次、兩次，前後各三次我覺得就太過分了。有一次在西西里有人這樣做，把人家的保險桿卡鏘撞落地上。旁邊目擊者只有我和我太太。他好像也覺得這有點不妙吧，朝這邊說了意思類似「沒辦法，很爛的保險桿嘛，哈哈哈。」就那樣溜掉了。

其次並排停車也是值得觀賞的景點之一。

因爲羅馬的道路都被停滿了車子，所以當然會出現雙排停車的人。偶爾甚至有三排停車的。原則上來說，暫停一下辦一點事情，或者到前面的餐廳吃一下飯，有人打暗號就立刻出來開走，這種人會並排停車。所以如果在這條線以內進行的話，被並排停車的人也不會抱怨。這種事情互相行個方便。不過畢竟對方是義大利人，所以事情並沒有那麼順利（不可能順利）。並排停車後人就不知道跑到哪裡去，你左等右等，等到天黑都完全不回來的傢伙大有人在。這麼一來被並排停車的人想把車開出來都不行，傷透了腦筋。只能舉手投降。因此一直不停地按喇叭。簡直吵得受不了。你正在用餐時旁邊就一直在搞這個，眞是不愉快透頂。不過後來總算並排停車的駕駛晃回來了。有的會道歉一聲「噢，對不起。」有的完全不道歉（大多不道歉。羅馬不流行道歉）。有人對這個會抱怨，也有當場就吵起架來的。在日本的話可能會動手揪起領子的狀況了。不過這裡的吵架只是加上比手畫腳的「口角」而已，並沒有惡意。或許偶爾有，不過以我所看到的是沒有。因此在一邊旁觀倒是很有意思。當被害者說「爲什麼把車子一直停在這種地方呢？你沒想到這樣會給人家添麻煩嗎？」時，加害者則說「總之我不是回來了嗎？沒關係嘛。」眞是厚臉皮。這麼一來架也吵不起來了。何況下次機會可能被害者和加害者的立場一百八十度對調也完全不奇怪。所以吵架也鬧不大。彼此只要把想說的話說出來之後，就上車開走了。

有一次在Cola di Rienzo路上，我目睹一個年輕女孩子被並排停車堵住，車子開不出來，等了二十分鐘左右後，對一面吹著口哨一面晃回來的對方男的認眞咬住不放。於是男的若無其事地這樣說「嘿，我承認我不對，可是妳的說法也一樣不對。」眞有趣的國家。百看不厭。

其次我也看過四個男人把並排停車的「淺歸淺」一口氣抬起來，移開的。像這種時候如果是VOLVO的話也不太行吧。

蘭吉雅（Lancia）

這次總之想在義大利買一部車。不一定要多棒的車也可以，只要能開著在歐洲到處輕鬆旅行的車子就行了。不太大的義大利車比較好。

我覺得舊型的AUTOBIANCHI 112很可愛我很喜歡，我太太則是「淺歸淺」熱誠的迷，不過那實在屬於都市車，如果想要到外地長途旅行時就有點辛苦了。而且總之兩者都暫時停止製造新車。想了很多之後，我以個人的偏好決定買蘭吉雅Delta1600 GTie。這尺寸小，引擎力量相當強，而外觀也不醒目，跟我的希望正吻合。Giugiaro的設計看起來也頗俐落的，不討厭。在Delta系列的車子裡屬於松竹梅裡的竹級車。價格不到日幣二百萬圓。我可以用外國人的免稅優待來買，因此在義大利付的金額約一百五十萬圓。

不過買這部車手續相當麻煩。需要各種文件。而且因爲直接去飛雅特總公司的蘭吉雅經銷商，英語說不通。於是又請烏比兄幫忙。

我首先告訴經銷商中年人我想買蘭吉雅的1600GT。頭禿了、氣色很好的中年阿伯。一副喜歡麵食似的義大利人臉。他說現在手頭上沒有1600GT，所以要向托里諾總公司訂貨，排隊等候大約要花兩個月吧，阿伯說。現在義大利景氣很好，車子賣得好快，所以大多都缺貨。而且1600GT算是跑車型，產量不是很多。提車總要花那麼多時間。他說。雖然或許是這樣，但我可沒辦法等兩個月。我用現金一次付清，所以一定要馬上幫我找到。事情很清楚，現在就辦，要不然就拉倒。我這樣說清楚。在這個國家如果不這樣自我主張的話，怎麼等都得不到你想要的東西。

那，我打電話給認識的經銷商查查看手頭有沒有貨，您有沒有特別喜歡什麼顏色？他說。沒什麼特別偏好。除了白色之外什麼色都可以。

他打了相當多通電話之後，終於找到一輛1600GT。顏色是格立久・擴爾茲・梅塔爾（metallic dark gray，金屬深灰色）。

太帥了，沒話說。只要去做就辦得到。

這位阿伯叫做范特力先生，對日本車充滿了敵意。認爲在日本義大利車賣不好是因爲保護主義的關係。我並不否認日本市場有這種傾向，可是德國車還是賣得像飛那麼好，所以我想沒什麼狗屁保護主義。就算價格高一點，品質好服務又確實的話，產品還是好賣的。本來想這樣說，但既不會講義大利語，而且這種話一說起來會變得很長，所以就嗯嗯地聽過去。不過總之我們這次要以蘭吉雅出的叫作Dedra的新車，打倒日本車，他說。後來我在展示間看到這所謂Dedra的車子，眞是好醜。不過每個人喜好不同。

說是車子一星期左右可以到，結果左等右等，這部車花了兩個多星期才到羅馬。不過這裡是義大利，所以這樣的延遲還不算延遲。在日本的話這一級的車大體的東西都齊全地含在標準配備之內，在義大利卻不然。首先沒有動力方向盤。沒有汽車音響。當然也沒有空調。右側門邊沒有後視鏡。沒有踏腳墊。沒有的東西一大堆。勉強只有前座的窗戶有電動窗（在狹小得難以相信而且操作困難的地方，小小的開關扭幾乎討人嫌地附在那裡）。還有中央控制門鎖。但我試了一下，中控鎖卻不靈。我讓機械師看看，竟然說「啊，忘記把栓子裝進去了」。有沒有問題呀，這車子。我漸漸擔心起來。

付完追加費用，讓他們把右側鏡子和防盜警報器幫我裝上。這兩樣合計兩萬四千圓。警報器在日本還好，在義大利絕對是必需品。連這種東西誰要偷的破爛「淺歸淺」都要裝這防盜器。沒裝的話，在義大利就不叫汽車了。

其次是汽車音響。這因爲風險非常大，所以決定不裝。車子停在街上人走開一下，在那之間汽車音響絕對會被偷走。因此義大利開車的人一下車一定會把音響拔下來帶著走。我不想一一做這麼麻煩的事，因此沒裝汽車音響。我可不想提著汽車音響在街上到處走。

防盜器的設定方法。

這當然是爲了防止汽車被偷。首先把引擎熄掉，下車之前，要把防盜警報器按鈕打開。並在打開後三十秒內下車，把車門上鎖。這樣警報器才不會響起來。要上車就更難了。打開門後六秒之內必須解除警報才行。可是這警報器開關卻裝在非常不容易知道的地方。當然如果裝在容易知道的地方，小偷也會立刻就解除，那樣也很傷腦筋。就算這樣，眞的不是開玩笑，很難知道。感覺就像要伸手到冷氣後面的狹小空間用手摸索著把插頭拔掉。這些必須在打開車門後的六秒鐘內做完。這簡直像「間諜大戰」嘛。汗都急出來了。如果失敗的話，就會響起大得驚人的警報聲叭啼、叭啼、叭啼響遍周遭。在義大利開車並不簡單。

其次，關於汽車裝潢，卻相當差勁。這樣說雖然不妥，Sunny或Corolla級日本車的裝潢還漂亮多了。蘭吉雅車塑膠的接縫地方相當凹癟不平，完全沒有高級感。雖然看Maseratti之類高級車的內部裝潢確實非常豪華，但義大利車一到大衆車級就有點問題了。這種東西如果隨便做一做，我想就不能怪保護主義怎麼樣了。日本大多數消費者，除了相當重視情趣的人之外，我想應該不會特地花大錢去買這種車子。因爲日本車還是物美價廉多了。

對汽車裝潢嘀嘀咕咕抱怨一番之後，忽然看一下燃料計，燃料已經完全降到零。指針已經倒向左端到底了。「燃料幾乎沒加，所以請馬上去附近加油，跑太遠油會耗光噢。」工廠的人輕聲說。眞是開玩笑！時鐘已經過一點了，加油站關門的時間。雖然有自助式加油站，不管怎麼樣現在不得不去找加油的地方。眞過分。完全沒有體貼心。

總算在油耗盡之前找到自助式加油站，暫且加了一萬里拉（約一千圓）的油。這下子OK了。從曼左尼路（Viale Manzoni），開進牆邊的地下道，經過人民廣場旁，渡過台伯河，從Cola di Rienzo路到文藝復興廣場，然後回到家。正遇到午休的尖峰時段。而且羅馬市區從上午就一直繼續下大雨。因此才剛剛買的新車就濺滿了泥水。

車子本身的情況非常好。剛出廠嶄新車子的氣氛十足。一踩油門時，引擎便發出呼嗚——非常舒服的聲音，方向盤轉動角度明確，煞車刷地極靈。避震裝置有點硬，但彈性不錯很舒服。

蘭吉雅Delta1600GTie總之是我所買的值得紀念的第一輛車。好了，以後不知道順不順利。

羅德島

五月底，希臘政府觀光局招待我到羅德島去。也就是所謂「閣下請」，交通住宿免費招待的那種。條件是拍希臘的照片，參加秋天在東京舉行的攝影展。只要是希臘國內任何地方都可以隨意去，拍什麼都可以。拍得不好或拍紀念照都沒關係。除了我之外據說還有十個人左右受到委託。我因爲不太喜歡麻煩，所以並不主動拍照，不過對方說我太太拍也可以，因此我想沒問題吧便接受了（只是我太太對角度、光線、影子之類種種條件很囉嗦，卻不會換底片）。參加者有機票和一星期的經費。我們因爲已經人在歐洲了，所以代替的是提供我們羅德島附廚房的飯店半個月。這對我們來說非常慶幸。心想可以到羅德島去優閒地享受愛琴海的初夏了。

我們到羅德島這是第二次（我是第三次），上次來是十二月。因爲反正是淡季所以照例飯店、餐廳、商店都有九成是關著門的，幾乎看不到觀光客。天氣也不太好。每天都淅瀝淅瀝地下著雨。羅德島冬天的雨眞的是淅瀝淅瀝地下。而且就在那之前EC高峰會議才在這裡剛剛召開過，柯爾、柴契爾夫人、密特朗都住在這裡，因此島上到處都是警察。爲了警備而把全希臘的警察都集結到這裡來。不過他們也在工作結束後，幾乎和我們相交錯地離開島上了。羅德島有一種慶典過後的氣氛。我們所住的飯店因爲伺候要人而疲倦了，工作人員看來都很累的樣子。

雖然是冬天羅德島風還不算很強，比米克諾斯溫暖多了也好過多了。雖然絕不算暖和，但沒有嚴寒的感覺。風景也比較多，綠意自成一種氣氛。可以說是女性化安穩的島。就因爲這種種我們相當喜歡這個島，無奈季節的關係有點太寂寞了。因此計畫下次夏天再來一次。

*

在羅德島機場的Budget 出租汽車櫃檯租了一輛飛雅特的UNO。UNO是既簡單又好開的車。我還滿喜歡的，遺憾的是我所租的這輛卻有問題。居然小燈不亮，點火栓皮掉，引擎很難發動，而手煞車幾乎沒什麼效。我把車停在斜坡上辦完事回來一看，停車的地方沒車子。心想奇怪，原來車子鼻頭衝進斜坡下的鐵絲網上了。這樣的車子居然也敢租給客人。實在太過分了，我去抱怨時，卻回一聲「對不起」就輕鬆地換一輛別的UNO給我。能幫我換固然好，但新的和先前的狀況幾乎一樣。點火栓的情況不相上下，各種警示燈因震動而忽明忽滅。手煞車雖然確實變靈了，但這次輪到腳煞車每踩一次就發出像在掐死小雞似的悲痛聲音。當然這非常受不了。萬一在某個街角前煞車板或什麼忽然脫落怎麼辦，經常有這種恐懼感。這樣或許不如手煞車不靈的那輛還好一些也不一定。

不過沒辦法只好開著這輛破飛雅特在島上到處繞。有一次被開著Nissan Cherry 的歐吉桑在路上叫住。心想什麼事，結果對方發表意見「你怎麼一個日本人還開那種飛雅特的無聊車子呢。我一直都開

Nissan，全世界沒有比這更好開的車。既能跑，又不故障，燃料也省。」哈哈哈哈。

不過羅德島是大小最適合開車的島。環島公路沿著海岸景色非常美，而且路上空空的沒什麼車。如果有適當的海灘就停下來游泳，如果有感覺不錯的塔維爾那，就在那裡吃起炸小烏賊和沙拉。喝了啤酒再開車，也沒有任何人會抱怨。

有空時就到島上很多小地方繞。我最喜歡的就是一家叫做Epta Piges（七瀑布）的餐廳。這家餐廳位於往林得斯（Lindos）途中往右轉的山中。這眞是一家不可思議的餐廳，桌子沿著美麗的溪流排列。服務生端著菜從岩石到岩石之間飄來飄去地服務。串燒是最好賣的菜，因此廚房煙囪熊熊升起燒肉、燒魚的煙。氣味相當香。其次這裡有很多孔雀。雖然不太清楚爲什麼會有孔雀，不過總之有大約一打的孔雀群，很固定地住在樹林裡。Raymond Carver有一篇短篇小說〈羽毛〉，裡頭提到半野生化的孔雀，來到這裡之後我也很能體會那種氣氛。孔雀停在樹枝上，一面俯視著餐桌的客人，一面像小說裡那樣「媚噢、媚噢！」地叫著。這麼說Carver也到羅德島來過。他好像滿喜歡這個島的樣子，還以羅德島爲題材寫了一些詩。說不定他也到這Epta Piges來看到孔雀，想到那事情也不一定。我忽然這樣想。結果想東想西之間完全忘了菜的味道。不過我想味道應該不錯。

我們冬天來的時候也經過這家Epta Piges，但那時候餐廳關著門，只有孔雀像是自衛隊般在附近徘徊著保護自己的領域。我們靠近時，孔雀都帕搭帕搭地張開翅膀「媚噢、媚噢！」地威嚇我們。那時候我也覺得這裡很奇怪，夏天這裡也是個奇怪的地方。如果有機會到羅德島的話請到「Epta Piges」看看。滿有意思的地方。也可以這裡爲起點沿著美麗溪流到山中去登山。羅德島有豐富的泉水，在希臘的海島中可以說例外，是個水和綠意很多的地方。

*

舊城（Old Town）裡有整排的塔維爾那。因爲離港口近，很多店都供應新鮮的海鮮類。有高價的氣派餐廳，也有大眾化的館子。我因爲不太喜歡氣派餐廳，所以都逛便宜店挖寶。Old Town是只要你肯努力找，就一定會有不虛此行的地方。我忘了名字叫什麼，不過在靠近中心地帶走進一條巷子時，找到一家味道非常好的烤魚店。感覺就像以日本來說巷子裡的繩簾老牌燒鳥屋或黑輪屋那樣的店。一走進門立刻有一個大大的炭火串燒爐。那爐子上經常熊熊地燃燒著紅紅的木炭。前面站著一位穿著汗衫的烤魚阿伯，一面小口地啜著葡萄酒，一面檢查燒烤情況，轉動著一串串的東西。旁邊有一個新鮮魚類的展示櫃。客人從那展示櫃指名「給我這個」選著魚，請阿伯烤。餐廳由三個人經營。不會英語負責燒烤的阿伯，會講英語的待客阿伯，和在裡面做沙拉之類的太太這三個人。冬天去的時候沒有英語待客的阿伯，只有兩個人在做，觀光季節才多加一個人。這三個人的關係照例不清楚，不過這裡的炭火烤魚眞的非常非常美味。點了一尾剛捕的章魚，和三尾小型的花枝烤，吃了沙拉和炸馬鈴薯，喝了一瓶雷濟那葡萄酒，附有麵包，吃得好飽，付賬時才一千五百圓左右。而且去了幾次後還免費附送水蜜桃甜點。這家店如果帶著攜帶用醬油去的話就更棒了。剛剛烤好的章魚和花枝擠上大量的檸檬汁，澆上偷偷藏著帶去的醬油（其實光明正大地亮出來也沒關係的），簡直美味極了。

這家烤魚店附近的人也會自己帶魚來。請店裡用木炭代烤。代烤要不要付錢我不知道。不過以我所看到的，都沒有人付過錢。我想大概是服務性的。一面聊著天一面讓店裡代烤魚，烤得很美味的樣子之後（眞的烤得很美味的樣子），說一聲「再見」就回去了。然後在家裡一家人一起吃。這麼說來日本以前人家有給魚的話，也會到附近的魚店去請老闆幫忙切開。帶去說一聲「不好意思」，回你「沒關係」就很快幫你分解成一片片。跟那個一樣的方式。希臘除了這個之外，也有附近鄰居需要用烤爐時會去借麵包店的烤爐用。我這樣想，麵包上會不會沾有菜的味道，豈不是不太妙，但這裡的人似乎不太在意這些小事。他們很豪爽。我不算是個豪爽的人，不過我想這方面豪爽是非常好的事。

*

我們所住飯店的經理，招待我和我太太在飯店的餐廳用晚餐。政府觀光局要求他們說有日本作家到那邊去請多關照。經理叫做史帕奴狄斯先生，三十出頭。因爲飯店相當大，所以這個年齡當得上經理也許可以說是特異的拔擢。他因爲父親工作的關係生於埃及，在巴黎上大學，是個能說流暢四國語言的國際化知識分子。甚至可以說是希臘式的雅痞。他爲我們準備的菜，從純希臘菜，到特別指定的日本風炸蝦天婦羅，都是相當用心的豪華菜色。

可是這位史帕奴狄斯先生在我們用餐之間表情一直很憂鬱。飯店業績似乎不太令人滿意。到羅德島的客人順序上最多的是英國人，其次是北歐人，第三是德國人，他說。再怎麼說住宿客都是以上年紀的有錢英國夫婦占主流。可是上次英國稅制改變了，年金也要扣稅。因此英國人出國人數忽然銳減。羅德島人以爲只要默默等著，觀光客自己就會送上門來，所以企業都有點怠慢，不夠努力。因此重來的人數逐漸減少。很遺憾，來過一次的人變得不會想再來。開發半途而廢，樸素不見了，可是又不夠洗練，處在這種困難狀態。所以到過羅德島一次就不想再去的人增加了。加上其他國家也開始重視觀光。各國開始注意到，觀光產業只要認眞投入資本就能得到很好的回收。而且外匯是以現金流進來。例如土耳其、突尼西亞、西班牙、南斯拉夫就是這些國家。這些國家總之物價都很便宜。以前希臘也以物價便宜吸引觀光客，但最近卻不然。關於便宜這一點，我們實在沒辦法跟這些觀光後進國比。尤其德國人有流向那邊的傾向。說是不一定要到希臘，南斯拉夫也有漂亮海灘哪。所以到羅德島的觀光客總人數已經達到頂點，甚至可以說是越來越少。飯店卻一窩蜂地蓋起來，所以當然床位就多出來。只住滿六成左右。嚴格算起來，根本沒有利潤。這是必須認眞思考的問題。

其實觀光眞的很難做。競爭越來越激烈，此外觀光產業也可能因爲一點點小事而受到毀滅性打擊。例如有攻擊美國人的恐怖分子。於是美國人就忽然不來了。有傳染病流行、有地震，或政局變不穩，遊客也會不來。如果海污染了就沒人會來游泳。連烏克蘭車諾比核子事件都有影響。我們背上經常背負著危險。很難活。眞的很難。胃都痛了。

你們會說希臘觀光資源豐富，所以只要活用觀光來立國就行了。但這樣建國是很危險的。就像我剛才說過的，一點偶發的風向改變，國家財政就很可能動搖。我們寧願建立一個還是以生產爲主的安定國家。所以我覺得這次參加歐洲共同市場是好事。我想剛開始會有很多困難。跟德國、法國、英國比起來，我們的經濟弱得無法相提並論。也許暫時會有一段時間停滯不前。也許會有通貨膨脹。因此有人反對參加共同市場。不過我不這麼想。長期來看，這是好的選擇。我想我們不得不作為歐洲共同體的一員生存下去。雖然這確實不是一條平坦的路。

*

我們一面嗯嗯地點頭聽著史帕奴狄斯先生說話，一面吃著炸蝦天婦羅。島上的生活乍看很輕鬆，其實卻有很多困難。我只能祈禱各種問題都順利解決，但願史帕奴狄斯先生能一面微笑一面談開朗事情的日子趕快來臨。

我問什麼事情最難？用人最難，史帕奴狄斯先生說。能夠確保多少認眞工作的人，是飯店經營的成敗關鍵。不過這並沒有那麼順利。不認眞工作的人太多了。眞是頭痛。

史帕奴狄斯先生對我們非常用心體貼，經常送水果、葡萄酒、罐頭之類的給我們。我每次都想，希臘人眞的很認眞。尤其是知識分子經常都在認眞思考。可以看出有一種想太多漸漸陷進黑暗世界的傾向。一面以身為建立光榮歷史的希臘人為榮，一面每每想起現實上國家所面臨的種種問題時，他們就會分裂性地憂鬱起來。他們無法像義大利人那樣，不想東想西，只圖方便，只要活得開心就行了，他們可沒那麼想得開。我覺得這方面眞可惜。這麼說來左巴也是猛一看好像活得很輕鬆，其實還滿哲學意味的。

春樹島

我決定到春樹島去。如果愛琴海有一個名字跟你一樣的小島的話，我想你一定也會想去一次看看吧？

正確說春樹島並不是HARUKI島。以英語記述是KHALKI島。KHA大體上介於K和H中間（成吉斯汗KHAN的KHA），RU不是R而是L。不過聽希臘人發音時，非常接近極普通發音的日本語「春樹」，我以日本語說「春樹」也沒有任何問題可以通。所以我想說是和我同名的島也沒關係吧。

Khalki島是愛琴海在土耳其沿岸南北展開的多德喀尼（Dodecanese）群島十三個島中的一個。Dodecanese在希臘語中是「十二島」，在這些群島上住有人的島總共有十三個。但英語不喜歡十三的數字，把第十三個叫做「麵包店多送的（baker's dozen）」，這Dodecanese正是這樣。第十三個島，是在其他十二島締結同盟對抗土耳其獨立戰爭的稍後加入這十二島同盟的，就成了麵包店多送的那一個了。

這個春樹島在多德喀尼群島中也是離羅德島最近的，當然從羅德島去也最快。因爲島上沒有機場（別說機場，連巴士站都沒有），只能搭船去。去的方法有兩種。第一種是從羅德島港口搭往克里特島的大船。這船在途中會經過春樹島，所以只要在那裡下船就行了。只是這船一星期只有兩班，有一點不方便。另外一種是從羅德島街上沿著西側海岸往南四十五公里左右走到一個叫做史卡拉・卡蜜洛斯（Scala Kamiros）的小港，從這裡可以搭小船過去。到史卡拉・卡蜜洛斯雖然相當麻煩，但這裡每天都有船出去。

我們決定到史卡拉・卡蜜洛斯去搭船。看地圖這史卡拉・卡蜜洛斯像個市區，但去了一看則完全不是市區，那裡只有個小小的渡船場而已。除了渡船場之外就是像空地般的停車場（把車子停在這裡去搭船），有三家賣魚的塔維爾那，四周完全看不見人家。等船的客人坐在塔維爾那，喝著葡萄酒或啤酒，曬著太陽。在這裡只能曬太陽沒別的事可做。幾乎沒有觀光客的影子。只有好像來羅德島買東西的春樹島民，面無表情地準備回家去。

除了星期天之外，往春樹島的船下午三時從這史卡拉・卡蜜洛斯港出發，第二天早晨七時回來。有兩艘船。一艘叫「春樹號」，另一艘叫「阿富羅狄得號」。這兩艘船雖然完全是不同老闆經營的，但不知道爲什麼卻從同一個地方完全同一個時間出發。都是下午三時出發，清晨七時回來。我想要是不同時間的話乘客方便，也不必無謂地競爭拉客，但這兩艘船就是完全按相同時刻表航行。我眞不明白原因何在。

「春樹號」比「阿富羅狄得號」稍微漂亮一些，畢竟做了觀光上的努力。客室很清潔，陽光甲板也寬敞。單程六百五十德拉克馬。「阿富羅狄得號」除了乘客之外，也載青菜和日常雜貨之類的貨物。還可以載汽車。這邊是五百德拉克馬。不過我們決定搭「春樹號」。被名字吸引也有關係，最大的原因是船長長得很像菅原先生。讀者當然不知道誰是菅原先生，他是我以前住在千葉時幫我們家砌圍牆的師傅。非常細心工作而且親切的歐吉桑，後來跟我們變得很親。他說這庭園很適合種紫丁香噢，還特地幫我們找了紫丁香苗來種，我們不在家的時候，他甚至還去幫我們澆水。

這位希臘的菅原先生也是個相當親切的人，我們提前到那裡時，他就說噢噢先上來吧，又在船上的廚房泡咖啡請我們喝。還說如果在島上沒地方住的話可以回船上的長椅上睡沒關係。據說是個非常純樸的島。

乘客總共十個人。船員三人。這樣燃料費夠嗎？雖然沒我的事卻也不禁擔心起來。總之船三點開了。「阿富羅狄得號」也立刻跟著出港。兩者速度和航道都像約好了似的完全相同。

船像在縫合著一些無人小島般往前行進。菅原先生在操舵室以非常認眞的臉色掌著舵。六月初的風還有些冷，但陽光則很暖和，很舒服。像蓋一層粉似的白色岩石上湧著葡萄色的海浪，那浪無聲地碎成純白。任何時候看都那麼美的光景。躺在露天甲板上，一面聽著引擎聲一面想著各種關於時間流動現象之間（想這種事也沒用，可是無意間就想起來），迷迷糊糊地睡著了。醒來時，眼前已經看得見春樹島。

春樹島是個相當小的島，那裡能稱爲市街的只有一個地方。除此之外只有山和荒地。連路都不太有。沒有路所以幾乎也沒有車。船和驢子是這個島的主要交通工具。波波波波波，漁船引擎聲幾乎是這島上唯一的噪音。

市街圍著港口展開。港被山丘圍成一圈，家家戶戶肩並肩沿著研缽般的和緩斜坡集中在一起，景色非常美麗。每棟房子都是純白的，四方的，接近紅色調的屋頂呈和緩三角形。白牆上規則地排列著縱長形窗戶。每棟建築都差不多同樣造型。不像日本房子那樣隨自己高興蓋不同造型和色彩。白牆、紅屋頂、四角形、縱長窗。只有窗框、雨戶、門扉的顏色每家各有不同。油漆成深鈷藍色、鮮豔的綠色、蕃茄紅色、鮭魚粉紅色。遠遠看來，像各種西點餅乾盒子排成整排似的。有美麗的教堂、有非常氣派的石砌鐘塔（慢十五分鐘）。家家戶戶的房子上方是一望無際的碧藍天空，深藍色安靜的海上悄悄映著家家戶戶的影子。

這就是春樹島。我第一眼就愛上了這個島。

春樹島上有幾家民宿，和一間飯店。民宿就在停船場前面，飯店則再從那裡沿著港口走十分鐘左右的地方。一下船就有幾個小女孩走過來，害羞地問「Room？」我們說「Yes」時就咧嘴一笑，帶我們到她家去。價錢大約雙人房一千圓。雖然不能說不潔，但也不能算清潔。就是極普通的希臘民宿。港口前面排著三家塔維爾那。一家書報攤，駝背的青年坐在椅子上賣報紙。有賣各種雜貨的小店。有像麵包店的地方（我想大概是但不確定）。此外就沒有任何可以稱得上店的地方了。我們慢慢逛著時，菅原先生走過來說，嘿，去喝點什麼吧。於是我跟我太太和菅原先生走進塔維爾那去喝啤酒。菅原先生是春樹島的居民。在這島上有房子，有太太和小孩。船是他自己的（他一有空就擦船，所以我也這樣猜想）。

這裡人口三百人也是菅原先生告訴我的。「不過從前這裡也有過兩萬人左右住過。」他說，「都是採SPONGO的。」

「SPONGO？」

「嗯，SPONGO。」

我再問清楚，原來SPONGO就是指海綿。也就是sponge。這一帶的島上居民多半是採海綿的專家，據說以前很賺錢。後來人工海綿出來，天然海綿也沒有以前容易採，因此生活才變苦（到處是岩石的狹小海島不太適合農耕），很多人移民到美國去。留在島上的人大多從事漁業。「移民到美國的那些人幾乎都在佛羅里達採海綿。」菅原先生說。佛羅里達有個地方叫做Tarpon Springs，春樹島的人聚居在那裡，聽說形成一個社區。這個島的人以採海綿專家引以自豪。

菅原先生請我們喝啤酒。

我們要付自己的帳時服務生搖搖頭。「沒關係，讓他請客吧。這位船長頭腦有點奇怪。」說著嘻嘻笑一下。我們於是接受他的好意讓他請客。

然後我們越過一座小丘走到海灘。登上山丘的斜坡路時，兩側有整排石砌的房子，大多都成了廢屋。有的門扉緊閉。也許這些房子的主人定期從佛羅里達返鄉來，不在的時候則長期把房子關閉起來。也有些倒塌了一半，院子裡雜草叢生。裡面沒有人的動靜。完全被遺棄了。市街邊緣有一連串這種死掉的（或假死狀態的）房子。

從海灘回來，在鐘塔附近的斜坡上和一位老太婆擦身而過。「妳好」這樣招呼時，她非常高興地咧嘴微笑，從圍裙的口袋裡拿出無花果來，給我和我太太各兩個。黏糊糊而多汁的無花果。春樹島是個非常和平的島，如果有從外島來的人時，大家都會很親切地給你各種東西。這種氣氛，現在不到希臘的眞正鄉下已經不存在了。

此外在春樹島我所記得的是，黎明時分被非常猛烈的雞啼聲吵醒。我第一次聽到這麼凶猛的雞啼聲。因爲全島上的雞在還沒天亮的夜裡（我看一下錶才四點四十五分，希臘是夏令時間，因此實際上是四點前。天還完全是暗的）一起「嗚歐喔喔喔！」「喝……喔喔喔！」拉開嗓門盡情大叫。大概是肺活量相當大的雞。這簡直像巴黎公社般的大騷動。

我們搭那天早晨的船回到羅德島。菅原先生駕駛，我們又在露天甲板上睡覺。乘客總共十個人。就這樣，我們只在春樹島住了一夜。感覺非常好的島，其實可以住久一點的，但同時也覺得這樣也夠了。春樹島是個非常樸實有禮而安靜的島。那裡住著親切的船長菅原先生，驢子代替汽車活躍，採海綿的人走掉後留下一排排空屋，擦身而過的老太婆微笑著送給我們無花果。很不錯。我對和自己同名的島是這樣一個地方感到滿足，也鬆了一口氣。

就這樣，我們第二天又回到了羅德島。

卡帕托斯（Karpathos）

旅居羅德島的期間，可以說完全沒有看報紙。早晨醒來就到海邊去做日光浴，到舊城街上去散步，或坐在陽台曬太陽看書。把《感情教育》和《薔薇的名字》之類帶來的書隨手拿來讀。過這種生活不會想看報紙。心情變得管他的，世界歸世界，自己去運轉吧。

很久沒看報紙了，六月六日買來看。我們想轉換氣氛決定到卡帕托斯島去做小旅行，於是來到羅德島機場。並在等飛機時，在書報攤買了《前鋒論壇報》來看。

不過這六月六日的報紙，卻可以說是一份被宿命性沉重報導所塡滿的報紙。首先是，在北京人民解放軍射殺了推測約兩千名學生、市民。戰車輾過搭在天安門廣場的帳棚，女學生胸部被槍刺穿。報導上稱，各地可能引發內戰。而在伊朗數日前何梅尼死了。追悼這死的群衆塞滿德黑蘭街頭，很多人被踐踏而死。蘇聯瓦斯輸送管爆炸，經過附近的火車被火焰包圍，五百人以上的乘客因而死去。屍體燒溶了，連名字都無法確認。世界充滿血腥，充滿死者。而且發出聲音轉動著。當我每天在羅德島海邊躺著，一面吃著櫻桃一面做日光浴的時候。

北京的報導讓我越讀越洩氣。那是無可救藥的事。如果我二十歲，是學生，人在北京的話，或許我也會在那個現場。我試著想像那種狀況。並想像朝我射來的機關槍子彈。想像那射進我的肉體，粉碎我的骨頭的感觸。想像那穿過空氣發出咻的聲音。並想像緩慢降臨的黑暗。

但我不在那裡。我在羅德島。各種情況和形勢把我帶到這地方來。躺在海灘椅上，吃著櫻桃，曬著日光浴，讀著福婁拜小說的我在這裡。以某種既成事實。

*

來談談希臘的島。

卡帕托斯怎麼善意來看，我想都不能算是可親可愛的島。如果羅德島是充滿綠意擁有美麗海岸，得天獨厚明朗而陽性的島，那麼卡帕托斯則是具有粗粗雜雜感觸的，荒涼粗曠的島。這裡沒有所謂的親愛。山是險峻的，上面經常覆蓋著像客用座墊般感覺厚厚的灰色烏雲。風強烈地吹，海浪洶湧。土地到處是岩石，幾乎看不到可以稱為綠色的東西。好像緊緊攀附在岩山上的貧瘠樹木，也因強風的關係全都往同一個方向傾斜。幾乎看不到所謂平地。到處是凹凹凸凸的。光從飛機上往下看，就覺得眞要命。老實說眞想就那樣掉轉頭飛回羅德島。不過總不能這樣。

卡帕托斯的人口有七千人，計程車司機這樣告訴我。不過，到了夏天就會有大約一萬五千人從美國回來。

回來？

大家都到美國去工作啊。因爲這裡沒有工作可做。不過夏天大家都請假回到故鄉來。七月和八月，帶著很多錢噢。所以這島上的人相當富裕。因爲有這些錢送回來，所以不必在觀光上那麼積極。說到夏天，光歡迎那些返鄉客就夠忙了，所以感覺上就像不怎麼歡迎觀光客似的。

確實卡帕托斯對觀光不能算熱心。飯店不多，觀光設施也不完備。感覺好像有點隨便敷衍似的。跟羅德島比起來待人也不友善。板著臉的人好像比較多。不太有歡迎你來的感覺。幾乎都不微笑。道路的路況也壞得難以想像。但相對的高級車卻很多。經常看到BMW、MERCEDES BENZ、AUDI。而且還是閃閃發亮的新車。到底是有錢，還是窮，都讓你搞不清楚的島。

不過因爲移民多，英語很通。而且經常可以聽到很流利的美式英語。聽到那邊道路施工的阿伯向夥伴說：「Hay fuck you, man!」我忽然想到「這到底是哪裡？」眞不可思議的島。

不只是英語，連義大利語也通。因爲這裡和羅德島一樣受墨索里尼的義大利統治了大約三十年左右。義大利在伊土戰爭時爲了截斷連結的黎波里（譯註：Toripoli，利比亞共和國首都）和土耳其的補給線而占領多德喀尼群島，戰爭結束後還繼續占領。因此例如，租車公司的葛托里斯是義大利和希臘的混血兒。他也是個不微笑不體貼的男人。我看著葛托里斯在義大利街上拍的照片時（照片貼在租車辦公室牆上），他以含含糊糊不親切的聲音告訴我他的出身。

葛托里斯的父親是義大利軍人，派駐在這卡帕托斯島。本來是米蘭的西點師傅。義大利人在這樣偏僻的島上沒有女人不可能活得下去，不久就和當地的女孩子戀愛。然而第二次世界大戰義大利向聯軍投降，義大利軍必須回國。葛托里斯的父親捨不得跟女孩分離，於是逃離部隊。義大利軍搜索整個島上，而葛托里斯的父親被女孩藏起來，不知道躲在哪裡。不久大家都放棄而回國了。於是葛托里斯的父親和他母親便很恭喜地結婚。不久可以說是兩人波濤萬丈的戀愛結晶葛托里斯便出生了。葛托里斯長大後，變成穿著汗臭汗衫留著濃濃口髭、對人不太理睬的中年人，出租老爺車給觀光客。歷史到底是什麼樣的東西？又有什麼樣的意義？

我不知道。

卡帕托斯並沒有「Avis」或「Hertz」之類的大租車公司。有兩三家小本經營的本地租車公司，車輛數目非常少，品質也不好。因為路況實在太差。雖然機場和連接幾個地方的道路柏油鋪得很好，但除此之外的路（也就是島上大部分的路）簡直壞透了。連驢子都要皺眉的路。如果讓閃閃發亮的新車來繞島一周的話，我想車子立刻會變成卡噠卡噠的舊車。所以車子都很破。沒辦法，我們只好出一萬德拉克馬租了一輛舊型的老爺OPEL Corsa（跟其他的島比起來相當貴）。不過很幸運，這輛歐寶外觀雖然很糟糕還跑得相當正常，大概葛托里斯每天都很仔細保養吧。我們開著這輛車，穿越到處是岩石的山，到基拉・帕那吉雅（Kyra Panayia）的海邊去。

道路雖然糟糕透頂，但這基拉・帕那吉雅卻是個非常迷人的海灘。交通不方便，所以來訪的人也少。雖然可以搭船到海灘，但每週只有兩班。因此只好租車顛顛簸簸地開來或騎機車靠自己的力量來。寬闊的海灘，游泳的人居然總共只有十個左右。女的全部上空，有幾個甚至全裸。太陽依然灼熱，海水湛藍冷涼而透明。我游了足足三十分鐘，然後躺在沙灘睡覺。非常舒服。躺著時我又再一次想到天安門的事。並感覺自己好像一個人被遺棄在世界盡頭似的。不，我或許已經從世界盡頭滾落了也不一定。

在卡帕托斯觀光客可做的事並不多。如果天氣好，不妨在美麗的海灘慢慢消磨時間，但遺憾的是這個島天氣非常不穩定。那麼除此之外只能搭船到奧林帕斯（Olympus）村去。奧林帕斯村是在南北細長的島靠近北端的一個孤立村子。這村子實在太孤立了，因此還完整保存著幾世紀前的語言、習慣和生活樣式，導遊書上這樣寫著。女人現在還穿著民族服裝，用風車輾麥子，男人聚集在咖啡館彈民族樂器。要到這裡必須先搭船到島北端一個叫第雅法尼（Diafani）的地方，然後搭巴士是最普通的接運方法。但我們配合不上那船班的時間。因此想開租的車子去，但在租車時卻被葛托里斯瞪著眼說。「你們不可以開這部車到奧林帕斯噢。」他拿了卡帕托斯的地圖來，用粗手指篤定地指著正中央。「到這裡爲止。到這裡以前的路還馬馬虎虎可以，過了這裡以後的路壞透了，所以不能去。」

不過我心底暗想「管他的，就開車到奧林帕斯去。」我猜他只是寶貝車子，所以誇張地威脅我們而已。不過結果我們還是在途中放棄到奧林帕斯的計畫。因爲光跋涉到葛托里斯所指的地方就已經累慘了。沿著海岸的道路很狹小，到處是岩石和坑洞，驚險得相差一步就會跌落懸崖下。如果沒能閃開滾落路上的大石頭的話，車子底盤就會撞上，引擎因而熄火幾次。乾硬的路面散亂的碎石則使轉彎時車尾搖擺不穩。離開海岸道路進入山中時則又被濃霧團團包圍。三公尺前方什麼都看不見。如果說到這裡爲止的路是「馬馬虎虎」的話，往前「壞透了」的路又是什麼程度就大概可想而知了。因此我們終於沒能到達奧林帕斯村。

後來我遇到搭計程車去過奧林帕斯的希臘人。據他說「我去到奧林帕斯之前，幾乎是閉著眼睛，一直在對神祈禱。我從來沒有那麼害怕過。」想必是非常糟糕的路。

因此在卡帕托斯眞的沒事可做。我們也在塔維爾那點了幾道菜來吃看看，不能算美味。因此我在旅館附近一家叫做「Seven Eleven」的咖啡館（也許你不相信，但眞的是叫這個名字）躺著曬太陽，一面喝啤酒一面看書。這裡雖然名字很過分，但菜味道卻很不錯。牛肉串燒味道很好，炸薯條也相當棒，還有道地漢堡。在希臘點漢堡往往端出來的卻是有名無實看了不敢領教的東西。這裡的漢堡則是沒得挑剔的美國式道地漢堡。肉香香酥酥的，裡面確實放了洋蔥和蕃茄。麵包是漢堡專用的圓麵包，芥末味道也很對味。這或許也是美國移民的功績。價格還算便宜。三瓶啤酒、牛肉串燒、漢堡、炸薯條，才一千圓出頭。我們每天去這家咖啡館兩次。

就這樣，我們所記得的卡帕托斯，大概只有義大利和希臘混血的汽車出租店老闆葛托里斯，和「Seven Eleven」的酥脆可口漢堡而已了。還有就是芬蘭觀光客很多。不知道爲什麼這個島特別受芬蘭人歡迎。七二七包機上滿載著芬蘭人，從赫爾辛基直奔這裡來。一到餐廳，或飯店，也一定有芬蘭語的說明書。爲什麼芬蘭人會特別喜歡這個島，我也不清楚。

這就是卡帕托斯。如果有人問我要不要再造訪這個島，雖然對卡帕托斯的島民很抱歉，但我想我只能回答「目前還沒有那個打算」。

選舉

在希臘選舉時去投票既是國民的權利，同時也是義務。憲法上確實這樣規定。所以如果沒有正當理由而怠忽投票的話，就是違法行爲，必須受到法律制裁。我想這是日本選舉和希臘選舉最大的不同點吧。

這種強制投票制度到底是不是正當作法，我雖然不太能正確判斷，不過試著仔細想想，光是有關選舉方面，希臘就比日本擁有悠久得多的歷史，所以我覺得好像沒有立場抱怨。反正就這樣，凡是有選舉權的國民就非要到投票所去投票不可。

其次——這說來很複雜——投票非要回到自己的出生地去投不可。也就是說生在塞薩羅尼基、現在住在雅典的人，必須回到塞薩羅尼基的城市或鄉村去，到那裡的投票所投票才行。

我對這法律的宗旨和目的實在不太瞭解。因爲不管在雅典投票也好，在塞薩羅尼基投票也好，一票就是一票啊。爲什麼非要特地返鄉投票不可呢？我想。也許爲了防止人口集中都市產生選票效力的差別，那麼何不制定別的制度矯正選票效力的差別不是比較快嗎？關於這點我問過幾個希臘人，但都不得要領。

那麼這種返鄉投票制最成問題的是什麼呢？不用說當然是交通擁擠。因爲全國人要同時返鄉，所以在那前後不管巴士、電車、飛機、道路、船隻，一切的一切都大爆滿。對號座從一個月前就賣光了。如果自由行的旅客什麼都不知道卻剛好碰上的話，只能說是大悲劇。什麼地方也去不成。只能留在原地動彈不得。

一九八九年六月十八日正是希臘總選舉的日子。我以前（一九八七年）也寫過正好碰上選舉，那時是統一地方選舉，這次是國會議員總選舉。這次選舉熱烈得多。沒辦法我們決定在那期間到鄉下去。待在都市，那前後商店不開門，什麼事也不能做。我們避開公共交通工具，從雅典機場櫃檯租了車子。並在選舉期間一直往伯羅奔尼撒半島南邊優閒地繞著。不，不，不是這樣。與其說是優閒地繞著，不如正確說，只能夠優閒地慢慢開。兩者之間差別相當大。

伯羅奔尼撒半島的山勢很險峻，我在羅德島租飛雅特吃足了苦頭，因此這次想換個可以安心的日本車，在「Interent」租了Nissan的Cherry（大概是日本所謂的Parssa），可是這也一樣糟糕。外表閃閃發光看來還滿新的，其實顯然是設備不良的車。在高速公路上開超過一百公里時，車體就會搖搖晃晃，不得不緊緊抓住方向盤。到了坡度陡的山路時，狀況就更悲慘。上坡時換低檔猛踩油門車子光是呼呼響，馬力卻完全出不來。速度一直往下滑，結果被巴士和大型卡車追過去。開著這樣可憐的Cherry，在選舉熱戰中慢慢繞伯羅奔尼撒半島一星期。

話說這次總選舉是說不定會使希臘政體大改變的相當重要選舉。就像日本的募股事件（譯註：日本一九八六年Recruit Cosmos公司股票將上市時，非法讓渡給多位政界名人，變相政治獻金的賄賂大貪污事件，一九八八年經朝日新聞揭發，造成次年竹下首相退位，參議院選舉，執政黨在野黨逆轉），希臘的大貪污事件將全希臘社會主義黨（PASOK）的帕潘德里歐政權逼到懸崖邊緣。加上將近八十歲的帕潘德里歐首相還拋棄長年相隨的夫人，和當過空中小姐的年輕愛人同居，鬧出這種希臘人無法容忍的背倫醜聞，使希臘截然分離成兩派。如果PASOK喪失政權的話，帕潘德里歐恐怕會被逮捕的傳聞滿天飛，不管政體、經濟政策、外交政策都會整個變天。根據民意調查，在野黨新民主主義黨（ＮＤ）很可能獲勝。PASOK也臨危衝刺想力挽狂濤，事態不知道會變成怎樣。總之大家都很熱烈起勁。

不過反正希臘政權怎麼改變對旅行者都沒有直接關係，因此我們就優閒地繼續旅行。

雖說是在故鄉投票，當然不是全國人民都回故鄉。也有很多人身在非常遙遠的地方工作，又沒辦法放掉職務的。例如警察和飯店服務人員，如果這些人也都為了返鄉而放棄職場的話，社會機能會完全停頓。這些人必須到政府部門去，提出因為這樣這樣的理由沒辦法回去的報告，於是可以拿到不去選舉的證明書。不過為了拿這證明，必須提出自己現在正在離故鄉二百公里以上的地方從事某某工作的證明。眞麻煩。雖然同樣是選舉，但國家不同也有很大的差別。我們雖然以很當然的概念在使用著「議會制民主主義」，但我開始想，也許不能那麼簡單地歸到一個類別裡去。

這麼麻煩的事日本恐怕辦不到。如果大家都必須返鄉的話，就像中元節和過年一樣了，所以交通設施首先就會完全癱瘓。而且我想一定也有很多人不想返鄉。不，不只是日本這樣，我想希臘一定也有這樣的人。或許有跟父母鬧翻了、從此不想再見的人，或以前把隔壁女孩的肚子搞大了逃出來的人，如果回村子去說不定會被對方的親戚打死。或單純只是詩情畫意地覺得「故鄉是要遠離來思念」的人。這些人每逢選舉就不得不返鄉，心情豈不會很黯淡？雖然不關我的事，卻不禁擔心起來。

而且如果那麼多親戚朋友都返鄉的話，做父母的豈不是要爲住的問題大傷腦筋。又要準備棉被，又要張羅吃的。關於這些事情，我也很想進一步瞭解，但很遺憾沒有機會過問。

希臘人一般說來國民對選舉的狂熱，甚至可以到稱爲政治狂的地步，所以對這種程度的不方便或許不太介意。總之一碰到選舉就會有幾個人死掉的國情。這種極度的熱烈，我們在一旁看著都會感到佩服，或者驚訝的程度。但反過來說，希臘人也是經歷過嚴重政治糾葛才不得不這樣的國民。幾世紀來在土耳其的統治下掙扎喘息，好不容易終於才剛剛獨立，又被捲進巴爾幹重整的紛爭泥沼中，這告一段落後，接著又受到法西斯國家的侵略，起而抵抗，戰爭結束後，則陷入國內同胞以血洗血的陰慘內戰，然後持續黑暗的軍事政權時代，被捲入塞浦路斯（Kypros）紛爭，多災多難之後終於嚐到和平，也不過是這二十年左右的事。因此所謂希臘的選舉，和日本人從選舉這字眼所想像的情況相當不同。是更強硬、更具攻擊性的。例如伯羅奔尼撒半島上很多人爲了投票從雅典開著自己的車子回來，這些人的車上大半都貼滿了支持政黨的海報。而且全都從車窗裡伸出各政黨的旗子來使勁揮舞。眞是名副其實的旗幟鮮明。因此只要站在路邊數各政黨支持的車輛數目的話，什麼政黨有多少支持率就一目了然了。游離票似乎比日本少得多。我試著數了十五分鐘左右，立刻就知道，啊，這下子會是在野黨ＮＤ獲勝。PASOK大概以四比六敗給ＮＤ。選舉結果也大致照這樣。這比民意調查還要準確明白。眞是叫人看得目瞪口呆的選舉。

不只是車子，連家家戶戶（當然不是全部房子）貼的海報，都可以知道這家是支持ＮＤ，這家是支持PASOK的。餐廳也一樣，這家餐廳支持ＮＤ、這家餐廳支持PASOK，色彩分明。我想如果日本這樣的話，大概會很麻煩。不能沒先看清旗色就冒冒失失走進喫茶店，還眞不方便。

其次還有所謂的政黨巴士。這很像日本中元節和過年前的返鄉巴士，不同的是車票免費。爲什麼免費呢？因爲政黨包下巴士，分別送各黨的支持者返鄉（也就是到投票所）。因此原則上PASOK的巴士上載滿了PASOK的支持者，ＮＤ的巴士上載滿了ＮＤ的支持著。當然也會提供免費的希臘ouzo酒招待，大家都卯足了勁，非常騷動，全都從車窗探出頭來，哇啦哇啦大喊大叫，一路上喇叭響個不停。沿路站著整排人牆，自己支持的政黨巴士或汽車經過時就高聲歡呼。聽一個希臘人說，其實有人搭PASOK的巴士回來，卻好像投票給ＮＤ（或相反）。「因爲這反正也查不到」他說。那倒也是。

根據六月十七日的報紙記載，PASOK執行部的柯斯達斯・拉里歐迪斯氏接受了叫作Eleftheros Typos的保守系日報所提出的選舉賭注。「本次選舉ＮＤ確實會取得過半數（也就是一百五十一議席）。如果你覺得不甘心的話，要不要賭二千萬德拉克馬，看會不會過半數？」這樣向PASOK拋出戰帖。拉里歐迪斯氏站起來拍胸抗議道：「Eleftheros Typos 報是PASOK長年以來不共戴天的宿敵，這種傲慢至極的挑戰豈可放過不管。」我雖然不知道這種事情法律上是不是允許，但在報紙上堂堂報導出來，想必沒有特別禁止。不過以我們的感覺來說，報紙和政黨對選舉結果堂堂下大賭注（兩千萬德拉克馬約一千七百五十萬日圓）簡直荒謬絕倫，搞不清楚。不過有趣倒是很有趣。

從結果來說，有關於賭是PASOK這邊贏了。選舉則是ＮＤ勝利，但沒有能夠取得過半數的一五一議席。我因爲後來很快就離開希臘，所以很遺憾不知道選舉後二千萬德拉克馬有沒有交到拉里歐迪斯氏的手上。

總之就像這樣，世間正展開熱烘烘的選舉熱戰。

選舉投票日那個星期天，我們住在那普良山丘上的飯店。我來這個城市已經第三次。是一個沉穩而有氣氛的城市，在全希臘之中也是我最喜歡的城市之一。白天我們到附近一個叫作托羅（Tolo）的熱鬧海水浴場去，在那裡游了兩小時左右。然後沿著懸崖邊的狹小道路，走到沒有人跡的海岬尖端的小教堂。教堂是爲了保護在海岬附近來往的漁船而設的。夜晚燈光一直不熄地照亮著。一位體格強壯的阿伯獨自照管著那無人的教堂。我們跟那位阿伯談了一下話。說是談話，也只不過用一些義大利語和希臘語的單字加上比手畫腳，勉強溝通意思的程度。阿伯說他年輕時一直在阿爾巴尼亞和保加利亞跟義大利軍打戰。那時候腳上中了兩發子彈。然後德軍來了，這次是胸部中了一彈，他指著胸部說在這裡喲。德軍在戰爭中殺掉二萬八千希臘人之多。他們比義大利軍殘酷多了。所以我們以游擊隊的方式跟他們抗戰。其次美國人來了。內戰發生了。一直在打戰。鬼拉、鬼拉（戰爭）。都是美國人不好。他們沒幹什麼好事。你看廣島、你看長崎。一談到戰爭，阿伯就變得非常熱烈善談。好像戰爭一直打到現在似的說法。我們捐了一百德拉克馬蠟燭錢後離開了那個教堂。

傍晚我們走出陽台，打開昨天預先買來的葡萄酒瓶，一面眺望著黃昏的海一面喝（正如前面也說過的那樣，選舉當天餐廳和咖啡廳都不賣酒精類的東西）。到選舉前一天爲止，汽車喇叭、吵架、打架、用擴音機大聲嚷嚷的吵鬧街頭，一到投票日卻完全改觀變得安安靜靜的。比任何時候都來得寂靜無聲。

投票完畢，接下來就剩下等待開票結果。已經沒有什麼可爭吵的。只聽見廣場上孩子們在玩足球的歡呼聲而已。空中終於出現一顆星星又一顆星星開始閃亮，海上漁船的燈火也開始閃爍起來。手錶顯示九點過了，海面吹起涼涼海風的時分，人們終於開始走出港口附近來慢慢散步了。

在希臘待久了之後，常常會為這個被歷史重力所擺布捉弄的美麗小國感到憐惜。當然我想或許同情並不對。不過我還是不禁感到一陣悲哀。

接近半夜時ＮＤ確定獲得勝利，傳來像槍戰般的爆竹聲。剩下來的只有撒滿希臘全土數以千萬計的選舉海報和旗幟。接下來的一段時間，不管到任何地方，都有旗子和海報碎片被風吹著在路上飛舞。

義大利的幾張臉

托斯卡納

實際住了之後才知道，義大利並不是多大的國家。羅馬位於這長統靴形半島的正中央一帶，從這裡往北端的奧地利邊境，和南端的雷久卡拉布里亞（Reggio di Calabria），都只有大約七百公里出頭。走高速公路的話，當天之內就可以到達邊境。

因此義大利國內我們大致全都旅行過了。當然不是每個小地方都到過，也有沒經過的主要都市（例如拿坡里〔Napoli〕、托里諾），但大多的地區都踏到了。其中最喜歡的還是托斯卡納（Toscana或Tuscany）地區。更明確來說是奇安第（Chianti）這地方。還想在這裡買房子住都可以。不過光想一想並沒有買。萬一很久才去一次卻發現家具全都不見了也很討厭。眞的。

相反的不太想住的地方則是西西里（Sicilia）。如果打定主意要在那裡生根埋骨的話另當別論，老實說那是個不太歡迎外來者的地方。同樣的理由卡拉布里亞（長靴的尖端）也一樣沒興趣。相反的北部雖然有許多美麗的城鄉，不過以城鄉來說有點太過整潔，住久的話從日本人的感覺來說或許會出現不習慣的地方。氣候上來說，冬天也很難受，氣候還是羅馬好，但這裡也有其他問題。

於是，我自然想起奇安第。這裡再怎麼說風景就是美麗。翠綠和緩的丘陵連綿不斷，山坡上大片的葡萄園遼闊無邊。交通流量少，彎彎曲曲的美麗道路無止境地延伸出去。離開羅馬，經過A1高速公路來到這裡之後，心情非常舒暢。風景開闊，空氣清新。人情也很溫暖。如果懷念都市的話，稍微走出去一點就可以到翡冷翠和西恩納（Siena）。葡萄酒和餐點都美味得沒得挑剔。

葡萄酒也可以大批買，這是我常到托斯卡納的另一個原因。到散布在各地的葡萄園繞一繞買幾箱產地直銷的葡萄酒回來。從羅馬到葡萄酒產地採購說起來最近的雖然是南邊的佛拉斯卡帝（Frascati），不過一旦迷上了奇安第葡萄酒那香醇的味道之後，就會覺得佛拉斯卡帝一帶的葡萄酒有點鄉下味道。當然佛拉斯卡帝也有佛拉斯卡帝的魅力，只是既然特地出門去買，還是寧願走遠一點到奇安第去。

話雖這麼說，其實我並不精通葡萄酒之道。應該算是完全不懂的人。什麼地方哪片山坡哪一年份所採的葡萄酒如何又如何之類的，對我來說有點太麻煩。不過到托斯卡納去，進入一些葡萄酒釀造坊一一試喝之間，至少對那個世界學問之深漸漸開始懂得一點了。酒坊老闆分別請我們喝，一面說這是那邊園裡出的，這是這邊園裡出的，就算是緊緊相鄰的兩個園裡出的，味道果然還是不同。若要問我到底哪邊的好喝時——雖然很丟臉，不過我還是要說——我覺得都很好喝。

我偏好的是，基本上稍微hard，有點爽快感覺的紅葡萄酒。含進口中時覺得稍微有一點澀，但立即湧起陣陣芳醇口感的那種，穩重的葡萄酒。很難以言語表達，實際喝看看則很簡單。「嗯，對對，就是這個。」就結了。一旦要定這個品牌，不管標籤上說明文字寫的是什麼都沒關係了。老實說到奇安第造訪一家家葡萄酒莊的美妙處就在這裡。只有實體才是一切。（不過這要是在餐廳試飲的話就有點假道學，而且很花錢）。

補充說明一下，奇安第這地方是在翡冷翠南邊，西恩納北邊的廣大區域。並不是模糊的地域總稱，而是有從這裡到這裡稱爲奇安第的明確界線。從前奇安第是聯合拉達（Radda）、蓋歐雷（Gaiole）、卡斯特里那（Castellina）這三個地方而成的軍事同盟的名稱。但現在則以生產葡萄酒的特定區域聞名。在這裡所生產的葡萄酒一般稱爲Chianti Classico，但並不是這裡所生產的酒全都稱爲Chianti Classico。成分和製法在法律上有嚴格規定，只要稍微不符合規定就無法冠上那名字（一提到吃喝方面的事情時，義大利人眞是熱心而認眞），面積約四百三十平方公里。

這地方有許多好旅館。雖然沒有大飯店，但很多以日本來說屬於「有特殊風情的地方旅館」。價格也不太高。義大利的飯店很多價格超過內容的，經常令人掃興，但這地方則從來沒有這種現象。既有氣氛，設備又好。

這地方旅館的特色，很多是酒莊（以義大利式說法就是法特里雅〔fattoria〕）改裝的，或農家改裝的。或許法特里雅就是爲了招待來買葡萄酒的商人住宿而開始經營的旅館吧。這種地方，法特里雅也設有提供配葡萄酒餐點的餐廳。而且我想不用我說，這些餐點都非常美味。爲了引出葡萄酒的美味，而提供方便的高雅美味食物。這在任何國家都一樣（我想喜歡喝酒的人一定懂），要引出酒的味道，食物材料要好，而調味則要淡一點才不會抹殺這材料的好。托斯卡納以這種味道見長。羅馬餐廳的味道跟這地方的餐點比起來，對我來說就太重了。

這本書並不是旅行指南，我就不一一點出名字，光是我住過的就有幾家印象深刻的旅館。大體都是房間數不太多的小旅館。很多是米其林旅遊書上也沒登出來的。

其次不妨問問這種旅館的主人「我想在這一帶買好喝的葡萄酒，可以指點一下嗎？」往往可以碰到美好的意外場所。有一次我在一個連名字都沒聽過的小地方郊外一家旅館時（這裡的食物也是一絕。三種葡萄酒，兩種麵食，兩種主菜，兩種甜點的全餐吃得滿肚子），我問什麼法特里雅有美味的葡萄酒可以買時，對方問我「你想買多少的量？」我回答大約一打，主人就說那大概沒關係吧，於是告訴我一家小葡萄酒莊的名字。

「這裡其實是不零售的。不過如果有這樣的量的話，我想大概會賣。那家叫做音諾千堤，你就說是法蘭柯告訴你的。老實說我老家跟他們是鄰居。他白天一直在葡萄園裡走動，所以我想要黃昏後他才會回到家。你七點以後才去看看。」

他說著把音諾千堤家的地圖畫給我。

「他是個非常好的人。他們家已經做了幾代葡萄酒莊，總之非常熱心。每天每天都在葡萄園裡忙東忙西的，滿腦子只有葡萄的事。幾乎都不在家。他在幾個不同的地方擁有葡萄園，非常忙。」

七點鐘到音諾千堤先生家去看看，他果然巡視完葡萄園才剛剛回來。非常普通的房子，如果沒聽說過的話實在看不出是釀造葡萄酒的房子。音諾千堤先生頭有點開始禿，感覺滿溫厚的人。看起來有點像鄉下私立大學的教授。我說是法蘭柯介紹我來買葡萄酒的，他就一臉悲傷的神情。起初我以為是因為不想賣，但聽了他的話，才知道他引以為豪的會心名作葡萄酒正好賣完，因為無法提供而感到悲傷。

「本來有最好的園裡最好年份的葡萄酒的。」音諾千堤先生說。

「可是已經沒有了。」

簡直像一個月前最愛的妻子才剛剛過世的說法，於是我們說，那眞遺憾，不過第二好的也沒關係，請讓一點給我們。音諾千堤點點頭，帶我們到地下的酒窖去。外觀雖然是普通房子，地下室卻很大。他大概回到家後在那裡稍微工作了一下，錄音帶正在播放著歌劇。音諾千堤先生每天似乎一面聽著威爾第的詠嘆調一面將心血投注於釀造葡萄酒上。地下室濕氣重，有點黴味。裡面有各種機械，和長排的酒樽。

「那麼，請先試試味道看看。」他說。他讓我們整個看一圈地下室之後，就帶我們到後院去。從後院可以眺望黃昏時分一望無際的托斯卡納平原，好美的風景。看得見山丘，處處點綴著湖泊。雲彩拖得長長的，遙遠的山丘上有一座中世紀城堡。此外就是連綿不斷的田園和葡萄園。那就是我的葡萄園，音諾千堤告訴我。那邊也是我的葡萄園。指著自己的葡萄園時，他臉上充滿了最大的幸福。看起來他是一個相當奇想天眞的葡萄酒釀酒人。說是試喝，也不是一點一點含進口裡試味道的tasting。而是咚地各拿出一整瓶來，而且用大玻璃杯斟得滿滿的給我試喝。眞的很美味，而且特地拿出來了留下也可惜，結果三瓶都全部喝光。

據他說，他生產的葡萄酒沒有在義大利國內市場出售。大多輸出到加州或澳洲。跟這些外國公司訂契約，生產。在義大利國內出售必須接受等級審查，要繳稅，還必須確保銷售通路。對於像音諾千堤這樣的個人葡萄酒製造者來說，有點嫌麻煩。所以大致採取契約制出口到國外，其餘就是私下賣給極少數認識的親友。

我們試喝的音諾千堤的葡萄酒，因爲釀造者本人熱愛這行業，因此果然是相當地道沉穩的葡萄酒。老實說一般普普通通的Chianti完全沒得比。越喝味道越出來。喝後的味道非常好，留在舌尖的味道很自然地消散掉。如果這是第二好的話，不知道第一好的會是怎麼好法。

之後又再請我們喝了另一種紅的。這比前面的更有果香，更溫和優雅。如果以莫札特的音樂比喻的話——這比喻或許有點牽強——如果前者是布達佩斯弦樂四重奏團所演奏的四重奏，後者就是朗帕爾和史坦（Rampal & Stern）所演奏的長笛四重奏。這全憑個人的偏好和當時的氣氛，眞的感覺難分高下。不過如果要我只選一瓶的話，我會選擇前者。因爲這葡萄酒的嚴格決勝優勢，是非同凡響的。

還有一點不能忘記提的是，音諾千堤先生的Vin Santo（譯註：或Vino Santo，即用風乾葡萄釀成的葡萄酒）。通常Vin Santo是當作甜點葡萄酒喝的，有特色的美味Vin Santo已經夠享受的了。音諾千堤先生的這種酒果然很棒。雖然有sec（辛味）和dolce（甜味），我覺得前者比較美味（據音諾千堤說，後者才是正統口味）。我說這Vin Santo很棒時，音諾千堤先生又一臉悲傷的表情。我想他大概不賣吧，他卻說「老實說這價錢有一點貴。」我一面提心吊膽地問有多貴，他說「一瓶大約一千圓哪」。

我們東談西談一面舉杯喝了兩小時左右一面繼續討論，總共買了十八瓶葡萄酒。這樣總共才花了約一萬圓。就算不含稅也未免便宜得離譜了。當場幫我從酒樽倒進酒瓶，蓋上軟木栓瓶蓋，貼上標籤，裝進紙箱裡。他在那之間一直笑嘻嘻的。自己所釀造的葡萄酒獲得外國人賞識，似乎很高興的樣子。我想有時能夠遇到這種「一股勁硬幹到底」師傅氣質的人，是義大利這個國家的優點。雖然這個國家混的人也多（眞的很多），但有一部分人則眞的很認眞在好好工作。他們獨自默默的在製造好東西。而且他們所做的東西裡滲得出類似生活滋味之類的感覺。這方面，不管怎麼抱怨，都是義大利這個國家的魅力，和基礎力。有一種跟日本整齊劃一社會不同的根性。特地到托斯卡納來買葡萄酒，確實不虛此行。

雉鳩亭

在奇安第地區住過的各家旅館中印象最深刻的還是非「雉鳩亭」（假名）莫屬。並不是我不肯寫出旅館的名字，而是這旅館本來就沒有名字。可是沒有名字寫起來又不方便，因此暫且稱它爲「雉鳩亭」。

「雉鳩亭」的客房總共只有三間或四間，眞的是一家小旅館。所以住宿客人頂多也不過七、八位。當然旺季如果不事先預約的話一定是沒辦法住到的，即使淡季也很少有空。也就是所謂的素人旅館，由老闆娘一個人照顧住宿的客人。粗重工作請附近的人來打雜，屋裡的輕細工作則由她一個人包辦。是一家很清潔，而服務很周到的旅館。我想不管多愛乾淨的人，都沒得挑剔。室內的家具也是很搭配古老農莊的古典式樣。床很大，鋪有羽毛被。而且附有很像樣的早餐，住宿費兩個人大約一萬圓出頭。這樣子到底夠本嗎？雖然不關我的事，還是忍不住替她擔心起來，是這樣有良心的旅館。

「雉鳩亭」在奇安第深處的葡萄園正中央。地點非常難找，而且沒有招牌。我打電話預約，老闆娘告訴我路怎麼走，但因爲是在田園正中央沒有任何標誌，因此費盡辛苦才找到那裡。既沒有適當的交通工具，只能開車去，沒有別的辦法。離開鋪柏油的主要道路，進入沒鋪柏油的細小道路。總之是凹凹凸凸的路，塵土飛揚，車子因而蒙上一層厚厚的白灰。在這條路上走了大約兩公里。然後再進入更細小的農道。開了一會兒來到葡萄園正中央。這裡有一棟農莊改裝的房子就是這「雉鳩亭」了。古老的石砌農莊，坐落在小高丘上。周圍是一望無際的葡萄園。深呼吸時，有夏天葡萄葉的香氣。週遭非常安靜。森林那邊不時傳來鳥啼聲。聽得見遠方的葡萄園有微弱的耕耘機引擎聲。

一停下車子，就有兩隻狗一面吠著一面跑出來。一隻是好像有點神經質毛茸茸的大狗巴巴爾，另一隻是非常喜歡黏人的小狗沙咪。然後旅館老闆娘也出來了。大約四十五左右，或將近五十，感覺很好的婦人，第一眼就知道她不是義大利人。後來才聽說，她是瑞士人。接著住在這裡來自美國的一個日本女子，和她的先生，一個美國年輕人也出來。因爲這位先生也會講滿口流利的日本話，因此我們住在這裡時一直跟他們講日本話。門口前方的樑上有燕子築的巢，母燕經常銜一些餌回來。

其實這位老闆娘瑞士太太本來完全沒有打算在這裡開旅館的。她先生是瑞士的律師，有一個不到二十歲的女兒。生活上沒有任何負擔。她說對這棟房子一見就愛上了，於是買下來想當別墅用，卻完全不知道這房子原來是用來當旅館的。賣方對這點也沒提過一個字。然而，這旅館居然被美國某旅遊書介紹爲「托斯卡納有魅力的小旅館」，因此眞受不了（我也是在那書上知道這裡的）。想度個假來到這裡時卻接到要預約訂房的電話。「我當然嚇了一跳。」這位太太這樣說，我想確實會嚇一跳。安排了假期來到托斯卡納的別墅，正舒舒服服地睡覺時，半夜裡卻突然接到從紐約打來的國際電話說「我想訂八月七日一間雙人房」，任何人都會相當吃驚的。

不過這位太太偉大的地方就在居然向打電話的對方回答說「我搞不太清楚，不過如果你們想來的話，非常歡迎。」應該說是熱心，或粗心大意，或太好心，這種事情普通人是不太做得到的。就這樣，她順其自然，順理成章地就開起了素人旅館。因此這家「雉鳩亭」既沒有招牌，連名字都沒有取。更沒有做任何廣告。原則上這裡還是私人別墅。由於太太的好意而讓客人留宿。這種旅館眞是難得一見。

只是，這裡就如那對美國夫婦說的，正因爲她是一個人孤軍奮戰在做，現在雖然能勉強維持，但誰也不知道這種態勢能維持到什麼時候。而且瑞士人和義大利人不同，任何事情都會很認眞地拚命做到最好爲止，看著都令人心疼。掃除是每個角落都確實清掃，隨時在留意客人的需要，讓你覺得其實不必這麼費心的。她眞是非常細心，因此可想而知一定非常累。連義大利人大約百分之六十會疏忽的地方，她都百分之八十用心做好。不過這種氛圍正是素人老闆娘在作生意的感覺，神清氣爽的非常舒服。

那一對一起住的美國夫婦本來預定到義大利到處多繞一繞的，但喜歡上這旅館而繼續延長住在奇安第的時間，「我們已經不想去別的地方只想一直待在這裡。」我們也好喜歡這裡，很想多住些日子，但那時因爲已有預定（第二天必須到達北方一個叫做烏第內〔Udine〕的地方），很遺憾只住一夜就不得不出發了。我們問一星期後能不能再回來住，可惜預約都滿了。問她都是些什麼樣的人來住，她說大部分是瑞士人。可能因爲她自己是瑞士人，所以這旅館也以瑞士客人比較多。我們住的時候，旅館前面就停了兩部瑞士車牌的賓士車。大致說來托斯卡納這地方是瑞士人和英國人喜歡的地區。夏天的連休季節，在這裡也很難得看見義大利觀光客。路上跑的汽車看國籍牌子，幾乎都是CH（瑞士）或D（德國）或GB（英國）或A（奧地利）。

這家旅館沒有附餐廳。實在忙不過來。代替的是她介紹附近美味的餐廳給我們。開車十分鐘左右，到了最近的村子，這裡有幾家又美味又便宜的餐廳。中午在森林裡一家叫做拉・比斯康多拉的戶外餐廳，吃了三種麵食拼盤、香菇和牛肉的午餐。晚上則在一家叫做拉・沙洛特・迪・奇安第的小店，喝了八六年份的Vecchie Terre di Montefili，吃了蕃茄史托滋金尼、夏季蔬菜通心粉、茄子的焗阿拉勉多洽（順便一提我太太吃了夏季蔬菜的慕斯、多拉濟諾飯和巧克力慕斯）（譯註：作者表示，這些不是一般食譜上有的菜，可能是店主自己爲獨創的菜取的獨特菜名）。兩家味道都沒話說，價格也很合理。材料非常新鮮，菜做得非常仔細，待客態度又友善。最重要的是不慌不忙。尤其後者是年輕夫婦兩個人開始新開的店，菜色想必也費了許多苦心想出了各種新鮮點子。

傍晚在旅館附近散步時，小狗沙咪高興地一直跟在後面。走過細小農道後，就進入森林深處。森林裡靜悄悄的，只聽見踩在落葉上發出唏唏沙沙的腳步聲而已。柔柔的陽光染成夏季的綠色在腳邊閃爍搖曳。遇到一位採香菇的阿伯背著籠子走在林間。「你好！」大聲招呼。聽旅館老闆娘說，這森林裡住著很多野兔子和山豬，她說一到夜裡會出來吃葡萄和杏子噢。是這麼幽深的森林。才心想狗怎麼走到那麼前面去了，一會兒又跑回來確認我們還在這裡，然後又跑到前面去。非常和平、非常安靜，這裡沒有任何東西會讓人心亂。我深深感到如果能住在這種地方該多好。我想工作一定也能做得很順心如意。

第二天早晨，老闆娘滿臉睏意地開車到村子裡去買早餐的食物。然後爲我們做了再新鮮不過的大量早餐。麵包店剛出爐熱烘烘的可頌麵包和捲麵包。用大盤子排出好幾種乳酪和火腿。用剛生的雞蛋煎的scramble。滿滿大瓶裝的新鮮果汁。咖啡。綜合水果雞尾酒。院子裡種的水果拼盤。蘋果派。我是屬於一起床立刻就肚子餓的人，因此早餐吃得很多，雖然如此這早餐實在還是吃不完。不過因爲非常美味，所以拜託老闆娘幫我們把洋梨和蘋果派打包帶走。

離開旅館時，我們說非常感謝，眞的好愉快，老闆娘聽了非常高興的樣子。不過我想下次我們再來的時候，她是否還在經營旅館就很難說了。因爲光要準備那樣的早餐，就眞的是非常吃力的重勞動。我以前也做過七年左右待客的生意，所以非常瞭解那種辛苦。雖然讓客人高興是一件很愉快的事，但爲了討客人歡心，接待這方所付出的勞力卻比旁觀者看來要辛苦多了。

能夠遇到這樣美好的旅館，覺得旅行眞好。雖然世間也有很多讓人失望、覺得旅行好累好累的糟糕飯店和旅館。

義大利的郵政事件

如果有人叫我用四十個字以內來定義義大利這個國家的話，我大概會回答「首相每年換，人們一面大聲說話一面吃東西，郵政制度極端落後。」這三個條件同時滿足的國家，至少北半球應該只有義大利。

總之義大利的郵政制度有問題。不，不只是有問題那麼簡單。說得明白一點就是很糟糕。至於有多糟糕，我想一般日本人大概無法想像。我對要從日本寄信來的人忠告過好幾次又好幾次，說到嘴巴瘦的地步。義大利的郵政機構眞是最差勁的，所以如果有急事的話（或者該說即使有急事）請不要用寫信的。寫也沒有用。因爲一來非常耗時間，而且常常會收不到。所以就算寫了信，也請不要寄望信能寄到。只有不管收得到收不到都沒關係，反正閒得無聊所以才寫信的話就請寫。還有那封信即使沒有回信，也請不要認爲我是沒禮貌的人。因爲那可能是因爲你的信沒送到這裡，或我的回信沒送到那邊的關係。

我這樣說時，雖然對方當時會說「哦，這樣子啊！有這麼糟糕嗎？」可是大家都立刻忘了這回事。某種意義上郵政制度就像空氣和水一樣。對於住在郵件會確實在短時間內送到正確住址的國家的人來說，實在無法真正理解不是這樣的狀況。所以立刻就忘了這回事。於是有一天忽然打電話來說什麼「上次我寫信拜託你的一點事，還沒收到你的回信。」我說沒收到啊。對方非常意外地說「可是我已經寄出三星期了。」所以我以前不是告訴過你義大利的郵件很慢嗎？我說。雖然如此對方還是不太能接受。還說什麼「眞的嗎？」眞令人洩氣。

不過試想一想，這還算是好的。因爲對方確實有來抱怨。知道「噢，原來是沒收到啊。」世上一定也有嘴巴沒說出來，卻在生悶氣的人。我一想到這種人，心情就黯淡下來。又不是我的錯。

看看我手頭上美國旅遊指南上登著一則插曲，說是第二次世界大戰中，美軍GI從羅馬寄回祖國的信，到了一九六〇年代才終於收到。雖然覺得簡直胡鬧，不過這絕不是不可能的事。至少，這樣說義大利人也不會覺得太驚訝。因爲現實上這種事並不是不可能的。「能收到就算幸運了。」這是他們一致的冷靜感想。

郵政固然糟糕，電話也很糟糕。不同天有時大聲有時小聲，有時打得通有時打不通，打通了聲音也忽大忽小，話說到一半就突然斷掉。有一位在某公司義大利分店上班的人正跟總公司講電話中，線路突然啪地斷掉了（他們把這稱爲脫落。這在義大利並不稀奇）。據說他慌慌張張重新打過，但對方卻已火冒三丈不肯接了。不管他怎麼道歉，日本人完全無法理解這是日常會發生的事。「你好大的膽子啊！」據說被狠狠修理了一頓。這種事情實在很可憐。

電話固然糟糕，包裹也很糟糕。有人好心料想我們可能會缺少日本食品而特地寄東西來，很遺憾卻很少收到。我以前看過往瓜達卡納（Guadalcanal）島（譯註：南太平洋所羅門群島中的火山島，以二次大戰中的美日激戰地聞名，也是日軍敗北的轉捩點）補給孤立日軍部隊食物的運輸艦隊一一被美國潛水艇擊沉的紀錄片。雖然還不至於那麼悲慘、嚴重，但狀況也相當糟糕。我眞不明白那到底是如何消失到什麼地方去的，眞的就消失了。我根據經驗推測，這並不是義大利的郵局人員有意偷東西。我並不認爲郵局人員會想「哦，這是日本來的包裹。哇，是煮涼麵的麵條。太好了，今天就吃這個，沾蕃茄醬吃。」或者義大利的郵局職員對日本文學有興趣，在窗口把從日本寄來的文藝雜誌順手放進衣服口袋裡，熱心讀起中上健次的連載小說，我覺得這也有點難以想像（就算不能說完全沒有）。當然其中或許有刻意順手牽羊的，不過我倒覺得義大利郵政制度這個機構中或許存在著致命性自我墮落的黑洞之類的，很多東西都會砰砰地自然被吸進去，比較接近事實。

總之這個國家的政府機關，簡直致命的繁雜、無效率、不體貼、官僚作風。而且很多瑣碎的規則，那些規則又每半年就隨便輕易變更，幾乎誰都記不得什麼規則。因此到處都產生制度上的黑洞。（例如義大利的道路速度限制幾乎每年改變，所以大家都不太記得。今年是不同週日速限也不同，這種規定連警察都記不得，所以立刻又廢止了。簡直亂七八糟。）

例如郵差送包裹或掛號來。如果收件人不在時，會和日本一樣留下不在通知。但這只不過是原則上，並不一定都這樣。因爲一一按門鈴，上樓梯，走到大門口交給對方也麻煩，所以有人只把不在通知丟進信箱就走掉了。更糟糕的連不在通知都不放。這種情況包裹就在沉默中消失了。其次沉重的包裹或大包裹的送法很惡劣也是事實。《文藝春秋》因爲太厚放不進信箱，所以幾乎都沒送到。這種末端服務就看每個郵差個人的素質怎麼樣了。因此常常必須給小費討好他們。

如果有不在通知時，就必須到郵局去領。每次去都換不同窗口。不同承辦人所需的必要文件也不同。常常被這邊那邊地推來推去。此外義大利郵局還眞擁擠。因此去一趟就要耗掉半天時間。排了半天隊，最後卻告訴你東西不在這裡。開什麼玩笑？信箱裡放一張不在通知，叫我到這郵局來。不可能不在這裡吧。絕對應該在什麼地方的，我試著這樣主張。對方說沒有就是沒有，一定是搞錯了，這樣說過後，一面說沒辦法一面稍微找了一下，發現就在手邊，啊，有了，是這個吧，說著交給你。既沒說對不起，也沒說不好意思。只說，啊，有了，是這個吧，就完了。

不過如果你因此而生氣的話，實在沒辦法活在義大利。每天都是這種事情的反覆重演。不過總之我想郵件就一直被吸進這種官僚式的黑洞中去，永遠不再浮上來。就像《法櫃奇兵》（Raiders of the Lost Ark）的最後一幕一樣，想像倉庫裡一大堆沒有收件人的郵件，並且逐漸腐朽下去（唉，我的涼麵！）

至於義大利周圍的國家怎麼樣呢？任何國家的郵政制度都非常確實。從德國、奧地利寄出的郵件大約四天後就確實到達日本。連希臘就算四天不一定到，但可以說兩星期內一定會到。法國只要沒罷工也還不差。英國以經驗來說很確實。到日本大概三天就到了。只有義大利很糟糕。

我對義大利人深深感到佩服的是，他們對這種極悲慘的狀況一點也不會想要改進。連這種努力都不想去試一試。他們不想改善狀況，主要是因爲知道試也沒用，其次是與其決心改革不如想別的辦法比較合他們的個性。這方面不管跟英國、德國、美國、日本，想法的方向都完全不一樣。在某種意義上，義大利人是想法非常實際的國民。

換句話說義大利人對公共服務可以說完全不抱幻想。與其這樣不如想別的辦法。他們重視人際關係和家族。他們嚴重地逃稅。逃稅和足球對義大利人可以說是最重要的活動。

義大利的年度財政赤字約達一千億美元。這相當於義大利GNP的大約百分之十一，而根據政府推定，如果義大利人停止逃稅而誠實申報所得的話，也許可以塡補赤字的百分之七十五（根據《前鋒論壇報》）。大家逃稅逃得這麼嚴重。他們因爲逃稅而擁有大量現金，用那現金買高價舶來品。因此進口更增加，國家財政赤字也更增加。景氣越好，國家赤字越增加。

然而義大利人幾乎不認爲逃稅是罪惡。逃稅對他們來說是爲了保護自己的當然經濟行爲。認眞確實繳稅只是糊塗人的疏失。有一位義大利經濟評論家甚至很極端地說逃稅才是健全經濟活動的基本。換句話說逃稅使個人有錢，用這錢代行不完備的公共服務。如果公立學校素質不好就送孩子去上私立學校，郵政制度如果不完善（才不是什麼不完善而已）就用快遞，買傳眞機。火車如果不照時間運行的話（不運行），就買汽車。這樣做，豈不是比把錢交給缺乏效率、無能而腐敗的政府機構無謂浪費更好嗎？這種理由。聽起來也不是全然沒有道理。總之這也是一種世界觀。

不過那是一回事，這個國家的郵政之糟糕眞令人頭痛。例如一個半月前從日本寄出的郵件和一星期前寄的郵件一起送來。爲什麼會這樣呢？眞搞不清楚。或許因爲一一派送太麻煩了，所以累積到某個程度才整批一起送來。還有全憑當時的情緒而決定，有時候收通關費用，有時候不收。

那麼不要用郵寄用傳眞不好嗎？事情卻沒有那麼簡單。上次，我到羅馬中央郵局的傳眞窗口去，說想麻煩傳眞到日本，他們卻說日本和義大利的傳眞基準不一樣，所以沒辦法傳到日本。開玩笑，我從來沒聽過不同國家傳眞基準就不同的事。我從其他國家傳過很多次傳眞往日本。都沒有任何問題。沒有理由不能傳。只因爲麻煩不想做所以說不能傳而已。不過在窗口怎麼說都沒用。在這個國家如果窗口辦事員說不行的話，就絕對不行。如果無論如何都想做的話，只有等窗口辦事員換別人才行。

還有郵局職員的計算能力之糟糕也值得特別追加一筆。例如寄日本六張明信片和三封信，再寄給美國朋友一張明信片。窗口的女孩子猛按CASIO計算機。數字出來了，怎麼覺得郵費好像太高了。於是我抱怨。她有點不以爲然地再算了一次。出現不同的數字。比剛才便宜多了。然後爲了愼重起見她又再算了一次。這次出現更便宜的數字。她感到混亂。而且開始生起氣來。又再算了一次。於是——啊，怎麼會這樣——又出現不同的數字。她眞的生氣了。爲什麼日本人非要到羅馬來特地往東洋那天邊遠的地方寄信不可呢？

她把四種數字推到我面前。然後說你就選一個喜歡的金額付吧。我當然選了最便宜的金額付。這是我實際經驗過的事。我一談起這件事，日本人都以爲我大概把事實誇張說了。不是開玩笑，這眞是事實。沒有任何誇張，是生下來就這樣的，赤裸裸的事實。

這件事還有續集。我回到家，自己又算了一次那郵費看看。結果她的四種計算都錯了。其實正確的郵費比最便宜的金額還要低。還有，一張明信片也因窗口的人不同而不同。同一張明信片賣給同一個客人，也會因不同時候而相差二十圓到六十圓左右。眞要命。

根據我的觀察，義大利郵局職員的工作意願（如果有的話）相當低。大多的職員都非常厭煩地在工作，幾乎所有的精力都耗費在吃零食和跟同事聊天上。以好像牙痛、生理痛、胃炎同時一次發作似的難看臉色面對客人，你對把郵票丟過來的女孩子說：「妳好」「……」「請給我六百里拉的郵票三張，和一千二百里拉的郵票一張」「……」，一到吃點心的時間，她卻喊著「我要馬鈴薯披薩噢！」，像換了一個人似的變成高高興興的可愛臉色，眞受不了！

不過爲了義大利郵局的名譽，如果要補充一點的話，郵局職員並非全部都是這種人。一個職場也有一個左右認眞負責工作的人。如果沒有這種人的話，再怎麼說義大利是輕鬆的國家，畢竟一個國家也無法生存下去。這種人在窗口一坐下來，即使讓你覺得絕望的大排長龍，也會在轉眼之間就消失。但遺憾的是這種人的數目極少，而且這種人也很難說一定會受同事尊敬。多半的情形大家會想那傢伙既然喜歡工作，就讓他多做吧，以這樣的眼光看他。

其次接近夏季連休（Vacances）時，義大利的郵政體系就會陷入嚴重的麻痺狀態。聖誕節前，復活節前，夏季連休前，都完全不行。休假要到哪裡去？要做什麼？腦子裡淨想著這些。當然連休期間所有的機能都停止。一切都忽然全死掉（例如我們從八月五日到二十五日之間一封信也沒收到）。連休結束後也有一段時間不行。名叫「休假後遺症」的粉彩色雲霧還一直飄浮在辦公室上空。任何商店和官方機構，人人都在沒完沒了地談各自度長假的趣事，互相炫耀曬得有多黑。或在辦公室一面優閒地看報紙一面恢復旅途的勞累。總之，義大利郵局總算還正常運作的，一年之中只限於非常有限的期間。

唉，這些事情不管怎麼寫，反正誰也不會相信吧。

義大利的小偷事件

要談義大利時，和郵政的惡劣、火車的誤點應該相提並論，而且必不可少的三大主題之一，是小偷之多。關於義大利的小偷已經有很多人說過了，或許您會想「又來了」。但不管您怎麼想，關於這點我卻有很多話想講。

*

在美國發行的義大利旅遊書中「SECURITY」（安全）項目裡這樣寫著。

「義大利人是很熱誠的主人。他們既友善又富於社交性，開朗又親切。大多數義大利人是這樣美好的人，不過其中並不是沒有不得意的人。而且這一部分人很不幸的，給旅客深植下義大利小偷橫行的印象。確實我也耳聞過皮包被搶或在車上被偷的事。但這種狀況現在全世界任何地方都大同小異。我並不覺得義大利街上充滿小偷，也沒有在義大利被偷東西的經驗。不過不管怎麼樣小心總是好的。請注意您的皮包。不要把皮夾顯眼地放在後面褲袋。貴重物品請託放在飯店保管箱。旅行支票請隨身攜帶。車上不要留下招眼的貴重物品。也就是說，請多用常識判斷，多留意。只要多用心在這些簡單事情上，您就不至於在美好旅程中招來不愉快的事情了。」

那麼這文章正確嗎？

不正確。

這我可以負起責任斷言。不正確。關於地方城鎮和小鄉村，或許他說的在某種程度上是對的。例如到Siena、Modena、Parma或Trieste之類的地方去的話，就像他說的只要用常識判斷，就不至於遭遇不愉快的事吧。事實上我自己在這些地方也從來沒遇到過不愉快的事。

但羅馬卻不一樣。羅馬在義大利中也是個相當特殊的地方。在這裡不管你多注意，多運用常識提高警覺，還是會有其他意外的災難降臨你身上。

我有將近三年時間以羅馬爲中心生活在這裡，在這地方眞的目擊過各種犯罪，也經驗過發生在自己身上的事情。而且我想那並不是「只要運用常識判斷提高警覺」就能避免得了的那種輕易狀況。如果有人長住羅馬，卻連一次也沒成爲犯罪（其中最多的當然是竊盜。和美國不同，這裡非常少暴力犯罪）的受害者，或從來都沒有險些受害的話，那個人不是相當好運，就是近乎神經質地小心謹愼。

例如我的朋友有一天在一條叫做Cola di Rienzo的主要道路上把車停下來，到店裡去買東西。五、六分鐘買完東西走出來，車子的玻璃已經被敲破，汽車音響被偷走了。他（義大利人）是一個確實常識豐富而且精明的人，下車時爲了不被偷，總是習慣把汽車音響從車上拿出來隨身帶著走。但那時候雖說是買東西也只不過五、六分鐘而已。而且停車的地方是人來人往的熱鬧道路。有確實收費的停車位，也有人看管。所以心想應該沒問題吧，終於大意地把那留在車上。結果卻眞的被偷了。周圍的人應該有看見小偷在光天化日之下公然用鐵鎚之類的敲破玻璃打開車門，把汽車音響拿走。但誰也沒說什麼。他們不會多管閒事。確實義大利人是很熱心體貼，開朗親切的人。但確實也有一種傾向，對自己沒有好處的事不會出面干涉。在這層意義上，他們是堅強而現實的人。他們當然認爲犯罪不對（我想大概認爲）。不過如果有人被偷的話，他們認爲終究被偷的人自己也粗心大意。不小心的人不對。因此視若無睹，不太想爲別人（當然如果是家人則另當別論）特地做什麼。

其實我太太皮包被搶時也這樣。那時候我們走在納佛那廣場（Piazza Navona）附近。平常我們不太到這種觀光客多的地方去，但那是回東京的前一天，心想納佛那廣場總要看看而去散步。由於我在稍微離開一點的地方看櫥窗——就是這樣不行——我完全沒發現她皮包被搶。騎著偉士牌機車的年輕人從後面過來，抓住她皮包的肩帶用力一扯。她反射地抓緊肩帶抵抗。那大約持續三十秒左右。周圍雖然有幾十個人，但大家都面朝別的方向，裝成沒看見。因爲不想牽涉進來，所以裝成沒注意到的樣子。於是他們繼續拉扯了一會兒，最後肩帶斷了，皮包被那個人搶走後（這件事發生不久後，有一個可憐的日本女人因爲肩帶沒斷被拉到路上而死掉。這是在羅馬的河對岸區（Trastevere）所發生的事件），大家才裝成終於發現出事了，走到她旁邊來紛紛安慰她「好危險啊！」「坐下來休息一下吧！」「我幫妳報警好嗎？」「那不是義大利人，是南斯拉夫人。」這時候的義大利人實在非常親切。反正光用嘴巴說說是免費的，也很輕鬆。

老實說，這對我們來說是個不小的打擊，而且很令人失望。因爲如果我在東京，看到一個女人遇到搶劫，皮包被搶，尤其如果她是外國人的話，我絕對會挺身幫忙。我雖然不是特別有正義感的人，但我想這種起碼程度的事我是會做的。

其次我們運氣也非常壞。就像剛才說過的，我們因為有事第二天要暫時回東京。因此她皮包裡已經準備好明天早晨出發，羅馬－巴黎，和巴黎－東京的機票。而且是兩人份的機票。還有護照。兩張信用卡和旅行支票（雖然不是多大金額）。

我們立刻去報警。警察局在Quattro Fontane附近。這警察局有外國人遇到竊盜報案的專用窗口。到那裡一看，還不到中午，居然已經黑壓壓的擠滿了人。在那裡的全都是被偷或被搶的外國旅客，當然不用說，大家都很消沉、激動和生氣。大多是歐洲人或美國人，日本人只有我們而已。我們拚命撥開這麼擁擠的人潮，去領到報案用的表格，填上在什麼地點發生和被搶的東西。這是很不簡單的作業。當我填上被搶的現金金額時，沒好氣的女警就像吐出來似地說「嘿，不用填金額啦，那種東西是不會回來的。」這樣說我當然生氣。這麼多人到你們國家來旅行，東西被偷了正傷腦筋，怎麼可以這樣說風涼話呢，我眞想對她吼。不過大聲吼也沒用。如果每次對義大利政府生氣就大聲吼的話，有多少聲帶都不夠用。我默默把表填好，讓他們蓋章承認。如果沒有這印章，就沒辦法補辦機票，也不能補發護照。保險金也下不來。

然後立刻到日本領事館去。因為明天就要出發了，不趕快辦會來不及。一去領事館就叫我們立刻去拍證件照片。羅馬的領事館對這種強盜事件已經很熟練（對，因為每天一定有幾件），工作很迅速俐落。附近連這種照相館都有。我們一去，短時間就幫我們拍好沖出護照用的相片。

然後是機票，這就累了。羅馬─巴黎間的航空公司是義大利的Alitalia航空，所以就到Alitalia的辦公室去說明情由。說希望把被搶的機票作廢，另外發新機票。Alitalia的職員都很親切，說那眞是過份啊，很同情我們。甚至還開個無聊玩笑：「爲什麼不使出功夫去修理他呢。」還說：「那傢伙不是義大利人，是南斯拉夫人噢。」（這是謊言。怎麼看搶的都是義大利人。義大利人一有小偷都推說是南斯拉夫人。）可是卻不補發機票給我們。我們買的是正規價格的票，而且電腦上確實有名字，還有警察的被竊證明。前幾天才買的，常識判斷沒有理由不補發。但卻不肯幫我們辦。也不說明爲什麼不可以。只說不行，沒辦法，對不起。爲什麼不想辦呢？因爲嫌以後的責任問題太麻煩。他嘴巴上可以多麼同情你。但你不必指望他會發揮親切心來做什麼幫助你。不管你跟他怎麼理論都沒有用，因此只好買新的到巴黎的機票。不肯補發只好買新的。「總之先買，以後再辦退錢。」堅持這一點。後來到Alitalia總公司去說明事情經過，提出抱怨，他們說「好，我們退費。」結果領到錢卻耗了兩年半的歲月，費了相當的精神和動用強有力的人際關係。或許能在二十世紀之內領回錢就應該感到幸運了。

接著提出信用卡遺失聲明（噢，已經累垮了。）我用American Express卡，和另一家某信用卡。我並不是在宣傳，American Express這種時候的對應非常快。我打電話到在西班牙廣場的American Express辦公室，他們說，知道了，請三小時後到辦公室來，我們會給您新卡。我還心想在羅馬事情怎麼可能這麼快就辦好，但三小時後去一看，新卡卻已經出來了。眞是難以相信。American Express眞偉大。比較起來另一家某卡就完全不行。拖拖拉拉花了將近一個月才發出新卡。「哦，被搶了啊？在羅馬嗎？要是在羅馬就傷腦筋了。」這樣不得要領的對應，完全沒有結論。開玩笑。傷腦筋的可是這邊啊。心想人來到外國，信用卡被搶了，補發新的居然要一個月，豈不是什麼也辦不了？關於旅行支票的補發也一樣，American Express很快，另一家某公司的卻完全不行。

其次就算投保旅行竊盜險，有的案例在義大利發生的竊盜也不適用。尤其歐洲很多保險公司就根本把義大利從竊盜保險的對象地域排除。因爲出事機率太高，沒辦法理賠。就算有義大利警察出的竊盜報案證明，往往也完全不理你。說是太馬虎了（確實馬虎。這邊提出報案表，也不仔細看就砰一下蓋個章給你而已。因爲不這樣的話，堆積如山的報案表實在處理不完）。

這種狀況你覺得能像這本導遊書作者那樣以「世界上任何地方都一樣」的說法簡單帶過嗎？你覺得可以用「只要用常識判斷就行了」的簡單建議過關嗎？我斷然認爲「不能開玩笑」。

日本觀光客通常會被忠告一定要注意吉普賽人。不過吉普賽人你如果習慣了一點也不可怕。至少吉普賽人從外表就看得出來。如果接近（而且覺得奇怪的話），你乾脆走開就行了。只要這邊逃開，對方是不會來追你的。可怕的是從外表看不出來的職業或半職業的犯罪者。在羅馬就有這種犯罪者在到處蠢蠢欲動。

我在地下鐵也看過幾次扒手。我自己常常，啊，一留神時發現皮包的扣子已經鬆開一半了。所以搭地下鐵時，每次都必須把皮包開口往內側放。重要的東西放在上衣內袋裡，確實扣緊扣子。走進餐廳時，皮包必須總是放在膝蓋上。

每天每天都這樣過日子。後面如果有摩托車靠近來的話，都會想這可能是要搶錢的而趕緊回頭看（一看到摩托車就要想到強盜，已經變成我們的座右銘），搭地下鐵時要把皮包夾緊。車上如果有人攤開報紙就會懷疑是不是扒手。要下地下鐵時，如果有人用力推擠著要上車，這一定是扒手。在餐廳吃飯時經常都要一面小心盯牢自己所帶的東西。絕對不要把東西放在從車窗外看得到的地方。每五分鐘就要檢查一次錢包的位置。每次離開房間外出一下時，都要把雨窗關上。道路前方如果有行跡可疑的人時，就要轉移到路的對面去。確實在羅馬住久了之後，不特別注意也會自然養成這種習性。不過我想這種生活還眞累，也不健康。

我在希臘住了將近一年，但一次也沒有爲小偷的事煩心過。很多東西隨便放，但既沒有被拿走過，也從來沒想過會被拿走。在米克諾斯租房子住時，連門都很少上鎖。皮包隨便放，出去回來後，皮包總是好好的還在那裡。如果遺忘了什麼東西，就會有人爲你送回來。這才是正常的社會。在羅馬你也不能把小費留在餐廳桌上。因爲有人經過就會偷偷的摸走。其他國家很少有像這樣的都市。當我目睹這樣的小費小偷之後，眞的覺得這個都市實在很可悲。

我跟我太太和從巴黎來的西山先生，傍晚到我們家附近的露天披薩店去用餐時，皮包也差一點被偷走。坐在後面那桌的兩個人用特殊的工具（好像有伸縮性勾棒之類的東西），正在把我放在腳下的肩帶皮包滑溜溜地拉過去，幸虧這皮包裡放了書和照相機之類的比看起來重得多，因此那工具拉不太動，似乎苦了他們。不過因爲他們非常技巧，所以我完全沒注意到這些。我太太覺得後面那兩個人樣子有點奇怪要我注意，因此才沒出事。我看看腳下的皮包時，已經看不見那工具的影子，只看見皮包的位置往後移動了一些而已。

在折騰一番之後，他們忽然站起來走掉了。不過在他們離開之前似乎盯上了坐在附近的美國夫婦。

大概三十分鐘過後，當那對美國夫婦要付帳時，女的發現自己的皮包不見了。於是騷動起來。他們以爲是鄰桌正在用餐的義大利夫婦偷的。於是衝著那看來很老實的年輕義大利夫婦，逼他們說打開你們的皮包。美國男人氣得滿臉通紅，義大利夫婦好像不會說英語的樣子，兩個人都莫名其妙地張口結舌。

實在看不過，於是我走過去向那個美國男人說明經過。我說如果你們皮包被偷的話，我想犯人不是他們，而是剛才在這裡坐了一下膚色有點黑的兩個人，因爲他們形跡可疑，而且我的皮包也好像被拖動了一點。或許義大利人會說我多管閒事。跟自己無關的事就該睜一隻眼閉一隻眼。

美國人懷疑地瞪了我一會兒。可能懷疑我也是這個城市巧妙設計進去的陷阱的一部分吧。不過我耐心說明後，似乎終於相信了。過一會兒深深嘆了一口氣，向義大利夫婦道歉。說對不起懷疑你們，不好意思，請原諒。義大利夫婦好像也明白過來了，說「沒關係，我們不介意。」

皮包被偷的女孩子坐在椅子上傷心地哭著。男的從頭到尾一直不停地罵「Fuck！Fuck！」（就因爲這樣我才知道他們是美國人）。我們是從紐約來的，他說。明天就要回美國了。護照和機票都放在她的皮包裡，Fuck！畜生！喂，你相信嗎？這是旅行的最後一夜喲，怎麼有這種事情？Fuck！他非常火大。而且非常激動。抓住服務生發洩。喂，聽著噢，你們餐廳也要負責，因爲店裡保安出問題，叫你們領班過來，他這樣怒吼。就算是美國人（如果同樣的事情發生在紐約，餐廳確實可能會被控告），似乎是很急躁的人。不過我很能瞭解他的心情。

不久領班來了。而且很同情他。臉上表情非常難過的樣子。而且悲傷地搖著頭。不過當然也只是同情而已。眞是不應該，眞沒良心，眞無恥，難怪您生氣。眞的，我非常瞭解您的心情，先生，可是一定是南斯拉夫人偷的……也就是說我們店裡沒有責任。我稱這爲義大利式的水桶接力。大家很有要領地排成一排在接送水桶，但火災卻一直無法撲滅。急躁的紐約客繼續叫罵，義大利人雙手一攤，繼續搖頭。但這樣下去永遠也沒有結論。

我去年春天也遇到跟你一樣的事情，我對他說。也是在回國前一天全部被偷光。

都是這狗屎城市的關係，Fuck！

女孩子繼續哭哭啼啼。大概還無法相信自己的皮包被偷掉的事實。打擊太大了，忍不住要哭。遇到困難就是這麼回事。如果不是發生在自己身上，大家什麼話都可以隨便說。我跟在羅馬遇到的日本人提醒過我太太皮包被搶的事。對方一臉被當傻瓜的表情，說了類似那是被搶的人不好的話。我有點生氣，但因爲說也沒用，所以不再說什麼（義大利人就算擁有各種缺點，但至少有不會用這種傲慢說法的修養）。總之大家對發生在別人身上的事，高興怎麼說就怎麼說。你用點常識嘛，小心一點就不會出事了。但誰能責備那位皮包被偷的美國女孩呢？那對她來說是羅馬的最後一夜，在美麗的噴泉前漂亮的披薩餐廳，只是把皮包放在身旁的椅子上一下而已。我覺得那並沒有什麼？如果那是個觀光客多的場所，我或許也會認爲她有點不小心。但那卻是幾乎沒有觀光客的安靜住宅區。所以我們也相當放鬆地在享受著餐點。

我向他說明該做的事。首先要去警察局填表報案。如果沒有那報案證明，什麼事都不能辦。然後要到領事館申請補發護照。也就是所謂的經驗談。

Fuck！嘿，明天的飛機喲。

我搖搖頭。生氣也沒有用。因爲就是這樣的地方，我說。
你是哪裡來的？他問。
東京，我說。
東京常常有這種事嗎？
我想不常有。
對呀，那是個正常都市。
是嗎？東京到底是不是正常都市？不過那是另一回事了。
羅馬這個都市讓來到這裡的人感到厭煩、深受打擊的，不僅是預備了小偷、扒手、吉普賽人、搶匪、順手牽羊的人、詐欺犯、暴力酒吧、故意找錯錢的售貨員。在那以強奪爲目的的大渾沌中，計程車也占了相當大的比重。
我在羅馬期間，有幾位日本朋友來訪，從機場搭計程車沒有一個沒被敲竹槓的。從機場到市中心，加上小費頂多也不過五千圓。但每個人至少都被拿走一萬圓。過分的時候還有人被要走三萬圓。我都預先跟他們說：「從機場到市區計程車費是五千圓，所以如果他們多要，就到飯店櫃檯去，請他們幫你交涉。」但計程車司機也不是傻瓜，都不到飯店門口。只找一些藉口停在很前面，就把錢要走。被要求三萬圓的人抱怨說別開玩笑了，居然被恐嚇「我有槍噢。」簡直亂來。從此以後有誰來時，我一定開車到機場去接。

在街上的一般計程車還不至於太過分。其中雖然有令人不以爲然的，不過大多數計程車司機還算誠實、親切，也很體貼。多半是一些正常庶民感覺的阿伯。他們也是受到惡質司機連累的犧牲者。不過遺憾的是聚集在機場和特米尼車站（Stazione Centrale Roma Termini）（譯註：即羅馬中央火車站。Termini相當於英文的terminal總站）的計程車司機素質卻相當糟糕。業餘計程車不用說，連正規計程車也很多會違法收費的。我也經驗過幾次，我認爲正常的計程車可以說比較少。最好盡量不要從機場或從特米尼車站搭計程車，比較聰明。以經驗來說，如果目的地是有名飯店的話一定不行。如果你從特米尼車站或機場搭到誠實而感覺很好的計程車順利到達某飯店的話，那只能說眞的很幸運。而且依經驗來說，這種幸運並不會繼續幾次。

爲什麼羅馬警察不認眞取締這種惡劣傢伙呢？我完全無法理解。爲了先警告造訪羅馬的觀光客（各位，這個都市可不是簡單的地方噢，往後這種事會一一發生，這只是個序幕，請多多小心。）或許爲了作爲一種通過儀式，一種打擊治療法，而好心把惡劣計程車司機刻意安排在機場和車站的。

不過當然我在羅馬也不是光遇到這種討厭的事。這點大概必須澄清。也有過愉快的事，遇到過親切的人（雖不能說很多）。偶爾遇到這種人時，就覺得好舒服。例如我們皮包被搶的那一夜，我們常投宿的飯店老闆來看我們（當天，因爲是我們的最後一夜，因此公寓退租了住在飯店），他請我們在酒吧喝雞尾酒。在這個都市讓你們碰到這種事情眞過意不去，很遺憾。如果錢被搶了有困難的話，請說。需要多少由飯店借你。請不用客氣。等你們回日本再寄來就行了，他這樣說。幸虧我們的現金幾乎沒有被搶，因此只謝了他的好意。受到這種心意對待，忽然覺得這個都市也不是一無是處。

不過如果你問我會不會想去羅馬再住一次的話，我還是只能說不了。來旅行還可以，住則免了。巴斯塔格拉吉也（basta grazie，夠了謝謝）。我在寫這篇文章的十天後，就打算把羅馬租的公寓退掉回東京去。

住在羅馬時，我們好像一年到頭都在想著小偷的事似的。出去外面旅行時，不得不擔心回家後會不會發現家裡的東西全都不見了。一面擔這種心一面旅行，實在也不太輕鬆得起來。

當然東京也不是沒有小偷。還是必須注意起碼的防範措施。不過不用說，沒有羅馬那麼嚴重。住在東京的人沒有每天在想著小偷的事過日子。我回到東京看到人家後褲袋塞著大皮夾堂堂走在街上，皮包隨處亂放時，有一陣子還不免感到愕然。不過不久就習慣了。嗯，對了，這裡是東京，什麼都不用擔心。我想這確實是東京的好處。如果不必一一擔心小偷過日子，眞是再好不過了。

不過當然，這裡還是充滿了只有這裡才有的麻煩。羅馬充滿了只有羅馬才有的麻煩，東京充滿了只有東京才有的麻煩。而且東京的麻煩以東京的麻煩才有的方式令我頭痛、厭煩、畏縮、疲倦。

我長年住在國外所得到的教訓，說起來大概就是這種程度的事了。世界各地原則上是以麻煩的性質不同來區別定位的。而我們不管在什麼地方，都必須跟著那麻煩一起走，跟著那麻煩一起活，就是這麼回事。

奧地利紀行

薩爾斯堡

想去造訪夏天薩爾斯堡（Salzburg）的音樂節，是我一直以來的願望。因為一直身在歐洲，所以如果想去的話並不是不能去，但總是沒去成。心想反正人一定很多，反正票也買不到，總是先想到這些麻煩，終於敬而遠之。我不太喜歡人潮擁擠的地方。例如萬國博覽會或奧林匹克運動會或百貨公司大拍賣或看貓熊或看巨人隊棒球賽或迪斯尼樂園或新年的明治神宮或中元節的江之島海岸或櫻花盛開的上野公園，這種很多人群聚集的地方，我只要一想到那麼多人就不想去了，實際上也沒去過。為什麼呢？單純因為不喜歡看到很多人聚集在一起。名字加上什麼節的也一概不喜歡。與其說不喜歡不如說憎恨。因此，雖然想聽音樂，但一看到音樂節這三個字，就有點覺得「算了，不去也罷。」

其次以前我去過維也納，待了一星期左右，那時候非常無聊，這也是提不起勁去薩爾斯堡的原因之一。雖然不知道別人怎麼想，不過對我來說，維也納真是個無聊的地方。食物不好吃，沒什麼特別的事可做，甚至想到世界上居然有這麼無聊的地方。我每天到動物園去，或在香布倫宮的森林裡餵松鼠以消磨漫長的時間。因為同樣是奧地利，所以我想像薩爾斯堡大概也差不多。

這次旅行，原先也沒計畫要經過薩爾斯堡。只是到德國南部旅行，如果可能就順便過去看看。不過走訪奧地利鄉下到達薩爾斯堡的時候，我們已經相當喜歡上這個國家了，結果半個月的旅行，在德國南部只住了四夜，其他幾乎都在奧地利到處繞。這證明不管人也好，國家也好，光憑第一印象往往會看錯對方。老實說，奧地利是有一點無聊的國家。既沒有義大利的有趣，也沒有德國的存在感。雖然是美麗而清潔的國家，卻無聊。不過如果想開了，無聊沒什麼不好的話，確實是個好國家。而且也許這在任何國家都一樣，都市不如鄉下的小村子有趣。其次奧地利最棒的是安全。在車上行李隨便放都可以完全放心。沒有必要提防搶劫、扒手，或吉普賽人。這對於住在義大利的人來說簡直是天堂般的狀況。我們進入這個國家之後，眞的好久沒有打心底感到這麼輕鬆了。而且覺得這才是人類應該有的生活環境。雖然很多人到了紐約，說這種有刺激的地方才有趣，但我並不這樣認爲。不管別人怎麼說，還是能夠安心生活的安全地方才是正常的地方。從這點來說，奧地利是沒得挑剔的國家。所謂刺激，是每一個人應該從自己內在創造出來的東西。

我們開車到薩爾斯堡。然而薩爾斯堡這地方簡直是個迷宮，巷道彎彎曲曲的，不是單行道就是車輛禁止進入或此路不通的連續。我們預約了一家山丘上的旅館，但無論如何卻總是到不了。就像卡夫卡的小說一樣轉了幾圈還是回到原地。轉了一小時左右終於放棄，打電話給飯店。我說：「現在我在這裡，請告訴我怎麼走。」居然回答：「電話上實在沒辦法說明，請叫一部計程車，跟在後面來好了。」不過總之我們已經累趴趴了，實在沒有力氣這樣做，因此取消那家飯店的預約，把車子停在街口的大停車場，就在市中心一家小飯店裡辦好check in手續。聽說音樂節的時候臨時到市區是訂不到飯店的，但實際去了一看卻也行得通。雖然便宜卻是感覺很好的飯店。不算有什麼特別的印象，只覺得既清潔又清爽。一樓小啤酒館似的餐廳也有庶民味還不錯。我們決定在這裡住兩夜。

這家飯店離音樂節的中心會場走路只要五分鐘左右，非常方便。價格也便宜。看看街上貼的海報，今夜演奏的是懷森博格（Alexis Weissenberg）的鋼琴，寫著還有票可買。於是到售票處去一看，今天懷森博格的演奏取消，改成魯道夫布夫賓達（Rudolf Buchbinder）的演奏。不過心想既然特地來到薩爾斯堡，還是買了票。

以歌劇來說，前一天有威爾第《化裝舞會》（蕭提〔Sir Georg Solti〕指揮）的公演，兩天後有《托斯卡》（阿巴多〔Claudio Abbado〕指揮）的公演。《化裝舞會》本來是卡拉揚指揮的，但正如您所知道的，由於卡拉揚忽然去世（街上依然貼著卡拉揚的照片）才由蕭提代替。本來代替的人選徵詢過伯恩斯坦（Leonard Bernstein）和慕堤（Riccard Muti），但伯恩斯坦以從來沒有指揮過《化裝舞會》爲理由拒絕，慕堤則說要做好卡拉揚的替身、精神上壓力太大所以拒絕了，於是棒子轉到蕭提手上。我問問窗口有沒有《托斯卡》的票，結果被白了一眼「現在才來怎麼可能會有呢？」確實沒錯，不可能有。

不過以結果來說，這布夫賓達的鋼琴相當有趣。以前我太太在東京聽過懷森博格的鋼琴，她說：「老實說，他彈得比懷森博格有趣多了。」不過那是以前的事，最近懷森博格的演奏不知道變怎麼樣了。

到會場的人穿戴相當講究。男的多半穿像晚禮服之類的，女的則很多穿露肩正式禮服配戴珠寶。總之裝扮得光鮮亮麗的來。義大利的音樂會很少人穿得這麼正式，因此一開始這落差令我吃驚。幸虧我也穿了正式西裝來，因此還不至於太不得體。

日本聽眾也相當多。因爲有很多以參加薩爾斯堡音樂節爲主要訴求的旅行團。老實說，我也聽過如果想到薩爾斯堡聽歌劇的話，最好從日本參加旅行團去。要不然在當地反而買不到票。坐在前面座位穿戴整齊的日本女孩子吵吵嚷嚷地互相拍照，被旁邊的奧地利太太責備：「妳們稍微安靜一點嘛。」日本年輕女孩一興奮起來音調就忽然提高，爲什麼呢？

布夫賓達演奏曲目的第一首是貝多芬鋼琴奏鳴曲作品31之2和之3。這如果以一句話說，是一次把情緒性裝飾和執著拿掉，只留下音符，然後再重新構築起來，這種感覺的極簡主義（minimalism）式貝多芬。在這層意義上，和顧爾德（Glenn Gould）的演奏有一脈相傳的地方，不過和顧爾德又完全不同。這裡沒有顧爾德音樂中感覺得到極有味道的宇宙。雖然沒有宇宙，卻自有他的世界。如果想開了不需要什麼宇宙的話，這還相當「恰到好處」而有趣。這種有趣經驗，是自從大約兩年前在東京聽了巴雷利阿法那謝夫（Valery Afanassiev）的鋼琴之後第一次感覺到。

後半段是蕭邦和李斯特。蕭邦的是第二號諧謔曲、幻想即興、和另一首小品。李斯特的也是不太聽過的兩首小品。

這蕭邦曲很有趣。已經好像完全不是蕭邦的樣子，簡直——文章無法完全表現出來，我覺得很過意不去——怪到讓你目瞪口呆的地步，贏得會場熱烈喝采鼓掌。雖然完全沒有所謂的鬼氣逼人、撼動人心、萬感逼胸、美得令人心痛、或直逼人性存在的本質之類的東西，但總之很中聽。敢發豪語說蕭邦的所有各種演奏我都聽過的人，如果聽到這演奏，我想也會不禁會心一笑吧。是這樣愉快、新鮮而溫暖的演奏。聽到這種演奏之後，更體會到所謂歐洲文化圈層次的深厚了。

演奏結束後掌聲久久不停，聽衆咚咚地激烈踏響地板。這聲音相當驚人。有點像北歐維京人慶典的味道。彈了三首安可曲後，客人還是不肯離去。這麼說也許不太好意思，不過這眞是撿了便宜的音樂會。然後我們到啤酒屋去喝啤酒，吃香腸，才回飯店。

第二天到聖方濟教堂去聽風琴、長笛和雙簧管的音樂會。這也相當有氣氛，很棒（不過坐硬板凳，屁股有點痛）。薩爾斯堡一天就有五、六場音樂會。因此一早起來就到演出導覽中心去，看本日活動一覽表。然後只要從其中選出自己想聽的音樂會就行了。有聞名遐邇的木偶歌劇，也有在城堡大廳演奏的室內樂，每週一次在教堂有莫札特的《安魂曲》演奏。有這麼多各種音樂會，相信在這裡待一星期也不會覺得煩。如果運氣好，並不是不可能以正規票價買到歌劇的退票（當然只是並非不可能程度的可能而已）。

不過這個城市多雨。我在那裡時也一直在下雨。而且是八月初，居然很冷。穿了毛衣（因爲太冷所以到奧地利後才買的），上面再穿西裝外套還覺得冷。沒辦法爲了暖身於是走進館子裡喝有麵條的熱湯。買明信片時，居然有畫著雨中薩爾斯堡的畫，後面寫著：「以多雨聞名的薩爾斯堡」。既然明信片都這樣寫了，所以想必相當多雨。醒來一睜眼下雨，醒來一睜眼又是下雨。不只薩爾斯堡如此，奧地利所到之處眞的都很多雨。覺得好像每天都在光看著雨在過日子似的。覺得雨刷老是刷拉刷拉刷拉刷拉地動個不停。從薩爾斯堡往北走十公里左右越過德國邊境後，那邊卻晴朗乾爽。不過再往南進入奧地利時，竟然又在下雨。看過《眞善美》電影的人大概會以爲奧地利總是晴空萬里，那完全是二十世紀福斯公司的謊言。雖然也許是我們去的季節正好那樣，不過那雨的下法，比日本的梅雨還嚴重。

因爲下雨我們一直窩在飯店裡，因此在奧地利期間我好像一直在看書。我帶去的岩波文庫《基督山恩仇記》全七卷全部讀完，因此在一個叫做Schladming的小地方小書店買了《馬爾他之鷹》（這家書店裡我會想讀的英文書大約只有這本），好久以前讀過的，難得重新再讀。這本讀完後，讀了Tom Wolfe的《Bonfire of the Vanities》（這本是在慕尼黑的書店買的）。越過阿爾卑斯山，住進村裡的旅館，喝啤酒，吃Schnitzel（譯註：奧地利小牛肉薄片），眺望窗外下個不停的雨，一面聽著牛頭上掛著的牛鈴叮噹叮噹響著，一面讀那本Tom Wolfe雖然有趣但有點誇張的小說（雖然不知道爲什麼感覺這麼誇張，不過滿有趣的）。每天都這樣反覆重複。

我在奧地利感到既驚訝又佩服的是，即使雨嘩啦嘩啦下個不停，但很多人既沒撐傘，也沒穿雨衣，就那麼悠哉遊哉若無其事地走在路上。這或許是人隨氣候進化了的關係吧。其次是MAZDA的車子之多。MAZDA比TOYOTA和NISSAN多得多。不知道爲什麼。

在奧地利雖然每天吃了各種東西，但不僅菜色名字每個地方各有不同，而且因爲拼音很長，所以都忘了吃過什麼了。或許每次吃的時候應該把點的菜名從菜單上抄下來，但因爲太麻煩而半途作罷。試想一想，像

PRINZREGENTENTORTE

ARTISCHOCKENHERZEN

GESCHNETZEL TE HÄHNCHENBRUST

SCHASCHLIKSPIESSCHEN

之類的菜名，你覺得可以一面記在筆記上，一面吃飯吃得很香嗎？我可不行。一想起大學一年級時上德語課，心情就很沉重。

我覺得「嗯，這很好吃。」特地把菜名記下來的，是在薩爾斯堡吃的叫做VOLLKORNROLLE的菜。這是把青菜做成餅餡，用義大利水餃皮般的東西捲起來油炸的。調味淡淡的，很爽口的菜，就算還不至於到想鼓掌頓足的地步，但也相當可以稱得上名品了。因爲在其他地方沒看過，所以或許是當地的菜色。爲了再吃一次這道菜，我都想再去薩爾斯堡呢。

在阿爾卑斯遇到麻煩

旅行時麻煩事是免不了的。想想看對當地情況不太瞭解，沒有熟人，語言不太通，在人生地不熟的地方徘徊移動，因此不遇到困難才怪。如果不喜歡這樣不如不要出門旅行，就待在家裡租錄影帶看好了——這是理論上。是理論也是事實。不過一旦實際自己身上遇到麻煩時，卻沒那麼容易想開。理論或事實轉眼間就飛到天外去，化爲遠方的背景。那種東西已經一點都派不上用場。只剩下被不合理的現實所逼，必須面對不確實的未來，孤伶伶又容易受傷的自我而已。

不可思議的是（或許不是完全不可思議），人這東西對於降臨在別人身上的災難比較容易發揮想像力（唉，事情就是這樣嘛，就是有這麼回事啊，這種事你早該料到嘛，衆說云云），可是一旦落到自己身上時，那種精神上的壓力卻像夏天午後的老狗一般，有變不活潑的傾向。例如你能想像明天自己被宣布得了癌症嗎？你能想像太太明天跟某個男人跑了，或銀行打電話來告訴你信用卡被提領存款不足額達五百萬圓之多的事實嗎？當時的打擊和痛苦你能設身處地想像嗎？

不可能。實際上在那麻煩以眞正的現實出現在自己眼前時，人們會認爲那不合理、不公平，甚至火大生氣。就是這樣。我也不例外。

麻煩發生在八月六日星期日的上午十點前。我們早晨九點從德國南端一個叫作奧柏藍麥告（Oberammergau）的地方出發，越過森林裡的小國境邊防（只有一位警備人員，檢查汽車的文件而已），進入奧地利。進入奧地利以後，雲的走勢照例變得不安定起來。隨時可能下雨的天色。從奧柏藍麥告到羅伊特（Reutte）這個奧地利的城市是全長三十五公里左右非常漂亮的山路。別名提羅爾（Tirol）街道。車子少，安靜，空氣新鮮。到處是牛群，常常看得見湖。一塵不染美麗的湖。沿路看不見任何招牌看板。既看不見House Kukure咖哩的廣告，也看不見Suntory純生啤酒的廣告。既沒有柏青哥店新裝開幕的看板，也沒有「多注意一秒，免受傷一生」的標語看板。任何村子都有頂端附有高高尖塔的氣派洋蔥型教堂。因爲是星期日早晨，因此很多穿著Tirol當地服裝的中年人都聚集到那樣的鄉村教堂來。旅行者穿著登山裝，往山上走。這些人不管下雨也好，下什麼也好，似乎毫不在意，正充分享受著健康的假日。厚厚的雲從阿爾卑斯山的一峰移到另一峰，在那山間降著雨。這時麻煩連影子都還沒有。雖然烏雲密布，卻是個安靜而平穩的星期天早晨。我並不抱怨保羅賽門的歌詞，其中也沒雜有任何負面的語言。

不過當我越過最後一個山頭，一面看見眼底展開羅伊特的街容，一面換檔時，引擎竟然突然熄火。奇怪，難道檔沒換好，於是重來一次，再踩油門還是沒有任何反應。只發出「呼」的一聲不可靠的聲音而已。也不知道出了什麼毛病。總之卻強烈散發出每次那不祥的預感。因爲是下坡途中，而且煞車還靈，我想先下了坡再說吧，於是慢慢下了坡，在看得見人家的地方把車子停在路邊。並試著再一次慢慢轉動鑰匙看看。馬達動了，引擎卻沒點著火。我熄火，隔了五分鐘左右再試轉一次鑰匙。但不行，試了幾次都點不著。

我下車打開引擎蓋看看。並做個深呼吸，想想看如果馬達會轉，引擎卻點不著的情況，原因何在？嗯，到底是怎麼了呢？以引擎的點火線圈（ignition coil）產生高壓電，以分佈器（distributor）把電壓分配到點火栓（plug），以點火栓發出放電火花將混合氣點火。我雖然不太清楚原理細節，不過順序大約是這樣。因此原因首先不得不懷疑點火栓。不過點火栓看起來全部都好好連接著。因爲是新車所以說點火栓舊了是難以想像的。其他大致看來，也看不出任何問題。我所能想到的只有這些。只好投降。我對機械本來就非常不行。所以出發旅行前就先去蘭吉雅指定工廠做過定期檢查，請他們幫我保養以免出問題。結果爲什麼會發生這種事呢？

「怎麼了？」我太太說。

「不知道。引擎點不著。」

「怎麼會突然這樣呢？」

「是啊，爲什麼噢。不應該會這樣的。你看一直都動得好好的，一點都沒有奇怪的地方。我只是很平常地想從二檔轉三檔，結果忽然就不行了。眞是難以相信。還是新車呢！」

「所以我不是說過，最好不要買義大利車嗎？我想遲早總會出這種事。要是買日本車或德國車就好了。也不會碰到這種倒楣事。」

或許是這樣。要是買了堅固的Volkswagen Golf就好了。我買蘭吉雅時，很多人，包括義大利人，都忠告我最好別買義大利車。但我在半好奇之下買了義大利車。心想到底是怎麼樣的東西？

「所以就是這樣的東西呀。」我太太說。「星期天早晨在奧地利山路上突然引擎熄火了。」

不用說，她相當生氣。連雨也開始淅瀝淅瀝下起來了。眞要命。爲什麼偏偏我會遇到這種事呢？眞想發個牢騷。這種時候什麼道理呀理論的全不見了。眞難相信自己身上居然會發生這麼淒慘的事。

但總不能一直這樣下去。做太太的可以繼續生悶氣，做丈夫的卻不得不默默想善後之策。這不知道該說是世間的習俗，或是宿命。我要說，眞是不公平的宿命。

首先走出去，攔下路過的車子。並說明了事情的原由。停下來的是一輛義大利波隆納車牌的AUTOBIANCHI Y10。兩個年輕人和一個女孩子走出來，看了引擎蓋裡面之後互相商量一下，他們也不知道原因。他們雖然說要送我們到附近的修車廠，但看起來，AUTOBIANCHI車上已經坐了四個大人，空隙裡還塞滿小型橡皮艇、肚子鼓鼓的皮箱、揹囊、還有其他莫名其妙的各種東西。義大利人典型的暑期度假裝備。這樣子怎麼還能搭得了兩個人呢。雖然非常感激他們的好意，但還是只好婉謝了。

然後我去按附近人家的門鈴，向那家太太說明原由，請她爲我打電話叫了奧地利的類似JAF。因爲是星期天早晨，那位太太還穿著睡袍正在準備早餐。她說修理車很快就會來。我道過謝回到車上。大約二十分鐘後車子來了。漆成黃色的三菱Pajero。從車上下來一位看來很和氣的阿伯，「Grüß Gott（你好）」打了一個奧地利式的招呼。「Grüß Gott」氣氛上有點像澳洲人說「good day」的調調（譯註：day發音像「戴」）。「怎麼了？」他只會說德語。於是我一手拿著字典，一面用德語單字說明。在那邊的斜坡上，引擎突然熄火。噢噢，阿伯說。於是用儀器檢查著。東弄西弄了十五分鐘左右。「這是電方面的吧。」他說。「這裡完全死了。這種情況我沒辦法，我可以幫你拖到羅伊特街上的修車廠去，但今天是星期天，所以我想工廠是關門的。不過總之去看看吧。沒問題，去看看總有辦法的。」

於是在Pajero牽引之下到兩公里前面的羅伊特街上去。這是我有生以來第一次車子被拖，氣氛眞是相當淒慘。雖然規模大不相同，但我忽然想起在挪威外海故障的蘇聯原子潛艇。

到羅伊特街上一看，修理廠果然關著。畢竟是暑期休長假期間的星期天早晨。有開才怪。

「這怎麼辦？」我太太說：「都是因爲你說要蘭吉雅……」

「好了好了。」阿伯似乎察覺氣氛不對而安慰我們說。「這家修車廠老闆是我朋友，我去交涉請他特別爲你們開門。放心吧。」

奧地利的JAF阿伯是非常親切的人，特地到那家工廠老闆家去按門鈴。但沒有任何人出來。

「一定去哪裡旅行了。一直都不會回來的。」我太太說。她的性格是對任何事都很悲觀。這點我對什麼事都比較樂觀。如果不是樂觀的人也不會買什麼義大利車了。根據我朋友聽說的，在日本買了義大利新車的人，開著車從東京到京都。回來後告訴賣車給他的人時，對方竟然認眞地佩服說：「您眞有勇氣啊。那輛車居然還能好好開到京都。」雖然不知道是不是眞的（有點都市傳奇的意味），不過很有可能。不是個性樂觀的人是不會買的。還有勇氣。

「沒問題，總有辦法的。」我說。

「但願如此。」我太太說。

但願如此，我也想。

JAF阿伯似乎也是個相當樂觀的人。「嗯，現在不在，不過我想一下就會回來。回來後我會幫你們交涉，讓他把工廠打開。請到那邊的咖啡館等。我會去找你們。」他說。眞是親切的人。這在義大利就行不通了。我並不是說義大利人不親切。不過只有這點我可以確定。這在義大利就行不通了。至少他們的親切心（就算有）在星期天是不會出來的。

「事情要往好的一面看哪。」我說。「幸虧這不是在義大利。對嗎?要是在義大利的話至少三天都動彈不得。」

「確實也是。」我太太也勉強同意。

在羅伊特街上慢慢逛一會兒，老實說實在沒什麼趣味可言。雖然這是從德國菲森（Füssen）到奧地利茵斯布魯克（Innsbruck）的交通要道，因此車輛很多而吵鬧，但幾乎沒有特地在這裡過夜的觀光客，所以飯店也少。我散步了三十分鐘左右，然後才到他說的咖啡館坐下來等阿伯來。喝了兩杯咖啡，等了一小時，但阿伯還沒來。然後我喝了啤酒，吃了香腸，又等了一小時，阿伯還是沒來。雙胞胎老太婆走進來，在我們旁邊的座位坐下來喝啤酒，走出去。雙胞胎老太婆兩個人一起喝啤酒眞是相當特別的光景。然後兩個本地青年進來，一面喝啤酒一面玩了一局撞球。但阿伯還是沒來。沒辦法只好又喝了難喝的續杯咖啡。因此只想去小便。

結果阿伯來的時候已經是下午三點過了。我們在那家陰暗的咖啡館一面看雨一面等了三小時。在那之間我太太完全繃著臉不高興。那樣的車子乾脆丟掉算了，她說。車子這東西不是那麼簡單就丟得掉的，我向她說明。但她才聽不進我的話。

「現在，工廠要爲我們開門了。」阿伯說。

要命，這下總算暫時安心了。阿伯帶我們到工廠去。在那裡付了奧地利的JAF拖車費，大約六千圓。如果是會員的話就免費，不過你沒有會員證吧，阿伯很惋惜地說。確實很遺憾我們不是奧地利汽車協會的會員。他咚咚地拍拍三菱Pajero的車體。還是日本車好噢，他說。義大利車不行。你要換日本車。謝謝，我說。謝謝。

工廠老闆是六十歲左右的師傅。一副在地方修車廠做了四十年的苦幹型師傅。這種人絕對不會支持杜卡吉斯（Michael Dukakis）的。也不會聽Bryan Ferry。不會去Cine Saison（四季電影院）看電影。也不會買Missoni的毛衣。只會默默修汽車。阿伯打開引擎蓋，面無表情地往裡面整個看一圈，然後說，我兒子會說英語，我去叫他來。過一會兒，感覺像去年剛剛高中畢業的兒子開著一輛紅色飛雅特老爺車來了。身材修長，金髮，滿英俊的男孩。穿著連身工作服。「要命，星期天啊」似的臉色，不過在家似乎老爸握有絕對的權力，所以他並沒有怨言。正當愛玩的年紀雖然可憐，但我這邊也沒有餘裕去可憐別人。我大概說明了事情的原由，他嗯嗯地說知道了，就開始動手修理。

但怎麼弄都搞不清楚原因。把各種東西拆下來，用儀器測試，換零件，總之他想得到的都試著做了，還是不行。引擎還是依然無聲無息。好像是他玩伴的青年湊過來看。「你在幹什麼？」「嗯，我老爸叫我修理呀。」「什麼地方壞了？」「不知道。」似的談著。不久臉色漸漸黯淡下來。不過他老爸似乎是個相當頑固的人，絕對不向兒子伸出援手。只讓他一個人做。我問他兒子「什麼地方出毛病？」他只說「嗯，非常難。」而已。這樣搞了兩小時左右，還是完全不行。最後他終於投降了，走到他老爸面前去說了類似「阿爸，我實在搞不懂啦。」老爸嘀嘀咕咕地說「好吧，行了，剩下的讓我來。」之類的。可以感覺到你大概還不行的口氣。我想要是這樣何不一開始就自己來呢！我這邊可是乾著急呀。不過，也沒辦法。每家有每家不同的做法。兒子跟朋友又開著飛雅特走掉了。雨淅瀝淅瀝下著的昏暗星期天黃昏，在這看起來冷冷清清的羅伊特街上，年輕人到底能做些什麼玩呢？不過總有什麼可玩的吧。年輕時候不管做什麼，自然都有他好玩的地方。就算是這麼冷清的地方，至少也有比拆裝汽車電瓶更有趣的事吧。

我現在幫你看一看，也許要花一點時間，大概要到今天七點或明天早上才好，師傅說。於是，我們只好在羅伊特街上找旅館住。眞是完全不起眼的地方，所以本來沒打算在這種地方住的，可能的話預定今天之內最好能到得了瑞士的，但這下只好放棄了。光是星期天有工廠肯開門就不得不感謝了。

我們住的是街上最大的老飯店。總之只有老舊，一走在地板上就發出非常大的咿呀聲（這難道是忍者的老宅），地基似乎傾斜了，浴室的推門不管它的話會自己滑溜溜地滑開。不過房間相當寬敞，氣氛也不壞。這家飯店似乎以古老自豪（我想大概其他也沒有可以自豪的東西吧），門廳排著整排裝了框的十九世紀到二十世紀初這家飯店的相片。那時候幾乎還沒有汽車，因此街上的景況也比現在更牧歌式。十九世紀奧地利的男人全都留著口髭，看來非常有精神。那是哈布斯堡家（Habsburger）統治著古老美好的奧地利─匈牙利帝國的時代。可以看到市區廣場上正在舉行消防演習的消防隊員。也有從高高建築物窗口得意地懸在半空的一些人。全都擺出姿勢，相當快樂的樣子。看看年代，這些照片拍攝不久後第一次世界大戰就開始了。這些人想必也有幾個死在戰場吧。

總之肚子餓壞了，因此把行李放進飯店後，就到附近的餐廳去吃飯。喝了啤酒，喝了豬肝湯，吃了CORDON-BLEU的火雞肉火腿。我本來都不太喜歡豬肝和火雞肉的（因爲太累所以點錯了），但菜倒相當美味。總之好不容易終於能坐在椅子上吃飯，光是這樣就很慶幸了。

「幸虧工廠開門。」我一面喝葡萄酒一面說。

「嗯，但願能修好。」一面吃晚飯我太太一面冷靜地說。

*

第二天早晨（這天也下雨）到工廠去一看，很幸運車子已經修好了。

就是這個，那兒子說著無動於衷地把切斷的電線給我看。直徑將近一公分粗的大塑膠電線。電線好像用斧頭砍斷似的被整齊地斜斜一刀切斷。「從點火線圈到分佈器間的電線。從這裡到這裡。因爲這個被切斷了不能點火。被風扇履帶拉進去切斷了。」

我眞想不通。這麼粗壯的電線怎麼會被風扇履帶捲進去就簡單地切斷呢？豈不是太過分了？才剛剛送去檢查保養過的，爲什麼非發生這種事故不可呢？

「這種事故常常發生嗎？」我問年輕人。但他什麼也沒說，只聳聳肩而已。是個話不多的年輕人。因此我回答自己：「這種事常發生怎麼受得了！」也許因爲配線雜亂很難找到電路的斷線，但心想大致因爲引擎無法點火，所以檢查通往分配器的電線是汽車修護工初步中的初步，打開引擎蓋檢查了兩小時之後也該發現了吧。以作父親的看來，兒子終究還是未成熟。

　不過總之修好是修好了，別人的家務事就交給別人好了，我道過謝付了修理費。費用約兩萬圓。星期天讓人家加班怪可憐的，所以我也給他兒子一點小費。

「所以我說勉強一點還是買賓士車好嘛。」我太太嘀嘀咕咕地抱怨。

「別再說了，賓士車是土財主和棒球選手開的車。」我說。（各位土財主和棒球選手和賓士車代理商對不起。這真的純粹是玩笑。不是職業歧視。賓士車不管怎麼說都是很棒的車。我這樣說笑單純只因爲買不起的嫉妒。）

「不過總之故障很少啊。」我太太說。

「不會再故障了。那真的是特殊事故。不會發生好幾次的。已經沒問題了。情況還不錯啊。」我說明。與其說是說明，不如說感覺像在爲被我太太討厭的一個笨朋友辯護似的。

「誰知道。」我太太冷靜地說。簡直像小小的詛咒似的。對——我想很多結婚的男人大概都知道——太太在對話的最後所嘀咕的那一句，往往都是小小的詛咒。

　那天下午，車子開在叫作Holzgau這風景明信片般牧歌式的漂亮村子附近時，果然儀表板上的煞車警示燈亮了。啪一下橘紅色的燈，非常不祥。都要怪那詛咒，我想，要命，要命。開進加油站請人幫忙看一看，結果說，先生，這一定要開到蘭吉雅指定的工廠去好好調整煞車才行啊。嗯嗯嗯。工廠在瑞士邊境附近一個叫作Alberschwende的地方。不到那裡不行噢。到那裡之前應該沒問題，不過最好在今天之內去好好檢查比較好。因爲煞車故障是很可怕的。

「我們是來作奧地利汽車修理廠巡禮的。」我太太冷冷地嘀咕。

「事情要往好的一面想啊。」我說。「這種經驗是開德國車無法體會的。開沒有故障的車安全地旅行，只不過是很有效率地從一家飯店移動到另一家飯店而已，不是嗎？還是開義大利車看看社會的每個小角落吧。」對，不管別人說什麼，我本來就是個樂觀的人。

就這樣我們又一面眺望著被雨淋濕的牛群和洋蔥教堂，一面開到Alberschwende去。一路上非常非常沉默無言。

關於Alberschwende的修理工廠沒有什麼特別值得一寫的（順便補充一下，後來，在跑了六千五百公里時，正好開在高速公路上，一根螺絲突然鬆了，排檔開始搖搖晃晃起來）。

最後

——旅程的結束

最後——旅程的結束

開著終於修復的蘭吉雅Delta 越過阿爾卑斯山，南下進入義大利。只要能好好的動，這還是一輛非常愉快的車子。綜合大家的說法，義大利車似乎多少都有這種傾向。只要能好好的動，就非常愉快。這輛蘭吉雅Delta的情況，也不是說性能特別好。開低速時會叭噠叭噠響，開高速時安定性又有問題。但以二檔、三檔呼的一下引擎加速旋轉時那種麻藥般的快感，眞是妙不可言。我不是很喜歡開快車的人，不過那眞棒。引擎的反應是即時的、有一種以實物大彈回你身體的那種感覺。有一種會讓你想摸摸他的頭讚美說很好很好的地方。不過一旦不能動的時候，就只是個粗大垃圾了。本來很想從黑森林（Schwarzwald）穿過史特拉斯堡（Strasbourg）的，但因爲對車子不太有信心，於是放棄了，決定回義大利。

越過國境檢查哨，進入紅白綠三色旗飄揚的義大利時，不禁鬆了一口氣。說來還眞奇怪，甚至覺得好像回到自己國家了似的。對雨已經有點厭煩了，對食物的奶油臭味也覺得刺鼻了。雖然風景確實美麗，但不管多美麗，每天每天都只看著阿爾卑斯山、教堂和湖，還是會開始膩的。越過國境的崚線時，光線的質便忽然大爲改變。看起來好像一切的一切都在明亮地閃著光輝。紀德在《義大利紀行》中，與奮地寫下從奧地利進入義大利時所感覺到的明亮，那種心情我確實很能瞭解。義大利眞是神所關愛的土地。溫暖、美麗、而且豐饒。

從德國、奧地利越過阿爾卑斯山的國境回到義大利時，周圍的開車模樣頓時變得狂野起來。總之非常粗暴。不過這狂野模樣中，也自有它的規律和傾向，如果習慣的話會逐漸覺得那是理所當然的。至少沒有最初所感覺到的那樣粗暴。因爲我是一拿到駕照就立刻到歐洲來，貼著新手上路的標誌在羅馬街上到處開的，所以有點以爲開車本來就是這麼回事(想起來眞可怕)。因此對我來說，回到日本所經驗到的在東京街頭開車，或東名高速公路的交通情況，老實說，我覺得更要命。

確實義大利開車的人很粗暴，但每個開車人的臉上和車子的動向都一一有表情。因此容易讀出對方的動向。有以僅僅十公分、二十公分的差距輕快擦車而過——或擦車而來——的情況。但回到日本，我卻讀不出那種表情。所以抓不住那呼吸。眞的很可怕。另一方面德國人開車，大體上是階級社會式的極爲正經。因此越過國境南下，眼前看到愛快羅密歐和飛雅特咻咻地衝到鼻尖來的光景時，深深感到，啊，已經回到義大利的眞實感。

在空曠得反常的夏季連休中的羅馬，暫時過了幾天安靜日子。盛夏的羅馬有其他季節所沒有的獨特風情。路上行人稀少，連行車都少。只有這個季節連平常那麼嚴重的道路停車也變得輕輕鬆鬆。隨便你愛停哪裡就停哪裡。我想人和車都這麼空曠時，羅馬也是個相當可愛的都市啊。

我家前面，有幾輛老爺飛雅特500已經被停放幾星期之久了。在夏天的艷陽下安靜不動地蹲在那裡的車子，被雨和灰塵折騰得灰頭土臉。有些變成孩子們塗鴉的畫布，有些輪胎的氣完全漏扁了。雨刷上夾著的那些什麼廣告傳單就那麼變黃了。這些大概是太太們平常買菜用的車子吧。不過他們的主人全家大小開著更大的車子出門去度長假了。而被遺棄的「淺歸淺」則毫無怨言地（想抱怨也說不出來）獨自寂寞地留在街上看家。

下午的陽光下會熱得你昏昏的，但一到陰影下卻涼得好舒服。雖然有時會有一波熱流來襲，但除此之外，比日本的夏天好過多了。午餐後放下百葉簾睡一小時午覺。那段時間整個街上靜悄悄的。黃昏前走出外面，在路邊的咖啡館點一客檸檬格拉尼塔（granite，果汁冰沙）吃。一提到義大利很多人會想吃傑拉多（gelato，意大利冰淇淋），但我喜歡格拉尼塔。冰冰的、不甜、而且非常酸。因爲是用新鮮檸檬做的所以眞的很酸。而且有些地方還混有檸檬種子。說到羅馬的夏天我就會想起檸檬格拉尼塔。

光線非常耀眼，街上行人都戴著深色太陽眼鏡。終於天黑後，人們開始走到台伯河邊散步。還可以看見一些人在船屋上用餐的模樣。設在聖天使堡（Castel S. Angelo）廣場的舞台上，穿著華麗衣裳的拉丁爵士樂團正開始調整樂器。白天無精打采的那些狗也終於甦醒過來，到處跑來跑去。

這個季節所有的市場、食品店、各種店全都關著門，要買食物可是一大苦事。到超級市場去，也只能買到冷凍品、乾燥食物或罐頭之類的。頭髮長了想去理個髮，找遍羅馬卻連一家開著門的理髮店都沒找到。這個國家連全部理髮店都要休假三星期左右。後來回東京我跟我常去的理髮店師傅談起這件事，他相當氣餒，說：「我們連過年休三天假，都覺得不好意思呢。」義大利的理髮師如果聽到這種話，一定會懷疑自己的耳朵。

終於這樣的夏季也結束了，人們陸陸續續回到街上來。車子也開始增加，一轉眼之間又滿街都是車子。告發雙排停車的喇叭聲滿街響。又回到平常的羅馬了。我從窗口一面眺望這樣的街頭風景，一面寫了幾篇短篇小說。終於開始有想寫小說的感覺。一口氣寫完短篇後，又翻譯了幾篇。在做著這些之間，我們離開羅馬的日子逐漸接近。差不多該回日本了。

就這樣，一九八九年秋天我的海外生活算是結束了。在那之前一直是暫時回國，所以家財道具都留在那裡，這次則要全部處分掉。到此爲止，這種感覺。離開日本是在一九八六年秋天，所以正好在歐洲流浪了三年。本來打算好好在一個地方定居的，但就像在本書中也寫到的那樣，找不到一個適當的房子，結果就抱著文字處理機和收錄音機在南歐到處流離。

到過各種地方，遇到各種人，碰到很多有趣的事。感動過，也學到很多事情。但老實說，我們對這種流動的生活也有些累了。既沒有人際關係，也不屬於任何組織，要一個人孤伶伶在異國生活，比想像中要來得辛苦。年輕時候怎麼樣都過得去，但我們也沒那麼年輕了。我三十七歲離開日本，現在已經四十歲。差不多該回去了。

*

在飛往成田的義大利Alitalia航空的飛機上拿起幾本很久沒看的日本雜誌來讀。上面只刊登一件報導。就是宮崎勤的報導。讓我覺得很厭煩。翻開任何一頁，再翻開任何一頁，都只有宮崎勤的犯罪報導。竟然清一色全是這個。

我離開日本時，雜誌被三浦和義和田中角榮的報導所塡滿。全日本都專注在三浦和田中所引起的醜聞上。所有的雜誌都在追蹤他們。三浦到什麼地方吃了什麼。三浦和什麼樣的女人睡覺。三浦以前是什麼樣的少年。田中的哪一隻手是怎麼舉起來的。田中跟誰見面，說了什麼。這些枝微末節(而且顯然是無意義的)情報藉著大衆媒體之手大量氾濫地流傳散布。而現在卻到處都看不到有關他們的消息了。我覺得這非常不可思議。居然就這樣被忘得一乾二淨。我回到東京試著問大家。三浦和義和田中角榮到底怎麼了?但誰也不知道。也不想知道的樣子。嗯，三浦大概在打官司吧，不知道。田中?嗯，還活著吧?

*

確實這三年間我覺得很多事都變了。我，或包圍著我的環境變了很多，日本這個國家本身也變了很多。結果，這三年之間，我和日本這個國家之間有某種乖離，有某種靠近。但我想關於這個若要寫出一些類似結論的東西則爲期尙早。我也不想這麼早就下結論。

只有一點我可以很明白的說，這三年之間日本社會的消費速度急遽加速到令人難以相信的程度。離開日本很久，一回來首先感覺到的就是這個。我目睹這可怕的加速度，眞的沒有任何誇張，只有啞然驚呆，不禁愕然站住。這令我想起巨大的收奪機械。把有生命的、無生命的、有名字的、沒名字的、有形的東西、無形的東西——這一切事物和現象從頭到尾整個呑噬進去、無差別地咀嚼，當排泄物吐出的巨大吸收裝置。而支持著這個的則是作爲大哥的大衆傳播媒體。環視週遭所能見到的，盡是被咀嚼完畢後的悲慘殘骸，或現在正要被送進去咀嚼的東西的叫聲。對，這就是我的國家。不管喜不喜歡。

＊

我從義大利回來，然後立刻又到美國去。並在那裡待了一個半月左右。爲了出版活動。雖然很久沒有去紐約了，但並沒有覺得特別格格不入。那是個可以預料大概就是這樣的地方。當然我並不會想住紐約。但由於反應的直接，反而有一些部分比東京更讓我覺得沒那麼格格不入。

在紐約一家餐廳跟一位美國作家見面，談話。他剛去日本才回來。他對同伴說：「喂，日本人都是雅痞喲。」但我不太懂。到底日本社會什麼地方是雅痞社會呢？我試著問什麼地方雅痞？他這樣說：「例如JAL日航飛機的商務艙座位比經濟艙還多。你相信有這種飛機嗎？我眞難以相信。這很呆。這不是失去所謂實質的東西了嗎？這是太沒有深度的社會喲。」我想他在某種意義上是不是太道德主義了。不過他說的也有一點道理。

如果把這包著金箔扭曲變形的疑似階級社會叫做雅痞社會的話，或許日本社會現在確實在追求這樣的方向。在某一本雜誌裡一個女孩這樣說。我只想跟開BMW700系列的男孩子約會，500或300系列的太窮我討厭。剛開始，我還以爲那是俏皮的玩笑。或是某種隱藏著雙重意思的複雜訊息。但那既不是玩笑也不是訊息。而是眞正不假的本意。她們是認眞坦白這樣說的。我想說，喂，那只不過是車子啊。只要方向盤一個偏差，就會撞上電線桿變成一堆廢物的東西而已。不過對她們來說那不是什麼東西。那是可以明確定位（pinpoint）出她們存在位置的重要共同幻想。

我當然不能笑這個。我往後還必須在這片土地上，背負著身為一個作家，身為一個人的責任繼續活下去。那是首要問題。而我連自己在這裡有什麼發言資格都還無法判斷。我連該笑什麼都還不知道。

*

回到日本有一段時間，我幾乎無法工作。腦子裡好像恍恍惚惚的。我覺得好像重心不對似的。大約有一個月我沒有做任何事情只是發呆。我想了很多關於在那個場所自己有什麼資格。每天我在家附近跑步，看書，跟好久不見的人見面喝酒，說笑，也去泡溫泉。但在書桌前坐下來，腦子裡還是浮不出文章來。寫了一半的短篇小說一直還停在那裡。早晨起床打開文字處理機的開關，一直瞪著螢幕畫面，但完全湧不出形象來。

*

這三年間的意義到底是什麼呢？我想。並不是沒有感覺忙東忙西結果只是回到出發點而已。我可以說是在失落的狀態下出國的。而四十歲了回來的現在，看來好像還是和當時一樣失落。無力感還是以無力感、疲憊還是以疲憊留著。蜜蜂焦焦和卡羅現在還躲在什麼地方。正如牠們所預言的那樣，只是年紀增長了，什麼也沒解決。

不過我也這樣想。就算只是重新回到出發點也是好的，還有更糟糕的可能性呢。對，我算是比較樂觀的人。

*

我可以說是爲了安頓自己的重心而出這本書的。把過去所寫的素描加以整理，添寫新的文章，成爲一本書。花了比預料長得多的時間才完成，成爲比預料長得多的書。

寫文章是一件很好的事。至少對我來說是很好的事。可以把自己最初的想法「消除」一些什麼，「插入」一些什麼，再「複寫」、「移動」、「更新並保存」起來。這種事繼續做幾次之後，就會很清楚地知道自己這個人的思想或存在本身是多麼一時性、過渡性了。而且連這樣所完成的寫作作品也不過是過渡性、一時性的東西。並不是不完全的意思。雖然當然也許不完全，不過我所謂的過渡性、一時性並不意味這個。

到現在我還不時聽到遠方大鼓的聲音。在靜靜的午後側耳傾聽時，可以在耳朵深處感覺到那聲音。也曾經非常想再去旅行。但我也會忽然這樣想，現在在這裡過渡的我、這一時的我，以及我的工作本身，不也是一種所謂旅行的行爲嗎？

而我任何地方都可以去，任何地方也去不成。

＊

本書的書名正如一開頭就寫過的那樣，是從土耳其的古老歌謠取的。從我開始累積速寫時起，就決定出書的時候要用那個標題。雖然是偶然，卻和酒井忠康氏的書名：《遠方的鼓聲——日本近代美術私考》相同。本來也許應該想別的書名才好的，但我也深愛這標題，得到他的諒解，還是讓我使用。

此外本書基本上採取原創體裁，有幾章則是從過去雜誌上發表過的文章添加修改而成。

文庫本後記

這本《遠方的鼓聲》，正如前言中說過的那樣，是我從１９８６年到１９８９年大約三年間住在歐洲時的紀錄。離開日本到國外長期居住對我來說還是第一次，現在讀起來可以感覺得到整篇文章彷彿滲透出一種興奮感。或許也有些許類似氣勢吧。雖然也覺得才只是不久以前的事，但有些地方連我自己都相當佩服當時還好年輕。老實說如果是現在的話，很多地方大概就不會這樣想，不會這樣寫了，這種文章畢竟是「當時的東西」，因此出版文庫本時（除了細微的文章局部之外）原則上並沒有更動。

我從歐洲回來在日本住了大約一年後，因爲有某種想法——說來話長，暫且以「有某種想法」一筆帶過——而遷移到美國去住。在寫這篇後記的時點，已經大約住了兩年。當要出版成文庫本形式時，我把這本書再拿來讀了一讀，重新感覺到住在美國和住在歐洲眞是完全不同。以趣味來說，可以明白講住在歐洲時有趣多了。在歐洲時有「今天一整天不知道會發生什麼事」的驚險刺激（thrill）。不過因此也很磨人，有時候會搞得你筋疲力盡，不過有趣倒是眞有趣。就算光是優哉游哉地走在路上，到市場去買買菜，或開車在高速公路上跑著，也經常會忽然看到什麼令人吃驚的光景，經常會有令你愕然意外的經驗。這時每次都會眞切感到歐洲這社會眞是非常深奧。

不過在美國生活比起歐洲來就覺得好像不太有這種「純粹的驚奇」似的。在這個國家我感覺大多數的事情似乎都可以預測得到。也就是說美國是由各種人種各種宗教的人所集合而成的後來成立的國家，因此事情如果不是某種程度可以預測的話很難成立爲一個國家。如果沒有眼睛看得見口頭能說明的共通觀念的話，社會本身恐怕就會分崩離析了。在這層意義上，我感覺住在美國，生活本身似乎不太有日常的驚險刺激（當然有犯罪的驚險，不過這種反社會性的東西除外）。可是也不能因此就一口斷言美國是個無聊國家。這裡要說有可預測的驚險，倒也是有的。難道憑這種整合性的notion（觀念、概念）之類的東西就建立起一個nation（國家）嗎?以這種根本性的疑問來一一解析下去，會浮現一些相當難以用語言說明的東西。關於這點我想以後有機會再在別的書中詳細來寫。

自從寫了這本《遠方的鼓聲》之後已經很久沒去歐洲了。就像書中寫的那樣，我對義大利這個國家相當生氣，離開時也已經覺得實在受夠了，不過經過三、四年的現在，卻覺得非常懷念起來。各種風景各種人物一一浮現腦子裡，「啊，好想再到那個地方去一次。好想再吃吃那個東西。」這種情緒逐漸高昂起來。義大利確實是這樣的國家。世上有「感覺非常好，不過到現在卻無論如何也想不起他的臉」的人，也有「相當厚臉皮又很會混的傢伙，到現在還清清楚楚記得他的臉」的人，義大利不用說，百分之百屬於後者這一型的沒錯。我很想有一天要再到這個國家去看一看。不過不會想再去住了。

我想我喜歡希臘，可能是喜歡他們那種謙恭純樸的地方。我們離開日本時，正遇到地價高漲，和所伴隨的泡沫經濟現象，離開一段期間再回國時對社會的急遽變貌相當震驚。尤其在像希臘這樣質樸的社會住了一段時日之後，好像突然被丟進一個重力不同的世界裡一樣，我記得除了感到「這到底是怎麼一回事？」之外已經無從有別的感想。社會現象如果以體溫來表達的話，希臘這個國家完全是「常溫社會」，而日本比起來則似乎是「微熱社會」。在泡沫經濟時代似乎已經達到「準高熱社會」的發燒地步。落差之大讓我有點覺得像中暑般受不了。我是個小說家不是評論家，因此並不想對各種事情從旁插嘴作各種判斷或批判之類的，不過我還是覺得我們或許已經到了必須有「常溫社會」觀點的時候了。在這層意義上我覺得希臘這個國家，還有在那裡居住的一段時期，對我來說都是很好的體驗。

到外國去確實會重新感到「世界眞大」。不過同時確實有「東京都文京區（甚至靜岡縣燒津市、北海道旭川市）也都很大」的觀點。我覺得以觀點來說兩者都正確。而且我認為一個人心中唯有同時存在著像這種micro和macro的觀點，才可能擁有更正確而豐富的世界觀。如果要說我花了三年時間寫這本書總算體會到一點東西的話，我覺得似乎就是這種複合性的眼光。我是一個凡事若不把它寫成文章就無法正確掌握、理解的人，因此由於寫書我總算能夠認識其中的東西，並學到一些事情。在這層意義上，這本書對我來說，或對我的小說來說，或許可以算是一本重要的筆記簿也是素描簿。如果讀過就知道，我並沒有寫什麼大不了的事情，也沒有滿載多有用的資訊，不過只要您讀得愉快我就很高興了。

或者，如果有人讀了這本書，想出國做長期旅行，像筆者親眼目睹各種事物一樣，想自己用自己的眼睛看看各種東西的話，這對著者是極大的歡喜。旅行這種事大多是相當累人的。不過有些知識是唯有疲累之後才能親身學到的。有些喜悅是唯有筋疲力盡之後才能夠獲得的。這是我繼續旅行所得到的眞理。

藍小說926

遠方的鼓聲

作　者—村上春樹
譯　者—賴明珠
主　編—葉美瑤
編　輯—邱淑鈴
責任企劃—楊曉憶
校　對—陳嫺若、邱淑鈴

董事長—趙政岷
出版者—時報文化出版企業股份有限公司
108019台北市和平西路三段二四〇號三樓
發行專線—（〇二）二三〇六—六八四二
讀者服務專線—〇八〇〇—二三一—七〇五
（〇二）二三〇四—七一〇三
讀者服務傳真—（〇二）二三〇四—六八五八
郵撥—一九三四四七二四時報文化出版公司
信箱—10899台北華江橋郵局第九九信箱

時報悅讀網—http://www.readingtimes.com.tw
法律顧問—理律法律事務所　陳長文律師、李念祖律師
印　刷—勁達印刷有限公司
初版一刷—二〇〇〇年十月一日
初版二十四刷—二〇二四年五月二十八日
定　價—新台幣二八〇元
（缺頁或破損的書，請寄回更換）

時報文化出版公司成立於一九七五年，
並於一九九九年股票上櫃公開發行，於二〇〇八年脫離中時集團非屬旺中，
以「尊重智慧與創意的文化事業」為信念。

ISBN 957-13-3328-3
ISBN 978-957-13-3328-4
Printed in Taiwan

國家圖書館出版品預行編目資料

遠方的鼓聲 / 村上春樹著；賴明珠譯. -- 初版.
-- 臺北市：時報文化, 2000 [民 89]
面；　　公分. --（藍小說；926）

ISBN 957-13-3328-3（平裝）
ISBN 978-957-13-3328-4（平裝）

861.6　　89013591

編號：AI 0926	書名：遠方的鼓聲
姓名：	性別：________ 1.男 2.女
出生日期： 年 月 日	身份證字號：

________ **學歷**：1.小學 2.國 中 3.高中 4.大專 5.研究所（含以上）

________ **職業**：1.學生 2.公務（含軍警） 3.家管 4.服務 5.金融 6.製造 7.資訊 8.大眾傳播 9.自由業 10.農漁牧 11.退休 12.其他

地址：________縣（市）________鄉鎮區________村________里

________鄰________路（街）________段________巷________弄________號________樓

郵遞區號 ________________

（下列資料請以數字填在每題前之空格處）

________ **您從哪裡得知本書 /**
1.書店 2.報紙廣告 3.報紙專欄 4.雜誌廣告 5.親友介紹
6.DM廣告傳單 7.其他 ________

________ **您希望我們爲您出版哪一類的作品 /**
1.長篇小說 2.中、短篇小說 3.詩 4.戲劇 5.其他 ________

您對本書的意見 /
________ 內　　容／1.滿意 2.尚可 3.應改進
________ 編　　輯／1.滿意 2.尚可 3.應改進
________ 封面設計／1.滿意 2.尚可 3.應改進
________ 校　　對／1.滿意 2.尚可 3.應改進
________ 翻　　譯／1.滿意 2.尚可 3.應改進
________ 定　　價／1.偏低 2.適中 3.偏高

您的建議 /

____

____

____

請沿虛線撕下後對折裝訂寄回，謝謝！

請沿虛線摺下裝訂，謝謝！

廣　告　回　信
台北郵局登記證
台北廣字第2218號

時報出版
CHINA TIMES PUBLISHING COMPANY
尊重智慧與創意的文化事業

地址：10803台北市和平西路三段240號3樓
讀者服務專線：0800-231-705・(02)2304-7103
讀者服務傳真：(02)2304-6858
郵撥：19344724 時報文化出版公司

請寄回這張服務卡（免貼郵票），您可以——
●隨時收到最新消息。
●參加專為您設計的各項回饋優惠活動。

無限馳騁藍色想像空間——無國界的小說新地帶。

藍小說

揮發感性筆觸；捕捉流行語調—湛藍的、海藍的、灰藍的……

寄回本卡，掌握藍小說系列的最新訊息